COLLECTION FOLIO

Denis Tillinac

Je nous revois...

Gallimard

Né en 1947 à Paris, Denis Tillinac est écrivain, journaliste, éditeur. Il a publié des romans, des récits et des essais, couronnés par de nombreux prix littéraires.

Pour Marie-Thérèse

Les personnages de ce roman sont tous imaginaires. Cependant, je n'ai rien inventé...

1

Via Giulia. Soleil d'automne sur les murs ocre des palais. Ce matin je suis sorti tôt pour aller prendre comme d'habitude mon café à la terrasse du bar en face de l'église San Giovanni Battista. Rome s'ébrouait gentiment. Le soleil faisait reluire les pavés noirâtres de la via Giulia qui n'est jamais très animée. Marco, le patron du bar, décrivait les péripéties du dernier match de la Lazio pour la gouverne d'un retraité qui attaque la journée à la grappa et reste assis pendant des heures devant le même guéridon. Je savourais ma première cigarette. Soudain je me suis senti en marge de moi-même. Des lambeaux de souvenirs ont défilé comme un film en accéléré. Ils comparaissaient dans un halo brumeux, j'étais le voyeur de nos faits et gestes et j'en soutirais une ivresse teintée de mélancolie. Douce, la mélancolie. J'ai acheté un cahier de brouillon vert dans une boutique de la piazza d'Oro, je l'ouvre avec une volupté canaille. J'écris sous la dictée d'un autre, devant une fenêtre d'où j'aperçois, dans le prolongement d'une impasse, les arbres du Lungotevere et là-bas, sur le

Janicule, la forme d'une église blanche entre deux pins parasols.

Carla dort sur le ventre, bras et jambes ouverts, chevelure en désordre, vêtue seulement d'un tee-shirt blanc qui ne recouvre que les épaules et le dos. Plus exactement : le haut du dos. Ce corps doré, étalé sur un drap bleu pâle, semblait échoué comme une méduse sur une grève à marée basse.

Pourquoi ai-je rejoint Carla à Rome, dans cet appartement trop vaste pour un couple d'infortune, où les moulures rococo, les meubles design et les posters de sa fille Graziella produisent une cacophonie déroutante ? La femme de ma vie est à Londres. Marleen. Où que je me hasarde, elle m'accompagne, et je vais toujours seul dans le Trastevere, pour ne pas entacher ou brouiller les images de nos prémices amoureuses. L'intermezzo avec Carla ne durera pas. Mettons que nous ayons décidé de tenter le bonheur, comme d'autres tentent le diable, sur le sable mouvant d'une attirance qui s'est pour ainsi dire imposée à nous. Ce n'est rien moins que de l'amour, pas même de l'affection ; plutôt l'attendu d'une fatalité en quelque sorte électromagnétique, lourd d'une sincérité crépusculaire. Nous ne nous payons pas d'illusions, nous irons crânement jusqu'au bout, mais il ne nous mènera pas loin, chacun a ses raisons de le présumer.

Peu avide d'une carrière, pas équipé pour un destin, je me suis résigné à glaner du bonheur à la sauvette. Avant Marleen, il n'avait pas de consistance, à peine des saveurs, et elles se dissipaient comme ces vins au nez enjôleur, mais courts en bouche. Il y a en moi un fond d'indolence, de sensualité et d'amertume qui m'incitait à brouter une vie tout en surface. Avant Marleen et avant Raoul puisque enfin c'est par son entremise que le hasard m'a gratifié d'un changement de cap.

Carla et Raoul ont fini par se séparer. Moi aussi j'ai quitté Raoul, par la force des choses, mais Carla était son épouse depuis vingt ans ; je n'aurai été que son employé, de luxe il est vrai. Son confident. Son complice. Son ami ? Le mot me gêne, Raoul était mon patron. Les mots trichent toujours, il est absurde de s'y fier pour tenter de rattraper — quoi, au fait ? Je ne sais pas, j'obéis à une impulsion. Je voudrais raconter cette tranche de vie durant laquelle il me semble que nous avons frôlé, en toute inconscience, quelque chose de précieux. Pas seulement parce que j'ai connu Marleen à ce moment-là. Ce qui a pris fin avec la chute de Raoul, c'est un précipité de tensions, d'euphories, d'expectatives et de fringales — un univers troublant et instable, cristallisé à notre insu en une sorte de thébaïde par le jeu des circonstances.

Carla s'est réveillée. Elle a ouvert la porte, son visage s'est encadré. Sans maquillage, pas peignée et encore bouffie de sommeil, elle fait son âge. Cinquante-quatre ans, Gémeaux comme Marleen, elles sont du même mois de mai. La comparaison s'arrête là. Carla a la beauté d'une photographie de mode : formes équilibrées, encore qu'alanguies, visage tout en lèvres, avec des yeux faussement éteints de lionne en cage. Les angles de Marleen sont aigus, elle est maigre de partout, son charme entête comme un parfum sans qu'on en puisse déceler l'essence, les yeux d'un vert de flore sous-marine, le sourire, les moues, l'impression d'inachèvement qui émane de ses moindres gestes. Quand elle tourne la tête, c'est un oiseau ; quand elle marche, c'est une pouliche.

« Tu fais quoi, darling ? »

Les mots anglais, dont Carla abuse, n'ont pas le piment du reste d'accent italien qui se trahit par intermittence quand elle parle français.

« J'essaye d'écrire.

— Écrire quoi ?

— Rien de précis. Des souvenirs. J'aimerais raconter ce que nous avons vécu, autour de Raoul. »

Elle a froncé les sourcils. Soupiré. S'est approchée de moi. A posé sur ma nuque ses deux mains encombrées de bagues.

« Drôle d'idée... Tu crois que c'est intéressant ? »

Elle a allumé une cigarette, s'est penchée à la fenêtre. A écrasé sa cigarette dans un cendrier. Nouveau soupir.

« OK. On fait quoi aujourd'hui ?

— Ce que tu veux. »

Elle a haussé les épaules. Nos regards se sont croisés. Dans le sien il y avait un début d'angoisse. Elle est cassée de partout, il faut user de précautions. Je me suis levé, j'ai embrassé ses lèvres, elle m'en a remercié d'un sourire pâle. Pauvre Carla !

« Ici, je suis heureux. »

Ce n'était pas vrai. Pas faux non plus. Je voulais la rassurer, le fil qui nous lie peut se rompre sans préavis. Ce que nous ferons, je le sais d'avance, notre oisiveté a déjà trouvé ses marques. Nous descendrons la via Giulia jusqu'au palais Farnèse et déjeunerons dans une trattoria proche du Campo dei Fiori. Puis Carla aura rendez-vous avec Graziella pour faire les magasins du côté de la via Condotti ou visiter une exposition. J'irai déambuler dans le Trastevere en traversant le Tibre par le ponte Mazzini. Je prendrai un énième café à une terrasse de la piazza San Giovanni della Malva et repasserai le Tibre par le ponte Sisto qui rejoint le bas de la via Giulia. Je téléphonerai à Marleen. J'appellerai peut-être Jonas ou Vladimir. J'ai renoncé à appeler des gens qui auraient pu m'aider à retrouver des clients. Je suis las de ce métier et trop vieux pour en changer. En vérité je n'ai plus envie de travailler. J'ai vécu dans l'aisance, puis dans le luxe, je peux vivre de peu. D'ailleurs j'ai toujours su, en mon for, que les balades en jet privé et les escales dans les palaces n'auraient qu'un temps. Il est révolu, ça n'a aucune importance.

Carla me retrouvera au crépuscule. Pour elle, c'est un moment difficile. Les lampadaires s'allument, l'antiquaire ferme sa boutique, la via Giulia devient fantomatique. Elle tirera les rideaux, s'installera sur le canapé noir et téléphonera à des amies pour leur raconter sa séparation d'avec Raoul, son retour à Rome, son intention de changer de vie. Intention floue, comme tout ce qui émane de Carla. Elle tangue. Alcool, aquagym, psys, amants véreux, anxiolytiques, gourous émargés du zen, elle a tout essayé.

Sa voix est rauque, ses mains tremblent, elle fume sans arrêt et ne tient pas en place. Tantôt elle affirme n'avoir jamais connu un seul moment de sérénité, et ses amies ont droit aux affres d'une enfance dorée autant que chaotique ; tantôt elle prétend s'être délitée à New York, quand elle a épousé Raoul. Nous ferons l'amour à même le canapé, dans un silence sépulcral qui me fait presque peur. Entre nous désir et tendresse se succèdent dans le temps, ils ne s'acoquinent jamais ; et ses impudeurs ne sont conquises sur rien, elle les décrète, je fais avec, ça force les miennes dans leurs retranchements. Tôt ou tard elles se lasseront. Ensuite nous irons dîner dans le restaurant sicilien adossé au palais Taverna. Le vin aidant, Carla ressassera les épisodes de sa vie romaine et ça finira par des larmes au rimmel en évoquant le talent, le charme, les extravagances d'un certain Giuseppe Carmona, son premier mari, un cinéaste notoire en son temps, qui s'est tué en moto sur l'autoroute de Naples. À moins qu'il n'ait été assassiné : Carla suspecte une vengeance. Carmona appartenait à une fraction de l'extrême gauche maoïste, à la fois proche et rivale des Brigades rouges. Il aurait été l'objet de menaces et il se pourrait que l'accident ait été manigancé. Carla évoluait dans cette mouvance, elle a fait deux mois de prison ; il lui reste de ce passé marxisant une fierté de demi-solde qu'elle affichait pour provoquer Raoul. Ou simplement pour se distraire. Aussi pour se réfugier dans une légende. Années soixante. Dolce Vita. Ils fréquentaient Fellini, Moravia et consorts, la vie soi-disant était *magic* (prononcé à l'américaine). Graziella souriait dans son berceau, ils allaient avoir un autre enfant. Ils habitaient la via Margutta qui à l'époque était populaire. Dit-elle. La nuit, c'était la fiesta. Carmona avait le don de rendre Rome spirituelle et endiablée. Il connaissait tous les penseurs, tous les artistes de la ville. On se réunissait dans les bars de la via Veneto, la dissidence prenait de l'altitude en sabrant le dom pérignon cambriolé dans les caves des villas de famille de la via Appia.

Cet âge d'or mirifique, elle l'invente et puis elle l'efface pour me décrire une variété sournoise de l'enfer dans l'intimité d'un cinéaste certes doué, mais inconstant, irascible, pervers à ses heures, hanté par le terrorisme et complètement soumis à sa mère qui détestait Carla pour d'obscures raisons de classe ou de caste, les Carmona étant des juifs venus d'Alexandrie, la famille de Carla des patriciens imbus de leur généalogie. Elle ne crache pas dessus. Il n'était pas rare qu'elle déclinât, l'air de rien, une parenté avec une branche des Colonna, des Orsini ou des Borghèse. Le père de Raoul était scribe à la sécurité sociale d'Aurillac, Cantal. Mais rien n'est simple. Le père de Carla, un avocat prospère, a financé jusqu'à la fin Mussolini qui était son ami ; après la guerre, il y eut des années sombres dans la famille. Le père a dû se planquer, la mère a voulu divorcer, Carla a été brinquebalée entre deux clans qui se haïssaient. D'où peut-être ces ferveurs révolutionnaires ; elle se dédouanait, elle se purifiait en rêvant d'un monde où la violence remettrait les pendules à zéro.

J'ai vu des photos de Carla à tous les âges, seule, avec ses parents, avec Carmona, avec Graziella : toujours, le sourire est embué d'une sorte de tristesse dédaigneuse, comme si elle eût mérité mieux que cette parentèle. Ou comme si elle en était indigne, car en elle l'orgueil de caste et l'humilité d'une pécheresse déchue se contredisent, non sans fracas. Il en résulte une cyclothymie qui la mine. Certains êtres ne sont pas doués pour le bonheur, et s'ils invoquent une enfance traumatisée, j'ai du mal à les croire. Rien n'a abîmé la mienne et cependant, d'aussi loin qu'il me souvienne, j'ai toujours trouvé l'existence incommode, et pesante la solitude où je me cloîtrais délibérément. Sauf durant cet intermède avec Raoul et sa bande. Mon cas n'a rien de semblable à celui de Carla : je me supporte. Plutôt : je me tolère.

Nous prendrons le dernier verre sur la piazza Navona et je ne penserai qu'à Marleen, à cause des statues du Bernin. Carla aura sa dose. « On rentre, darling ! » Nous retraverserons le corso, sinistre à cette heure, main dans la main comme des amoureux, un peu éméchés, donc attendris à proportion, en affectant de marcher avec lenteur pour tromper l'impatience de nos corps qui seront les jouets d'un érotisme jour après jour plus ingénieux. Donc plus empreint de morosité car, au bout de cela, il n'y a rien, nous ne le savons que trop.

Mais au centre de ma vie, il y a Marleen, je ne risque rien. Du coup je me sens responsable du sort de Carla qui, elle, risque pour le moins une plongée à pic dans la déprime. En même temps je ne puis m'empêcher de rester extérieur à la situation où nous nous sommes mis. Après tout c'est elle qui m'a demandé de la rejoindre à Rome.

Tintamarre de klaxons dans la belle, la trop belle via Giulia. Un livreur bloque la circulation à hauteur du musée de criminologie. Il s'engueule avec un type chauve qui est sorti de sa voiture et agite les bras comme un pantin. À présent le soleil inonde la minuscule via dei Gonfalone et la terrasse fleurie de roses du palais qui fait l'angle. En me penchant je vois, à gauche, l'arche couverte d'ampélopsis qui enjambe la via pour relier le palais Farnèse au consulat. J'aime les voix romaines quand elles haussent le ton. J'aime cette ville, sa splendeur décrépite, son provincialisme ombrageux. Je l'aime dans ses atours baroques. Marleen m'a converti. La perspective d'un huis clos avec Carla m'a paru d'autant plus séduisante que nous nous retrouverions ici. Chez elle. Carla a beau se noircir l'âme, je la trouve adéquate au décor. C'est une Romaine déchue, mais pour peu qu'elle s'oublie, elle a des allégros superbes. À Biarritz ou à Paris, elle était en transit. Rome, terminus pour cette ado quinquagénaire qui n'a pas su devenir une adulte. Pas su ou pas pu. De quoi son avenir sera fait ? Impossible d'en préjuger. Avons-nous un avenir ? Le mien m'indiffère, je veux vivre au présent de l'indicatif et au passé composé, décomposé, recomposé par mes souvenirs.

2

Un ciel gris et bas. Un faubourg miteux. Une plantation de croix de bois blanches. Sur chacune, un macaron tricolore en émail. Un patronyme, un prénom. Mort pour la France. Au fond du cimetière, un ossuaire où l'on a assemblé les restes des soldats non identifiés.

Il m'a fallu du temps pour trouver la croix de Léopold. Une émotion m'a assiégé en lisant le nom de mon grand-père maternel. Depuis mon enfance je connaissais l'existence de ce cimetière français de Bitola, au tréfonds d'un pays qui s'appelait la Yougoslavie. Mon père y était venu, avant ma naissance, il en avait rapporté une photo de la tombe, en noir et blanc. Elle est à Redenac, dans un cadre de bois doré, sur le buffet Henri II de la salle à manger.

Léopold était un poilu d'Orient débarqué à Salonique, tué quelque part en Macédoine — par des Allemands ? des Turcs ? des Bulgares ? — et enterré sur place. Plusieurs fois, me trouvant à Belgrade ou à Sofia, j'avais envisagé de venir moi aussi à Bitola, anciennement Monastir, péleriner sur cette tombe.

L'occasion ne s'était pas présentée. Je ne l'avais pas provoquée.

Léopold était charpentier à Gurcy dans la Nièvre. Sa photo jouxte celle de la tombe, sur le même buffet. Bacchantes, faux col, gilet. Des yeux rieurs. Ma grand-mère Léontine prétendait qu'il me ressemblait. C'est peut-être vrai. J'aimais bien cette maison de Gurcy, dont la chambre dite « de devant » donnait sur la place de l'église. Elle était pleine de recoins sombres et sentait l'encaustique. Mon oncle maternel en a hérité, nous n'allons plus là-bas que pour y enterrer des cousins égrenés dans les métairies avoisinantes. J'aimais bien Léontine aussi. Veuve *ad vitam*, toujours en noir, toujours un chapelet à la main. Sa vie était comme un soupir, tout en résignation. Elle est morte l'année de mon second bac. Ses parents étaient originaires de Boisgibault où ils tenaient une épicerie. C'est une autre partie de la Nièvre, bercée par une Loire qui s'alanguit sur des bancs de sable — le vignoble de Pouilly, le château de Tracy, la colline de Sancerre sur l'autre rive. Une cousine hors d'âge et extrêmement moustachue habitait une maison de poupée sous l'église de Tracy, en bordure de la voie ferrée. Du vivant de Léontine nous allions lui rendre visite, une fois par an, et je me souviens d'avoir guetté le passage des trains, avec mon frère et mes cousins, planqués derrière le ballast. Ces trains dont j'ignorais qu'ils relient Paris à Clermont-Ferrand, je les auréolais de mystère. Nous revenions à Gurcy par la nationale 7 avec une halte à Nevers où une autre cousine était religieuse dans un couvent. Son visage jaunâtre ébauchait des sourires sibyllins. Elle nous faisait peur, mais je crois que j'aimais le goût de cette peur.

C'est le versant nivernais de ma famille. Le versant Bitola. Des paysans sans terre. Des artisans. Des gens de peu, simples comme bonjour, pieux sans ostentation, tout étonnés d'avoir produit en deux générations un centralien — mon oncle —, un médecin et un professeur de droit — mes cousins germains. Autour de Gurcy les prairies sont grasses, semées de vaches blanches et de châteaux dont les propriétaires jouissaient encore d'un sursis de prestige lorsque j'étais enfant. Il y avait, dans l'église, deux chapelles réservées aux deux familles des noblaillons du cru et je revois vaguement un « Monsieur le Comte » hors d'âge que les villageois saluaient bas à la sortie de la messe.

Du côté de mon père, d'aussi loin qu'on puisse remonter, on ne détecte que des Auvergnats. Mon grand-père Alphonse était propriétaire à Redenac. Une maison trapue, coiffée de lauzes et de deux cheminées, une ferme, des prés à vaches, des bois. Un éclat d'obus a tué Alphonse à Verdun. Son corps a pu être rapatrié. Il y a évidemment sa photo, dûment encadrée, sur le même buffet. Pas de bacchantes mais le même gilet et, me semble-t-il, le même sourire dans la prunelle que celui de Léopold. J'ai hérité de la maison, mon frère André de la ferme. Il a aménagé la maison de l'ancien métayer.

C'est le côté Verdun. Des propriétaires terriens qui exerçaient sur leur domaine un règne impécunieux. Chaque génération concédait à l'aîné les prérogatives de la souveraineté, quitte à vendre des parcelles pour en entretenir au moins les apparences ; les autres s'expatriaient à Paris ou en Espagne. Notre père qui avait du goût pour la généalogie s'enorgueillissait d'un rameau de la famille exilé à Cadix et il lui plaisait de croire que des ascendants aient pu cingler vers les Amériques. C'était sa façon de voyager. Son imagination investissait Sébastopol où un ancêtre plus récent, officier de son état, a combattu avec Mac-Mahon ; elle patrouillait dans le nord du Tonkin où le frère d'Alphonse a dirigé une plantation et, prétendait-on, commis un enfant avec une indigène.

Bitola, Verdun : ma famille a payé cash la folie des diplomates, j'y ai pensé en intégrant le Quai d'Orsay, j'y ai repensé en le quittant : aucune dette morale envers l'État, la République, la France.

J'avais quatre ans quand ma grand-mère Mathilde est morte, je ne garde en mémoire qu'une silhouette noire, furtive, ratatinée, sans rapport avec les photos où elle n'a pas l'air d'avoir froid aux yeux. Mathilde était-elle comme Léontine confite en dévotions ? Mes deux grand-mères ont-elles sympathisé lorsque Léontine et ses deux enfants — ma mère, mon oncle — ont échoué à Redenac au moment de l'exode ? C'est ainsi que nos parents se sont connus. Fut-ce mon père qui entraîna mon oncle dans le maquis ? Ils n'aimaient en parler ni l'un ni l'autre.

Longtemps, je me suis cru peu habité par l'esprit de famille. Ou trop bien loti en racines, ce qui revient au même. Redenac était une évidence, je ne m'en faisais pas un roman de terroir. J'ai toujours su que je rejoindrais Alphonse, Mathilde et mes parents dans le caveau de famille. Il reste une place ; André ne m'en contestera pas la jouissance car il a acheté sa propre tombe. J'ai vécu à Paris et à l'étranger. André a lui aussi pas mal bourlingué avant de se fixer à Vichy. Après la mort de nos parents, nous ne nous retrouvions à Redenac que pour des séjours brefs. Les maisons se morfondaient, l'humidité suintait, les photos jaunissaient dans leurs cadres et quand j'ouvrais les volets, j'avais du mal à rameuter les images des bonheurs d'antan, notre enfance était si loin, il me semblait l'avoir rêvée. Ce loupiot qui accompagnait au pacage les vaches du métayer, après la traite dans l'étable, était-ce moi ou un autre ? Cet adolescent pas très déluré qui rôdait autour de la maison de Claire, la fille du véto, je le reconnaissais à peine. Moi ? Pas moi ? La frontière se déplaçait, des souvenirs affluaient ; André avait beau les accréditer, je ne trouvais pas les fils qui puissent les rattacher à mon état présent. Trop loin. Trop de langueur dans ce village paumé où les troupeaux se font rares.

Serait-ce l'âge ? Ou bien la vie que j'ai menée ? Je suis moins insoucieux de mes ascendants. J'aimerais savoir de qui, ou de quoi, mon père tenait cette résignation qui l'a cantonné dans la pénombre d'une existence de bourgeois de campagne. Et pourquoi cette gêne s'il était question de ses faits de résistance. Gêne ou pudeur. Ma mère aussi, nous le sentions, aurait préféré une vie moins confinée. Ont-ils été heureux ensemble ? Le mot bonheur n'avait sûrement pas le même sens pour eux et pour nous. Peut-être n'en avait-il aucun. Il m'arrive de fouiner dans les tiroirs pour y chercher des traces et je me hasarde plus volontiers au cimetière. Ils sont là, sous la dalle de marbre, c'est un fait acquis. Je reviens par le chemin bordé de noisetiers qui longe la maison de Claire. Son père est mort, sa mère est retirée à Monaco. Les volets sont clos. Ils étaient verts ; on les a repeints en un bleu trop pâle.

Claire était une truite sauvage dont le romantisme orageux promettait le meilleur et le pire. Elle a tourné bobonne, comme un vin tourne au vinaigre. Elle habite La Rochelle. Mariée, divorcée, remariée, mère, grand-mère, le reste à l'avenant. Elle passe à Redenac une partie de ses vacances. Nous nous croisons sur la place, nous nous embrassons sur les deux joues, la messe est dite. Pourtant, aux abords de cette maison, une nostalgie me surprend ; elle réveille deux fantômes juvéniles en partance inquiète vers les rivages du désir. À peine des fantômes, et d'ailleurs nos jeux de mains n'ont duré qu'un été. Le suivant, j'avais cru en aimer une autre. Mon cœur d'artichaut cherchait fortune et ne trouvait que du vent sous des jupes plissées ; j'étais dans mes livres, dans mes lubies, ils m'expatriaient sans que je m'en aperçusse. Dès le filoutage de mon second bac, je n'ai songé qu'à prendre le large, n'importe lequel : quand on est doté d'un capital génétique circonscrit entre la Nièvre et le Cantal, on a des impatiences de jungles ou de savanes, forcément. Je les ai trompées au bord de la Garonne.

J'avais choisi Sciences-Po, ce qui ne m'engageait à rien. Comme il était irrésolu, ce dadais à l'affût des complaintes de son intériorité ! Très ombreuse, l'intériorité, avec des lucioles éparses dont l'allumage me déroutait. Ma vie d'étudiant patachon marchait à côté de ses pompes. Je me revois dans ma chambre, un stylo à la main. Je tenais un journal dans lequel je consignais à la diable des émois de petit calibre. Trois années s'étaient écoulées dans le sablier du temps, grain après grain ; leur dilapidation me laissait pantois. Des livres, des copains, deux amourettes, du pastis, du rugby et au final des adieux sans larmes à Toulouse qui avait bercé trop complaisamment ma somnolence.

J'étais soulagé de quitter cette ville, tout en me demandant ce que j'allais devenir à Paris et si j'ai décidé de préparer l'ENA, ce fut pour ajourner d'un an le choix d'une destination. Aucune ne me paraissait probante, aucune désirable. J'étais tellement encombré de moi-même que j'ai failli suivre un copain en partance pour un tour du monde, sac au dos. Mon frère André venait de prendre la gérance d'un bar aux Antilles, dans la baie des Saintes ; je n'excluais pas de l'y rejoindre, tout en craignant de m'y abrutir, car ses lettres ne décrivaient que des dégagements de comptoir, au ti-punch, avec des touristes en instance de bronzage. Mon romantisme, mon exotisme, mon égotisme ne s'y voyaient pas. Ils ne me voyaient nulle part et à tout prendre c'était en musardant par les sentiers de Redenac que le sentiment de l'exil se dégustait le plus commodément.

J'ai choisi le Quai pour y embarquer vers des confins sans géographie précise. N'importe où ailleurs. Peu importe que je m'y sois brûlé les ailes, elles n'avaient pas l'envergure requise pour tenir le vol après le décollage. Mon frère a voyagé moins loin mais avec le recul nos destins auront été semblables : des guêpes dans un bocal. Plus nos tempes grisonnent, plus nous aimons retrouver la route bombée et tortueuse qui fait un demi-cercle autour du clocher avant de s'exténuer en un chemin creux d'où apparaissent le vieux portail rouillé, le verger en déshérence, la tonnelle anarchique, le perron moussu de Redenac.

Du coup, les mânes de mes ancêtres, dont je me suis jusqu'alors peu soucié, me suggèrent que je procède de quelque part, et qu'en somme ça m'oblige. Voilà pourquoi, sans doute, j'ai sillonné au point du jour une petite forêt de croix blanches à Bitola, localité périphérique s'il en est. Sur le macaron tricolore de la tombe voisine, un nom africain : Abdou Moussa. Je tâchais d'imaginer le périple de ce malheureux Wolof, ou Peul, ou Bambara, depuis sa case jusqu'à ces lieux pas très riants où la balle d'un Allemand, peut-être d'un Bulgare, peut-être d'un Turc l'avait allongé pour le compte. Mort pour la France.

Mon portable se mit à sonner. C'était Jonas, il m'appelait de son bureau à Paris. « Raoul est débarqué ! » Il n'en savait pas davantage. L'information circulait dans toutes les radios. « Je raccroche. On m'appelle sur une autre ligne. »

J'ai quitté le cimetière en promettant à Léopold de revenir. Désormais, j'aurais le temps. L'idée de rapatrier ses restes à Gurcy m'a traversé l'esprit. On est toujours mieux chez soi.

Je n'étais pas vraiment surpris. Tout le monde savait, dans les sphères économiques, que l'étau se resserrait sur Raoul. Tout le monde annonçait la victoire finale de Maurice-Gérard Merceron, alias MGM. Il ne cachait plus qu'il convoitait Venus pour atteindre son but : un empire mondial de la communication. Le premier. Mondial, donc américain. Depuis le printemps, trop d'indices m'inclinaient à penser que Raoul négociait sa sortie. Ses rendez-vous avec son avocat. Ses faux-fuyants sur certains dossiers. Son humour aussi, de plus en plus grinçant.

J'ai appelé Marleen. Répondeur. J'ai retenu une place sur le premier vol disponible à Skopje et je suis allé marcher dans la ville. Raoul viré, ça faisait planer à brève échéance une menace sur l'agence de Jonas, la position de Greg, la maison d'édition de Cliff Morgan où Marleen publiait ses livres. Vladimir allait en pâtir, Lexo et Ralph tout autant. Quant à moi, je perdais mon travail. À des titres inégaux, tous les membres de la bande dépendaient de Raoul.

J'ai parcouru ce que les indigènes appellent le *corso* — la rue centrale, aux façades de style viennois avec des turqueries sur les toits — où déambulaient des grappes de jeunes. Comme partout les filles portaient des jeans à taille très basse qui découvraient les nombrils et leurs alentours, ça produisait une ambiance de sensualité innocente, joyeuse et fragile. L'Europe dans ses marges balkaniques : soif de bonheur, mais l'anxiété n'est jamais loin.

La veille, j'avais dîné à Skopje, au bord du Vardar, avec deux poètes, un dramaturge, un metteur en scène et l'éditeur que Raoul voulait racheter. Tous amis de Vladimir. Les vins étaient capiteux, ils avaient chanté des airs du pays et seriné les lamentos d'usage sur la situation : les Albanais de Tetovo, de plus en plus indociles ; le Kosovo qui n'en finissait pas de pourrir sur pied ; la Grèce qui leur mégotait l'appellation. Une Macédoine idéale émergeait en filigrane de leur ivresse — idéale car ayant recouvré sa part bulgare et sa part grecque, mais à la fin du dîner la fierté d'être les citoyens libres d'une nation reconnue (mal reconnue) se diluait dans un regret équivoque de la fédération yougoslave, quand les intellos de Belgrade, de Zagreb, de Sarajevo et de Skopje conduisaient le bal de la dissidence. Je compatissais. J'avais l'habitude de ces ritournelles. J'avais appris à aimer les Balkans, la précarité qui navre ces peuples rendait un écho mystérieux à mes propres expectatives. Je la retrouvais dans la peinture de Vladimir — et aussi dans ses monologues désemparés d'après boire.

Au bout du corso, les lumières se raréfient, on débouche sur un parc où des amoureux s'enlaçaient sur des bancs. Je me souviens, Dieu sait pourquoi, que le cirque Médrano faisait escale. La tente était dressée, la représentation aurait lieu le lendemain. Des feuilles de marronniers jonchaient le sol. J'ai ramassé un marron, pour Marleen. C'est un rite. Quand nous sommes ensemble, chacun en ramasse un et le confie à l'autre. Quand nous sommes seuls, chacun en ramasse un pour l'offrir à l'autre.

L'avion ne décollait qu'à midi. J'étais remonté à Skopje avec l'éditeur, sans oser lui dire que le rachat de son officine n'était plus à l'ordre du jour. Nous avions fait le détour par Ohrid pour voir la basilique et pendant tout le trajet, dans la nuit, sous la pluie, il m'a assené les épisodes majeurs ou mineurs, toujours sanglants, de l'histoire de son pauvre pays depuis Alexandre jusqu'à Tito en passant par les Antigonides, les Romains, le tsar Samuel, les Ottomans, les deux guerres balkaniques et la sombre saga des « comitadjis ». Dans chaque patelin que nous traversions, un agent des « comitadjis » s'était fait occire par les Serbes. Il me décrivait les exécutions comme si elles avaient eu lieu la nuit précédente ; son amertume englobait les Albanais, les Grecs, les Bulgares et les Serbes, elle n'épargnait pas les puissances occidentales : sa Macédoine était une sainte martyre, le reste du monde un vivier de bourreaux. Un moine que nous avions embarqué à Prilep nous avait raconté dans un anglais de bazar une histoire confuse de métropolite local dont Belgrade récusait la légitimité. Moine ou pope, avec une barbe anarchique, une queue-de-cheval et une odeur soutenue de bouc en fin de carrière. Il maugréait quand un minaret se profilait. « *They build mosquees every day. Very dangerous.* » Toujours cette hantise de l'islam. Toujours l'Histoire, avec une majuscule, qui là-bas suinte dans le regard du moindre mendiant tandis que nous soldons négligemment ses comptes en rituels commémoratifs.

J'ai passé la matinée à la terrasse d'un café de la vieille ville adossée à la citadelle, en dégustant l'idée que ma vie allait basculer. Entre-temps, j'avais appelé Marleen. Elle savait déjà, ça n'avait pas l'air de l'inquiéter. « Du moment que toi et moi... » Oui, du moment qu'elle et moi, dès le lendemain, à Londres.

3

Les marrons forment un chapelet sur le rebord de la cheminée. Tous ces automnes... J'ai posé celui de Bitola à côté des autres. Il y a le marron de Vienne, celui d'Heidelberg, celui de Budapest — les plus anciens sombres, mats, ratatinés.

Marleen a inventé le rite à Cracovie, sur un chemin qui longe la Vistule. C'était les débuts de notre liaison, nous planions à côté du monde, en sachant qu'il nous rejoindrait vite. Deux jours d'évasion avec l'alibi des albums sur l'art baroque dont elle assurait la partie rédactionnelle. À Varsovie où nous nous étions retrouvés, j'avais suggéré une visite de la maison de Chopin qui se trouve à quelques dizaines de kilomètres. Elle avait hésité. « Chopin me fait peur. Il est tellement... excessif. » J'avais insisté et nous avions baguenaudé, dans la maison puis dans le parc où des haut-parleurs installés dans les arbres diffusaient des Polonaises. Marleen écoutait en fronçant les sourcils, comme si chaque phrase recelait une menace qui lui était personnellement adressée. « Avec toi, ça me fait moins peur. Tu sais, je l'ai beaucoup aimé. Trop. » Je ne la connaissais pas assez pour comprendre le sens de ce « trop ».

Elle avait tenu à ce que nous assistions à une messe dans la cathédrale de Cracovie. La liturgie en latin m'a rappelé les offices de mon enfance, à Redenac ou à Gurcy — les sacristains en soutanette rouge et surplis blanc, les psalmodies du grégorien, le tintement de la clochette au moment de l'Offertoire puis de l'Élévation. Une religiosité dont j'avais oublié la saveur sanctifiait mon bonheur d'amoureux clandestin. En sortant de la cathédrale nous avons marché dans la ville. Il faisait froid. Marleen avait enfilé des gants de laine rouge. Ma main a rejoint la sienne dans la poche de son manteau, le marron s'y trouvait, elle le serrait, ouvrait ses doigts, le laissait rouler dans les miens, refermait sa paume, nous faisions l'amour, je fredonnais le début d'un concerto de Torelli qu'elle m'avait prescrit et dont l'allégresse libérait en moi des élans dont j'ignorais la teneur, sinon l'existence. Un concerto pour violons et trompette que plus tard nous écouterions dans l'église Saint Paul and Mary, à l'occasion d'un concert d'André Bernard.

Simone avait laissé un message sur mon répondeur. Je l'ai rappelée. C'était la secrétaire particulière de Raoul ; elle pleurait au bout du fil. Raoul avait cherché à me joindre, il venait de partir pour Biarritz. L'amertume de Simone dépistait des traîtres dans tout Paris. Elle reprochait à Matignon, et même à l'Élysée, de ne s'être pas interposés. Elle en voulait surtout à Carla d'avoir laissé Raoul en rade. « Sans lui, elle serait quoi ? » Sans lui elle est Carla, ni plus ni moins.

Elle m'a indiqué la date du dîner d'adieu que Raoul organisait, dans un restaurant de Montparnasse. « Juste les vrais amis. » Elle a énuméré les noms : un seul de ses directeurs, tous ceux de la bande et quelques amis à lui.

La démission de Raoul interviendrait le lendemain, je n'avais que l'après-midi pour récupérer certains dossiers confidentiels. Un taxi m'a amené au siège de Venus, dans ce quartier informe du Point du Jour où des immeubles de verre et de métal ont été semés au bord d'une Seine qui a perdu ses derniers charmes au pont Mirabeau. Raoul ne le détestait pas moins que moi. Quand je l'y accompagnais, j'observais chaque fois un changement radical de son visage, à l'instant précis où un appariteur ouvrait la porte. « Bonjour, Monsieur le Président. » Dans l'ascenseur, son regard fuyait le mien, fuyait le monde, lèvres et mâchoires se serraient. C'était un Raoul métallique dont je n'ai jamais su positivement s'il endossait un rôle ou si les lieux et la fonction le dépouillaient de son humanité.

Treizième étage, celui du chef. Lorsque je suis sorti de l'ascenseur, l'appariteur qui contrôle l'accès au cabinet du président a feint de ne pas m'avoir vu. Les larmes avaient rougi le visage de Simone, elle se tamponnait les yeux avec son mouchoir. Ses deux collaboratrices du secrétariat particulier m'ont salué fraîchement. Nous nous sommes enfermés dans le bureau de Raoul dont la baie vitrée offre une vue panoramique sur Paris. Ça plaît aux patrons, les vues panoramiques ; ils ont l'impression de dominer le monde, et le fourmillement de la plèbe, tout en bas, ne paraît pas menaçant. Comme ses pairs, Raoul avait fait aménager un restaurant de prestige à son étage, dans le goût postmoderne, rien que du beige et du noir, du verre et du métal, avec sur les murs des toiles qui sanguinolaient : l'« art » dans ses états de frénésie. Une toile du même peintre couvrait tout un pan du bureau. Encore du sang, mais en fines gouttelettes sur un fond grisâtre.

« Dépêchez-vous. La plupart des bureaux ont été visités la nuit dernière. On m'a menacée de poursuites si un dossier sort d'ici.

— On, c'est qui ?

— Le secrétariat général. Tous les directeurs ont lâché Raoul. Sauf Pierre. Il vous attend.

— Qu'est-ce que vous allez devenir ?

— Raoul a négocié mon départ. Mon frère est le concessionnaire de BMW à Bayeux, il va me recruter. Dans deux ans je pourrai toucher ma retraite. Nous avons hérité d'une maison à Port-en-Bessin, je pense m'y installer. »

Je suis descendu à l'étage inférieur. Pierre Labernède était calme, souriant. C'est un Béarnais rond comme une bille, chauve comme un lampadaire, féru de rugby et gastronome pratiquant, qui a fait toute sa carrière à Venus. Comme Raoul. Outre ses fonctions de directeur administratif, il avait en charge les affaires réservées.

« Qu'est-ce que vous allez devenir ?

— On ne devient rien à mon âge. Je vais négocier mes indemnités et j'irai planter des arbres dans ma propriété de Lembeye. »

Il a allumé une cigarette, haussé les épaules.

« C'est la vie. J'ai sorti les dossiers qui vous concernent. Mon chauffeur est sûr, il vous attend au garage. Mais faites vite. Un conseil : détruisez-les. »

La pile était lourde. L'ascenseur m'a descendu directement au garage. Le chauffeur de Pierre m'attendait. Par réflexe, je ne lui ai pas donné mon adresse. Il m'a déposé place Maubert. J'ai jeté les dossiers dans une bouche d'égout, non sans volupté, et suis rentré à pied chez moi. Je me sentais vacant et juvénile. Les virevoltes de la sonate de Scarlatti scandaient ma liberté, j'avais aux lèvres un sourire mutin, comme si je venais de commettre en secret une galéjade de collégien. J'ai failli monter chez Vladimir qui campe sous un toit de la rue Saint-Louis-en-l'Île. Pas maintenant. Vladimir, c'était pour les nuits qui s'éternisent, je n'aurais pas été de mèche avec sa mélancolie.

J'ai longé le square à la pointe de l'île où plusieurs fois nous nous sommes étreints, Marleen et moi, tantôt adossés à un arbre, tantôt derrière un buisson. Mon appartement est à deux cents mètres. Nous attentions aux bonnes mœurs en regardant les bateaux-mouches glisser vers l'arche métallique du pont d'Austerlitz. Marleen me repoussait, rajustait ses collants, disait : « *Let's go* » d'une voix blanche. Son français est irréprochable mais l'anglais lui revenait avec les émotions fortes, j'étais « darling » et plus « chéri ». Nous traversions silencieusement le pont Sully, ma main sur son épaule. Si j'exerçais la plus légère pression de l'index sur son cou, elle hâtait le pas, nous parvenions exténués au seuil de l'appartement, je tournais la clef dans la serrure, elle entrait, je repoussais la porte et, une fraction de seconde plus tard, nous étions nus sur la moquette...

Cet appartement de la rue de Brissac m'est revenu à la mort de mes parents, mais je l'occupe depuis que je suis monté à Paris pour préparer l'ENA. Il vient d'un oncle du côté Bitola dont ma mère avait hérité. C'est ma tanière ; au fil des ans elle a tourné au gourbi, je n'ai jamais fait repeindre les murs, ni ajouté le moindre meuble à ceux de cet oncle qui avait macéré dans son jus, sans épouse, sans métier non plus. Il était rentier, misanthrope et morphinomane ; ma grand-mère Léontine n'en parlait qu'à voix basse et à mots couverts : le seul friqué de la famille lui faisait si peu honneur qu'on l'avait enterré à la sauvette, pas de faire-part, juste une absoute et au trou. Je n'ai accroché qu'un tableau, celui de Vladimir — une maison aux volets bleus, cernée d'arbres noirs, avec un peu de verdure pâle. C'est le havre triste d'un errant. En le contemplant une fois de plus, je me suis dit que désormais sa place serait à Redenac. De même les marrons. Comme si un instinct me dictait d'y rameuter les morceaux choisis de ma brocante intime. Ils ne sont pas nombreux.

J'ai appelé Vladimir, Victor, Jonas, Lexo, Hervé, Mylena. Répondeurs. Ils devaient se parler les uns aux autres de la chute de Raoul. Je n'ai pas osé appeler Carla. D'ailleurs on ne la voyait plus, elle devait être à Rome. J'ai mis une œuvre de Haydn, j'ai fumé une cigarette en laissant la musique déployer ses volutes. Cette sonate, nous en avions acheté le CD à Vienne dans un magasin du Graben. Marleen avait dû m'expliquer l'intérêt qu'il présente pour les mélomanes. J'étais ignare, je le suis encore mais depuis que le baroque est entré dans ma vie, par le truchement de l'amour, je m'en inonde, je n'écoute que ça. Le monde autour de moi, mes propres aléas ne sont que l'avers d'une balade enchantée ; j'ai retrouvé cette insouciance que m'ont reprochée si souvent mes parents, mes professeurs, mes supérieurs hiérarchiques au Quai. La sonate s'est achevée, j'ai appelé mon frère André à Vichy pour lui annoncer la nouvelle. Il ne lit pas les journaux, n'écoute pas la radio ; il vient de se remarier, ses amours l'accaparent.

« Tu vas changer de job ?

— Non. Je vais changer de vie.

— Côté thune ?

— Je suis raide. Mais côté cœur, le compte est bon. Embrasse Margot, je file à la gare du Nord. »

4

Il devait être tard dans la nuit car Vladimir tient bien l'alcool. Je le revois titubant au bord de la piscine en forme de guitare dont l'eau reflétait les lumières de la villa. Toute blanche, la villa des Kurković, presque un palais, entourée de pelouses sur lesquelles des invités s'attardaient car des étoiles brillaient dans le ciel. C'était au printemps, il faisait beau depuis mon arrivée à Belgrade. C'était Dodinjé, la banlieue résidentielle, où des villas pharaoniques, enceintes de hauts murs, ont poussé sur les décombres du communisme.

Kurković et Raoul longeaient la piscine en bavardant. Ils se rapprochaient de Vladimir. J'étais à quelques mètres. Je ne connaissais pas Vladimir mais son visage m'a rappelé quelqu'un, j'étais sûr de l'avoir déjà rencontré. Alors qu'ils se croisaient, Raoul l'a poussé légèrement, peut-être pour éviter qu'il lui tombe dessus. Vladimir a chu sur le dos dans la piscine, bras écartés, son verre à la main. Des rires ont fusé, des serveurs se sont empressés. Vladimir est sorti de l'eau et s'est ébroué en riant. Un quart d'heure plus tard il réapparaissait, vêtu d'une robe de chambre mauve, toujours un verre à la main.

Kurković s'est approché de moi.

« Qui est cet homme ? lui ai-je demandé.

— Le meilleur peintre serbe. Un grand ami de M. Dutheil. Il vit à Paris. »

Kurković m'a présenté à Raoul. Je connaissais Raoul Dutheil de réputation. Le patron de Venus passait pour être un tueur froid, prudent, secret, très protégé sur le plan politique et tenant la presse à distance. Elle avait néanmoins évoqué le rachat qu'il venait de faire d'une agence de publicité anglaise, dans des conditions qui laissaient supposer une grande habileté. Venus « pesait » — ainsi disait-on — dans les douze milliards d'euros et sa cotation était stable après la hausse consécutive à sa privatisation. Le groupe comprenait trois cent cinquante filiales et employait plus de soixante mille salariés. Il était présent, à des titres inégaux, dans tous les métiers de la communication : presse, édition, audiovisuel, galeries d'art. On savait en outre que Raoul était l'époux d'une Italienne controversée et on lui prêtait beaucoup de cynisme. Je n'ignorais pas qu'il était en relation d'affaires avec Kurković et qu'ils sponsorisaient ensemble des manifestations culturelles.

C'était la raison de sa présence à Belgrade, et de cette soirée : on fêtait la création d'une maison d'édition dont Venus et Kurković étaient les coactionnaires, ainsi que le rachat d'une station de radio et d'une revue d'art. Je travaillais pour Kurković depuis des années, sans qu'une véritable intimité se soit établie entre nous. Mais comme je me trouvais à Belgrade pour lui rendre compte de l'état d'un dossier, et que Raoul est un compatriote, il avait cru devoir m'inviter à ce raout où s'étalait le gratin belgradois. De la verroterie scintillait sur des décolletés, des couples valsaient en smokings et robes longues. Le champagne rosissait des joues et allumait dans des yeux en amande les étincelles d'une volupté prête aux embrasements. Dans ces pays chahutés par l'Histoire, les lendemains ne sont jamais sûrs, même pour les riches ; on prend le plaisir à la gorge, où qu'il se présente, avec une impatience frénétique. Mylena était là mais je ne l'avais pas remarquée, nous étions au moins trois cents et je ne connaissais que les proches collaborateurs de Kurković.

Pourquoi Raoul m'a-t-il pris par le coude pour un assez long aparté, derrière l'estrade où à présent les musiciens rangeaient leur matériel ? Je ne représentais rien, il n'avait jamais entendu parler de moi. Que nous soyons originaires de la même région l'a peut-être mis en confiance. Je connaissais son village, on m'avait montré l'échoppe où son grand-père était sabotier. Il y a encore des Dutheil dans le coin, dont les rejetons ont tous été casés à Venus ou dans une filiale. Quand Raoul était devenu président, le journal *La Montagne* avait publié une longue interview où il se targuait de ses racines, et surtout de la modestie de ses origines. Mais il ne possédait plus rien dans la région et n'y revenait que pour honorer de sa présence une cérémonie officielle. J'ai noté qu'il avait conservé un reste d'accent. Nous avons dû parler de rugby, il sponsorisait plusieurs clubs du Sud-Ouest. J'ai aimé le timbre de sa voix — chaude, un peu rauque. La teneur de son ironie m'a paru plus désabusée qu'assassine et ses commentaires sur les femmes que nous effleurions relevaient d'un registre troupier plutôt que mondain. Plus grand, plus maigre que ses photos ne le laissaient penser et affligé d'une légère claudication. Il flottait un peu dans un costume croisé bleu nuit, sa tête prolongeait un cou démesuré, une tête d'autruche avec de petits yeux enfoncés dans les orbites.

Il a paru intéressé par mon métier, dont il connaissait au moins les tenants. Des serveurs remplissaient nos coupes, il vidait la sienne d'un trait. Ses questions étaient précises et pertinentes ; j'y répondais le plus évasivement possible, il a dû mettre ça sur le compte de ma discrétion. C'est un métier où il faut rester en retrait, et surtout ne pas étaler ses relations. Toujours est-il qu'il m'a fixé un rendez-vous pour le lendemain matin, au bar du Moskowa où je descendais toujours. Lui, il était descendu au Yougoslavia, sur l'autre rive du Danube.

Plus tard j'ai retrouvé Vladimir dans un salon de la villa, au milieu d'un groupe où l'ivresse haussait notablement le ton des voix. Il roulait une cigarette avec une boîte de métal. La douceur éraillée de sa voix tranchait avec son torse taillé à la serpe, sa tête d'empereur romain où luisaient deux yeux pleins d'une tendresse sans destinataire précis, jaunis par l'alcool.

« Je vous ai déjà vu », m'a-t-il dit dans un français passable, et nous avons découvert que nous fréquentions la même brasserie, Le Sully, où je prenais mon café chaque matin quand j'étais à Paris.

Il m'a présenté. Des artistes. Tous se souciaient du Kosovo. L'état-major des forces de l'ONU mentait par omission, la tension augmentait, les indépendantistes albanais multipliaient les provocations. Ayant su que j'étais français, un barbu obèse m'apostrophait sans aménité. « Vous l'avez voulu, vous l'aurez : une mafia islamiste au cœur de l'Europe. »

Je n'avais pas de position arrêtée sur la question du Kosovo. Ni sur la guerre plus ou moins civile qui avait ensanglanté l'ancienne Yougoslavie. Je savais seulement que les Serbes se sentaient incompris et il me semblait que la presse occidentale leur faisait payer indûment les crimes de Milošević.

Vladimir vidait ses verres mécaniquement, comme s'il s'agissait d'une corvée à laquelle il ne pouvait pas se dérober. Il pouvait avoir soixante ans, peut-être moins, mais ce que je croyais lire dans son regard remontait à des siècles, tous les malheurs du monde slave semblaient s'y récapituler. Il a dû m'expliquer depuis quand et pourquoi il vivait en France. Je le revois, dans cette robe de chambre mauve dont l'incongruité était touchante. Il cherchait à excuser l'agressivité du barbu. « Ne faites pas attention. Il est très malheureux. » Un poète slovène — ou bosniaque, ou monténégrin — nous a rejoints et s'est mis à déclamer des vers, debout, en agitant ses bras, paumes tendues pathétiquement vers un auditoire imaginaire.

Le tutoiement de Raoul m'a surpris. Il était déjà au bar quand je suis descendu. Seul devant un guéridon mais un garde du corps surveillait la porte. Costumé, cravaté, parfumé. Il avait pris son petit déjeuner avec l'ambassadeur, Louis-Guillaume de La Mousson, un des rares qui daignaient encore me recevoir. Il est vrai que c'était son dernier poste avant la retraite, il ne risquait plus rien. Nous avions sympathisé à Oslo où Louis-Guillaume était premier conseiller, et moi adjoint de l'attaché culturel. Ça remonte à des décennies. Il neigeait beaucoup et je m'ennuyais déjà. Mon chef de service — un petit gros lippu, au nez rougeoyant — me détestait parce que j'appartenais au Quai, et lui pas. On trouvait dans la plupart des postes des anciens instituteurs, ou professeurs de collège, détachés pour s'y occuper de « culture » par l'entremise d'une filière syndicale ou autre. Ils doublaient leur salaire avec les primes d'expatriement, et dans les pays pauvres ils pouvaient s'offrir du personnel de maison ; c'était une faune équivoque, que les diplomates prenaient de haut. L'ambassadeur était une femme, on commençait à en nommer quelques-unes. Les femmes d'ambassadeurs, elles, commençaient à renâcler ; en suivant leur mari elles perdaient leur job et toutes n'appréciaient pas le métier d'hôtelière.

Quand je venais à Belgrade j'allais débusquer

Louis-Guillaume dans son bunker blanc de style Art déco, il m'aidait de son mieux et certains soirs nous allions dîner et draguer au bord du Danube. À Oslo déjà il draguait sans relâche, ça aurait sûrement handicapé sa carrière si son père n'avait été président de section au Conseil d'État, son oncle ministre et son frère aîné haut placé dans la magistrature. Les Mousson sont d'une vieille dynastie protestante de serviteurs de l'État, dans les sphères supérieures, et je soupçonne Louis-Guillaume d'avoir choisi la diplomatie pour s'affranchir du carcan familial.

« J'ai besoin de quelqu'un comme toi. Tu gagnes combien ? »

Je n'ai pas triché. Le chiffre n'a pas surpris Raoul. À l'époque, j'avais plusieurs clients, des entrepreneurs individuels comme Kurković mais aussi des institutionnels français, un syndicat patronal et même un ministre qui se méfiait des services. Je prenais ce qui s'offrait, sauf le pétrole, l'armement et la sécurité. L'un dans l'autre, j'étais à l'abri du besoin. Je n'ai jamais désiré être riche, c'est de famille. Je ne sais pas faire fructifier mon argent, encore moins l'économiser. Il y a eu des hauts et des bas. Jamais très haut, rarement la dèche complète. Par deux fois André m'a secouru, après ma démission du Quai et ma fugue avec Concepción ; il m'avait fallu du temps pour trouver les premiers contrats et Concepción était coûteuse.

Raoul m'a proposé le triple, tous frais payés, pour une activité de « conseil international ». Il souhaitait diversifier ses investissements à l'Est et au Proche-

Orient. J'avais mes réseaux dans ces régions, aux étages intermédiaires. Il fut entendu que ma mission comprendrait en outre une veille économique de ses principaux concurrents, et une infiltration discrète de certaines de ses filiales.

« Pourquoi une telle confiance ? Tu ne me connais pas. »

Il a souri, allumé une cigarette qu'il a sortie de mon paquet. Je sais reconnaître un vrai fumeur. Raoul tirait sur sa cigarette comme un adolescent qui frime devant une minette. Cette attitude m'a surpris.

« J'ai des informateurs. Et puis, il faut bien prendre des risques. Essayons pendant un an.

— Soit. »

Il avait dû téléphoner à Kurković. Sans doute aussi à Hervé Lavergne, dont nous avions parlé la veille. Hervé est son ami depuis l'enfance, le mien depuis l'ENA. Il a choisi le Quai, comme moi, mais il y est resté. Comme nous il est originaire des confins du Massif central, ses liens avec Raoul s'étaient tissés au lycée d'Aurillac.

« Pourquoi tu as quitté la diplomatie ?

— Une histoire de femme. Mais je n'avais pas la vocation.

— Je vois... »

Hervé l'avait sûrement renseigné. Il était à la direction du Moyen-Orient quand j'ai démissionné et, ostensiblement, il m'invitait dans tous ses dîners pour signifier que je restais son ami. On a dû le lui reprocher mais Hervé décourage l'acrimonie ; il est serviable, généreux et joyeux drille ; partout où il passe il se fait des amis et, comme son père Jacques Lavergne fut un grand ponte du régime, on le ménage, il a obtenu tous les postes qu'il convoitait. Il n'a pas perdu l'accent que son père avait rendu célèbre à la tribune de l'Assemblée. Le hasard renouait un fil, celui des origines. Ça m'a rassuré d'avoir à faire avec un accent qui soulevait des réminiscences, fussent-elles pas très fraîches, et pas très claires non plus.

Raoul s'est levé, m'a tendu la paume. J'ai tapé dedans, comme un maquignon. Affaire conclue. Je n'imaginais pas à quel point ma vie allait changer.

« Tu seras en France samedi ?

— Je peux l'être.

— On réglera tout chez moi à Biarritz. Arrive avant le déjeuner, je te réserve une surprise. »

Mylena était arrivée sur ces entrefaites. Grande, blonde, rieuse. Combinaison de cuir noir, bottes noires, Vierge dorée en médaillon sur une poitrine agréablement immodeste. Le genre héroïne d'un film d'espionnage. Pommettes haut plantées, maquillage extravagant. Raoul nous a présentés l'un à l'autre.

« Voyez-vous sans moi. Mon avion décolle dans une heure. »

Il m'a serré la main.

« Je suis heureux de ce... contrat. À samedi. »

Je l'ai regardé s'éloigner, suivi de son garde du

corps. Il m'a paru boiter moins bas que la veille mais sa dégaine avait quelque chose d'un automate, elle ne collait pas avec la voix, encore moins avec l'accent. Mylena s'est assise à sa place. Son sourire a ensoleillé le bar. Un sourire brut, comme on dit du champagne.

« C'est simple. Je m'occupe de Venus pour l'Europe de l'Est. M. Dutheil m'a donné l'ordre de tout vous dire. »

Un éclat de rire. Son anglais était gazouillant. Nos regards se sont croisés.

« Alors dites... »

C'est ainsi qu'elle a fait irruption dans ma vie, sans y entrer vraiment. Le soir nous dînions chez Vuk où j'avais mes habitudes, toujours à la même table, face à un tableau représentant la citadelle. Je commandais toujours des poivrons frits, du poulet fumé et un vin du Monténégro dont l'âpreté me rappelait ceux du Cabardès. Mylena est serbe de Bosnie par son père, hongroise de Vojvodine par sa mère. Sa famille s'était repliée à Belgrade au début de la guerre civile, mais elle vivait à Genève où Venus avait une agence qui couvrait l'Europe centrale et orientale. Divorcée depuis cinq ans d'un Slovène qui faisait de l'immobilier sur la côte dalmate.

L'agent local de Venus nous a rejoints. Un Serbe du Monténégro qui a longtemps vécu à Nice et ne m'a pas caché qu'il était revenu dans son pays pour « défendre ses frères » en Bosnie. Autrement dit il a cassé du Croate, ou du musulman. Ou les deux, j'ai préféré ne pas savoir. Dans ces pays il valait toujours mieux ne pas trop en savoir, il y a des cadavres dans tous les placards. Il y en avait peut-être dans le sourire de Mylena.

Ils m'ont mis au courant des contrats que Raoul voulait obtenir dans les Balkans. Il s'intéressait à la presse, à l'édition, aux galeries d'art, aux radios, éventuellement à des chaînes de télévision. Son intention était de jumeler des médias populaires et de petites structures plus élitistes, fussent-elles déficitaires. Ça dessinait une stratégie, je commençais à comprendre ce qu'il entendait faire de Venus.

Deux semaines plus tard, une réunion à Genève m'a permis de revoir Mylena. Nous sommes devenus des amants à l'amiable, sans nous prendre pour des amoureux. Ça s'est terminé quand j'ai connu l'amour pour de vrai, avec Marleen. Sinon ça aurait pu traîner en longueur, nos étreintes étaient le prolongement fraternel d'un dîner fraternel à Rolle ou à Divonne, rien de plus, rien de moins ; après, Mylena riait aux éclats, comme si nous venions de nous barbouiller de confiture dans le dos des adultes.

Son studio était un nid de coucou sous un toit du vieux Genève, il y avait des poupées en habit folklorique, une escouade d'animaux en peluche mais aussi des photos sur tous les meubles, dont des types en treillis, et un visage étrangement doux qui m'a paru être celui de Vladimir, en plus jeune. Les deux fenêtres mansardées offraient une vue sur le bulbe doré d'une église orthodoxe, un morceau du lac et les crêtes du Jura qui entretenait l'illusion d'évoluer dans un univers d'innocence enfantine à la Heidi.

Par instants, le babil de Mylena s'interrompait, un orage enténébrait son regard, le décor n'était plus qu'un trompe-l'œil, le tragique affleurait. « La vie est folle... Si tu savais... Tant pis, je t'aime bien. Toi, tu es un bon garçon. *A good guy.* » Elle prenait ma main, y posait ses lèvres barbouillées de rose, mettait un CD sur son lecteur. « Écoute. » Un violon gémissait, une voix très mâle bramait en langue serbe quelque chose qui devait être plus triste que la mort. « C'est une chanson de mon pays. L'histoire d'un gars qui fait la guerre. Il parle à sa fiancée, il lui dit qu'il ne reviendra pas. »

5

Carla rutilait dans sa tenue de jogging — short blanc, maillot bleu ciel et blanc, chaussures blanches. Juste une touche vert pomme, le bandeau qui tenait sa crinière blonde. Elle sortait de sa Mini-Morris noire alors que je sonnais devant le portail. Le sport avait rosi ses joues, des perles de transpiration couronnaient son front.

Je me suis présenté. Elle m'a serré la main. « Carla Dutheil. Entrez, je vous prie. » Sourire mondain. La voix ne s'accordait pas au corps impeccable qui se découpait sur une pelouse surplombant l'océan. Un gros cargo sortait de l'Adour, des focs multicolores dansaient sur les lames argentées.

La villa est vaste, de style basque, avec son toit rouge en pente douce et ses murs chaulés de blanc. À l'intérieur, dans une pièce immense, ouverte sur l'océan, un piano à queue blanc était cerné par des compositions abstraites d'une violence, d'une crudité qui m'ont déplu. Sauf trois tableaux — un paysage stylisé, verdoyant avec des taches rouges, une cabane de guingois, un arbre nu. Je ne savais pas encore qu'il s'agissait d'œuvres de Vladimir. Elles contredisaient la joliesse convenue de deux marines accrochées à l'autre bout de la pièce, au-dessus d'un canapé de chintz.

« Installez-vous. Mon mari va arriver. Je crois que vous connaissez Hervé Lavergne. »

Hervé n'avait pas tellement changé, juste un peu forci des hanches. Il m'a embrassé. Toujours aussi bronzé. Il aime le soleil et la mer. Il aime les mets cuisinés à l'ancienne, les alcools fins, les livres, les cigares, la peinture, les paysages, les chiens, le sport. Les copains, beaucoup. Les femmes, éperdument. C'est un jouisseur tous azimuts et sa gourmandise est contagieuse. J'étais ravi de le revoir.

« La surprise que Raoul m'a annoncée, c'est donc toi. Qu'est-ce que tu deviens ?

— Rien. Je débarque chez mon futur patron. Et toi ?

— Ils viennent de me filer l'ambassade de Lisbonne. On fait le tour du parc ? »

Nous avons marché sur la pelouse, entre des bouquets d'arbres et des massifs. Bien que le ciel fût limpide, l'océan avait l'air de s'énerver. Nous avons parlé du pays. De son père qui était notre député quand nous préparions l'ENA. D'un préfet qui avait défrayé la chronique en poignardant son directeur de cabinet. Enfants, nous ne nous connaissions pas, car la propriété de sa famille se trouve à l'autre bout du département. Ses parents habitaient Paris mais Hervé avait préféré être pensionnaire au lycée d'Aurillac pour pouvoir passer ses week-ends chez sa grand-mère. C'est à Paris que nous avons sympathisé, il était déjà bon viveur, bon buveur, bon dragueur et pas arriviste le moins du monde. La position de son père lui ouvrait toutes les portes et grâce à lui j'ai pu ébaucher un carnet d'adresses, car j'étais totalement dépourvu de relations. Son parcours aura été classique : second conseiller à Stockholm, services culturels à Atlanta, direction du Moyen-Orient, premier conseiller à Prague, puis à Tunis, ambassadeur à Lisbonne. Il avait par atavisme des sympathies pour la gauche modérée, son modèle politique du temps de l'école était la social-démocratie à la suédoise mais son séjour à Stockholm avait refroidi cette inclination, il s'était découvert plus latin, plus anar, plus conservateur qu'il ne l'aurait cru.

« Tu te rappelles ce connard de Florion ?

— Vaguement. »

Pour moi, c'était loin. J'avais barboté sans plaisir dans le monde feutré, ouaté, confiné, emmuré du Quai d'Orsay. Si je gardais quelques contacts, c'était par nécessité professionnelle. Pris séparément, nos diplomates sont agréables à fréquenter : ils ont vu des pays, ça leur donne un sens de la perspective. Surtout s'ils sortent du corps d'Orient. Dans le bocal du ministère, ils s'étiolent et prennent un tour d'esprit à la fois cauteleux, suffisant et blasé, ils voient le monde avec les yeux apathiques d'un poisson rouge ; au fond ils le méprisent, en bloc, parce que le monde n'est pas du Quai.

Je n'avais pas non plus été très heureux à l'ENA, je ne voulais pas vraiment être fonctionnaire, je m'y suis résolu par défaut. Autant tenter l'ENA, sans grand espoir d'être reçu, encore moins d'en sortir à un rang qui m'ouvrirait les portes du Quai.

J'avais envie de voyager. Plus exactement, j'escomptais d'un exil qu'il me désencombre de moi-même. Par chance on m'a admis et par chance ma promotion n'était pas portée sur la diplomatie, la culture commençait à être à la mode, j'ai pu intégrer le Quai en dépit d'un rang de sortie très moyen.

Par malchance, je m'étais embarqué bêtement dans des fiançailles avec Lise Trabert. Elle préparait aussi l'ENA et avait d'emblée jeté son dévolu sur ma personne, je me demande pourquoi. Ce n'est pas faute d'avoir été prévenue. « Je ne serai jamais un mari », lui répétais-je quand elle tirait son plan sur la comète d'un avenir commun. Un plan en trois parties, comme pour les dissertations : fiançailles, épousailles, progéniture. Brune, cambrée, très sage et très organisée. Au début j'ai dû incarner le romantique auquel elles rêvent toutes un peu, fussent-elles par ailleurs des monstres de rationalité. Après, on s'attache. Elle s'est attachée, et sans doute l'orgueil l'a aveuglée : j'en ferai un mari, coûte que coûte.

Ses parents habitaient rue de Martignac derrière Sainte-Clotilde, une paroisse où le SDF ne doit pas se sentir dans son élément. Même les mendiants de la messe du dimanche matin avaient un air de bienséance, on devait les sélectionner. Je me souviens de la boutique d'un ordonnateur de pompes funèbres, au bas de l'immeuble, dont le nom précédé d'une particule et inscrit en lettres gothiques sur la vitrine promettait des obsèques gantées à souhait.

La table des Trabert était meilleure que celle du restau-U. Les attraits du confort ont joué, je dois le reconnaître. Épouser Lise était une solution raisonnable. Ses parents possédaient une villa à Trouville, juste à côté des Roches Noires ; nous y allions presque tous les week-ends. J'aimais bien son père qui enseignait le droit constitutionnel à Sciences-Po et m'a aidé à préparer l'ENA. Il était aronien, votait à droite et dissimulait un humour à l'anglaise sous des dehors de clergyman. Même à Trouville il se costumait, se cravatait et se coiffait d'un chapeau mou qui le faisait ressembler à un notaire de nos provinces. Il vouait une admiration inconditionnelle à Churchill, une autre à sa fille. Je croyais comprendre en quoi Churchill justifiait une passion, je voyais moins clairement ce que Lise avait de remarquable, sinon la disposition des volumes. Elle était bien roulée.

J'avais une attirance lancinante pour sa mère qui dirigeait le service juridique d'une multinationale. Elle ressemblait à sa fille, en plus velouté. C'était compliqué, je ne connaissais rien à l'amour, pas grand-chose au désir ; je n'osais pas m'avouer que j'étais amoureux de la mère de ma fiancée ; encore moins risquer le geste d'appropriation dont je rêvais toutes les nuits, à Trouville, dans cette villa dont la chambre des parents et la nôtre étaient contiguës.

Plus la noce approchait, plus je sentais la maldonne et plus la confiance que m'accordait le père me remplissait de honte. Lise ambitionnait une carrière, et n'envisageait le bonheur qu'en termes de primes, ou de haltes, sur un parcours professionnel. Elle n'aimait pas la campagne. À Redenac tout lui faisait peur, les guêpes, les souris, les araignées, les vipères, les nuits noires, le vent qui hurle sous les portes. Je m'étais vite lassé des aller-retour sur la promenade des planches, avec les lumières du Havre en guise d'horizon ; et, pour charmants qu'ils fussent, les villages ripolinés du pays d'Auge finissaient par m'écœurer. J'aurais dû rompre. Je n'ai pas eu ce cran. Nous avons convolé bourgeoisement à Sainte-Clotilde et sommes restés ensemble trois ans. Ensemble n'est pas le mot adéquat : nous avons cohabité, à Dakar notamment, jusqu'au jour où Lise m'a largué pour un vrai énarque, sans préavis. Je m'en suis remis. Divorce par « consentement mutuel » : la loi qui l'instituait venait d'être votée. J'ai trimballé ma solitude à Oslo, à Doha, à Ankara, je la retrouvais à Paris où l'on me faisait végéter entre deux postes mineurs, dans une sous-direction quelconque. Beyrouth a tout changé.

« La femme de l'ambassadeur que tu avais... embarquée, tu sais ce qu'elle est devenue ?

— Concepción ? Aucune idée. Elle m'a plaqué pour un champion de tennis, ils ont vécu un certain temps à Monaco. Ensuite, je crois qu'elle a épousé un pétrolier à Houston. Ils ont sûrement divorcé.

— Je t'ai envié à l'époque. Elle était vraiment très, très belle.

— Oui. Mais très, très cinglée. »

Il a rigolé.

« Ça a fait un drôle de foin. »

Effectivement, il n'était pas d'usage, au Quai, qu'un second conseiller se fasse la malle avec l'épouse de son ambassadeur. Pourtant, ce ne fut pas la raison invoquée par le secrétaire général pour me mettre en demeure de démissionner. J'étais en poste à Beyrouth, en pleine guerre des maronites contre les Druzes. Le Quai prônait l'équilibre, l'ambassadeur cajolait les Syriens. Ça me choquait. Le Quai prônait toujours l'équilibre et il fallait louvoyer avec les régimes des pays arabes.

L'Élysée, le Quai, la presse, l'intelligentsia — tout le monde à Paris était antichrétien ; seuls les Palestiniens d'Arafat avaient droit à la compassion publique. Je n'ai jamais aimé ce manichéisme qui décrète *ex cathedra* la victime et le bouc émissaire, en vertu de modes versatiles. L'OLP à Beyrouth, les Bosniaques musulmans à Sarajevo : comme par hasard il fallait toujours que la victime ne fût pas chrétienne. J'ai aidé les maronites, avant que les milices d'Aoun et de Geagea ne deviennent ennemies. Pour la première fois, j'avais le sentiment d'agir selon une morale. L'ambassadeur a fini par le savoir. Avant d'être mon amante, à même le lit conjugal, Concepción fut ma complice. Son mari l'a-t-il su ? Il aurait dû se méfier, elle allait à la messe tous les matins à Bkerké et recevait à longueur de journée des moines dont le flingue se devinait sous la bure. Le Quai m'avait fait comprendre que je déraillais, avant même que nous ayons prémédité notre évasion.

« J'avais oublié Concepción. Tu m'en reparles ici, à Biarritz, et justement, nous y sommes venus. C'est une malice du hasard. »

Nous avions sillonné la France des palaces côtiers, c'était une des folies de Concepción et ça m'avait coûté des fortunes. Le Normandy à Deauville. L'Eden-Roc à Antibes. L'hôtel du Palais à Biarritz. La cavale a duré six mois, nous étions plus passionnés d'aventure amoureuse que vraiment épris l'un de l'autre. Quelle équipée ! Il y eut des cris et des larmes (les siennes), des verres balancés en pleine figure (la mienne), sous l'œil ahuri des serveurs. Il y eut des simulacres de tromperie pour attiser ma jalousie. Elle m'insultait en espagnol, car elle est paraguayenne ; je la larguais au bord d'une route. Elle se faisait prendre en stop, je suivais la voiture, la doublais et l'obligeais à s'arrêter en plaçant la mienne au milieu de la chaussée. Concepción s'enfuyait à pied. Je la poursuivais dans un chemin, je la rattrapais, elle me giflait et nous faisions l'amour sur un tapis de verdure. Cet épisode-là, ce fut en pays solognot. Il y en eut de plus délirants.

Nous étions pris de folie ; le monde semblait-il était à nos trousses, il fallait le fuir. Concepción était la fille unique d'un général dont j'ai su ultérieurement qu'il avait trafiqué sous Stroessner. D'où ses goûts de grand luxe. Pourquoi avait-elle épousé un diplomate français aussi terne que ce Boismandé ? La particule, peut-être, il s'appelle Geoffroy Gournault de Boismandé, sa famille procède d'un maréchal d'Empire. Comment l'a-t-elle supporté aussi longtemps ? Mystère. Elle prétendait n'avoir eu aucun amant avant son mariage, aucun après, j'étais soi-disant le premier en date. Voire. Le sang indien s'affirmait dans l'ovale des yeux — noirs, très noirs —, la pommette saillante, la lèvre pulpeuse, le corps ambré. Belle à se damner. Folle jusqu'à chercher un prêtre pour se confesser, à peine sortie du lit où nous nous dévergondions. Elle m'a fait le coup dans un « Relais et Châteaux » de rase campagne. La réceptionniste téléphonait en vain aux adresses paroissiales, Concepción se mordait les ongles en me dardant des regards furibonds. « Il faut en trouver un ! » Le plus drôle est qu'elle avait fini par débusquer un curé de campagne, du côté de Carcassonne.

C'était la passion, rien d'autre. Elle m'a envoûté parce que, en pleine guerre, en dépit de la modestie de mon rôle, j'avais le sentiment de vivre passionnément. Clandestinement. L'orgueil m'a entretenu. Quoi de plus gratifiant, pour un second couteau du poste, que d'avoir dans ses bras, dans ses draps, une épouse d'ambassadeur convoitée par tout le corps diplomatique de Beyrouth ! Le catholicisme en est la cause initiale ; elle m'a fait du gringue parce que, dans les dîners, je ne cachais pas mon faible pour les maronites. Elle m'a alerté quand son mari décida de ne plus me confier la rédaction des télégrammes. « Il se méfie de toi et il l'a dit au Quai. Sois prudent. »

« Tu connais Raoul depuis longtemps ?

— Depuis moins d'une semaine. Je me demande encore pourquoi il m'a recruté.

— Avec lui, ça collera. Sauf si tu lui piques Carla. Qu'est devenue ton ancienne épouse ?

— Lise ? Aucune idée. J'ai juste appris qu'elle a quitté la fonction publique. Tu l'as revue ?

— Une fois, il y a longtemps, chez des amis à Deauville. Elle m'a évité. Je ne suis pas son genre de mec.

— Je l'étais encore moins. »

Nous sommes rentrés dans la grande pièce inondée de soleil. Un homme de haute taille aux cheveux frisés d'un roux ardent, aux joues creuses et mal rasées, vêtu d'une salopette de déménageur, était assis sur le canapé, un livre à la main. Jonas Bernheim. Hervé le connaissait. Les yeux de ce type pétillaient d'intelligence et de malice ; en même temps, ils semblaient appartenir à un extraterrestre.

Raoul est arrivé, en jeans et pull-over noir moulants. Il avait l'air détendu.

« Excusez-moi, j'étais chez mon ostéopathe. Mon arthrose... »

Carla nous a rejoints. Le vert de sa robe mettait en exergue sa blondeur, ainsi que le hâle de sa peau. Je l'ai trouvée désirable. Pas sympathique : désirable. Pendant tout le déjeuner elle a balancé à Raoul des vannes grinçantes. S'agissait-il d'un jeu ? Personne ne semblait gêné. Elle dénigrait pêle-mêle les notables de Biarritz, les magnats parisiens ; elle trouvait que la France n'était plus douce à vivre, comme avant. Quel avant ? Elle ne prêtait aucune attention à ma personne et n'épargnait pas Hervé. À son gré la diplomatie française était trop en phase avec celle des Américains. « Ils vous laminent et vous ne réagissez pas. De Gaulle n'aurait pas supporté ça. »

Seul Jonas échappait à ses coups de griffe. Il mangeait peu, ne buvait pas, ne fumait pas. Il m'avait dit quel était son métier. Agent littéraire. Je ne savais pas au juste de quoi il s'agissait. C'est un intellectuel, ai-je pensé, voilà pourquoi il impressionne cette snobinarde. Elle m'aurait franchement déplu si sous le masque de la mondaine blasée ne perçait un dépit qui n'avait pas l'air affecté. Elle était dans une phase « body building », ne buvait que de l'eau, ne mangeait que des fruits.

Lexo s'est pointé au dessert en compagnie d'une brune à peine trentenaire. Il était en thalasso, au Miramar. J'étais presque sûr d'avoir rencontré cet homme quelque part. Mais où ? Charmant, charmeur. Il s'appelle Alexis Brinz, Lexo est son surnom. Il pouvait avoir soixante-cinq ans, ou plus, ou moins. Une élégance innée l'aurait distingué de ses semblables dans n'importe quel cercle aristocratique, sans qu'on pût en définir le genre. Plus subtil, plus enlevé que du dandysme. Tout sonnait juste — le beige du pantalon, le sourire, la mèche à peine rebelle, le timbre de la voix (très doux, très chaud, très viril). Il sortait des cigarettes d'un étui d'argent, les assujettissait à un fume-cigarette au bout également argenté et ce geste aussi était seigneurial.

Raoul me l'a présenté comme un très vieil ami.

Ils s'étaient connus à New York. Avec Lexo, la conversation a changé de ton, on sortait du monde ordinaire. Lexo semblait connaître tous les secrets d'une gentry qu'on imagine défunte depuis un siècle — les crus, les armoiries, les palais vénitiens, les clubs londoniens. Il dissertait aussi savamment sur les iconostases en Ukraine que sur la généalogie des Montesquiou (« des amis de toujours ») ou la stratégie du Pentagone. Ça frôlait le snobisme, sans en être, rien n'était outré, il parlait de ce qu'il connaissait. Carla le buvait du regard, je me suis demandé s'ils n'étaient pas amants, je tâchais de me souvenir où j'avais pu le rencontrer.

La fille qui l'accompagnait — jeans délavé, teeshirt blanc cassé, rien dessous — était une journaliste de FR 3. Elle devait interviewer Raoul, le soir, avant le match de rugby, car Venus participait au sponsoring des clubs basques. Elle a tenté, au café, de piéger Raoul sur la politique. Était-il de gauche ou de droite ? Comment jugeait-il la politique du gouvernement ? Que pensait-il du maire de Biarritz ? De celui de Bayonne ? Du président du conseil général ? Ces questions n'étaient pas innocentes. J'avais lu *Sud-Ouest* dans un bar, le matin ; un chroniqueur laissait entendre que Raoul pourrait se présenter à des élections municipales ou législatives. Il a éludé. Hervé qui tirait des bouffées lentes et gourmandes de son havane est intervenu. « Politiquement, Raoul est du Sud-Ouest. Comme moi. Et chez nous, on est tous rad-soc. Ça vous va ? » Elle n'avait pas l'air de savoir ce que « rad-soc » signifiait.

« Vous allez vous présenter ?

— On m'a prêté cette intention.

— Vous démentez ?

— On continuera de me la prêter. Je préside Venus, j'aime la Côte basque et j'aime le rugby. Un chef d'entreprise n'est pas un homme politique.

— MGM ne refuse pas l'idée de se présenter à la présidentielle.

— Je ne suis pas MGM. »

Il a ajouté, avec une pointe d'agressivité :

« Il s'en faut de beaucoup. »

On parlait déjà de Maurice-Gérard Merceron, que la presse avait rebaptisé MGM. C'était la mode de tout réduire à des initiales ou à des sigles. L'étoile de cet homme montait dans le firmament médiatique. Il allait prendre la présidence de la Septimanienne d'Énergie et ce n'était qu'un tremplin, il se voyait sous les feux d'une rampe planétaire. Il avait une « vision » très futuriste de l'entreprise en général, de la communication en particulier. Mondialisée. Américaine. Un capitalisme plus financier qu'industriel. Ses rares détracteurs le présumaient mégalo, mais chaque semaine ou presque on voyait son visage potelé dans un journal ou un magazine, et la plupart des commentateurs le campaient en homme d'avenir, voire en sauveur de l'économie française. L'Élysée, disait-on, se méfiait de lui.

Hervé a émis un ricanement.

« MGM se came aux médias. Il s'empoisonnera avec son propre venin. »

Raoul voulait me parler en tête à tête. Nous sommes descendus en ville dans son 4 × 4 gris métallisé, il l'a garé sur la place Bellevue, nous avons rejoint la plage par les escaliers en zigzag. Des surfeurs jouaient sur les vagues, des cerfs-volants flottaient dans un ciel sans nuages.

« Je t'explique. Un secteur clef : la privatisation des médias dans les Balkans. Un dossier urgent : l'intégration du groupe anglais que je viens d'acquérir. Tu vas d'abord t'occuper de ça. Les Américains me tirent dans les pattes sur les gros contrats internationaux. »

Il était à la fois précis et synthétique. Prudent, quoique résolu à imposer sa stratégie. Sa description des protagonistes me donnait à penser qu'il savait juger les gens. La confiance qu'il m'accordait m'étonnait, je la trouvais hâtive. Si je balançais à la presse ce qu'il me racontait, il était mort.

« Mon directeur à Londres est remarquable. Gregory Perkins. C'est un ancien diplomate, il a quitté le Foreign Office parce qu'il s'emmerdait. Comme toi, si j'ai bien compris. Tu verras, un type raffiné. Et qui aime la France. D'ailleurs il a acheté une maison du XVIIIe à Leyrignac, pas loin de chez nous. Je l'ai connu à New York. Je suis sûr que vous vous entendrez. C'est aussi un ami de Lexo. Comment tu trouves Lexo ?

— Séduisant et... mystérieux.

— Plus que tu ne peux l'imaginer. C'est un type

à part. Il pourra t'aider. Il connaît tout le monde à Londres, à New York, à Paris.

— Il est français ? »

Raoul a ébauché un sourire qui se voulait énigmatique.

« Ça dépend des jours. Sa seule vraie patrie, ce sont ses amis. Je suis son ami. Pour le reste, tu découvriras ce que tu pourras. Je ne prétends pas tout connaître de lui. »

Nous avons longé la plage, devant le casino municipal. Raoul avait chaussé des lunettes de soleil noires ; le vent ébouriffait sa chevelure argentée, dont les mèches avaient dû être ordonnées par un coiffeur de renom.

Nous nous sommes attablés au Royalty pour prendre des notes. Raoul a serré la main du patron.

« On gagne, ce soir ?

— Il faut qu'on gagne. »

Un silence. Le patron semblait hésiter à poser une question.

« Ce qu'on dit dans le journal... »

Réponse sèche, assortie d'un clin d'œil.

« Il faut laisser dire. Je n'ai rien décidé. »

Le contrat que nous allions signer stipulerait que je dépendrais de Raoul, hors hiérarchie.

« Si je saute, tu sautes. »

Il a souri. Je l'ai senti sûr de lui. J'avais passé quelques coups de fil à Paris, pour me renseigner. Sa position était solide. Depuis qu'il était président, Venus affichait des résultats nets plus que satisfaisants. Il connaissait la boîte intimement, cadre par cadre, il tenait les syndicats, il avait ses entrées à l'Élysée, autant d'amis dans l'opposition que dans la majorité. Pas de casserole. Un seul handicap : il n'était pas du sérail. La plupart des patrons français sont énarques ou polytechniciens et forment une coterie d'autant plus soudée qu'ils se cooptent les uns les autres dans leurs conseils d'administration. Leurs congénères occupent de hautes fonctions à Matignon, à Bercy, dans les cabinets ministériels ou les grandes entreprises publiques. Raoul n'était pas du club. Il est entré à Venus il y a trente-trois ans par une porte de service, grâce à l'entregent du père d'Hervé, avec en guise de pedigree deux années de licence de droit.

« MGM, tu le prends au sérieux ?

— Je m'en méfie. Il va rentrer dans le conseil d'administration de la société holding, puisqu'il prend la présidence de la Septimanienne. Tu sais, dans ce monde-là, on n'a que des ennemis. Je l'ai toujours détesté. »

Une lueur mauvaise a traversé son regard. Il était sincère. Je me suis dit que les sarcasmes de Carla l'auraient davantage irrité si, au fond, il n'en approuvait le sens. Ses amis étaient aux antipodes de la sphère économique. Du moins ceux que je venais de découvrir, Jonas et Lexo. Un pur manager n'eût pas atteint et maintenu le degré d'intimité qui le liait à Hervé. Je croyais deviner un être complexe, divisé, caméléonesque. La modestie de ses origines avait dû être son carburant initial ; les grandes ambitions procèdent souvent d'une revanche sociale. Il y avait aussi cette claudication, elle pouvait attiser d'une autre façon le même désir de s'insurger contre le mauvais sort.

6

Je n'étais jamais revenu à Aguilera depuis que j'avais quitté Toulouse. C'est le stade de Biarritz, planqué dans des arbres en retrait de la route de Bayonne. Art déco. Les tribunes, le club-house et l'ancien terrain de concours hippique reconverti en annexe où les joueurs s'échauffent sont peints en rouge et blanc. Un rouge particulier, qui se rapproche de celui des courts de tennis en terre battue.

La télévision régionale a filmé Raoul quand nous avons pris place dans la tribune officielle. Il a serré des mains officielles. Je n'avais plus assisté à un match de rugby depuis des années, je me contentais de regarder l'équipe de France à la télévision, lors du tournoi des Cinq Nations. Six désormais, avec l'Italie : le rugby changeait, on avait modifié les règles, et les visages des internationaux ne ressemblaient plus à ceux d'avant, ils étaient plus glamour, moins rustiques. Pourtant j'ai retrouvé, intacte, ma ferveur de l'époque où j'étais étudiant. Nous partions en bande chaque dimanche pour aller voir un match de championnat à Montauban, à Agen, à

Auch, à Tarbes, à Narbonne. En début de mois nous étions moins fauchés, et parfois la deux-chevaux offerte par mon père pour ma mention (AB) au second bac nous poussait jusqu'aux Landes. Dax, Tyrosse, Mont-de-Marsan surtout — ces noms de lieux entretenaient un romantisme que la mort du cadet des frères Boniface avait endeuillé.

Aguilera, c'était particulier. Notre plaisir se pimentait d'un sentiment de viol. Nous allions humer le chic d'une gentry imaginaire, teintée d'anglomanie rétro, associée aux deux palaces qui contrôlent la baie — le Palais, le Bellevue —, aux folies néo-gothiques plantées sur la falaise, au casino, aux verdures lustrées du golf de Chiberta. À vingt ans, on prend ses fantasmes où on les trouve. Aguilera participait de cette magie naïve qui rejoignait ma sympathie pour des écrivains cosmopolites tels que Larbaud. Après le match, nous allions jouer quelques dizaines de francs (nouveaux) à la boule du casino municipal puis rentrions à Toulouse avec la hantise d'une panne d'essence. Si l'un d'entre nous avait gagné quelques fifrelins, nous allions les boire aux Colonnes en reluquant sans oser les aborder les joueurs dont la photo figurait dans *Miroir-Sprint*.

N'importe quel rugbyphile sait l'importance d'un derby opposant Biarritz à Bayonne. On dit : le BO et l'Aviron. Rouge et blanc contre bleu et blanc. La ville d'opérette contre l'âme basco-landaise. Sur cette trame on peut tout broder, y compris la lutte des classes : les bourgeois du BO, les prolos de l'Aviron.

Le stade était un bateau ivre bariolé du bleu et du rouge des fanions ; il délira lorsque les équipes sortirent du tunnel, dans une cacophonie de coups de trompettes et de tambours.

Jonas était surexcité. À table, il n'avait pas prononcé dix mots et tout l'après-midi il s'était enfermé pour lire dans sa chambre.

« Regardez le type qui arrive. C'est Celaya. Il jouait en 1961 contre les Springboks à Colombes. Je le voyais plus grand. »

S'ensuivit l'annonce au micro de la composition des deux équipes. Lexo a coupé Jonas qui énumérait les joueurs de l'équipe de France ayant participé à ce match contre les Springboks. J'en avais oublié la moitié.

« Tu es sûr qu'il y avait De Grégorio au talonnage ? J'aurais cru que c'était Vigier. »

Il a embrayé sur un match au Trinity College de Dublin, avec l'équipe de Cambridge dans laquelle il jouait.

« Mulligan était leur demi de mêlée. »

Il se tournait vers moi.

« Tu connaissais Andy ? »

Il paraissait étonné que je ne connaisse pas personnellement Mulligan. Dans l'univers où il évoluait — mais lequel ? — on devait forcément avoir frayé avec cet ancien international irlandais devenu plus ou moins diplomate aux États-Unis après avoir été journaliste à Paris. Il venait de mourir, les nécrologies l'avaient présenté comme un personnage à facettes multiples, aux activités difficiles à cerner.

Jonas énumérait, poste par poste, les joueurs anglais du début des années soixante. Puis les Gallois, les Écossais, les Irlandais. Molloy. MacBride. Kennedy.

Par hasard, Carla avait été placée à mes côtés. Elle ne connaissait rien au rugby. Elle se penchait vers moi pour solliciter une explication. Son parfum m'entêtait. Un drôle de parfum, fruité plutôt que floral. Elle n'en a jamais changé. Elle avait noué ses cheveux et s'était coiffée d'une casquette rouge et blanc qui encanaillait son visage.

« Quelle violence ! Au fond, vous, les hommes, vous aimez ça. Faire mal. Voir souffrir. Mon premier mari hurlait de plaisir quand les joueurs se battaient. C'était du foot, mais ça revient au même.

— Tu as eu un autre mari ?

— Oui. À Rome. On t'a dit que je suis italienne ?

— Ça s'entend. »

Son sourire était empreint d'une résignation morose.

« Giuseppe Carmona, le cinéaste. Tu as entendu parler ? »

J'ai prétendu que oui pour ne pas la désobliger. Je me demandais dans quel monde Raoul Dutheil m'embarquait. Carla et Lexo échangeaient des demi-sourires de connivence. Pas la connivence d'amants en titre : plutôt le reflet d'une fraternité d'armes dans l'ordre de la tendresse désabusée. Du moins c'était ainsi que je croyais la percevoir. Biarritz gagnait, la foule hurlait, les fanions rouges faisaient tanguer le stade dont les projecteurs avaient été allumés. Derrière nous, Raoul et Hervé échangeaient des vues de connaisseurs. Assise à côté de Lexo, la journaliste adressait des saluts de la main aux notables.

« Tu la connais ? »

Carla haussait les épaules.

« Bien sûr que non. S'il fallait toutes les connaître. Lexo fait la cour à n'importe quelle fille, par courtoisie. Il en retrouve dans son lit sans l'avoir voulu. Il les oublie dans un hôtel ou une boîte et on ne les revoit plus.

— Quel est son métier ?

— Tu as dit "métier" ? Lexo fait des choses, comme ça. Des chroniques. Des séries pour la télévision. Des livres. Des choses de grande qualité. Il voyage. Parfois il disparaît pendant un an. On apprend qu'il est à Samarkand, ou à Sainte-Hélène. Il revient, riche ou fauché, ça dépend. Ça ne change rien à sa façon de vivre. Ce sont les hommes comme lui qui entretiennent... je ne sais pas...

— Il est français ?

— Plus ou moins. Ça dépend... »

J'aurais aimé en savoir davantage, mais j'ai craint d'être indélicat. Qu'elle m'ait tutoyé si vite ne signifiait rien, Carla tutoyait tout le monde, je n'étais qu'un nouveau collaborateur de son mari et je sentais qu'il valait mieux m'en tenir à ce rôle.

Lexo nous avait invités au restaurant de l'hôtel du Palais, sans Raoul qui assistait au repas officiel d'après-match et sans la journaliste. Hervé lui a demandé où il l'avait rencontrée. Il s'est contenté de sourire en levant son fume-cigarette et ce geste pouvait signifier qu'il est naturel de tomber sur une fille qui emboîte votre pas, naturel de ne pas l'éconduire, naturel de l'oublier et tout aussi naturel de ne confier à personne ce qu'on a fait ou pas fait avec elle.

L'océan écumait sur le rocher de la Vierge, des lumières de bateaux se diluaient sur l'horizon. L'ambiance était déroutante, les propos rebondissaient sans suite, chacun semblait chercher ses marques. Jonas dénonçait le dévoiement du rugby dans le professionnalisme, les nouvelles règles, la fin des troisièmes mi-temps. Lexo enchaînait sur ce thème, la mélancolie n'était pas loin. « On ne reverra plus des gars comme Andy. Ou comme Tony O'Reilly. Tu connais Tony ? »

Je me souvenais d'avoir vu jouer O'Reilly, à la télévision, et je savais qu'il était devenu un magnat de la presse.

« J'ai dîné avec lui la semaine dernière, à Londres. Toujours le même.

— Où l'as-tu connu ? ai-je risqué.

— Au Trinity College de Cambridge. Il était déjà le meilleur, et pas seulement au rugby. »

Hervé avait commandé des vins espagnols au sommelier. Ils montent vite à la tête. Je me revoyais dans cette salle, avec Concepción, dans une autre vie. Le peu dont je me souvenais, je l'avais raconté à Hervé, ma cavale amoureuse lui inspirait une certaine admiration et je n'avais rien d'autre à faire reluire. Ce soir-là Concepción avait envisagé de divorcer, de m'épouser et de me faire une pelletée d'enfants. Le programme ne laissait pas d'être inquiétant, effrayant même, mais j'avais dû acquiescer, j'évitais de la contrarier dans les lieux publics, avec elle le risque d'un esclandre était permanent. Et puis, sur ses lèvres, son anglais de collège à la sauce espagnole avait des séductions irrésistibles.

Lexo s'envolait pour New York le lendemain. « Un film à monter. Le producteur s'impatiente. Je serai juste rentré à temps pour les régates de Saint-Tropez. » Il fut question de personnalités proches du Pentagone qu'il avait connues à Yale et dès ce moment j'ai soupçonné ses liens avec la CIA. En avait-il aussi avec le Mossad ? Il semblait très au fait des dessous compliqués de la politique d'Israël. Était-il juif comme Jonas qui nous a dressé un panorama de la situation intellectuelle à Jérusalem ? Lui, il connaissait les théologiens, les écrivains et les artistes. Carla le relançait. Chemisier vert et rose, pantalon noir, chevelure dénouée, elle était assez somptueuse.

« Les juifs seront les seuls à surnager. Nous, c'est Rome après le passage d'Alaric. »

Lexo prenait la remarque au rebond, expliquait en tenant son fume-cigarette à hauteur de ses yeux que durant le Bas-Empire la vie était capiteuse. « Les périodes de décadence sont les plus agréables. Au moins, les gens ne croient à rien, ils s'amusent avec des formes et des concepts. »

À quoi avait-il cru ? Où était la faille ? Car il y

avait une faille ; par instants ses propos trahissaient un désenchantement, à tout le moins une lassitude. Quel était le passé de cet homme dont je commençais à subir la fascination ? Et celui de Jonas qui avait vécu à Zurich, puis à New York, avant d'étudier à Bologne, habitait entre Paris et Jérusalem et s'adressait en russe à une serveuse blonde, ayant repéré son accent. Elle était ukrainienne. Lexo lui a parlé en ukrainien, elle a rougi, souri, j'étais ébahi.

Où avais-je rencontré Lexo ? Je continuais à me poser la question dans ma chambre d'hôtel qui donnait sur l'océan. La lueur intermittente du phare traversait la vitre, je regardais la ville crémeuse qui étageait ses toits rouges sous les étoiles.

7

Les pins défilaient, je traversais les Landes pour rejoindre Redenac par Mont-de-Marsan, Marmande, Bergerac et Brive. Autant de noms de lieux dont j'avais connu tous les stades. J'avais loué une voiture à Biarritz et acheté des CD de Bach. Rien de plus lénifiant que cet océan de pins d'où émergent ici et là des atolls en forme de patelins blanchâtres, aux maisons basses. Les eaux de la Garonne étaient hautes et les pleins et les déliés de l'Entre-deux-Mers reluisaient tendrement au soleil. J'avais oublié la saveur de la France ordinaire, quand on la hume au débotté sur des routes départementales ; je l'ai trouvée parfumée.

Ma vie allait changer, ça me mettait en joie. La personnalité de Raoul m'intriguait. Lexo et Jonas n'étaient pas des personnages ordinaires. J'espérais revoir Hervé. Nous avions retrouvé, sans nous forcer, notre complicité estudiantine. Il m'avait confié qu'il était en instance de divorce ; une femme nettement plus jeune que lui l'avait pris au collet (« En contre. J'ai rien vu venir »), il envisageait de l'épouser. Je connaissais vaguement sa première femme, une avocate qui ressemblait à Lise. Il avait dû l'épouser par inadvertance, à l'âge où la plupart des copains se mariaient pour la première fois. Ils avaient deux fils ; l'aîné était diplômé de HEC et travaillait à Paris chez Publicis, son frère glandait en sociologie à la Sorbonne. « Il n'a envie de rien. Surtout pas de devenir un adulte. Les psys prétendent que notre divorce l'a perturbé. Tu crois à ces trucs ? »

Je n'avais pas d'avis. Pas de souci de ce genre non plus, Lise ayant opportunément ajourné la perspective d'une procréation. Il arrivait que je me sente de trop sur la surface de la terre, faute d'héritier à qui transmettre... quoi ? Il arrivait surtout que je me sente un peu flottant dans ma solitude, quand je poussais la porte de mon deux-pièces-cuisine de la rue de Brissac.

Le matin, j'avais croisé Jonas devant la librairie Darrigade, dont il ressortait avec un gros paquet sous le bras. Nous avons pris un café aux Colonnes, cette brasserie où les joueurs de Biarritz se retrouvaient, après les matches, à l'époque. Elle me faisait soudain de l'œil, cette époque où les illusions n'avaient pas encore périclité. Pas toutes. Pas complètement. Rugby rimait avec poésie, je lisais des écrivains, je tenais mon journal, je bâclais des vers dans le genre de Toulet et de Cadou — des vers de mirliton où s'épanchait un bucolisme à l'eau de rose. Souvent j'allais rêvasser au bord de la Garonne, à hauteur de la Daurade. C'est une église dont la façade est ornée de colonnes, comme la Madeleine. Parfois j'y entrais. Je devais demander à Dieu qu'il daigne m'apprendre à vivre. Pas de réponse ; j'étais condamné à apprendre sur le tas. Je n'avais aucun projet, à peine des envies. Je m'imaginais dans la peau d'un de ces personnages brumeux qui traversent les romans de Greene. Jamais le même. Années soixante. Leurs débuts, pas la fin. Les premiers tubes de Johnny, les dribbles de Kopa, les percées des Boniface, la cigarette de Pompidou, Claire sur le porte-bagages de mon Solex. Les nuits d'été sur le chemin qui longe la maison de ses parents, avec le chant des grillons pour orchestrer nos effarements. Comme nous étions innocents !

Jonas m'a expliqué son métier : il négociait les droits d'écrivains étrangers auprès d'éditeurs français. Ou d'autres pays, s'il disposait des droits mondiaux. Il avait aussi sa petite écurie personnelle d'écrivains de langue française.

Il ne m'a pas caché que Raoul était l'actionnaire majoritaire de son agence. « Pour me rendre service. Je gagne trois sous une année, j'en perds quatre la suivante, ça lui est égal. Il aime vraiment les livres. Il veut toujours connaître des écrivains. Ou des artistes. L'air de rien, il sait où il va. Tu le connais depuis longtemps ?

— Depuis trois jours.

— Tu vas travailler avec lui ?

— Je vais essayer.

— Tu faisais quoi, avant ? »

C'était difficile à expliquer. Je n'avais pas envie

de m'étendre sur le sujet, bien que Jonas m'inspirât une sympathie instinctive. Il ressemblait à une figure de vitrail, à un Roi mage d'une crèche pour enfant.

Il remontait à Paris dans le jet de Raoul, avec Carla et Hervé. Sans approcher sa science, j'étais capable de citer assez de joueurs, d'évoquer assez de matches pour qu'il éprouve l'envie de me revoir. Lui aussi, semblait-il, s'était brodé un âge d'or sur le tapis du début des années soixante.

J'avais remarqué son tic : il joignait ses deux paumes comme font les moines en prière, et les tenait devant son visage, dès qu'on lui posait une question. Il m'a noté son numéro de portable sur un morceau de journal et m'a demandé de l'appeler dès mon retour à Paris. Ce que j'ai fait, sans imaginer l'importance qu'il allait prendre dans ma vie.

La maison de Redenac avait l'air abandonnée avec son crépi éventré, ses volets au gris écaillé, sa tonnelle chauve et le mur de l'ancien potager qui s'écroulait. Je l'avais pour le moins négligée depuis la mort de mes parents. Je n'y venais que l'été ; le reste du temps elle était à la discrétion des souris qui faisaient du ramdam dans le grenier.

Je n'avais pas prévu de transiter par Redenac. L'idée m'a traversé l'esprit, le matin même. Peut-être parce que avec Raoul et Hervé, nous avions parlé du pays. J'ai eu envie de retrouver la route qui serpente, de voir réapparaître le clocher trapu, puis le portail, puis la maison. Mon intégrale poétique est à Redenac. Mon égotisme, mon narcissisme y ont butiné leur miel. Mes « racines », comme on dit. À quoi bon les arroser ? Elles ne pouvaient pas tarir. J'ai toujours su où la comédie finirait : sous une dalle, à l'orée d'une châtaigneraie car notre caveau se trouve à l'extrémité du cimetière. D'où mon attirance précoce pour les marges, les confins, les nomadismes, les métissages, les êtres ou les peuples dont l'« identité » ne va pas de soi. Les Balkaniques, entre autres. Quand un petit cirque plantait sa tente à Redenac, j'allais rôder autour des caravanes, le cœur battant ; j'enviais les loupiots basanés et dépenaillés qui assujettissaient à un piquet une chèvre ou un cheval, sur l'enclos communal, derrière le monument aux morts. Demain ils seront ailleurs, me disais-je tristement, et moi je languirai devant le même pupitre. Si j'ai choisi le Quai, c'est pour rejoindre cet ailleurs dont ma généalogie sédentaire n'a pas daigné me gratifier. N'importe où ailleurs. Mon père apparemment ressassait lui aussi des songes d'évasion. Ma mère, je n'en sais rien. Elle n'entrouvrait son cœur que pour de brèves évocations d'une enfance à Gurcy où l'on ne mangeait pas gras tous les jours. Les songes, il faut de l'aisance et de l'oisiveté pour qu'ils aient pu sortir des limbes.

Lorsque j'ai quitté la diplomatie, j'ai choisi un métier qui implique un commerce avec les régions « difficiles ». Au fil du temps, j'avais acquis une seconde nature, elle me permettait d'être partout chez moi. Quitte à n'être bien nulle part. Mon for intérieur est un entrelacs de frontières. Il se serait peut-être effondré sans le recours d'une suzeraineté sur des arpents infertiles. À cet égard, je me sentais de mèche avec Hervé. Ma famille n'a jamais été riche et aucun de ses membres ne figurera dans un dictionnaire, nos ancêtres nous ont taillés dans un bois ordinaire, en négligeant le polissage, et le vernissage par conséquent. Reste que nous sommes, comme les Lavergne, issus de cette bourgeoisie de campagne qu'attestent des maisons à un étage, avec un parc, une tonnelle, un salon pour les jours de fête et des nappes aux chiffres de la famille, brodées par des aïeules. Rien qui vaille le dixième du prix de la villa de Raoul, à Biarritz. Mais Raoul n'a pas connu cette présomption d'éternité que nous consentaient ces baraques de famille ; pour cette raison sa désinvolture sonnait moins juste que celle d'Hervé.

J'ai ouvert les fenêtres, pour aérer. Passé en revue toutes les pièces. Galop affolé des souris au-dessus de ma tête. Les papiers peints se détachaient. Ne devrais-je pas retapisser ? Mon salaire m'en donnerait les moyens. D'abord, faire repeindre les volets, relever le mur, émonder les tilleuls et tailler la haie d'aubépines. Puis installer le chauffage central. Il faudrait aussi remettre en état la balançoire qui rouillait sur la pelouse, et le bac à sable où des orties avaient proliféré, afin qu'Augustin, le fils de ma nièce Marion, puisse s'y ébattre.

Le printemps avait semé des fleurs de pissenlits et des pâquerettes sur les prés dont l'herbe était tendre. Des violettes commençaient d'éclore le long de la grange, des papillons jaunes divaguaient autour des cerisiers du verger déjà mouchetés de blanc. Premiers lézards sur les marches du perron. Premiers chants d'un coucou, là-bas, du côté de la gorge.

Je suis allé marcher jusqu'au cimetière. La nuit tombait, la place de l'église était déserte, j'ai juste croisé la veuve du menuisier qui revenait de son poulailler. La maison d'André est bien entretenue, il a fait ressortir les pierres, une voisine s'occupe de son potager. Mais mon frère n'était pas là. J'ai refermé les fenêtres, tiré les volets, le cœur un peu serré. J'ai traversé le village dont la moitié des maisons étaient inoccupées et je suis remonté à Paris par l'autoroute en m'arrêtant à L'Escale, le routier proche de Châteauroux qui ne ferme jamais. C'était une tradition de dîner à L'Escale, quand je reprenais la route de Paris après les vacances.

8

Les virevoltes fraîches et malicieuses de Scarlatti semblaient traduire un récit dont les yeux verts de Marleen eussent été la page de garde et dont la gaieté sans nuage, la gaieté d'aube givrée imposait l'évidence du bonheur. Il existait. Rien d'autre n'existait. Il cavalait comme un faux diablotin lâché par Dieu dans le ciel, pour s'amuser. Parfois il allait au pas, Scarlatti avouait combien le bonheur, c'est triste sur les bords, et fragile. Vite, il se remettait à cascader, comme pris d'impatience, presque de frénésie.

Le hasard avait voulu que la sonate débutât au moment précis où Marleen Perkins m'accueillait sur le seuil de sa maison. Petite maison de style Queen Anne, toute blanche, avec la porte et l'encadrement des fenêtres peints en jaune pâle, une grille de fer forgé délimitant une pelouse soyeuse. Le charme discret de Chelsea.

Le charme de Marleen. Je l'ai saluée, j'ai vu ses yeux, la musique m'a inondé.

« C'est très beau, ai-je dit, faute de mieux. Quel est ce morceau ?

— Une sonate de Scarlatti. Ça vous plaît ?

— Le mot est faible. Je n'ai jamais rien entendu d'aussi... touchant. »

Elle a souri. La musique avait à voir aussi avec son sourire. Nous sommes restés debout dans son petit salon, jusqu'à la fin de la sonate. Ses yeux qui dansaient. Son sourire qui planait. Scarlatti qui en moi, en nous, levait une houle de jouvence. Marleen portait une robe noire très sobre, un collier en or, des collants noirs ornés de dessins et je crois bien que ses ongles étaient nacrés. Une cicatrice légère barrait sa pommette gauche.

« Mon mari va rentrer. Nous avons Lexo. Je crois que vous le connaissez.

— À peine.

— C'est un très vieil ami de Greg. Ça remonte à Cambridge. Lexo est merveilleux. Nous avons aussi Ralph et Dora. Ralph est un écrivain américain. Ils vivent dans le Hampshire, mais ils voyagent beaucoup. Des gens délicieux. »

Je me suis avisé qu'elle me parlait dans un français presque parfait.

« J'ai étudié une année à Paris. Et nous avons une maison en France. »

Raoul me l'avait dit. Leyrignac est à une heure de route de Redenac. Ça l'a amusée de savoir que nous étions presque voisins. Une musique délicate avait succédé au concerto de Scarlatti. Je lui ai demandé de quel compositeur il s'agissait.

« Haydn. Une des dernières sonates.

— Vous avez l'air très mélomane.

— Seulement le baroque. D'ailleurs, c'est plus ou moins mon métier.

— Le baroque ?

— Oui. Je rédige des livres d'art. Tous concernant la période baroque. J'ai invité Cliff Morgan, mon éditeur. Il est un peu... marginal. On dit bien "marginal" ? Mais je suis sûre que vous le trouverez très sympathique. C'est un puits de culture. »

Puis-je affirmer que je l'ai aimée dès cette première rencontre ? Elle m'a séduit dans l'abstrait ; rien à voir avec ce que m'avait inspiré Carla, l'avant-veille, à l'instant où elle m'était apparue en short, luisante de transpiration.

Morgan est arrivé le premier. Barbu, maigre comme un courlis, presque chauve et plutôt taciturne. Il portait un costume noir en velours côtelé. Le temps d'apprendre qu'il était écossais et aimait beaucoup la prose de Ralph Burton, dont il était l'éditeur, ce dernier entrait, accompagné de son épouse, Dora, une brune au teint mat, aux cheveux coupés court, dolente apparemment, enveloppée d'un grand châle mauve. Métisse, de toute évidence. Des yeux gris perle d'une fixité de serpent. Sa robe de laine semblait enroulée autour d'un corps qui s'évasait tant soit peu à hauteur des hanches.

Je n'avais jamais entendu parler de Ralph Burton. C'est un patricien de la côte est, allié par sa mère aux Rockefeller. Son père était un professeur d'économie, proche de Galbraith. Ralph a vécu toutes les bohèmes imaginables à San Francisco, à Mexico, à Tanger, en Inde avec Ginsberg et d'autres *freaks*. La soixantaine et au-delà, comme Lexo. Presque aussi élégant, dans un registre plus dévoyé ; il y a dans son visage légèrement couperosé une mollesse, aucune arête n'est tranchée. Son âge d'or remonte aux années cinquante : hindouisme, hallucinogènes, pacifisme, et cætera. Il en a gardé un fond d'idéalisme naïf, presque une innocence. Il revenait de São Luís. Ralph revenait toujours d'une contrée lointaine, peu fréquentée et qui berçait l'imagination. Toujours bronzé, toujours l'air de s'excuser, on ne savait pas de quoi, peut-être d'exister. Ses livres sont à son image : charmants, volatils, pleins de senteurs exotiques, d'amours ébauchées, de sentiments à peine équivoques. Des aquarelles. Cliff les publie à Londres, Jonas les propose aux éditeurs français. J'ignorais tout cela, je ne l'ai su que par la suite. Je ne lisais plus que des historiens, quelquefois des essayistes. J'avais renoncé aux romanciers et aux poètes, comme si je m'en sentais indigne. J'ai compris en revanche que Venus était l'actionnaire principal de la maison d'édition de Cliff. Décidément Raoul avait un gros faible pour l'édition. Plutôt dans le haut de gamme, si je comprenais bien.

J'avais fait la connaissance de Gregory Perkins, le mari de Marleen, l'après-midi même, dans son bureau de Mayfair où le sigle de Venus venait d'être apposé sur l'immeuble. Il m'avait tout de suite prié de l'appeler Greg. Sourire contrôlé, affabilité sans ostentation. Il devait être nettement plus âgé que son épouse. C'était le prototype du diplomate anglais, avec ce tour d'esprit propre aux francophiles qui savent tout sur nos alcools, nos rois, nos terroirs, nos écrivains, nos turpitudes politiques. Il avait quitté le Foreign Office à la fin des années quatre-vingt-dix, rompant le cours d'une carrière qui avait dû être brillante car son dernier poste était l'ambassade de La Haye. « Je m'ennuyais un peu, m'a-t-il expliqué sur ce ton détaché dont il ne se départait jamais. Le métier a changé. L'hôtellerie, ce n'est pas ma passion. » Son job n'était pas non plus sa passion ; à de certaines allusions j'avais cru percevoir qu'il le prenait au sérieux, mais avec des pincettes. En quoi il réagissait comme les énarques qui pantouflent dans le privé, ou y consolident leur retraite. Si consciencieux soient-ils, si efficaces à l'occasion, ils font toujours sentir qu'ils sont en transit dans un monde étranger au leur.

Outre la filiale britannique de Venus, Greg était en charge du développement en Allemagne et dans les pays d'Europe centrale. Il connaissait Mylena et en faisait grand cas — tout en me laissant entendre qu'elle avait des activités extra-professionnelles, au service d'une fraction des services serbes. Je m'en étais douté. « Ces Slaves sont tous un peu espions. Je les trouve assez pittoresques. » Il y avait dans son sourire une indulgence amusée, teintée d'ironie légère, pour la pagaille d'un monde qu'il semblait habiter par pure inadvertance.

Lexo est arrivé le dernier et, instantanément, les yeux de Dora n'ont plus été les mêmes. Pendant toute la soirée elle l'a couvé d'un regard extasié et les sourires que Lexo lui adressait étaient difficiles à interpréter : tendresse, compassion, complicité. Regret aussi. Compassion surtout, il lui parlait comme un père à sa fille, un confesseur à sa paroissienne, un médecin à sa patiente et autour de la table, chacun semblait respecter ce qui les liait. Même son mari.

Je garde de ce dîner un souvenir ébloui. Ces gens-là étaient suprêmement civilisés, je me sentais fruste et inculte. Les vins étaient parfaits. La musique nous enveloppait dans un halo de suavité à peine charnelle. Greg et Lexo échangeaient des souvenirs du Trinity College de Cambridge, Burton et Lexo de Yale où ils s'étaient connus. Burton et Cliff ont disserté sur une exposition à la Tate Gallery consacrée à l'« école de Bloomsbury » des années vingt. Virginia Woolf, sa sœur peintre, Keynes. Lexo évoquait un tournoi d'aviron contre Oxford, une java avec Kessel dans un restaurant russe de Montmartre, une régate avec Salinger que Ralph avait également connu. Le temps présent n'existait pas, ils tiraient sur les fils d'un passé qui me paraissait foisonnant, exotique et presque miraculeux.

Dora évoquait, de façon très elliptique, des épisodes de sa vie à Port of Spain, puis à Kingston, enfin à Nassau où, ai-je cru comprendre, elle avait connu Lexo. En lui disant : « Tu te souviens », la teneur de son sourire trahissait ce qui n'était un secret que pour moi. J'ai su plus tard. J'apprenais juste qu'elle avait dans les veines du sang indien, du sang chinois, du sang malais, que son père avait été pasteur et qu'elle avait étudié la littérature anglaise à

Oxford. Son anglais coulait comme un sirop, tout en venant de la gorge.

Marleen souriait, sa cordialité n'était pas laborieuse et, comme je ne connaissais personne, elle m'accordait une attention particulière. Un chat gris tigré dormait sur une pile de livres, à l'étage, dans un salon miniature qui ressuscitait les romans d'Agatha Christie, avec ses boiseries peintes en beige, ses lampes aux abat-jour de soie, ses tables de bridge devant les bow-windows et sur la cheminée un carillon de marbre noir incrusté d'ébène qui sonnait les quarts d'heure.

Alors que nous en étions aux alcools, un adolescent pâle, d'une blondeur séraphique, a fait irruption. Patrick, leur fils adoptif. Jeans, tee-shirt, boucle d'oreille. Il nous a salués poliment et s'est éclipsé aussitôt, mais j'ai cru apercevoir, dans son regard, l'affolement d'un gibier traqué. J'avais remarqué, dans le salon à l'étage, plusieurs photos de ce garçon et d'une jeune fille tout aussi blonde. Sa sœur Mary. Son intrusion avait créé un malaise imperceptible, que Greg s'était efforcé de dissiper en relançant la conversation avec une certaine hâte, et je devinais que ma présence les empêchait tous d'aborder un sujet intime.

À Londres je descendais toujours au Russell's, pour le plaisir de retrouver le quartier de Bloomsbury. J'y avais séjourné chez un couple de médecins, l'été de mes dix-huit ans. Leur fille se prénommait Vanessa, je m'étais cru amoureux d'elle. Blonde, cheveux longs, jupes courtes. Elle m'accompagnait au British Museum, je l'embrassais dans sa chambre, en écoutant les Beatles. Ses lèvres gardaient le goût des *ice-hollyes* que nous achetions à l'angle du square. Mes mains avaient licence de tâtonner sur son buste ; en deçà, zone interdite. C'était l'été de *Hard days night*, le même été que celui de mes amours avec Claire. L'une en juillet, l'autre en août. L'une et l'autre confondues en une même égérie.

Lexo m'avait gentiment raccompagné. Je lui ai proposé de prendre un verre. Il a hésité, consulté sa montre. « En vitesse. » Il gîtait au Savoy et m'a fait comprendre qu'il avait un rendez-vous. Nous avons siroté un cognac au bar tout en boiseries dont le style se mariait bien avec le tweed de sa veste et la flanelle de son pantalon. Il m'a parlé d'un boxeur américain, d'un écrivain portugais, d'un peintre haïtien. De lui, presque rien. De Dora, moins que rien. « Une vieille amie. » Il écrivait le scénario d'un documentaire sur les derniers peuples nomades pour un producteur ami de Raoul. Ami et associé. Il avait connu Raoul à New York, Jonas à Jérusalem. Oui, il était juif. Un peu. Enfin, juif tout de même, puisque sa mère... Mais géorgien par ailleurs, et autrichien de surcroît. « C'est un peu compliqué. Je t'expliquerai. Je n'ai qu'un passeport français. »

J'ai failli lui dire que nous nous étions croisés quelque part mais c'eût été une faute de goût ; sa courtoisie, son affabilité m'anesthésiaient. Lexo avait un charme, j'avais envie de croire tout ce qu'il me racontait, j'étais presque sûr néanmoins qu'il éludait des faits, en amplifiait d'autres, la réalité autour de laquelle son verbe tournoyait indolemment n'était pas tout à fait vérifiable.

Il m'a demandé pourquoi j'avais quitté le Quai. J'ai raconté en abrégeant mon histoire avec Concepción, j'ai fait l'impasse sur mon soutien aux maronites. Il connaissait pas mal de gens au Quai. Jusqu'à quel pied d'intimité ? Il avait l'air de bien connaître aussi la classe politique de Serbie. Politique et militaire. Quel rapport avec le long passé de journaliste aux États-Unis dont il venait de faire état ? Il s'est levé brusquement, m'a serré la main. « On se reverra. Raoul est un vrai ami. » Je l'ai regardé s'éloigner, son fume-cigarette aux lèvres, silhouette à la fois altière et désuète, affectée d'une légère voussure.

De retour à Paris le lendemain, j'ai téléphoné à Marleen pour la remercier et lui demander l'intitulé exact de la sonate de Scarlatti. Son « *yeah* » jovial était un sésame. Je revoyais ses yeux verts, son sourire, ses moues. Pas trop le reste. Pas avec précision, son charme exsudait de partout, je ne l'avais pas vue sous l'angle du désir. Sur ce chapitre j'étais à peu près sûr d'avoir bientôt Mylena dans mes bras, ça me suffisait, je n'ai jamais couru après deux femmes à la fois.

Nous avons bavardé assez longtemps. Elle m'a demandé ce que je pensais de ses amis. Je lui ai dit que je trouvais Dora très mystérieuse. « Elle a eu de grands malheurs. » Je lui ai dit aussi que nous avions pris un dernier verre au bar du Russell's, Lexo et moi. « Je l'aime beaucoup. Il a tellement vécu. » Ça m'a agacé. Légèrement. Elle m'a conseillé d'autres CD de musique baroque. Je me suis demandé à quoi rimait ce blocage sur une seule phase de l'histoire de l'art.

Mes vues sur le baroque étaient des plus sommaires, j'aimais surtout l'art roman, j'y trouvais la rigueur, le détachement, l'ascèse dont ma vie était incapable ; j'avais tendance à penser qu'à tout prendre, l'ordre médiéval était le plus irrécusable. Sinon, je m'intéressais à tout superficiellement, et s'il m'arrivait de mettre un CD pour meubler ma solitude, c'était plutôt une chanson d'Elvis, des Beatles, de Paul Anka ou de Fats Domino. Quelquefois Bach, il me rappelait que je possédais ce que les prêtres de mon enfance appelaient une âme. On l'oublie, l'âme, on finit par douter de son existence.

Je crois bien que j'ignorais l'existence de Scarlatti et a fortiori qu'il en existe deux, le père et le fils. L'auteur de la sonate, c'était Domenico. J'ai acheté cette sonate l'après-midi même, à la FNAC de la Bastille. Je suis rentré aussitôt pour l'écouter. Le bonheur s'est mis à cascader. À dévaler des pentes de verdure. À me seriner, avec la gravité d'un enfant prodige, que rien d'autre n'a d'intérêt. Et que ses continents sont tous à explorer. J'ai écouté plusieurs fois la sonate, debout, le nez collé à la fenêtre, regardant avec une empathie toute neuve le marronnier qui bourgeonnait dans la cour, de l'autre côté de la rue.

9

Impossible de faire le tri dans le fatras, l'enchevêtrement des souvenirs. Impossible de bâtir une chronologie : le cours des événements, l'évolution des sentiments, les décors — tout s'imbrique et tout se contredit. J'écris « la bande », pour simplifier, mais les fils qui nous reliaient les uns aux autres, et tous à Raoul, n'étaient ni très cohérents ni très stables. Certains ont cassé, d'autres se sont relâchés. Des êtres ont transité, puis ont disparu.

Les lieux me paraissent innombrables, parce que je voyageais beaucoup pour mon travail et, quasiment chaque fin de semaine, Raoul nous embarquait, souvent à Biarritz, plusieurs fois à Rome à cause de Carla, une fois à Mantoue et une fois à Séville pour une corrida à laquelle je n'ai d'ailleurs pas assisté. J'avais accompagné Marleen qui passait ses journées à prendre des notes dans les églises, et le dernier jour, nous avions appris que des trains de banlieue avait sauté à Madrid. Attentats terroristes. Beaucoup d'attentats terroristes durant cette période, ils ont inscrit nos sentiments sur un fond de violence. On ne la voyait pas, mais on avait du mal à s'en exclure. Disons qu'une menace planait sourdement ; autour de nous, au plus près de nous, le monde s'embrasait et il ne nous voulait pas de bien.

À partir de quand avons-nous cessé de descendre à Biarritz ? Le délabrement des rapports de Raoul avec Carla a été progressif. Vers la fin, il avait toujours envie de changer. Vers la fin, Carla s'était remise à boire.

Avant, Paris se réduisait pour moi aux acquêts de mon quartier. J'ai toujours habité rue de Brissac, je m'en étais fait un port d'attache avec la Seine en guise d'océan et il était rare que je me hasardasse au-delà d'un périmètre délimité par le fleuve, le boulevard Henri-IV et le canal Saint-Martin. Parfois je m'accordais un tour d'île Saint-Louis, ou j'allais patrouiller jusqu'à la place des Vosges dont la délicatesse, la simplicité, la suavité éveillaient en moi des regrets imprécis. J'avais conscience d'avoir manqué un coche, ou plusieurs. Mais lesquels ? Aucune envie de risquer un bilan. Il y a un âge pour les complaintes de l'ego, et le mien n'avait rien d'un matamore. Si je m'aventurais dans le Marais ou à la Bastille, je me sentais menacé et trahi. J'avais connu leur bonne franquette, ils étaient devenus trop branchés pour moi. Seuls demeuraient fidèles la bibliothèque de l'Arsenal enclose derrière ses grilles noires, les rues de guingois adossées à la caserne de la garde républicaine et le square en forme de proue où s'achève l'île Saint-Louis. Depuis la fin de mes études, Paris n'était qu'une escale entre deux avions.

J'ai surtout vécu à l'étranger jusqu'à ce que je quitte le Quai. Après, diverses missions m'ont parachuté d'abord dans le Golfe, puis en Europe centrale. Vienne. Budapest. Belgrade. Sofia. Quand je rentrais, je ne quittais ma tanière que pour des incursions obligées dans les ministères ou les chancelleries. Ou bien je prenais un train à la gare de Lyon et j'allais me poser chez mon frère, comme une mouette blessée ou lasse va se planquer sous un rocher.

André habitait Vichy. C'est une ville comparable à Biarritz, crémeuse et pas sérieuse, un caprice impérial remis à l'affiche par la Belle Époque. André avait acheté une villa minuscule dans la rue du Golf qui donne sur l'Allier aménagé en plan d'eau et d'où l'on aperçoit le club-house du golf dans un fouillis de verdure. J'allais marcher sous la promenade couverte du parc du casino, j'avais l'impression d'être très vieux et revenu de tout. Le soir je bavardais avec mon neveu Jérôme et ma nièce Marion qui sortaient de l'adolescence et j'en déduisais benoîtement que le monde continuerait sans moi. Aux jeux vidéo et aux portables près, ils ressemblaient à ce que nous fûmes, André et moi : frivoles et désinvoltes en apparence mais lourds d'incertitudes. Leur mère Sabine séjournait de plus en plus souvent dans des « maisons de repos » et je craignais pour eux une contagion de sa déprime. Surtout pour Marion dont l'extrême pudeur dissimulait une pente à l'exaltation, une autre à la résignation. Je reprenais le train avec une petite froissure dans le cœur. Gare de Lyon. Quai de la Rapée. Boulevard Morland. Rue de Brissac. Le lendemain un avion me posait chez les Balkaniques, où la vie était moins quiète qu'à Vichy.

Or, Paris soudain s'est ouvert à mes convoitises. Paris ? Une balade enchantée, un précipité de tous les concertos qui me chaviraient voluptueusement les neurones. En longeant le boulevard jusqu'à la station de taxis, je passais devant le salon de coiffure où exerçait une certaine Sonia, une brune sculpturale, aux yeux de biche à peine effarouchée, presque toujours vêtue de noir et de blanc — jeans moulants ou jupe longue de danseuse de flamenco. Si elle me voyait, elle me gratifiait d'un salut de la main, avec en prime un sourire qui m'euphorisait. Le taxi traversait le pont Sully, longeait les quais de la rive gauche. L'île Saint-Louis défilait, le chevet de Notre-Dame, le pont Neuf, le Louvre qui rosissait au crépuscule, la Concorde dont les lampadaires rutilaient tandis qu'un soleil rouge s'enfuyait derrière le dôme des Invalides. Puis le taxi retraversait le fleuve à hauteur de la tour Eiffel, contournait l'esplanade du Trocadéro, le petit square pentu qui héberge sous un frêne une statue de Benjamin Franklin, et il me larguait à l'angle de la rue Vineuse où habitaient Raoul et Carla, dans un duplex immense, aux derniers étages d'un immeuble des années trente.

On se souvient toujours des premières fois. Il y avait Jonas, Vladimir et Lechat. J'ai connu Lechat à l'ENA. C'était un type malin, rapide, ambitieux, plutôt moins suffisant que la moyenne. Il venait de Chalon-sur-Saône où son père était dentiste. Provincial comme moi et à ce titre un peu gauche, un peu inhibé. Déjà courtisan. J'étais allé le voir à Évreux où il effectuait son stage dit « long » en préfecture. Il cirait les escarpins de l'épouse du préfet, c'était un spectacle comique et d'ailleurs il en riait lui-même. « Il faut ce qu'il faut. » Le fait est qu'à l'ENA, le rang de sortie compte énormément. La première année de scolarité, on bazarde l'impétrant dans une préfecture. Je suis tombé sur Angoulême. Le préfet note ; autant dire que les prévenances vis-à-vis de son épouse sont de rigueur. Celle du préfet des Charentes était une emmerdeuse patentée, laide de surcroît. Je l'ai négligée, elle m'a débiné, son mari m'a exécuté. Lechat, lui, a été bien noté. Il est sorti inspecteur des finances et a fait carrière dans les cabinets, avec un entracte de trois ans dans une banque d'affaires pour gagner de l'argent, car son épouse Véronique Delorme est coûteuse. Ambitieuse aussi.

Nous ne nous étions jamais revus, mais je savais qu'il était devenu un conseiller influent du Président, à l'Élysée. Il s'était empâté, surtout du visage, et sa voix avait changé. Aussi sucrée mais plus froide, plus molle et sans le zeste d'accent bourguignon qui l'épaississait à l'époque. Il faut toujours se méfier des provinciaux qui perdent leur accent. Sa cordialité à mon endroit était affectée ; de toute évidence il n'avait aucune envie de me revoir, encore moins de me savoir dans la roue de Raoul qu'il appelait « Monsieur le Président ». Néanmoins il se devait de me ménager parce qu'à l'Élysée, le vieux Renoir me protégeait, et il est très proche du Président.

Renoir est un cacique du régime. Il dirigeait le cabinet du ministre des Affaires étrangères lorsque le Quai m'a viré et, loin de me charger, il avait plutôt essayé de me sauver la mise. Je crois qu'il m'avait tout simplement pris en sympathie et je le soupçonne d'avoir trouvé amusante ma cavale avec Concepción. « On ne peut pas vous reprocher une faute de goût », m'avait-il dit en ébauchant un sourire presque complice. Le bureau du directeur de cabinet jouxte celui du ministre, à l'entresol. Le ministre de l'époque avait pointé son nez. En m'apercevant, il avait repoussé la porte en pinçant les lèvres. *Vade retro*. Je n'étais qu'un sous-diplomate lambda, mais l'affaire avait défrayé la chronique de cette maison feutrée, dorée, lambrissée, raréfiée, et même les huissiers me faisaient la tronche. « Je vais essayer de vous recaser », avait conclu Renoir lors de notre entretien. Je ne souhaitais pas être « recasé » dans la fonction publique, je me sentais délivré d'une équivoque pesante, j'étais enfin libre. Fauché et endetté, mais libre. En signant ma lettre de démission je me sentais dans la peau d'un taulard le jour de sa levée d'écrou. André habitait Cannes à l'époque. J'étais allé lui emprunter de quoi survivre trois mois, car j'avais craqué ce qui me restait de la prime d'assurances consécutive à l'accident de nos parents. Il avait rigolé en m'écoutant lui raconter mes extravagances avec Concepción. Au fond, mon frère était mon seul ami, nous n'avions pas de secrets l'un pour l'autre. J'ai vécu, presque en direct, les étapes de sa débâcle conjugale, et quand il a été opéré de son cancer, j'ai compris, en faisant les cent pas dans un couloir de la clinique, que si ça se passait mal, j'allais me retrouver affreusement seul.

Je n'ai jamais remis les pieds au Quai, mais j'ai revu Renoir, plusieurs fois, dans son bureau de l'Élysée, pour faire avancer des dossiers ayant trait à mes missions. Certains délicats. Aucun malpropre. Surtout, aucun préjudiciable aux intérêts de la France. Je n'ai aucun sens de l'État. Ses rouages m'insupportent, et davantage encore ses servitudes, mais j'ai gardé — comment dire ? — une affection de midinette pour le pays de mes ancêtres, nonobstant Bitola et Verdun.

Raoul a abordé un sujet important : le rachat d'un groupe éditorial allemand — presse, magazines, livres, réseau de distribution. Lechat a promis ses bons offices. Il fut décidé que je servirais d'intermédiaire entre Raoul et lui. L'air de rien, il a laissé entendre que son épouse, qui venait de créer une agence de « communication politique » (c'était la mode), souhaitait s'adosser tôt ou tard à un groupe. Véronique Delorme se répandait dans les sphères du pouvoir. Elle « coachait » (terme en usage) plusieurs ministres et se prenait pour une moderne Pompadour. Lechat était réputé cocu jusqu'aux oreilles, sa femme le trompait avec l'un de ses clients, le plus jeune ministre du gouvernement, un arriviste si forcené que tout le monde se méfiait de lui, et d'ailleurs il ne devait pas survivre au premier remaniement. En somme Lechat négociait son appui. Raoul en a pris acte. Il a souligné l'importance qu'il accordait à cette entente avec le groupe allemand, très convoité par des Américains. « Il n'y a pas d'autre avenir qu'un ensemble européen, soudé autour de l'Allemagne et de la France. Les autres suivront. » C'était le noyau dur de sa stratégie et elle semblait refléter une conviction profonde.

Lechat s'est retiré juste après le dessert. « Vous m'excuserez, Monsieur le Président. » Ce sourire contenu et de discrète connivence, suggérant qu'on est entre personnes très occupées par des affaires d'une importance extrême. Dès lors la soirée a basculé. Le maître d'hôtel a apporté les flacons de digestifs, chacun s'est servi et Jonas qui n'avait pas ouvert le bec a commenté la mort de Marche, l'ancien international du Racing et de Sedan. « Tu te souviens de son but contre l'Espagne ? Un centre raté. On l'appelait le sanglier des Ardennes. » Années soixante, comme à Biarritz. Jonas m'a stupéfié en énumérant la composition des équipes — celle du Milan AC, du Real, de Reims, de Manchester. Il a embrayé sur le rugby, avec une science aussi sûre (Dax : Finale perdue en 63 contre Mont-de-Marsan, en 66 contre Agen). Puis sur les vainqueurs du Tour de France depuis Robic en 47 avec une digression sur l'étrange destin familial d'Anquetil, amant de la fille de son épouse. Puis il a cité tous les

Nobel de littérature depuis Sully Prudhomme. Raoul s'était décravaté. Vladimir se servait d'énormes rasades de whisky.

« C'est fou, les listes dans ta tête. À part le sport et la littérature, tu peux énumérer quoi ?

— Les immatriculations des voitures. Par exemple celles des diplomates. Mais le plus intéressant, ce sont les généalogies de la Bible. Tout est là. Tout est dans les filiations. Les remontées du temps. »

Jonas ne boit jamais d'alcool, mais son sujet l'enivrait. Il nous a expliqué, en phrases courtes, débitées à la mitraillette, que notre civilisation allait dépérir, faute de s'inscrire dans les grandes continuités, telles que le judaïsme, le christianisme, la romanité, les monarchies. Aucune civilisation ne pouvait survivre si le présent n'était en relation intime avec des sources fondatrices. Or la nôtre ne se projetait que dans l'avenir. « Ça n'existe pas, l'avenir. C'est une page blanche. Le présent existe à peine. Rien de plus volatil que l'instant. Il peut nous éblouir ou nous épouvanter, mais il n'a de sens qu'adossé à la mémoire. La tienne, la mienne. Celle de notre famille, de notre pays, de notre culture, de notre religion. Celle de nos cellules. Une civilisation basée sur l'individu, c'est une pure absurdité. » Ses paumes jointes cachaient son visage. Vladimir approuvait en hochant la tête. Le pessimisme de Jonas se reflétait dans ses yeux jaunes, cernés de sang. Vladimir buvait trop.

J'écoutais Jonas en regardant les toiles accrochées aux murs beiges. Art contemporain. On aurait dit que les artistes hurlaient en pure perte un désespoir incommunicable. Paradoxalement, les masques nègres semblaient refléter une évidence, terrifiante certes, mais indéniable, tandis que les ferrailles concassées des Occidentaux n'inspiraient que l'effroi glacial face au néant. Je n'aimais pas cet art. Que Raoul l'appréciât m'intriguait car ces compositions n'avaient aucune commune mesure avec les deux aquarelles de Vladimir qui se faisaient face de part et d'autre de la grande baie vitrée. Ni même avec les feuilles dorées de la table basse dessinée par Klein.

Il devait être tard quand Joël Loriot est entré dans le salon. Raoul nous a présentés.

« Je tenais à ce que tu connaisses Joël. C'est un ami sûr. »

Je connaissais évidemment Joël Loriot de réputation. C'est l'homme des missions délicates dans les zones souterraines. Il jouit d'une légende et ses pires détracteurs vantent son énergie, sa loyauté et son astuce. Les femmes, elles, vantent ses yeux bleus, sa prestance de caïd, son sourire enjôleur, version française de James Bond. Toujours hâlé, toujours enjoué. Il a un passé dans l'armée, un autre dans les services, il a transité dans les cabinets et il était question qu'on le sorte de l'ombre pour lui confier un ministère. Renoir, dont les enthousiasmes étaient rares, m'avait dit qu'avec cent Loriot, la France échapperait au déclin. Entre autres dons, il avait celui de l'imitation et il nous a régalés d'une série de mimes qui révélaient son acuité psychologique

— et peut-être une faille secrète car, pour caricaturer avec tant de pertinence, il faut avoir pris ses distances.

Il a demandé à Raoul des nouvelles de Lexo. J'aurais aimé savoir dans quelles circonstances ils s'étaient connus. Il s'est servi un whisky bien tassé et il a échangé avec Vladimir des vues sur la situation en Bosnie et au Kosovo. Il semblait connaître intimement les chefs de chaque milice. On lui prêtait un rôle déterminant dans la libération d'otages français en Bosnie. Ensuite nous avons abordé deux dossiers dont j'étais censé m'occuper, celui de Belgrade notamment, et il m'a donné plusieurs contacts qui se sont révélés fructueux. Raoul lui a fait part de la présence de Lechat. Il a hésité un instant, comme pour peser un pour et un contre. « Ce n'est pas un traître naturel mais rien ne passe au-dessus de ses intérêts. Méfie-toi de sa femme, c'est du concentré de venin, sous un emballage... excitant. »

Rires masculins. Rasades. Tirade franchement misogyne de Raoul. Paris tout en lumières, derrière la baie vitrée. Carla n'était pas présente cette nuit-là, mais il y eut tant de dîners rue Vineuse que ma mémoire l'inscrit dans le décor, sa démarche féline, ses robes qui la moulaient, sa voix qui passait sans transition des aigus aux basses. Son rire, jamais net. Son parfum. Ses « Pauvre Raoul ! » faussement compatissants, s'il s'avisait de pontifier.

10

Nous avons pris l'habitude de nous retrouver au Sully, les matins, Vladimir et moi, quand j'étais à Paris. Je sortais sans me raser, je saluais la belle Sonia au passage et si elle était inoccupée elle sortait du salon et m'embrassait sur les deux joues. Je saluais aussi le vieux réparateur de cycles coiffé d'une casquette rouge qui sifflait sans arrêt des airs de Piaf ou de Luis Mariano. Son atelier était le seul vestige de ma période estudiantine, les autres échoppes avaient changé plusieurs fois de tenancier, de vitrine et de raison sociale. Je longeais le mur hérissé de grilles de la bibliothèque de l'Arsenal et, en traversant le terre-plein affligé depuis peu d'une statue déplorable, j'apercevais Vladimir, toujours debout au comptoir, toujours à la même place, toujours seul, le regard absent ou plutôt tourné vers on ne savait quels décombres intérieurs.

« Comment va ta vie ?

— Trop vite pour l'apprécier. »

Il ébauchait un sourire. Le patron venait nous serrer la main. Je le connais depuis qu'il a succédé à son père, il y a plus de vingt ans. Sa famille est originaire du Cantal, un village proche de celui des Lavergne.

« Les artistes sont en forme ? »

Son père m'appelait le « diplomate ». Lui aussi, au début. J'avais fini par lui dire que j'avais quitté le Quai, et que l'appellation ne me convenait plus. Comme il ne savait rien de mon nouveau métier, il m'a appelé par mon prénom, puis l'« artiste » ou le « poète » à partir du moment où il a compris que je sortais nuitamment avec Vladimir. Il aimait bien Vladimir qui lui offrait des dessins. Il lui faisait crédit. Il avait découpé et punaisé derrière la caisse un article de presse commentant une exposition à Beaubourg, accompagné d'une photo où l'on voyait Vladimir entre Raoul et un ministre de la Culture. Il était arrivé à Raoul d'entrer au Sully pour récupérer Vladimir. Que ce dernier fût lié à un gros bonnet de l'économie, disposant d'une voiture avec chauffeur, lui conférait un certain prestige auprès des habitués de la brasserie.

Ainsi est née une amitié, entretenue à coups de demi-silences car Vladimir, s'il était plongé dans ses pensées, pouvait ne rien me dire pendant que je buvais un café, lui un blanc sec, un rosé, un whisky, n'importe quoi. Jamais ivresse ne fut plus douce, il n'y avait pas d'agressivité dans le cœur de Vladimir, pas d'ironie non plus, juste une insondable tristesse et un humour léger. Ses vestes étaient élimées, sa chemise sortait du pantalon et il oubliait souvent de se raser ; cependant une sorte d'élégance dépenaillée le distinguait du desperado de comptoir, il avait de l'allure avec son visage raviné, sa toison poivre et sel plantée dru, son torse de lutteur.

Parfois je me levais tard. Je lui téléphonais. S'il était chez lui, nous déjeunions au Sully et il m'embarquait dans l'histoire de l'art, avec des raccourcis souvent hors de ma portée. « Masaccio a tout changé. Relis Élie Faure. » Je n'osais pas lui dire que je n'avais pas lu Élie Faure, mon inculture me gênait aux entournures. J'allais acheter les cinq volumes parus en collection de poche, je les effeuillais dans les avions ou dans les chambres d'hôtel, j'essayais de comprendre. Nous allions à pied au Louvre ou au musée d'Orsay. Il m'a fait découvrir d'autres musées, il les connaissait tous — Cluny, Carnavalet, Rodin, Bourdelle, Maillol, Marmottan, Guimet. Il connaissait aussi les églises les plus excentrées et je me souviens de l'avoir suivi à Charonne et aux Batignolles. Il sortait un carnet et un crayon, s'adossait à un mur et dessinait en fredonnant. Dans les musées, il s'immobilisait devant une œuvre et au bout de quelques secondes il la commentait en brassant l'air avec ses gros bras. À défaut de comprendre les télescopages qu'il s'autorisait, je croyais percevoir en quoi son approche rejoignait en la radicalisant la vision de Malraux auquel il vouait un culte fervent. Picasso selon lui avait mis à mort toute l'histoire de l'art en un carambolage génial. Après lui, le chaos. Nous étions les voyeurs hébétés d'un musée imaginaire à l'intérieur duquel les divinités de toutes les civilisations s'étaient rendormies, n'ayant plus rien à se dire. À nous dire. Jonas n'était pas loin de penser la même chose.

Vladimir cherchait des sujets d'inspiration dans des lieux insolites et je l'accompagnais en métro ou en autobus entre deux avions et deux Eurostar. Les petites maisons de la Mouzaia. La tranchée du chemin de fer qui longe la rue de Rome jusqu'au pont Cardinet. L'ancien musée des Colonies, à la porte Dorée, dont la façade sculptée lui inspirait une admiration ambiguë. Il avait de la sympathie pour les portes, surtout celles de l'est — Vincennes, Montreuil, Bagnolet, Lilas —, comme si elles lui donnaient accès au royaume dont ses pinceaux ébauchaient les contours. Royaume triste à mes yeux, pas aux siens. Je ne voyais que la laideur des immeubles de brique des Maréchaux ; il voyait, lui, des échappées belles et son visage s'illuminait dans les brasseries où des piliers de comptoir faisaient leur tiercé. Vladimir aimait l'humanité dans ses atours les plus simples, elle le réchauffait, elle le rassurait. Je ne l'ai jamais vu aussi enjoué que le soir où, avec Jonas, nous l'avons traîné au Parc des Princes. Il ne s'intéressait pas au football, il ne comprenait rien au match mais il tournait sa lourde tête dans tous les sens, avec une curiosité enfantine, pour observer les réactions sur les visages et déguster les vannes des titis. Il nous demandait de lui traduire les mots d'argot et comme ils changent de plus en plus souvent, nous ne savions pas trop quoi lui répondre. Pourquoi « tanche » et plus « chèvre » ? Pourquoi « quiche » ou « bille » ?

Les soirs, nous prenions un taxi pour aller rue Vineuse où les premiers temps Carla et Raoul recevaient beaucoup. Jonas qui n'est pas mondain arrivait toujours le premier, nous le retrouvions devant un verre d'eau minérale, plongé dans une lecture ; il y avait toujours un bouquin dans chacune de ses poches.

Nous dînions assez souvent chez les Kurković qui possédaient un appartement avenue Raphaël. Plusieurs toiles de Vladimir étaient accrochées aux murs, parmi des Poliakoff et des Brasilier qui souffraient de la comparaison. Champagne durant tous les dîners chez ce couple très riche, un peu fêlé, où se retrouvaient des Serbes de toutes conditions et un écrivain français sur le retour d'âge, qui avait pris le contre-pied des médias et des politiques en s'opposant aux bombardements des Alliés. Peut-être par simple bravade, peut-être par nostalgie du régime communiste, car dans sa jeunesse il avait chéri la révolution. Question balkanique au menu. Ils se sentaient incompris, ils auraient voulu que la France au moins ne leur fasse pas porter tous les chapeaux de cette sale guerre. Le frère de Kurković avait été tué en Bosnie.

Vladimir était toujours le plus modéré, il imputait à Milošević une large part de responsabilité, dénonçait même les crimes des milices serbes en Bosnie. Il n'en prônait pas moins, comme les autres, la sécession de la partie serbe de cette Bosnie qui, affirmait-il, n'existait pas en tant que nation, sauf dans l'imagination des intellectuels parisiens. Et comme les autres il souhaitait que la Serbie récupère au moins le nord du Kosovo. Au fond, il regrettait l'éclatement de la fédération yougoslave. « Je suis né yougo. Me voilà serbe. J'ai passé mon enfance au Monténégro et le Monténégro sera indépendant. Donc aux mains des Albanais. Quelle folie ! »

Un pope de taille gargantuesque assistait à ces dîners. Il mangeait avec ses doigts et, quand il prenait la parole, on avait l'impression qu'un orage se levait. Je lui demandais de m'expliquer les motifs théologiques ou autres des conflits qui opposaient les dignitaires d'Athènes et de Moscou, de Belgrade et de Skopje. C'était confus. Religieuses ou profanes, les histoires slaves sont toujours empreintes de confusion, il y a toujours une strate historique qui manque pour compléter le puzzle — l'ombre portée d'une faction, le spectre d'un assassinat.

Il arrivait que la nuit s'achève dans l'atelier aménagé par Vladimir sous les toits, au sixième étage sans ascenseur d'un vieil immeuble de la rue Saint-Louis-en-l'Île. On voyait le dôme du Panthéon et le chevet de Notre-Dame. Ses toiles, ses aquarelles, ses dessins gisaient dans un désordre extrême. Il peignait surtout des paysages et des natures mortes. La facture était reconnaissable, qu'il penchât vers l'abstrait ou le figuratif. Les critiques le qualifiaient d'expressionniste ; sans être expert il me semblait que l'appellation faisait injure à la tendresse qui émanait de la moindre touche de couleur.

Il a concubiné un temps avec une typographe âgée d'une trentaine d'années qui travaillait comme correctrice pour des journaux spécialisés dans les courses de chevaux. Une rousse aux cheveux coupés ras, assez fine de traits, serbe comme lui ; le genre de fille paumée et résignée qui ne demande à la vie qu'un zeste de gentillesse. Vladimir est gentil. Ils buvaient de concert, des bouteilles de vin jonchaient le sol. Au comble de l'ivresse, Vladimir se lançait dans ses histoires de Slaves brisés par le destin. Il se levait de son fauteuil, titubait entre les boîtes de couleurs, les livres, des piles de linge, ouvrait la fenêtre, contemplait la Seine et c'était le Danube à Belgrade. Toujours Belgrade pour faire tourner le moulin à nostalgie. Belgrade depuis son adolescence jusqu'à son exil, et en remontant plus haut dans le temps, ce village monténégrin dont les paysages et les maisons inspiraient sa peinture. La rousse s'endormait sur un canapé dans la position du fœtus. Il remplissait les verres, étalait une carte. « Tu vois le Monténégro. Mon père était instituteur ici, pas loin de la mer. Là-haut, c'est la Vojvodine. Ma mère vient de cette ville. »

Je connaissais Novi Sad dont les Alliés avaient fait sauter le pont. Je connaissais aussi la vie de Vladimir, à force de l'écouter. Il a quitté Belgrade alors qu'il terminait les Beaux-Arts, pour échapper à la prison. Il faisait partie d'un cercle d'étudiants dissidents. Son choix s'était porté spontanément sur la France. Un Serbe qui aime le vin, les peintres et les poètes y échoue immanquablement. Il voulait voir les ciels beaucerons de Vlaminck, la Seine des impressionnistes, les « Nymphéas » de Monet. Il avait une passion pour ces « Nymphéas », je l'ai accompagné plusieurs fois au musée Marmottan, sans me douter qu'un jour j'y reviendrais sans lui, pour y commettre un acte en quelque sorte initiatique.

Il s'est inscrit aux Beaux-Arts, car son diplôme serbe n'était pas reconnu et il a exercé pour survivre divers petits métiers : concierge d'hôtel, livreur à Rungis, courtier en encyclopédies. Il est retourné à Belgrade après la mort de Tito, pour enterrer sa mère. Peut-être y serait-il resté si la guerre n'avait éclaté. Peut-être pas : l'exil est son royaume, la mélancolie sa fiancée et Belgrade est plus belle au bord de la Seine. Il fréquentait toutes sortes de Balkaniques mais s'était acoquiné avec un clan de Serbes qui soutenaient Vuk Drajković dans sa lutte contre Milošević, ce qui l'avait rendu à nouveau indésirable dans son pays. Kurković grenouillait dans cette mouvance, et sans doute la finançait. C'était chez lui que Raoul avait rencontré Vladimir, et découvert sa peinture. La notoriété de Vladimir auprès des critiques d'art parisiens devait beaucoup à une exposition que Venus avait sponsorisée à Beaubourg. La photo de presse punaisée derrière le comptoir du Sully avait été prise à cette occasion. Depuis, Vladimir était bien coté. Tout autre que lui eût vécu de ses pinceaux sur un pied très convenable. Pas lui. Il donnait ses œuvres plus souvent qu'il ne les vendait, subventionnait sa parentèle et sans doute ses compagnes, car il était souvent à court d'argent. Raoul avait dû intervenir pour éviter qu'on l'interdise de carte bleue et lui coupe l'électricité. Quand il était en fonds, il régalait à la cantonade, envoyait à Carla des corbeilles de fleurs extravagantes pour la remercier d'un dîner. S'il était raide, il ne répondait plus au téléphone et ne passait plus au Sully. Alors Raoul s'inquiétait et me demandait d'aller frapper à sa porte pour voir s'il n'était pas mort.

La rousse s'est lassée de lui. Il y eut une traductrice franco-russe que Jonas lui avait présentée. Puis une fille très jolie qui vendait des posters sur le quai des Grands-Augustins. Cheveux teints en vert, percing dans le nez, roulant ses cigarettes avec ses doigts dont les ongles étaient noirs. Puis personne, sauf durant les vacances où il hébergeait son fils Slobo. Car Vladimir a été marié, à une période indéterminée. Il vivait alors du côté de Montmartre, mais sur ce sujet-là il ne s'appesantissait jamais, personne ne savait si l'épouse était française, ou serbe, ou d'une autre provenance, et si ce Slobo que je n'ai jamais vu était leur seul enfant. Ni Raoul ni Kurković n'en savaient davantage, et si nous le questionnions il se contentait de sourire en plissant le front et haussant les épaules. « Je n'étais pas fait pour le mariage. Surtout avec elle. Trop méchante pour moi. Oui, méchante. »

11

Carla avait décidé de fêter à Rome son cinquantième anniversaire. Raoul nous avait tous embarqués dans son jet, sauf les Perkins qui étaient venus directement de Londres, et Lexo qui arrivait toujours d'un ailleurs imprécis. J'avais fait la connaissance des Beysserat dans le salon de la compagnie, au Bourget : Victor et Hélène. Victor est un ami de Raoul et d'Hervé. Ils étaient ensemble au lycée d'Aurillac. Le trio avait dû se séparer après le bac, Hervé allant faire Sciences-Po à Paris, Raoul du droit à Bordeaux et Victor sa médecine à Clermont-Ferrand. Il avait acheté une clientèle de généraliste à Escorsac, un patelin situé à mi-chemin de Redenac et de Brugeac, le village des Lavergne. Pas très loin du village dont le père de Raoul était originaire. Pas très loin non plus de la propriété des Perkins. Ainsi, dans un rayon de cent kilomètres, aux marges de l'Auvergne, des Causses et de l'Aquitaine, la moitié de la bande avait soit des racines, soit des attaches.

Victor présentait les dehors d'un rentier de province anachronique avec sa tête en forme de poire, ses cravates à pois, son embonpoint, ses « Plaît-il ! » et ses « Aucunement ! ». À la longue j'ai découvert un personnage plein de détours, dont l'humour n'évitait l'acidité que de justesse. Le charme d'Hélène m'a entêté dès que je l'ai vue. Silhouette épanouie, longue chevelure chignonnée à la diable, des yeux bleus qui respiraient le bonheur. Pourtant Raoul m'avait dit qu'elle était en pleine chimio.

Nous dînions chez Paolo Rizzi dont l'appartement, aménagé aux deux derniers étages d'un palais, ouvre sur une terrasse d'où l'on voyait, en contrebas, la coupole du Panthéon et au-delà les toits, les dômes, les collines de Rome. Paolo est un cousin de Carla. Brun, très mince, visage aquilin, politesse exquise, sourire légèrement fêlé d'un enfant qui saurait trop de choses pour son âge. Il gère négligemment les restes d'une fortune familiale qui remonte à la nuit des temps romains. Le pape Léon XIII serait quelque chose comme leur arrière-grand-oncle.

Nous avions bu du champagne rosé dans des coupes en argent, puis dégusté des pâtes aux truffes d'Albe en écoutant Paolo commenter ses trouvailles esthétiques. Il passait de l'italien au français et à l'anglais avec une rare aisance. C'est un connaisseur, il publie dans des revues d'art, dont une était convoitée par Raoul. Un mobile conçu avec des roues de bicyclette et des boîtes d'allumettes tournoyait dans la pièce où voisinaient sur les murs des dessins de Piranèse représentant Sainte-Marie-des-Monts, une statuette étrusque, deux portraits en pied de Léon XIII, un angelot du XVIIIe peint en rose et un grand tableau d'un naïf marocain.

Marleen s'était extasiée sur deux pendules de bronze. Baroques évidemment. Je ne l'avais pas revue depuis le premier dîner chez elle, à Chelsea ; j'étais heureux de la retrouver. Je lui ai dit que le concerto de Scarlatti me rafraîchissait, m'enjouvençait, que je n'étais plus tout à fait le même homme et que je lui en savais gré. « Tant mieux, je t'en ferai découvrir d'autres. » Après le repas nous avons bu des grappas sur la terrasse. Carla ne s'était pas encore remise à boire mais elle fumait et on la sentait surexcitée. Nous étions dans sa ville, dans sa famille, elle prenait la parole sur un ton péremptoire et ne la cédait pas volontiers. Son ironie grinçait.

Paolo avait exhibé sa dernière acquisition, un Arlequin obèse dans une matière plastifiée. « Superbe ! » tranchait Raoul en caressant cet objet que je trouvais inepte. Vladimir n'avait pas l'air plus emballé, il roulait silencieusement ses cigarettes avec sa boîte. Je me demandais à quoi rimait le faux syncrétisme qui accumulait dans un même lieu des objets si disparates. Le musée imaginaire de Paolo était désastreux et les dithyrambes de Raoul rendaient un son fêlé, il y avait des ratés dans son snobisme. Autant son admiration pour Vladimir était sincère, autant il trichait en affichant ses goûts « modernes ». D'ailleurs je croyais entendre comme le crissement d'un disque rayé quand il idéalisait sa période new-yorkaise — Warhol, la Factory, Jasper Jones.

Pourquoi, soudain, l'ai-je contré avec une certaine véhémence ? Nous n'étions pas encore intimes. Raoul était mon patron, et mon amphitryon pour la circonstance. Paolo me recevait, je le trouvais charmant, je n'avais aucune raison de le désobliger. Ai-je voulu, plus ou moins consciemment, réagir contre une situation qui faisait de nous tous les obligés de Raoul ? Peut-être. Nous avions beaucoup bu. Un débat s'est engagé. Paolo qui était le premier concerné a tenu le rôle d'arbitre. Hervé a dû intervenir. Lui, il aime la peinture du XIXe, depuis Corot jusqu'aux derniers impressionnistes. Les autres, je ne me souviens pas. Vladimir et Jonas ne parlaient pas beaucoup dans ce genre de soirées. Lexo déteste les conflits, il a dû tenter de dégoupiller. Je revois Ralph en conversation avec Victor ; surtout je revois Dora, son regard sur Lexo. Un regard où la fascination et la tendresse se mêlaient à une sorte de désolation. Raoul m'avait confié qu'elle était soignée pour une dépression plus ou moins chronique.

À table j'étais placé à côté d'Hélène, elle m'avait raconté sa vie, en faisant l'impasse sur sa maladie. Enfance à Paris où son père était avocat, vacances au pays chez ses grands-parents qui avaient une ferme. Un village déjà quercynois, plus latin que le mien, que je traversais quand j'allais à Toulouse au volant de ma deux-chevaux. C'est là-bas qu'elle avait rencontré Victor dont le père était notaire dans le même village. Il jouait du piano depuis l'âge de trois ans et se voyait encore en concertiste. Ayant échoué au concours du Conservatoire, il s'était résigné à faire sa médecine. De mauvaise grâce, apparemment, et son installation dans un chef-lieu de canton avait été une façon de prendre le deuil du siècle. Hélène avait débuté sans appétit des études à la Sorbonne. « Socio, psycho, des trucs compliqués qui ne mènent à rien. Je m'ennuyais en fac, j'attendais les vacances pour retrouver mon bled, ma grand-mère, notre maison. On s'est mariés, Victor a acheté une clientèle. » Ils avaient deux filles, une pharmacienne à Cahors, mariée et déjà mère de famille, une traductrice qui venait de terminer l'école de Genève. « Tu vois, me disait-elle avec un sourire radieux, des gens ordinaires, une vie ordinaire. On s'en contente. Je suis juste déçue pour Victor, il méritait un autre destin. »

Marleen qui n'avait pas prononcé dix paroles s'est risquée, en petites phrases concises, à un dégagement d'où il ressortait en gros que l'histoire de l'art était achevée. Ce qu'elle énonçait, en souriant pour en excuser l'audace, je le pensais depuis longtemps ! « Quand un type signe Manhattan sur un trottoir, ça veut dire que tout le monde est artiste. Donc, personne. Le conceptuel, c'est la fin de l'histoire de l'art. » Elle a démontré que les conditions mêmes de possibilités d'une civilisation étaient épuisées, rien de moins. Soit les artistes pérennisaient en copistes des traditions agonisantes, soit ils infligeaient à autrui les scories d'une subjectivité qui en aucun cas ne pouvait prétendre à l'universel. « Donc, répétait-elle en affectant une moue désolée, ce n'est plus de l'art. Au mieux, des facéties, tristes ou drôles. En général, pas très drôles. *Sorry !* »

J'ai soutenu le point de vue de Marleen, j'en ai même rajouté en me référant autant qu'il m'était possible à Malraux dont je venais de lire certains écrits sur l'art, prêtés par Vladimir. Le musée imaginaire n'était plus qu'une nécropole et les bariolages qu'on voyait à Beaubourg ou au MOMA n'y avaient pas leur place. Brancusi retournait aux limbes de l'élan créateur avec ses orbes d'une pureté élémentaire. Je venais de visiter avec Vladimir, à Beaubourg, une rétrospective consacrée au sculpteur ; j'en avais retiré l'impression d'un aveu d'impuissance : tout étant exploré, retour obligé à l'enfance des formes.

Raoul appréciait modérément que je le contrasse devant ses amis. « Tu n'as rien compris. L'ironie de Warhol a changé la donne. Tu aurais réagi pareil si tu avais vécu à l'époque où Manet peignait son *Olympia.* » J'étais sûr qu'il se trompait, j'essayais de démontrer que les fractures de l'histoire de l'art avaient eu un sens, jusqu'à l'abstrait, jusqu'au cubisme — en gros jusqu'à Picasso. Pas après. La dérision de Warhol, ce n'était plus de l'art. Je manquais d'arguments probants et je sentais que Raoul m'expédiait *de facto* dans l'enfer des béotiens passéistes. Plusieurs fois, il m'a balancé des missiles, et chaque fois il en corrigeait l'acidité par un trait d'humour qui se voulait gentil, comme pour éviter de rompre le début d'une connivence dont il se louait par ailleurs.

Marleen m'encourageait du regard ; nous étions d'un même bord. Lequel ? Je ne le savais pas encore. À vrai dire je n'avais aucun titre à décliner mes vues sur l'esthétique, étant de loin le moins cultivé des convives. Sans le concours de Marleen, j'aurais hésité à exprimer ce que je ressentais confusément — à savoir l'obsolescence de la notion même d'« art », son incompatibilité avec ce qu'on entendait par « liberté créatrice ». Jonas nous aurait peut-être soutenus, il pensait la même chose, mais il me semble qu'il était sur la terrasse, avec Victor, pendant cette conversation. Nous les avions rejoints. L'ivresse faisait danser les dômes autour de nous. Je crois entendre la voix très douce de Paolo qui, par courtoisie sans doute, tentait de relancer la discussion en adoptant une position nuancée. « Vous avez raison, Brancusi, c'est la fin d'un cycle. » Il a évoqué avec émotion les statues d'idoles féminines des Cyclades qu'on exposait au musée du Capitole. C'était un début. L'ère du conceptuel était un autre début. Je l'écoutais passivement, je n'avais plus envie de le contredire.

Dans le hall de l'Excelsior, Marleen m'a dit ceci : « Tu as été courageux. Je me sens moins seule. » Son mari Greg a hoché la tête. « La décadence, mon cher, on n'y peut rien. Il fallait naître plus tôt. » Depuis que je le connaissais, Greg invoquait la « décadence » pour conclure n'importe quel débat ayant trait au monde contemporain. Une décadence qui selon lui remontait au moins au XVIIIe siècle, avec des rémissions au XIXe, et une accélération après la Première Guerre mondiale. Ainsi résumé, le verdict paraît arbitraire, mais quand il argumentait, par touches légères — une évolution dans l'art de la table, ou du langage, ou de l'architecture —, il emportait la conviction.

Le différend avec Raoul m'avait agacé. Il était tard, mais je n'avais pas sommeil. Je suis redescendu de ma chambre en espérant que le bar serait encore ouvert. Il allait fermer, faute de clients. Quelqu'un jouait du piano. C'était Victor. Il interprétait une sonate de Mozart. Je me suis assis dans un fauteuil, le barman a daigné me servir un Campari. Les doigts de Victor racontaient une histoire faussement naïve et trompeusement gaie. Des paysages non identifiables défilaient dans mon esprit. Le rouge velouté de l'alcool était trop sirupeux aux premières gorgées, mais, à mesure que les glaçons fondaient, un équilibre s'établissait et la musique coulait sur la langue, une béatitude m'habitait, amère certes mais si intense que mon corps s'abolissait. Il s'est rappelé à moi quand Victor cessa de jouer.

Il ne s'était pas avisé de ma présence.

« Tu joues admirablement.

— Du tout. Je joue très mal. »

Il s'est fait servir un whisky.

« Hélène m'a dit que tu as failli être concertiste.

— Pas failli. Je voulais l'être, mais je n'avais pas le niveau.

— Tu le regrettes ? »

Il a haussé les épaules. Hoché la tête. Soupiré.

« Bien sûr que je le regrette. »

S'il n'avait pas bu, il en serait resté là, je le sentais hésitant. Je me reprochais d'avoir levé un lièvre douloureux.

« Les regrets... Ma vie en est tissée. Je regrette d'être né. Je regrette que Dieu ait créé le monde, il a dû faire un cauchemar. Je regrette... Excuse-moi, je déraille. Toi, tu as des regrets ?

— J'en ai eu. J'en aurai. J'essaye de les oublier.

— Remarque, ça n'empêche pas d'être heureux. Encore que le bonheur... Pourquoi tu t'es engueulé avec Raoul ?

— Parce que je n'aime pas... Comment t'expliquer ? J'aime ce que tu viens de jouer, je n'aime pas tous ces trucs dodécaphoniques.

— Je comprends... Tu es comme Haydn à la fin de sa vie, ce qu'il aimait allait disparaître, ce qui s'annonçait lui faisait peur. On aurait dû naître avant... Je ne sais pas... Avant que le monde se mette à tourner comme une toupie folle... Ce tournis, c'est fatigant, tu ne trouves pas ?

— Oui, ai-je soupiré, c'est fatigant. »

Il a vidé son verre. Nous avons eu du mal à nous mettre debout. Dans l'ascenseur ses yeux fuyaient les miens, comme s'il se reprochait de m'en avoir trop dit.

« Bonne nuit. Demain on ne pensera plus à... On va s'amuser. »

Elle avait un geste de la main gracieux pour repousser la fumée de ma cigarette. La palette de ses sourires déclinait tant de nuances que je me demandais si, au fond, elle flottait dans le bonheur ou bien frôlait pudiquement le désespoir. Ses yeux verts tournaient comme ceux d'un écureuil : curieux, inquiets. Je la revois en tailleur bleu, mais je peux confondre ; à la longue j'ai appris à connaître sa garde-robe et je suis un piètre observateur. En outre nous sommes revenus depuis dans le Trastevere, nous nous sommes attablés dans le même bistrot ; il y a deux séjours romains dans notre histoire et Marleen s'habillait souvent en bleu. Ou tout en noir.

Le matin, il avait été décidé que la bande irait voir une exposition à la villa Médicis. La vidéo d'un artiste qui projetait des images sur les murs. Art très « contemporain ». Je désirais d'autant moins voir ce montage que le directeur de la villa était un type de ma promotion dont j'avais gardé un mauvais souvenir. Un blondasse à la voix de fausset, déjà très « culture » et qui larbinait avec tous les professeurs. Hervé, qui a été en poste à la villa Médicis, ne l'appréciait pas plus que moi, mais il tenait à revoir des lieux où, selon la rumeur énarchique, il s'était passablement dévergondé. Et puis il ne voulait pas se séparer d'Hélène. Il m'avait avoué au Bourget qu'il la connaissait depuis l'adolescence, comme Victor, et ne s'était pas résigné de bonne grâce à leur mariage. « Je ne pouvais pas faire ça à Victor. Je te raconterai un jour. » De fait, il recherchait tous les prétextes pour poser sa main sur l'épaule d'Hélène, l'embrasser, lui dire qu'elle était douce au toucher. Elle souriait avec une sorte d'indulgence fraternelle. C'était un jeu entre eux, dont Victor n'était pas exclu, mais un jeu pas totalement anodin, je connais trop Hervé pour ne pas m'en être aperçu ; Hélène tenait une place dans sa vie, et pas accessoire bien qu'il fût ou se décrétât amoureux d'une autre.

J'ai dit à Raoul que je préférais aller me balader. J'étais prêt à décamper s'il redevenait agressif. Au contraire, il a voulu mettre notre passe d'armes sur le compte de l'alcool, c'était presque une façon de s'excuser. « Tu as raison, ça te déplairait. Tu sais, moi aussi j'ai des réserves. On en reparlera. » À ma grande surprise, Marleen décida de feinter elle aussi l'exposition. « J'ai besoin de voir des églises. » Greg n'a pas osé se désister. Je suis presque sûr de m'en être réjoui. Nous nous sommes retrouvés tous les deux dans la salle où nous prenions le petit déjeuner.

« Tu veux m'accompagner ? Je vais dans le Trastevere. »

Un taxi nous a déposés sur la piazza Santa Maria et nous avons assisté à la fin d'une messe dans la basilique. C'est dans l'église Santa Maria della Scala qu'a débuté mon initiation au baroque. L'érudition de Marleen était sidérante. Nous avons visité une autre église — je les confonds, nous en avons revu plusieurs dans le Trastevere, et des dizaines dans la ville, lorsque nous y sommes revenus seuls. En entrant dans chaque église elle trempait deux doigts dans le bénitier, se signait, s'agenouillait pour une oraison brève. En ressortant elle donnait toujours une pièce au mendiant de service. Puis elle commentait ce que nous venions de voir.

Le bistrot où nous nous sommes attablés se trouve en retrait de la piazza Trilussa, devant une église apparemment désaffectée. Le soleil inondait la terrasse. Marleen me disait « tu ».

« Pourquoi le baroque ?

— C'est venu progressivement. Quand j'étais étudiante, toute l'histoire de l'art m'intéressait. Surtout les romantiques. »

Son accent sur le mot « romantiques » : un phrasé de Scarlatti.

« En même temps ça m'angoissait, je... enfin, j'ai voulu échapper à la grande névrose moderne. J'ai trouvé une architecture, une peinture, une musique surtout qui... Tu as aimé Scarlatti, tu dois comprendre. C'est un havre de paix, de sérénité. De... Je parle trop de moi. Raconte ta vie, la mienne n'a aucun intérêt. »

J'ai dû lui confier des morceaux épars d'une existence au fil de l'eau, en insistant sur une erreur d'aiguillage : avoir choisi une école d'administration alors que mes penchants m'inclinaient plutôt vers les lettres, les arts, l'histoire, la philo. J'en avais fait mon deuil, je n'y pensais jamais. J'étais résigné à cette inculture à peine vernissée (les « fiches ») qui est le lot d'un énarque moyen. J'étais résigné à n'être que moyen. Depuis que je commençais à fréquenter la bande, un remords me lancinait, à mon propre étonnement. Surtout quand Jonas, Ralph ou Vladimir me laissaient entrevoir un univers inaccessible. Le leur. Un univers aux contours imprécis, dont je devinais qu'il conférait, sinon un sens, du moins une cohésion à la bande à Raoul.

Marleen souriait. Une intimité s'ébauchait. Elle m'a raconté l'histoire d'une petite fille très sage dont le père enseignait l'art byzantin à Cambridge. Sa mère était harpiste à l'orchestre national d'Édimbourg, mais elle avait renoncé à une carrière pour suivre son mari. Catholique francophile d'origine partiellement écossaise. Ensuite ils ont vécu à Londres. Marleen a consacré sa thèse à Eugenio d'Ors, un esthète portugais qui affirme, en gros, que le baroque n'est pas un moment de l'histoire de l'art, mais un excès, une surabondance, une pente au paroxysme repérable dans toutes les séquences esthétiques. Elle n'était pas d'accord.

Après son diplôme à Oxford, elle a complété son bagage universitaire à l'École du Louvre. Ses parents lui avaient loué une petite chambre sous les toits, derrière Saint-Étienne-du-Mont. Elle s'est crue amoureuse d'un étudiant rencontré à la bibliothèque Sainte-Geneviève. Fiasco. Elle est rentrée à Londres, meurtrie. Les parents de Greg, également universitaires, étaient des amis de sa famille. Greg a dix ans de plus que Marleen. Il avait passé le concours du Foreign Office et se trouvait en poste à New York. Il aimait l'art (jusqu'au XVIIIe), l'histoire (jusqu'à la même époque). Il n'aimait pas le monde moderne. Anglican, mais francophile et pas braqué contre les papistes. Il était posé, délicat, subtil. Il la protégeait. Noces œcuméniques dans le temple d'un village du

Gloucestershire où la mère de Marleen a hérité d'une maison (XVIIe). Greg fut nommé à Prague. Marleen s'est replongée dans le baroque. Elle était heureuse. Ou croyait l'être, ce qui revient au même. Mais il s'avéra qu'elle n'aurait pas d'enfant, sauf à user d'expédients qui lui faisaient peur. Ils ont adopté Patrick. Puis Mary. Les enfants avaient trois ans quand ils les ont récupérés à l'orphelinat. Mary est gaie, Patrick sombre. Aucun des deux n'était capable d'une scolarité normale. Mary a zoné quelque peu à l'adolescence, sans aller plus loin que le haschich et un peu l'ecstasy. Patrick s'est enfoncé. Il a dealé. S'est bagarré. A passé des nuits dans les commissariats. D'autres dans les hôpitaux, aux urgences. Il était infériorisé, il est devenu suicidaire. Ce fut un enfer au quotidien, un lot presque ininterrompu de souffrances que l'on dissimulait, par pudeur. Greg est revenu à Londres, Marleen s'est enfermée dans le baroque, pour se protéger. « Tu vois, rien de très intéressant. »

Encore un sourire et une moue, comme pour s'excuser de n'avoir pas eu une vie plus romanesque. Son atout maître, ce sont les sourires, ils savent tout dire — la détresse, l'offuscation, la compassion, l'ironie, la folie des hommes, l'émerveillement, la lassitude. Le bonheur surtout. Je ne la percevais pas comme une future amante. Pas du tout. Il y a des femmes que l'imagination se plaît à dévêtir au premier regard. Pas elle. Marleen est entrée dans ma vie ce matin-là, mais je ne le savais pas. Cependant je me sentais plus léger que d'ordinaire, et moins seul, dans le taxi qui nous ramenait à l'Excelsior.

Nous avons fêté l'anniversaire de Carla sur la terrasse ombragée du restaurant sicilien où nous dînons presque tous les soirs, elle et moi. Le propriétaire était un ami de feu son mari. Carla prenait sa ville à témoin de feu ses bonheurs. Où que nous nous baladions, elle nous infligeait un déluge d'explications — son enfance, ses premières amours avec un ami de son père, le studio de montage de son mari, leur appartement de la via Margutta. Ici elle avait conçu une idée de scénario avec Bertolucci, là elle promenait Graziella dans sa poussette. Sa voix se faisait plus rauque et plus hâtive, elle mêlait à son français des mots italiens, quelques mots anglais ; elle allumait des cigarettes en pleine rue, les jetait aussitôt, tout en elle échappait aux convenances autant qu'à la vulgarité. Je la trouvais superbement extravagante et capricieuse. Elle prenait le bras de Lexo en penchant sa tête sur son épaule, les lèvres de Dora se pinçaient. Lexo était un enjeu entre ces deux femmes ; il prodiguait à chacune la même affection négligente, du moins en apparence.

L'après-midi, le groupe s'était dispersé. J'aurais voulu accompagner Marleen et Greg qui allaient visiter la galerie des glaces du palais Colonna mais une intuition m'en a dissuadé ; j'ai suivi Vladimir au palais Doria-Pamphili, et nous avons retrouvé les autres dans cet appartement de la via Giulia, encore occupé par Graziella qu'entourait une théorie de jeunes assis à même la moquette, buvant des canettes de bière en écoutant de la techno. Des jeunes dorés sur tranches, qui avaient l'air de s'ennuyer. Graziella s'apprêtait à déménager pour aller vivre à Pinciano. À peine trente ans, un visage de madone boudeuse, un corps aux reliefs plus que soulignés par un jeans délavé à la taille très basse et un débardeur qui découvrait le nombril. Des bagues, des bracelets, des colliers partout, même aux chevilles. Sous les dehors d'une politesse charmante, on la sentait suprêmement indifférente.

Raoul s'était absenté pour aller assister à une réception au Quirinal où les chefs d'État européens venaient de signer un traité. Il nous avait rejoints au restaurant, très flatté d'avoir été présenté à Berlusconi par notre Président. « Berlusconi connaît mon chiffre d'affaires, et presque toutes mes filiales. Il veut qu'on se revoie. Il a même évoqué l'hypothèse d'un partenariat. N'oubliez pas qu'il contrôle le premier groupe de communication italien. » Raoul a ajouté en riant : « Ce qui prouve qu'un patron peut devenir un chef d'État. » Réplique d'Hervé : « C'est l'idée de MGM. »

Carla détestait Berlusconi. Elle a embrayé sur la politique mais personne ne lui a renvoyé la balle, il valait mieux éviter de la braquer.

Marleen était à l'autre bout de la table. Je cherchais son sourire. Carla parlait de Visconti qui lui avait fait la cour. Vladimir et Paolo se rejoignaient dans la célébration du génie d'un contemporain de

Raphaël. Jonas conversait en italien avec un serveur sur le classement déplorable de l'AS Roma. Greg et Lexo s'affrontaient à fleurets mouchetés sur les néo-conservateurs américains. Je croyais comprendre que Greg avait plutôt des sympathies pour les républicains, Lexo pour les démocrates. Ralph qu'ils prenaient à témoin se défaussait. « Je ne suis plus américain. » Dora en revanche m'a surpris en vitupérant l'anti-américanisme, de quelque bord qu'il provînt : « Quand les bombes exploseront partout, qui nous défendra ? Qui a vaincu les communistes ? » J'avais déjà remarqué à Chelsea que Dora supportait mal les tirades gauchisantes de Carla. Et qu'elle était obsédée par le communisme, comme si elle avait eu personnellement à en pâtir. Son allergie me rappelait les tirades de ma grand-mère Léontine sur les « rouges ».

Raoul, Hervé et Victor égrenaient des souvenirs du lycée d'Aurillac. Hélène arbitrait en riant. J'aurais aimé la serrer dans mes bras. Ou bien être seul avec Marleen. Ou avoir à ma merci le corps de Carla. Ou voir jouer la Roma au stade olympique, avec Jonas. J'aurais aimé connaître les ressorts secrets de Dora, le passé de Lexo. L'air tiédissait, la grappa coulait, c'était Rome en tenue de nuit, avec le sourire de Marleen, le corps peu vêtu de Graziella qu'un Bernin aurait aimé sculpter, la convocation douce-amère des années de jeunesse. C'était Rome au printemps et il me semble qu'il nous restait, entre les coulées de nostalgie et le sentiment de bivouaquer dans un monde en perdition — oui, il nous restait de l'espoir à foison. Une sorte d'espoir qui coïncidait peu ou prou avec les ambitions européennes de Raoul.

Graziella était ravissante dans une robe vert pomme extrêmement concise. Un copain l'escortait. On sentait qu'il serait vite largué, il n'avait pas le niveau, c'était juste un animal de compagnie. Beau gosse au demeurant. Je savais que Graziella détestait Raoul. C'était pourquoi elle avait souhaité revenir faire ses études dans sa ville natale — la ville de son père, qu'elle a idéalisé. Elle tenait présentement une boutique de mode avec une copine, pour se distraire, semblait-il, elle n'avait pas l'air fixée sur ce qu'elle voulait faire de sa vie. Peut-être rien, juste la lécher. Pendant tout le repas, Hervé l'avait reluquée en m'adressant des clins d'œil complices. Le printemps romain, c'était Graziella aussi ; et les cœurs masculins se pincèrent de dépit lorsque nous la vîmes s'éloigner main dans la main avec son gommeux, bras, épaules, jambes offerts si l'on peut dire à un songe de Renaissance, souple comme un serpent, insoucieuse, grisée par l'évidence de sa beauté. Carla au même âge avait dû s'enivrer de la même évidence ; un orgueil douloureux lui soutirait de pâles sourires en voyant les hommes, à toutes les tables, se rincer l'œil sur le corps de sa fille.

12

Le corps de Jonas ne lui ressemble pas. Il transpirait au bout de deux minutes et pourtant il est si maigre ; on dirait que sa tête a été vissée par inadvertance sur les clavicules saillantes. Une tête de Pierrot lunaire, avec deux yeux sombres qui se touchent presque sous un taillis de sourcils, et la houppe rouge et frisée.

« L'Europe est foutue. Un jour je repartirai à Jérusalem et j'y resterai.

— Tu crois à l'avenir d'Israël ?

— Je n'ai jamais cru en l'avenir. »

Le jeune éphèbe aux épaules tatouées assis à côté de Jonas écarquillait les yeux en écoutant notre dialogue. Son nombril était bagué, son pubis rasé. Il a vidé le fond d'une bouteille sur les pierres incandescentes. La chaleur nous a inondés. J'aimais sentir les premières gouttes perler sur le cuir chevelu. Puis ruisseler sur le visage, la poitrine, la colonne vertébrale. Mon corps se lestait de ses scories, il baignait dans un plasma, ça ramenait des compteurs à zéro. En même temps j'avais conscience de succomber à un hédonisme peu glorieux — un moi bêtement attentif à sa gaine de peau, escomptant d'une sudation le miracle d'une régénérescence. Pire : tâchant de croire qu'elle était advenue quand je lavais ma viande de ses impuretés sous la douche glacée.

« C'est foutu, crois-moi. Les Américains et les Chinois joueront la finale. Tu as entendu MGM à la télé ? Raoul devrait se méfier. On sort ? Je me sens purifié. »

La première fois qu'il m'accompagnait au sauna, j'avais remarqué ses chaussettes dépareillées. Jonas ne s'habille pas, il enfile des vêtements informes, ceux probablement qu'il trouve au pied de son lit. C'est peu dire qu'il ne s'intéresse pas aux choses de la vie quotidienne ; il ne les voit pas. Il ne sait pas conduire, il n'a pas de portable et sorti du Quartier latin, il était incapable de s'orienter dans Paris.

Le sauna est devenu un rite. Chaque fois que je revenais, j'appelais Jonas à son bureau, il me rejoignait devant l'église Saint-Nicolas-du-Chardonnet qui était le temple des intégristes. Il insistait pour que nous entrions, l'atmosphère lui plaisait. Parfois un prêtre disait la messe en latin et les sacristains vêtus d'une soutanette rouge et d'un surplis blanc à dentelles commémoraient un enfant de chœur à la piété hétérodoxe : moi dans l'église de Redenac, pendant les vacances.

Jonas connaissait l'histoire de l'Église, pape après pape. D'habitude, les intellectuels juifs n'ont guère de sympathies pour le catholicisme romain. Or, l'Église lui inspirait presque de la tendresse, et je devinais pourquoi : son histoire dure depuis vingt siècles, elle défie le temps. L'obsession de Jonas des « continuités ». À Rome, pendant que nous étions dans cet appartement de la via Giulia, il nous avait quittés pour aller humer à Saint-Pierre la « permanence ». Le même message, au même endroit. Les mêmes rites. « Vous êtes vraiment cons de renier ça. » Son « vous » me blessait, il dressait une frontière. De même il nourrissait pour la France un amour qui n'excluait pas la monarchie et il pouvait citer de mémoire tous les rois depuis Clovis jusqu'à Louis-Philippe, avec pour chacun un commentaire drolatique. L'humour était à peine plus acide s'il s'agissait d'un roi ayant forcé la dose d'antisémitisme.

Il y a un musée, une bibliothèque et un ordinateur sophistiqué dans la tête de Jonas. Il parle et écrit dix langues, dont l'hébreu — le biblique et le moderne. Au fil des années il est devenu, pour moi, plus qu'un ami désintéressé : un temple de la mémoire, une citadelle sur laquelle s'échouaient les assauts du néant. Il me rassurait, il m'ennoblissait en quelque façon. Avant de le connaître je n'avais rencontré que des juifs émancipés, plus ou moins agnostiques, en tout cas hostiles à la tradition. Non qu'il fût fondamentaliste le moins du monde ; mais il ne voulait pas que l'héritage se résumât aux persécutions. « On a mieux à raconter que nos malheurs. » Il n'était sioniste que modérément et il critiquait volontiers la politique d'Israël vis-à-vis des Palestiniens. Toutefois il avait gardé la nationalité israélienne, et il trouvait que la presse parisienne faisait la part trop belle au Fatah et au Hamas.

Je n'aimais pas l'entendre dire qu'il voulait revenir à Jérusalem, où il possède un appartement, et une kyrielle de cousins. Sa famille a fait escale dans le Caucase, en Russie, en Pologne, en Allemagne, en Autriche. Il a de la parentèle à New York. Un de ses grands-oncles a obtenu le prix Nobel de physique et sa généalogie s'honore d'un violoniste et de deux écrivains de réputation mondiale. Il avait une vénération pour un certain Benny Lévy, un ancien philosophe maoïste, ami intime de Sartre, qui au terme d'un parcours d'intellectuel parisien s'était converti. Le mot « converti » ne convient pas, il s'agissait plutôt d'un retour aux textes fondateurs du judaïsme, la Torah, le Talmud. Un retour intégral, une récusation de toute la pensée occidentale. Ne plus penser, juste étudier puisque tout était dit — par Dieu soi-même — dans ces textes. Lévy étudiait à Jérusalem, il était devenu une sorte de religieux et Jonas allait le voir là-bas, plusieurs fois par an. Il m'a prêté des livres de ce Lévy et à défaut de tout comprendre j'ai perçu la beauté de cet absolutisme.

« Pourquoi tu me parles de MGM ?

— Parce qu'il a des vues sur Venus. Sa stratégie est incompatible avec celle de Raoul. Ses idées fascinent les politiques et les journalistes. Elles sont délirantes, mais à Paris, si tu es dans le vent de la mode, tu peux tout te permettre. »

MGM était à la mode. De plus en plus. Pourtant je ne parvenais pas à le prendre au sérieux, sa communication paraissait si naïve, son parcours si convenu. C'était le produit type du système français : major de sa promotion à HEC et à l'ENA, inspection des finances, classes d'usage à Bercy pour le carnet d'adresses, banque d'affaires pour arrondir son magot et maîtriser la technique des fusions-acquisitions. Les gars de sa promotion que j'avais croisés étaient tous convaincus que sa mégalomanie précoce finirait par lui nuire, il avait marché sur trop de pieds quand il s'occupait des privatisations, au cabinet du ministre du Budget. Pour l'heure, il montait en puissance ; le vieux Pricot venait de lui céder la présidence de la Septimanienne d'énergie, une institution qui réalisait des profits faramineux. Il l'avait aussitôt rebaptisée « Cosmogonia » et n'avait de cesse d'absorber n'importe quelle entreprise spécialisée dans les « tuyaux », autrement dit le contenant de l'information. Téléphone, presse, cinéma, édition : tout ce qui permet d'exercer une influence sur le public, qualifié par MGM de « consommateur ». Les mots « tuyaux », « consommateurs » et « croissance externe » revenaient dans toutes ses interviews. Indiscutablement, ça recoupait la stratégie de Raoul mais j'avoue n'avoir prêté aucune importance, sur le coup, à la prophétie de Jonas. Il était d'un naturel tellement pessimiste.

Nous sortions du sauna, je me sentais léger. Scarlatti m'immunisait. J'écoutais aussi des concertos de Torelli que Marleen m'avait conseillés. D'autres aperçus sur le même bonheur. Marleen était en moi. Sans plus. Sans moins. Je raccompagnais Jonas à pied jusqu'à son agence par la rue des Écoles et la rue Racine. Il entrait dans la librairie de *Présence africaine*, saluait une Noire âgée qui devait être la patronne, achetait quelques livres — des poèmes d'Africains. « Tu devrais lire Damas et Tyrolien. » J'ignorais jusqu'aux noms de ces écrivains de la négritude, je lui demandais de me faire une liste des classiques et j'ai fini par lire les principaux. Ils faisaient éclore en moi des présomptions de savanes en rapport avec le rousseauisme de mon adolescence ; des fils se raccordaient, j'avais l'impression de mieux connaître ce dont je rêvais à fonds perdus là-bas, sur mon plateau de granit et de schiste. De mieux comprendre aussi ce qui m'avait échappé quand j'étais à Dakar : des Afriques fabuleuses me conviaient et je ruminais mon ennui entre deux mornes balises, un bureau à la Chancellerie et mon épouse Lise qui jouait au tennis et suivait des cours de management par correspondance, à toutes fins utiles. Pour Lise il fallait que tout fût utile.

Nous arrivions sur la place de l'Odéon et Jonas me montrait l'immeuble d'angle où avait vécu Cioran. « C'était le plus lucide. L'agnosticisme occidental poussé dans ses retranchements, ça donne ce désespoir. Vous en êtes là sans le savoir. » J'avais lu Cioran, à Toulouse, il m'en restait une impression très vague de frénésie vitale plutôt que de désespoir.

L'agence de Jonas, derrière le théâtre, était un capharnaüm innommable où l'on voyait apparaître, comme par magie, une Allemande aux joues roses sous des piles de bouquins. Au jugé, à peine trentenaire. « Je te présente Anke. Mon esclave. » Elle me serrait la main en souriant, l'engueulait affectueusement parce qu'il avait oublié un rendez-vous. L'esclave semblait des plus affranchies. Est-ce qu'il couchait avec ? Mystère. Personne ne connaissait la vie de Jonas. Sauf Lexo, ils avaient des amis communs à Jérusalem, à Tel-Aviv et à New York. D'un mariage rompu depuis des lustres (« une emmerdeuse séfarade, tu peux pas imaginer ! ») Jonas a une fille étudiante à Tel-Aviv, un fils qui travaille à Milan avec son frère aîné. La bohème de Jonas était solitaire apparemment ; néanmoins il avait des antennes partout, on pouvait supposer qu'il ne souhaitait pas mettre en présence les gens qu'il fréquentait. Quand dormait-il ? Il lisait des théologiens, des historiens, des philosophes, des astrophysiciens, des biologistes, mais aussi des écrivains contemporains, la presse (y compris *L'Équipe*) et il écoutait la radio, regardait la télévision, surfait sur Internet. Il était abonné à un nombre élevé de chaînes, européennes ou américaines, et tous les sports le passionnaient bien qu'il m'ait avoué n'en avoir jamais pratiqué aucun. Sur les murs maculés de poussière de son agence, des photos encadrées d'écrivains, dédicacées à son nom, voisinaient avec des dessins de Sempé (« le meilleur sociologue français, avec la poésie en plus ») et un poster en couleurs de Paolo Maldini, le capitaine de l'AC Milan et de l'équipe d'Italie (« le plus beau, le plus élégant. Ah, si j'étais homo... »).

« Ce qui me chagrine le plus, c'est le début de saison de la Roma. »

Il avait ses clubs favoris, ses champions aussi. La Roma, l'Arsenal, le FC Séville (« Ne confonds pas avec ces connards du Betis »), Dax et Bath en rugby, Roanne au basket, Martina Hingis (« Une vraie sale gosse. Je l'adore »). Les époques se confondaient, et les genres, il s'extasiait sur feu Louison Bobet, ironisait sur un précepte de saint Jean Chrysostome, rebondissait sur Saint-Simon ou Tanizaki, j'étais largué, émerveillé. Il me prêtait des livres sur la kabbale ou le hassidisme, le judaïsme prenait dans mon imagination un relief tel qu'insensiblement je devenais plus sioniste que lui. Ses yeux noirs brillaient de malice.

« Tu t'enjuives, mon cher. Tu vas devenir un goy honteux, et ça, c'est pire que l'antisémitisme. »

Il m'avait offert une Bible, je lisais un passage, je l'appelais au téléphone, il commentait, me parlait d'Eschas ou de Rachi, m'apprenait ce qu'étaient Michna et Gemara. Je lui demandais pourquoi le Talmud pinaillait sur le moindre détail de la vie quotidienne. Il m'expliquait que lors d'un exil, peut-être à Babylone, les juifs n'avaient plus rien d'autre que la Bible pour continuer d'exister comme tels. Ainsi s'était imposée cette propension à éplucher le texte, verset par verset, pour y puiser de quoi encadrer l'existence. « Tu piges ? C'était la foi, sans concession, ou rien du tout. La foi ou la mort de la transcendance. On appelle ça la frontière de feu. » Tout était là, dans ce puits sans fond de symboles, on n'avait que l'embarras du choix. Ce peuple qui depuis vingt siècles trimbalait ce livre dans son barda, où qu'il ait dû pérégriner, c'était presque le mien. C'était en tout cas la quête dont j'avais eu l'intuition, fugace, qu'elle aurait dû gouverner ma vie.

Parfois c'était Jonas qui me raccompagnait, avec toujours un commentaire devant la stèle en hommage à Barye, dans le square au bout de l'île Saint-Louis. Il aimait bien Barye, il m'apprenait que le meilleur de son art était la sculpture animalière. Jonas m'apprenait tant de choses ; je me sentais dans la peau d'un étudiant, mais avec une soif de savoir que je n'avais jamais eue. Un « moi » insolite perçait sous la croûte du médiocre dilettante. Pas totalement insolite, je croyais repérer son ombre dans les interstices de ma vie d'étudiant. Que n'avais-je étudié, au lieu de traîner mon spleen ! Que n'avais-je lu, relu, médité les textes fondateurs plutôt que de butiner sans esprit de suite ! Des regrets m'assaillaient, je me sentais coupable de haute trahison vis-à-vis de ce qui aurait pu, aurait dû, être ma vocation.

Nous repérions Vladimir à l'intérieur du Sully, debout au zinc, cigarette à la main, abîmé dans sa contemplation.

« Qu'est-ce que vous prenez, les gars ? »

L'accent slave du mot « prenez » ouvrait des vannes et nous nous laissions embarquer sur un Danube approximatif en apprenant qu'au Kosovo, des monastères flambaient. Ou qu'à Belgrade des ultras détricotaient la paix boiteuse imposée par les Américains. Vladimir sortait toujours d'un hôpital, son corps le lâchait d'un peu partout, le cœur, les reins, le foie, les artères. Il peignait malgré tout, la nuit, et parfois nous montions dans son gourbi pour admirer ses dernières créations. Jonas était aussi sidéré que moi. Ces décombres sublimés par l'amour du monde, l'amour des êtres, l'amour tout court, c'était admirable. Peu d'imagination, Vladimir digressait sur un paysage, une maison, un arbre, et toujours dans les mêmes tons, du bleu, du noir, des gris, des taches de verdure, de minces traits rouges.

Il fallait que je les quitte pour aller préparer mon bagage car j'avais un avion à prendre à Roissy. Au début, je travaillais beaucoup. Raoul m'avait accordé sa confiance, je ne voulais pas le décevoir. Du reste ce que je faisais me plaisait. Ou plutôt : me divertissait en m'inoculant une drogue qui chauffait à blanc mon système nerveux. Je mettais Haydn dans le lecteur de CD, j'oubliais le second livre de Daniel, les Albanais du Kosovo, je repassais la frontière invisible que la musique érigeait aux frontières de la réalité, elle m'accompagnait dans le taxi, dans l'avion, dans les chambres d'hôtel où je faisais escale. Les agents, les intermédiaires, les industriels, les ministres quelquefois que je rencontrais m'ouvraient à des réalités balkaniques plus triviales que les songeries de Vladimir. Je les prenais pour ce qu'elles étaient, sachant que l'économie se fait en vase clos, avec des chiffres seulement, et presque toujours en langue anglaise. La schizo de Raoul me menaçait, je ne croyais pas tout à fait que nous allions bâtir la grande Europe et sauver la civilisation occidentale en rachetant des revues d'art, des maisons d'édition, des galeries, des radios, des chaînes de télévision. C'était l'alibi ; il fallait croître pour n'être pas dévoré. Il fallait feindre d'y croire pour n'être pas découragé, et Raoul savait s'y prendre pour m'insuffler de l'énergie. Raoul et la bande, à laquelle je commençais à m'agréger puisque enfin il me conviait à tous leurs week-ends, et me confiait tous ses secrets.

Y compris le plus douloureux de tous : la cause de sa claudication. C'était un soir, tard. Nous avions dîné en tête à tête au Récamier pour préparer une réunion à Francfort. Raoul vivait sur la rive droite mais prétendait la détester : symptôme parmi d'autres de sa schizophrénie. Nous dînions au Dôme, au Voltaire, à la Méditerranée, à l'Ambroisie, au Récamier dont le patron était lotois. Presque tous les patrons des restaurants et des brasseries venaient de notre région, on se sentait un peu chez soi. On s'y sentait tout autant chez Guy Savoy, parce qu'on y croisait toujours des anciens joueurs de rugby ou des dirigeants de la Fédération.

Raoul m'avait raconté son enfance. L'échoppe de sabotier du grand-père, le métier insipide de son père qui avait dû travailler dès l'âge de seize ans. Sa mère était couturière à domicile, la famille vivait petitement, avec une blessure inguérissable, la mort de sa sœur, à l'âge de sept ans. Le lycée d'Aurillac. « J'étais mauvais élève, mais le meilleur trois-quarts des juniors du Stade aurillacois. Très rapide, technique. Ma promotion sociale, je la voyais dans le rugby. J'aurais pu être international, j'étais sélectionné dans l'équipe d'Auvergne. Jusqu'au jour où j'ai eu cet accident, avec un copain. Il roulait trop vite. Ça s'est passé vers le Lioran, sur la route de Murat. Il s'est tué, j'ai eu dix-sept fractures. L'opération de la hanche a foiré. Voilà pourquoi je fais le con à Paris. Si j'avais été international, le Stade aurillacois m'aurait acheté un bar en ville, c'était ça que je voulais. »

Ça et autre chose. Hervé et Victor étaient plus réservés sur ses anciens talents de rugbyman junior. Raoul jouait, sans doute, mais il songeait déjà à monter à Paris. D'après Hervé qui ne manque pas de lucidité, Raoul avait punaisé sur les murs de sa chambre des photos de starlettes et il se promettait de coucher avec toutes, dans les pinèdes de Saint-Tropez. Promesse tenue, mais avec une seule : Pascaline, une chanteuse yé-yé dont la gloire avait été brève. Blonde, coiffée comme Sylvie Vartan à qui elle ressemblait. C'était déjà beaucoup pour le fils d'un scribe de la Sécu. Et selon le même Hervé, si Raoul était rapide et adroit, il craignait le contact. « Ballon en main, il pouvait surprendre, mais pour les placages, zéro. » Après son bac il aurait sûrement préféré monter à Paris ; ses parents l'avaient envoyé à Bordeaux parce qu'un cousin pouvait l'y loger. Il était tout de même allé à Paris, au bout de deux ans, pour prendre un premier emploi dans une filiale de Venus, grâce à la recommandation du père d'Hervé. « Une cellule de créatifs, dans la pub. Je pensais y rester un an, le temps de trouver mieux. J'y suis encore. »

Dernier verre. La fatigue ou la lassitude mettaient brusquement un terme à sa fringale de confidences, il se refermait comme une huître. « On y va ? Je bois trop. » De fait, il me semblait qu'il buvait plus qu'avant. Moi aussi, du reste. Léo, son chauffeur, l'attendait à l'angle de la rue de Sèvres. Costume noir, cravate sombre, lunettes aux verres teintés, visage impavide : tout du croque-mort. La Safrane aussi était noire, avec des vitres teintées. « À demain. Au fait, je suis censé rentrer chez moi. » Je devais en déduire qu'il allait retrouver secrètement une femme. J'ai toujours pensé qu'il bluffait. Non qu'il manquât d'occasions ; il disposait d'une cour de mondaines, ou demi-mondaines, qu'il sollicitait tour à tour pour agrémenter un dîner sans Carla, mais je doutais qu'il désirât vraiment les étendre sur un lit, il était tellement misogyne, je ne le voyais pas physiquement dans le rôle.

Je rentrais à pied en empruntant la rue du Dragon pour boire un demi chez Lipp. Assez souvent, j'y retrouvais Joël Loriot, attablé dans un coin, toujours le même face à la caisse, en compagnie d'hommes politiques, de patrons, mais aussi de personnages dont l'influence était plus indirecte. Savoir ce qui se tramait dans les hautes sphères — et les intermédiaires — faisait partie de mes activités et nul n'était mieux informé que Joël. L'endroit était stratégique, des dîneurs l'identifiaient, ils venaient le saluer, il me présentait comme un proche collaborateur de Raoul. La salle se désemplissait, il commandait un autre pichet de morgon et il me racontait les micmacs parisiens avec sa verve, son humour, ce mélange fruité d'appétit juvénile pour l'existence et de scepticisme. Il savait tant de choses que certains magistrats, et certains journalistes, auraient aimé l'atteindre, pour l'obliger à parler. On entendait dire qu'il pourrait être mis en examen pour des histoires d'argent politique dont il avait eu à connaître.

Dernier pichet. Joël pouvait boire énormément, sans qu'il y paraisse. Il mettait sa robustesse sur le compte de ses ascendants, sa famille venait de la Calabre et ses parents avaient tenu une ferme dans le Gers. Je le quittais devant la brasserie, il s'éloignait d'un pas à la fois nonchalant et martial, mains dans les poches, un cinéaste de polar aurait aimé le filmer et les femmes se retournaient. Il habitait du côté de Port-Royal mais personne n'était allé chez lui, il traitait ses amis au restaurant, on ne savait même pas s'il était marié, on croyait seulement savoir qu'à une époque reculée, il y avait eu dans sa vie l'actrice la plus célèbre du cinéma français.

13

On ne décide pas de tomber amoureux, mais presque ; il y a des moments où le vide pèse si lourd que la première venue fait l'affaire. Tel n'était plus mon cas, j'étais résigné depuis longtemps à la solitude, je la meublais avec des aventures. L'amour, je l'avais convoité, éperdument, mais en chargeant tellement la barque de ce mot — amour — qu'elle a pris du gîte. Puis coulé à pic.

Je n'ai jamais été amoureux de mon épouse Lise. Sa mère me troublait, Lise n'était que son double insipide. Mettons que l'idée du mariage m'ait tenté. L'idée d'un couple qui aurait des enfants, et la vie simple qui irait avec. Je savais que je faisais fausse route. Autant en finir. J'ai convolé comme on tire un rideau sur des ténèbres, je me suis tapi comme un rongeur dans le terrier conjugal. Week-ends à Trouville (avec la mère), grandes vacances dans la maison de Redenac, pour commémorer les étés langoureux de mes tendres années, quand le Teppaz offert par mes parents pour mon BEPC (session de rattrapage) bramait des slows des Platters. Mais Lise n'aimait pas la campagne, ni les slows, et n'a pas voulu commettre un enfant avec moi. Elle a eu bien raison. Nous avons divorcé à l'amiable après notre retour de Dakar. Je me suis résigné à ne plus voir sa mère, et quand je repense à cette plage de conjugalité, je revois cette femme qui devait approcher de la cinquantaine — le chignon mal assujetti, des yeux marron fixés sur rien de précis, les formes un peu lourdes du corps escamotées sous de gros pulls et des jupes longues.

La passion avec Concepción était rien moins que de l'amour. En la possédant (terme impropre), j'avais violé les convenances diplomatiques, c'était toujours ça de pris sur le Quai auquel je reprochais de m'avoir volé mes restes de jeunesse. La frénésie qui nous avait jetés sur les routes, pour des corps-à-corps exténuants, est retombée si brusquement qu'aucun des deux n'a éprouvé par la suite le besoin de se rappeler au souvenir de l'autre. Nous nous sommes séparés au bar du Fouquet's à l'heure de l'apéritif. Une bise distraite sur les deux joues et en sortant je l'ai vue rire aux éclats avec deux types dont elle venait juste de faire la connaissance. Rien n'en est resté, sinon des dettes à éponger.

Rien non plus des amourettes concises qui ont égayé mes voyages. D'autant plus concises, et furtives, que j'étais astreint à la discrétion par nécessité professionnelle. À quoi s'ajoutaient les précautions requises avec les femmes mariées car j'évitais les célibataires, de crainte qu'elles ne me fassent un enfant dans le dos. Il y a des précédents. L'amour, je le conjuguais au passé le plus antérieur, celui des étés à Redenac avec Claire. Il y avait eu d'autres idylles mais l'alchimie de la mémoire les a focalisées sur la personne unique de cette blonde qui alternait les couettes et la queue-de-cheval. Elle était romantique, exaltée même, elle envisageait soit d'entrer au Carmel, soit de tenir un bordel dans les Caraïbes. Les deux hypothèses avaient l'heur de me plaire. Ses lèvres avaient le goût du diabolo grenadine, sa voix était flûtée. J'allais l'attendre derrière sa maison, planqué dans une sapinière. Je sifflais un air de John Williams, c'était notre signe de reconnaissance. J'avais peur de ses parents, de son père surtout que le mien ne fréquentait pas, pour d'obscurs motifs liés à la période de l'Occupation. Mon père avait rejoint un maquis de l'AS dans le Cantal ; le sien, je n'en sais rien, mais j'ai toujours entendu dire en famille qu'il avait fait un peu de taule à la Libération. Histoire française ordinaire. Claire me rejoignait en sortant par la porte de derrière. Je l'embarquais sur ma mobylette et nous allions derrière le hangar du boulanger, à la sortie du bourg, pas loin du cimetière. Je doute d'avoir été plus amoureux d'elle que d'une autre. J'aimais nos audaces empreintes de timidité. Par-dessus tout j'aimais leur clandestinité. Il m'en est resté l'intuition que la volupté, comme tout ce qui importe, exclut la divulgation.

À Rome, Marleen m'avait confié qu'elle se rendrait bientôt à Vienne pour y préparer un album sur le baroque autrichien. Mais la date du séjour n'était pas fixée. Je connaissais juste assez Vienne pour pouvoir imaginer Marleen sur le Graben, à la Gloriette ou dans un village du Wienerwald. C'est à mon insu qu'elle s'y est ancrée. Je la préférais aux autres femmes de la bande, mais, quitte à risquer une mise, j'aurais plutôt tenté de séduire Carla ou Hélène. Je n'y songeais pas. D'ailleurs Carla m'ignorait, et Hélène était ce genre de femme dont la jovialité ne promet au mieux qu'une camaraderie affectueuse — un bras sur l'épaule, un baiser sur le front, « mon chéri » au téléphone.

Mon nouveau métier m'occupait, j'étais à Belgrade plus souvent qu'à Paris. Les soirs cependant, juste avant le sommeil, quand les clichés qui s'imposent à l'esprit sont encore vaguement organisés par la conscience, la silhouette de Marleen comparaissait, avec accompagnement de la sonate de Scarlatti. Ses yeux à Londres, puis à Rome et enfin à Vienne, et de plus en plus spontanément je la voyais en bleu pâle — son tailleur, au Trastevere — penchée sur un balcon de la Gloriette que j'eusse été incapable de décrire, n'y étant monté qu'une seule fois, plusieurs années auparavant.

L'amour m'est venu comme un rôdeur, au seuil de nuits solitaires, sans que les échafaudages de mon imagination y compromettent du désir. Aucune envie de devenir l'amant de Marleen. Aucune approche de son corps. Juste ses yeux, son visage, sa cicatrice, sa gestuelle toute simple, toute fraîche. Juste elle. Mais elle, et de plus en plus fréquemment. Elle qui, sans que je m'en avisasse, résumait deux noms de lieux — Londres, Rome — où pourtant j'étais allé avant de la connaître, où je croyais avoir d'autres souvenirs. L'amour les avait essorés, et Marleen était déjà au centre de ma vie quand j'ai conçu le projet de la surprendre à Vienne, par jeu, me semblait-il.

Après maintes hésitations je me suis décidé à lui téléphoner. Son « *yeah* » était un *addendum* à la sonate de Scarlatti que je venais d'écouter pour me donner du courage. Ce qui prouvait son empire : elle comptait déjà trop, j'aurais été dépité si elle s'était montrée froide ou rétive. J'ai invoqué la nécessité d'un voyage professionnel à Vienne et, prétendis-je, m'étant souvenu qu'elle devait également s'y rendre, je voulais savoir quand, pour ajuster si possible. Elle a paru se réjouir de cette coïncidence, m'a donné ses dates ainsi que le nom de son hôtel. Un réflexe de prudence m'a dicté de paraître n'accorder à nos futures retrouvailles qu'un intérêt relatif. « Je serai très occupé, mais j'essayerai de t'appeler. »

Les jours qui me séparaient de Vienne m'ont en quelque sorte déniaisé : à présent je désirais être amoureux de Marleen. Je l'étais potentiellement, et la hantise de n'être jamais qu'un bon copain, un bon ami, un confident attisait mon impatience. Je me faisais peur en me disant que l'homme auquel une femme se confie n'est jamais celui qu'elle va aimer. Je me rassurais en me souvenant de la complicité qui nous avait rapprochés, à Rome, dès le premier soir chez Paolo, puis le lendemain matin dans le bistrot du Trastevere. Une image me revenait. Pour trouver un taxi nous avions traversé le Tibre par le ponte Garibaldi, et suivi la voie de berge. Comme le flot des voitures s'avançait, il avait fallu hâter le pas, j'avais pris Marleen par la main. Sur le trottoir, sa main était restée dans la mienne. Longtemps. Au moins deux secondes. Je m'accrochais puérilement à ce laps de temps ; il fallait qu'il fût un prélude. Mais le dernier soir, alors que nous nous séparions dans le hall de l'Excelsior, elle avait pris le bras de son mari pour s'approcher des ascenseurs et ce geste banalement conjugal contredisait ce que je pouvais escompter du bref *mano a mano*.

« Ils me font peur. Ils ont l'air si tristes. Nous, ce sera... différent. »

Le fameux baiser de Klimt lui inspirait de la perplexité, presque de l'effroi. Nous avions gardé pour la fin les deux musées du Belvédère. Elle voulait surtout découvrir celui du bas, consacré au baroque viennois. Les masques grimaçants de Messerschmitt infirmaient l'allégresse, le ludisme, les harmonies fastueuses dont nous nous étions régalés en parcourant la ville à l'intérieur du Ring. Le baroque, ai-je pensé, n'exclut ni le burlesque ni la tragédie. Je n'ai pas osé le lui dire.

« Nous, a-t-elle ajouté en me souriant avec une sorte de gravité, ce sera où ?

— À Marmottan, devant les “Nymphéas” de Monet. »

Elle a hoché la tête. Les « Nymphéas » me sont venus à l'esprit, sans préméditation. Notre premier baiser d'amoureux aurait lieu devant ces toiles où, selon Vladimir, Monet a condensé ce qui reste d'espérance dans l'âme moderne. « Après, c'est le chaos. » L'accent slave aggravait ce que ce verdict péremptoire avait de funeste.

Marleen était descendue dans un hôtel proche de l'horrible Votivkirche néo-gothique et de la Berggasse où Freud a vécu et exercé jusqu'à son départ de Vienne. J'avais trouvé un hôtel derrière le temple blanchâtre de Secession. Nous nous retrouvions au Café Central et je suivais Marleen qui visitait des églises et des palais en prenant des notes sur un carnet vert. Comme ses yeux. Ses commentaires étaient précis, sans lyrisme ; il en ressortait que l'âge baroque parachevait la Renaissance et le classicisme dans une apothéose joyeuse, faussement débridée, vouée à la célébration du divin. Après, le chaos, comme disait Vladimir. Après, la « grande névrose » : c'était le fin mot de la vision esthétique de Marleen. Le soir où nous avions dîné à Grinzing, au pied du Wienerwald, elle m'avait expliqué son aversion pour le romantisme. Beethoven a vécu dans ce village et en nous y rendant en taxi nous étions passés devant une des maisons de Schubert.

« Je ne veux plus les écouter. Ils sèment trop de malheur. Tu comprends, j'ai décidé d'être heureuse.

Seul le baroque me rend heureuse. En paix. Sereine. Écoute la sonate de Haydn. »

J'ai acheté le CD dans un magasin du Graben, j'ai écouté la sonate dès mon retour à Paris, pour mieux comprendre. En vérité j'avais compris, et si, depuis lors, Haydn et ses prédécesseurs me tiennent lieu de rempart, ça prouve que j'étais, autant que Marleen, en désunion totale avec le monde. Il fallait le fuir. Haydn était une clef des champs.

Marleen serait, Marleen était déjà ma clef des champs et je serais la sienne. D'un jour l'autre, d'un café l'autre, nous avons vidé nos sacs de misère. Petites, les miennes, et j'avais tout dit ou presque à Rome ; ma vie n'était qu'une succession d'aléas mal emboîtés dans un précipité d'émotions sans suite. Celle de Marleen avait basculé dans l'angoisse à l'adolescence de Patrick. Il était soit exalté, soit dépressif, avec des accès d'agressivité incontrôlables. Il buvait, il se droguait, il s'enfuyait avec des loubards. Il revenait chez ses parents, piquait des crises. Il échouait à l'occasion dans des commissariats, ou à l'hôpital, car il était à la fois querelleur et suicidaire. Par moments il s'adoucissait, tentait de se désintoxiquer, l'espoir revenait. Puis les crises recommençaient. Ça durait depuis sa neuvième année. Marleen et Greg avaient consulté tous les psychiatres imaginables. Âgé de vingt-quatre ans, Patrick n'avait aucun diplôme, aucune formation. Durant les phases de rémission, il trouvait des boulots. Plongeur. Colporteur. Chauffeur. Au bout de quelques semaines il se faisait virer, ou abandonnait sans prévenir et venait se claquemurer dans le giron familial, en proie à un lourd sentiment de culpabilité. Telle était la croix de Marleen. Lourde.

Or, elle refusait de se noyer dans l'angoisse. Elle venait d'acquérir un portable pour pouvoir joindre Patrick, ou son mari, ou Mary à qui son frère se confiait. Plusieurs fois dans la journée elle s'éloignait, appelait Londres hâtivement et l'angoisse embrumait son regard. À peine avait-elle raccroché, ses yeux souriaient au spectacle d'une façade (« C'est la seconde époque, moins influencée par les Italiens »), d'une coupole, d'une cariatide. Elle poussait la porte d'une église. La pénombre nous happait. Elle trempait ses doigts dans un bénitier, se signait, s'agenouillait. Se relevait. Son regard devenait extatique au spectacle d'un retable, d'un orgue, d'un chœur où explosait l'amour de Dieu, l'amour du Beau, du Bien, du Vrai, du Juste. L'amour. Le nôtre en somme, qui nous procurait autant d'effarement qu'il nous émerveillait, en sorte que nous n'osions pas encore le nommer.

« Tu as l'air heureuse. »

Elle fronçait les sourcils, sa moue affectait un sérieux professoral.

« Heureuse, ça veut dire quoi ? Je suis... contente d'être ici. Avec toi. »

C'est alors que j'étais passé aux aveux. Grâce à ce « avec toi ». Je lui ai dit que je l'aimais beaucoup. Plus qu'on aime une amie. Un truc aussi enfantin.

« Moi aussi. »

Alors nos mains se sont jointes. Ses yeux se sont

posés sur les miens, avec une tendresse empreinte de tristesse.

« C'est peut-être grave, ce qui nous arrive. »

Je n'ai pas su quoi lui répondre. Dans ces occurrences, un homme allume une cigarette et feint d'être absorbé par le spectacle de la rue. Elle a souri. Soupiré. Souri encore. Repoussé la fumée de ma cigarette.

« Ce sera une amitié... extrême. »

Car Marleen, enfant tardif du baby-boom, issue d'une bourgeoisie catholique, n'a connu que son mari.

« Parcours sans faute. Juste un petit flirt à Oxford, et cet imbécile à Paris. Je suis fidèle. »

Verdict accompagné de cette moue tout à la fois narquoise et désolée, partiellement démentie par un soupçon d'inquiétude qui traversait son regard. Nous savions que l'« amitié extrême » était un leurre, nous nous en amusions. Nous parlions de tout et de rien, elle me racontait son enfance à Cambridge, son père qui appartenait à cette minorité francophone et francophile (« J'ai choisi aussi Greg pour ça »), sa mère très pieuse (« Elle m'a légué ça. Le baroque, c'est super catho »), ses études à Oxford (« Arts et lettres. Rien d'autre ne m'intéresse »). Elle m'a reparlé de son année à Paris, pour préparer une thèse sur Saint-Sulpice. À l'époque elle chevauchait les genres et les époques, même la contemporaine. Elle passait du rock au grégorien, de Carlyle à Unamuno, du gothique à Vermeer, elle aimait les films de Visconti et les chansons de Ray Charles. Elle avait aimé Greg parce qu'il était décalé. « Comme moi. La diplomatie, c'est une façon de fuir la réalité. Greg n'aime pas trop la réalité. »

Moi, je n'aimais pas trop qu'elle me parle de son mari. Ni de Cliff, son éditeur, qui devait la rejoindre à Vienne. La jalousie rôdait déjà, sans que j'en prenne tout à fait acte. Néanmoins j'ai décampé le matin de l'arrivée de Cliff en invoquant une urgence professionnelle. Je n'avais pas osé avouer à Marleen que j'étais venu à Vienne pour l'y retrouver et pour nulle autre raison. Elle était consciencieuse ; elle avait honoré tous ses rendez-vous avec des historiens d'art et des conservateurs.

Curieusement, je n'ai éprouvé aucune émotion particulière lorsque nous sommes montés à la Gloriette. Mon imagerie m'avait fait faux bond et, lorsque je fus rentré à Paris, le Belvédère avait éclipsé Schönbrunn, je revoyais Marleen circonspecte devant le tableau de Klimt et peu à peu ce tableau s'est mis à m'obséder, parce que c'était ce baiser-là qui avait décidé du nôtre.

14

Le rire de Mylena ne collait pas avec le décor. Trop frais, trop franc, trop jaillissant pour les harmonies raisonnables du Léman tel qu'il s'offre à la contemplation lorsqu'on roule entre les vignes, au-dessus de Vevey, et que les lumières d'Évian et de Thonon se mettent à clignoter sur l'autre rive.

« Comment tu l'as trouvé ?

— Normalement corrompu. »

Encore son rire presque enfantin. Nous revenions de Montreux où nous avions rencontré un intermédiaire croate, proche du ministre qu'il s'agissait de convaincre. Tous ces « proches de » se ressemblent, ils ne sont rien, ils peuvent parfois beaucoup ; ce décalage les accule à tergiverser entre la servilité et l'arrogance. Leurs costumes sont toujours trop cintrés, les couleurs de leurs cravates trop vives. Au restaurant ils commandent toujours les vins les plus chers. Dans ces nations en herbe, il n'y a pas d'État, ou si peu ; les positions sont fragiles, la corruption doit jouer franc jeu. Tout le contraire de la nomenklatura parisienne, où le corrompu revêt des masques d'honorabilité et s'entoure de précautions. Raoul en la matière était intransigeant. Il me fixait le montant de la commission, elle apparaîtrait comme telle dans la comptabilité et je ne devais pas promettre un centime de plus. « Rien en liquide. Je ne veux pas me retrouver avec une mise en examen. » Pas mal de gros patrons et d'hommes politiques étaient harcelés par les juges ; Raoul ne voulait pas qu'une affaire lui casse les reins. Mais les sommes n'étaient pas insignifiantes et le Croate avait fini par conclure. Venus n'avait pas à savoir ce qu'il refilerait au ministre avec lequel un des directeurs de Raoul négocierait officiellement à Zagreb. Gourmand, le ministre, selon Mylena qui était bien renseignée.

Nous étions dans sa voiture. La nuit est tombée quelque part entre Lausanne et Morges. Je posais ma main sur la sienne quand elle changeait de vitesse. Elle me parlait de son enfance, de son village, de la guerre civile qui avait entassé sa famille dans un appartement de Belgrade. Elle savait que les Occidentaux imputaient à la Serbie la responsabilité du conflit, ça lui inspirait des considérations fatalistes sur le manichéisme de la presse, l'inconséquence des politiques.

« Les Américains ne comprennent rien. Ils finiront par le payer. Ah, si l'Europe existait vraiment... »

Sous les dehors d'une quadragénaire enjouée qui prenait sa vie à la légère affleurait un être compliqué et peut-être tragique. Son portable sonnait sans arrêt. Je ne connais pas dix mots de serbe, mais je devinais que ses interlocuteurs l'instruisaient de choses sérieuses. Et secrètes. Elle écoutait, son visage se figeait. Elle répondait en phrases sèches.

« Excuse-moi. C'est un ami. »

Elle retrouvait sa voix enfantine, nos mains se rejoignaient.

« Toi, tu es un gentil garçon. Un vrai ami. »

Son anglais était inégal. *Good boy. Real friend.* Pour elle je n'étais qu'un bon copain, un type affectueux et loyal qui faisait semblant de ne rien comprendre. L'affection qu'elle m'inspirait, qu'elle m'inspire encore, n'était pas amoureuse. Seulement charnelle. Virile, à la limite. Fraternelle. Nul érotisme, juste une sympathie de mes mains pour son corps, de ses lèvres pour les miennes. Une gourmandise. Je pensais à Marleen. Le paysage que nous avions traversé enclenchait des images. Je me voyais avec Marleen dans une voiture, sur cette route de corniche ; et en caressant le bras doré de Mylena, ou son genou, l'émotion qui m'assiégeait usurpait une identité : le corps de Mylena faisait comparaître les yeux, le sourire, la voix de Marleen à Vienne.

Dragan Borović nous attendait à une table de la Perle du Lac réservée par Simone, sur instructions de Raoul. J'étais impatient de le connaître, après ce que Jonas m'avait raconté. « Le seul éditeur romanesque sur la place de Paris. Mais fais gaffe, il est rusé. »

Raoul tenait à racheter « Le printemps des peuples », la maison d'édition créée par Borović au début des années soixante et qui avait publié la littérature des dissidents slaves de l'ancien Empire soviétique. Le catalogue était impressionnant. Une légende auréolait ce Serbe qui, disait-on, était venu en Suisse disputer un match de football avec une équipe yougoslave et s'était fait la belle. Son officine de Genève n'était pas fastueuse et la boutique qu'il avait ouverte à Paris, du côté de Vavin, comprenait deux pièces minuscules, l'une servant de dépôt et l'autre de librairie. Deux salariés à Paris, une douzaine à Genève. On disait qu'il trimballait lui-même ses livres dans une camionnette. On disait aussi que cette camionnette ne contenait pas seulement des livres. Borović passait pour avoir été un agent actif de la CIA, on en voulait pour preuve la disproportion entre le nombre de titres parus et les chiffres d'affaires. Du reste il ne semblait pas avoir fait mystère d'un anticommunisme farouche, il n'était pas illogique qu'il ait été aidé par les services occidentaux, et pas seulement les Américains si j'en croyais Joël Loriot auprès duquel je m'étais renseigné.

Sur la place littéraire de Paris, on se méfiait de lui. Il n'était pas du milieu, payait irrégulièrement les imprimeurs et le distributeur — et soi-disant jamais ses auteurs. Car, outre le domaine slave, il publiait des écrivains francophones, pas forcément notoires, mais Jonas et Victor lui reconnaissaient un flair exceptionnel. Il était entre autres l'éditeur de cet Égyptien venu à Paris pendant la guerre et qui n'avait plus quitté l'hôtel où il s'était posé, derrière le carrefour de Buci. Les cinq courts romans qu'il avait écrits en un demi-siècle figuraient dans toutes les anthologies, c'était un personnage mythique du Quartier latin. Jonas me l'avait montré un jour qu'il passait devant son agence, une canne à la main : une tête et un cou de condor, aucune chair mais dans les yeux une acuité presque inquiétante. Du coup j'avais lu ses romans, ils étaient d'une simplicité, d'une subtilité, d'une perversité incroyables.

Avant ce voyage en Suisse je m'étais procuré le catalogue du « Printemps des peuples », quelques-uns de ses livres, et Raoul m'avait confié les derniers bilans de Borović. Ils ne reflétaient ni son influence en tant qu'éditeur ni la situation réelle de l'entreprise. Il y avait sûrement des cadavres comptables, petits ou gros, mais Raoul tenait à racheter cette maison d'édition et c'était en cohérence avec son ambition de bâtir un ensemble — culture, communication — en Europe de l'Est. Le chiffre qu'il m'avait indiqué comme base de négociation était élevé, et Borović voulait vendre. Il invoquait son âge, sa lassitude, son état de santé. On pouvait supposer d'autres raisons. La guerre froide était terminée, la Yougoslavie avait éclaté en morceaux et Borović soutenait les Serbes. Il publiait des brûlots antiaméricains et, à en croire Loriot, c'était le versant le plus avouable de son activisme.

Évidemment il connaissait Mylena. Après qu'il m'a serré la main, ils ont échangé en serbe des propos qui n'avaient pas l'air anodins. Son français était impeccable, juste une pointe d'accent. Très charmeur. Une voix très douce, un sourire faussement désabusé, des yeux de renard, d'épais sourcils en accent circonflexe. Il me revint qu'on lui imputait une ample moisson de conquêtes féminines et je me suis demandé s'il avait été l'amant de Mylena.

Elle n'est pas intervenue dans la conversation. Sur les chiffres, il est resté évasif. Il insistait surtout sur l'« identité » de sa maison, en me faisant comprendre qu'il ne la vendrait pas à un ennemi des Serbes. J'ai fait valoir que Raoul venait de s'implanter à Belgrade, en partenariat avec Kurković. Il le savait. « Si vous rachetez “Le printemps des peuples”, les Américains seront mécontents. » J'ai insisté sur la vocation européenne de Venus, poussant mon avantage en déclinant des relations au Quai, voire à l'Élysée, susceptibles de peser dans le sens d'une intégration future de la Serbie dans l'Union européenne. J'ai cité le nom de Renoir. Il connaissait son influence auprès du Président. « C'est un monsieur très bien. Malheureusement il est âgé. Vos jeunes énarques sont tous antiserbes. L'humanitaire les aveugle. Votre presse nous calomnie. Pour elle, les musulmans ont toujours raison. »

Son courroux était un peu tactique. Il m'a demandé ce que je pensais de Jonas. Beaucoup de bien. Il a paru réfléchir. « J'ai travaillé avec lui. Il est correct. Mais les juifs ne nous aiment pas. » J'ignorais la position d'Israël dans le conflit balkanique, j'ai juste dit que Jonas ne s'occupait pas de politique. De toute façon, si Borović vendait à Venus, sa structure garderait son autonomie. J'avais compris que ce point-là était capital et il a fini par me laisser entendre qu'il souhaitait en conserver la maîtrise éditoriale. Raoul s'en doutait. Il n'y voyait pas d'inconvénient, pourvu que la comptabilité soit claire. En termes choisis, à la deuxième bouteille de côte-rôtie, j'ai indiqué qu'une affaire d'édition appartenant à la galaxie de Venus ne saurait être le faux nez d'activités extra-littéraires. Son sourire se faisait plus équivoque. J'ai ajouté qu'à titre personnel, il lui était loisible d'avoir d'autres centres d'intérêt. On pourrait l'aider à l'occasion. Simplement, pas de mélange des genres.

Pourquoi ai-je songé, alors que nous allions nous quitter, à la tombe de mon grand-père Léopold dans le cimetière de Bitola ? Je lui ai demandé s'il connaissait ce cimetière, j'ai raconté ma visite, qui remontait à quelques mois. Il a paru ému. Un de ses oncles avait combattu dans les Dardanelles, avec les Français, contre les Turcs, les Bulgares et les Allemands. Sa voix a changé subitement, je retrouvais le registre de la sentimentalité balkanique. Couplet de rigueur sur l'alliance franco-serbe, Franchet d'Esperey, les poilus de Salonique, de Gaulle et Mihailović — le refrain des nuits d'ivresse dans l'atelier de Vladimir, avec plus de ressentiment que Vladimir vis-à-vis des Français qui avaient trahi une antique amitié pour complaire aux Américains. « Quand l'Otan a bombardé Belgrade, votre grand-père est mort une deuxième fois. » Je n'étais pas loin de l'approuver. Son charme agissait sur moi. Le restaurant s'était vidé, nous étions les derniers ; la voix de Borović, le jet d'eau sur le lac, les yeux de Mylena, ses mains qui tiraient sa crinière en arrière, la nouaient, la dénouaient — tout cela participait d'un univers aux contours nébuleux.

Tout aussi irréel le studio de Mylena, avec ces poupées multicolores, ces peluches et ces photos de guerriers à côté d'une fenêtre d'où l'on voyait un bulbe doré entre des arbres. C'était notre dernière étreinte. Elle ne le savait pas, mais je suis sûr qu'elle l'a deviné. Toute la soirée, j'avais pensé à Marleen et, en promenant mes mains sur le corps de Mylena, j'éprouvais un émoi bizarre, une tendresse élémentaire, à peine charnelle, qui partageait sa mise entre l'une et l'autre.

15

« ... et pour parachever un parcours exemplaire, vous avez fait de Venus un des fleurons industriels et culturels de la France. L'avenir vous promet d'autres réussites, vous serez... »

Le Président a terminé son discours. Raoul arborait cette fausse humilité des gens que la société honore publiquement : aux passages abusivement laudateurs, ses sourires laissaient comprendre qu'il ne méritait pas ça. Pas tout ça.

L'aide de camp a avancé le coussin sur lequel était posée la Croix. Le Président l'a attachée au revers du veston de Raoul. Lui a donné l'accolade. Applaudissements. Photos. Au suivant.

J'avais obtenu de Lechat que Raoul soit décoré à l'Élysée par le Président en personne. Mais Raoul souhaitait que ce fût dans des délais si brefs qu'il avait fallu l'inclure dans une fournée. Le Président venait de décorer un haut magistrat, un ancien ministre de Pompidou, une comédienne outrageusement liftée, dont les faits d'armes remontaient à la même époque, un publicitaire à la mode bronzé aux

UV, un conseiller d'État équipé d'une paire de cannes, un « Meilleur Ouvrier de France » rubicond, une championne de ski au visage poupin et un éditorialiste du genre moralisant aux cheveux teints en violet. Chaque décoré ayant convié ses proches, on voyait dans la salle des fêtes des groupes distincts. Les sportifs n'étaient pas tous cravatés, les complets des fonctionnaires étaient plus sombres que ceux des patrons du privé et les tenues des intellos ou des artistes se remarquaient par la variété des couleurs. On reconnaissait de grands notables en fin de parcours qui se retrouvent sempiternellement dans ce genre de cérémonie, j'ai toujours été étonné qu'ils ne s'en lassent pas. Le fait est qu'ils ne s'en lassent jamais, ils ont besoin de ça, un instinct de survie les y ramène.

Raoul n'avait fait inviter que deux de ses directeurs, Loriot et Simone ; le reste, c'était la bande presque au complet, il manquait juste les Perkins et les Burton. Jonas écoutait sagement, mains jointes devant son visage comme s'il était en prière ; Vladimir regardait les lustres avec au coin des lèvres un sourire indéchiffrable.

Renoir était descendu de son bureau, ainsi que Marois, le conseiller spécial du Président. Deux serviteurs de l'État à l'ancienne, rescapés des débuts politiques de leur patron, les derniers à avoir connu de Gaulle. Autour d'eux frétillait la petite faune des jeunes conseillers, arborant ce sourire à la fois condescendant et bienveillant des initiés. Eux, ils voyaient le Président tous les jours, ils étaient du château. On disait toujours le « château », on le disait déjà quand j'étais à l'ENA. Le monarchisme des Français est incurable. Ils croient le tromper en se gargarisant de gros mots qui sonnent républicain — « citoyen », « laïcité » —, mais l'Élysée n'est pas seulement un lieu de pouvoir, c'est le temple d'un culte vieux de quinze siècles, d'autant plus fervent que la divinité se déguise.

Plusieurs ministres étaient présents, dont celui de l'Économie que Lexo a tutoyé. Il a serré beaucoup de mains, il connaissait autant de monde qu'Hervé, presque autant que Joël. La femme qui l'accompagnait ne pouvait pas passer inaperçue. Sybille. Aucun d'entre nous ne la connaissait. Elle aussi semblait couverte de relations, elle a embrassé deux ministres en les appelant par leur prénom. Mince, élancée, vêtue d'un ensemble veste-pantalon gris perle. De grands yeux noirs illuminaient un visage au dessin impeccable, c'était la féminité dans ses flamboiements de l'automne, avec cette élégance innée qui émane d'un caprice des dieux plutôt que d'un milieu et bride la sensualité en ce sens qu'on pouvait l'imaginer dans un palais en robe du soir ou en treillis un pistolet au poing, mais pas au saut du lit. Tel était son naturel qu'en lui adressant la parole pour la première fois de ma vie, j'avais l'impression d'être son intime depuis une éternité. Le Président possédait ce même don. Je l'avais déjà observé dans des circonstances semblables, il semblait offrir à chacun, l'espace d'une poignée de main assortie d'un sourire, son cœur en version intégrale ; au point que Jonas, qui n'appréciait pas beaucoup sa politique, m'avoua avoir été subjugué par son style. « À Hollywood il aurait raflé toutes les mises. Surtout dans les rôles de cow-boy. »

L'usage veut qu'après la cérémonie, le Président se fasse photographier avec chaque décoré et les membres de sa famille. Le « Meilleur Ouvrier de France » a posé en rameutant une smala qui avait investi les buffets et dont les tronches me rappelaient les repas d'enterrements à Gurcy. Cette rusticité était ma filiation, et en croyant lire du mépris sur les visages compassés des serveurs et des gens de la sécurité, je me sentais confusément offensé.

La seule famille de Raoul, c'était Carla. Elle s'est prêtée au rite d'assez mauvaise grâce. Carla n'aimait pas le rôle d'épouse de Raoul. Il avait dû insister pour qu'elle consente à venir, elle était arrivée en retard, affichant ostensiblement son dédain des falbalas élyséens. Il faut arriver en retard pour n'être pas confondu avec les pécores qui, elles, arrivent à l'heure indiquée sur le carton. C'était le côté snob de Carla ; pendant longtemps je n'ai voulu la juger qu'à cette aune détestable. Pourtant elle allait bien avec les ors, les moulures, les lustres, les uniformes ; Visconti aurait pu la filmer dans ce décorum. Une scène peignant la « décadence » d'une caste dirigeante européenne au tournant d'un siècle, le nôtre ou le précédent. Aussitôt que Lexo lui eut présenté Sybille, les deux femmes se sont mises à l'écart, près d'une fenêtre, comme si d'instinct elles avaient senti qu'elles appartenaient au même univers.

Le Président a attiré Renoir, Marois et Raoul dans un coin de la salle des fêtes, pour un aparté d'au moins dix minutes. Son conseiller diplomatique s'est joint à eux. Pas Lechat. Petite blessure d'amour-propre, que j'ai cru déceler dans son regard. Il était censé conseiller le Président pour tout ce qui concernait les entreprises et on pouvait penser que l'entretien portait sur le projet de partenariat avec le groupe allemand. Les journalistes étaient en droit de conclure que l'importance du dossier excluait Lechat. Il m'a à peine serré la main.

J'avais cru reconnaître une femme au teint fané, aux yeux de poisson mort, fagotée dans un ensemble noirâtre aux manches trop courtes. Hervé l'a saluée, je lui ai demandé qui elle était. Éliane V., attachée au service du protocole. Je me suis souvenu d'une brunette dodue, coiffée au bol, la plus vivante, la plus insolente, la plus vibrionnante de toute notre promotion. Elle couchait comme on se douche, et affichait des opinions libertaires, sans le moindre souci de son rang de sortie. Nous pensions tous qu'elle ne ferait pas long feu dans la fonction publique, elle avait adhéré à la Fédération anarchiste et créé rue de l'Université un mini-syndicat dont elle devait être le seul membre. Lise la détestait, c'était un pavé de dynamite dans la mare des vertus inculquées à Sciences-Po, à l'ENA, dans les écoles de commerce, toutes « supérieures » comme il se doit. Trente et quelques années de Quai en avaient fait ce croque-mort sans âge, vestale désabusée du culte que les diplomates concélèbrent en vase clos. Comment s'était-elle retrouvée au Quai ? Pourquoi cette décrépitude ? Peine d'amour ? Déceptions militantes ? Ou simplement la vie qui, au jour le jour, n'avait jamais tenu ses promesses.

La presse a largement commenté cette remise de Légion d'honneur, en insistant sur la fin du discours du Président. « L'avenir vous promet d'autres réussites. » Certains commentateurs en déduisaient que le pouvoir incitait Raoul à se présenter aux législatives, peut-être à Biarritz, avec un portefeuille à la clef. Je le voyais mal à la tête d'un ministère. Le désirait-il ? Tout lui réussissait et les ambitieux n'ont pas de frein ; rien ne borne leur appétit de revanche. Je l'observais tandis qu'il serrait des mains, toujours accompagné de Renoir et de Marois, la vieille garde du Président. Il avait l'air si adéquat, si pédégesque que j'oubliais l'autre Raoul, celui de Biarritz, celui de nos dîners avec Jonas et Vladimir, le Raoul qui claudiquait entre cynisme et nihilisme en décorant de « culture » son ego incertain.

Sur le perron de l'Élysée, alors qu'il attendait sa voiture, des micros se sont tendus vers lui. Une journaliste lui a demandé ce qu'il pensait de MGM. Raoul, magnanime : « Du bien. Je me réjouis de l'accueillir dans mon conseil d'administration. » Ce qui n'avait pas empêché la presse, déjà, d'opposer deux logiques, deux visions, deux personnages : MGM l'Américain, Raoul Dutheil l'Européen.

« ... Avec une obstination admirable, vous avez toujours servi vos propres intérêts, en éliminant tous vos concurrents. Vous êtes le meilleur chasseur du CAC 40 : un tir, un mort... »

L'océan était calme ; le soleil disparaissait sur la ligne d'horizon où l'on discernait la forme sombre d'un cargo. Nous étions tous sur la pelouse où Carla avait fait dresser le buffet. Il y avait les Beysserat, les Burton, Hervé et Laure, sa fiancée, Lexo et Sybille, Vladimir, Jonas, Joël. Raoul avait également invité Charles Duroc, un ancien journaliste du *Monde*, auteur d'un livre sur le vin et la littérature qui avait été traduit en plusieurs langues. Jonas était son agent. Le succès de ce livre avait permis à Duroc de quitter son journal, d'acheter une maison dans la Chalosse et d'y cultiver un épicurisme raffiné, assez différent de celui d'Hervé, de Greg ou de Lexo. Peu à peu il a intégré la bande, du moins quand nous nous retrouvions à Biarritz. Il était plein d'humour et de délicatesse, il savait des choses fines et rares, sa culture ressemblait à un jardin sauvage.

L'idée de la parodie était d'Hervé. Lui seul d'ailleurs pouvait se la permettre. Il avait organisé, sans avertir personne, un simulacre de remise de Légion d'honneur à Raoul. Son discours était le contrepoint de celui du Président, le matin même, à l'Élysée. Avec une ironie subtilement cruelle, il avait repris le cursus de Raoul depuis ses débuts à Venus et ça donnait l'absurde montée au pinacle d'un arriviste sans don particulier, sans scrupule, chanceux au bon moment, obligeant avec les puissants. Aucune stratégie, juste des opportunités. Ainsi retournée comme un gant, la carrière de Raoul ressemblait à une farce picaresque dont le faux héros eût berné la société en toute méconnaissance de cause.

Carla riait et tapait des mains avec une frénésie suspecte. De quoi Hervé la vengeait-elle ? Tout le monde s'esclaffait en observant Raoul. D'abord il a encaissé, puis il a ri à l'unisson. À la fin du discours d'Hervé il a pris la parole, comme font les décorés lors des cérémonies individuelles, pour les remerciements d'usage. Hervé avait accroché à son veston, à côté du ruban rouge de la Légion d'honneur, un autocollant noir sur lequel était inscrit le mot « *Nothing* ».

« Monsieur le Président, débuta Raoul en se tournant vers Hervé, vos éloges, je le sais, ne sont que l'effet de votre bienveillance... » S'est ensuivie une rétrospective de son existence très intime, qui partait de l'échoppe du grand-père, s'achevait dans la salle des fêtes de l'Élysée et nous dévoilait une âme totalement morte. Il n'en rajoutait pas sur le portrait d'Hervé, il en explicitait l'inanité et, à notre ébahissement, nous découvrions un autre Raoul — un enfant transi de peur, un adolescent saturé de disgrâces, un homme pas heureux, pas épanoui, qui se foutait de tout, y compris de son propre sort. Un homme de trop dans un monde de trop. L'étalage d'une solitude sans remède. L'attendu d'un néant bourbeux.

Le silence était lourd. Lorsqu'il eut terminé son

discours, une longue salve d'applaudissements récompensa l'artiste. Oui, l'artiste, car il venait d'improviser, et l'incroyable brio cautionnait la sincérité ; d'entre tous les Raoul c'était le moins frelaté que nous venions d'entendre, il avait même ironisé sur sa claudication.

Sybille fut l'attraction de la soirée. Comme Lexo, elle avait l'art de parler de n'importe quoi avec un humour détaché, sans trop s'appesantir sur sa vie, du moins sans en préciser les contours. Son père était « un peu diplomate ». Un peu ? Elle ne précisait pas. Sa mère vivait à Santa Barbara dans une de ces résidences où les retraités font de l'aquagym, apprennent le sanskrit et jerkent tous les soirs. Son « nouveau » mari était infréquentable. Pourquoi nouveau ? En quoi infréquentable ? Le parcours de Sybille avait les apparences d'une course d'obstacles fantoches dans un univers de fantaisie. On ne savait pas de quelle langue provenait son accent, elle parlait français avec Lexo, anglais avec Dora, italien avec Carla, mais elle avait dû être élevée en allemand. Il y avait eu — dans le désordre — des maris dont un suicidé, un passé de mannequin à Atlanta, de comédienne à Rome, une enfance à Rio, une jeunesse à Zurich. Des plages d'existence un peu partout, Marbella, Monaco, Paris, Londres où elle avait retrouvé Lexo. Car ils se connaissaient apparemment de longue date. Ils semblaient ravis de former un couple et, beaucoup plus tard, j'ai su que ce soir-là, nous fûmes tous convaincus qu'ils ne se sépareraient plus.

Je me demandais comment Dora allait réagir. En fait, Sybille lui avait déjà été présentée, dans un dîner à Londres auquel assistaient les Perkins, et Dora n'a cessé de lui faire des avances. Sybille l'appelait « darling », elle passait sans effort de l'anglais au français, allumait négligemment une cigarette, souriait aux étoiles qui clignotaient dans le ciel tandis qu'Hélène, légèrement ivre, fredonnait les vieilles chansons de Johnny que diffusait la sono. Le choix était de Carla, elle mettait toujours de la musique des années soixante. Souvenirs, souvenirs...

Bobby Solo a chanté *Una lacrima sul viso*. Des couples se sont mis à danser des slows. J'ai invité Hélène, son corps m'a ému, j'avais envie de la serrer plus fort mais nous étions sur la pelouse qu'éclairaient des projecteurs. Je pensais à Marleen, j'éprouvais pour Hélène une affection tendre et sensuelle, j'aurais voulu me lover dans son giron et me confier à elle. En même temps l'ivresse où je nageais ne m'ôtait pas la conscience de vivre aux frontières de la réalité, dans une gigue jet-sétarde, un froufroutement capiteux mais frelaté sur les bords, comme en témoignait la mascarade organisée par Hervé. Plusieurs invités avaient plongé tout habillés dans la piscine ; ce lieu commun des soirées noceuses enrayait la magie qui par instants promettait une fête moins banale.

J'avais dansé avec Dora aussi. J'essayais de l'apprivoiser. Je savais par Marleen qu'elle avait perdu un fils dans des circonstances atroces, un assassinat lié à la politique. Quelle politique ? Marleen l'ignorait. Dora voulait m'être agréable, mais son corps ne se déliait pas, son sourire errait dans les nuages et l'anglais sirupeux qui coulait de ses lèvres ne me consentait que des phrases décousues, le ciel est doux, l'océan me fait peur, tous ces gens sont tellement drôles...

Plus tard dans la nuit je l'avais vue, dans le salon, en conversation animée avec Sybille, Lexo et Ralph. Ils avaient l'air de manigancer quelque chose. Victor jouait des valses de Chopin, Carla l'écoutait, assise en amazone sur un rebord de fauteuil, yeux clos, une cigarette entre les doigts. Le vent se levait, une douceur se posait sur les visages, elle les démaquillait. Jonas avait dû aller se coucher. Je revois Hervé et Raoul, armés de gros cigares dont la cendre tombait sur les tapis, sirotant un alcool, chacun émettant des phrases que l'autre ne relevait pas. Hélène allait d'un groupe à l'autre, sortait du salon, marchait sur la pelouse en dodelinant de la tête au rythme du piano. Vladimir s'était endormi sur une chaise longue.

Plus tard encore je me suis retrouvé seul avec Raoul. Le traiteur avait débarrassé la pelouse. Nous avons fait le tour du parc, j'écoutais les rugissements de l'océan, je les trouvais monotones et absurdes. Pourquoi s'acharner sur des rochers, depuis des temps immémoriaux ? Ce ressac précédait l'homme, il lui succéderait ; le tournis sans fin du cosmos entachait nos existences d'une contingence, d'une inutilité même qui m'humiliait. On est la proie de ce genre de métaphysique, après boire. Je l'étais à mes heures, où que je fusse, sauf à Redenac.

« Comment tu as trouvé le discours du Président ?

— Encourageant. Il t'a à la bonne.

— Je crois. Et le discours d'Hervé ?

— Drôle. J'ai préféré le tien. »

Il a paru réfléchir. Je l'ai attrapé par le bras pour lui éviter de buter sur un massif.

« Tu sais, j'aurais pu dire le contraire. Tout et son contraire, ça pourrait être ma devise... Je m'en fous, la vie est courte... On va les baiser... Tu verras, on va tous les baiser... »

Après, il a vomi ses vindictes. Un fils de gros commerçant qui le méprisait au lycée d'Aurillac et qui venait de prendre deux mois de taule pour escroquerie. Pascaline, la chanteuse, qui ramait pour trouver des cachets à deux mille euros dans des chefs-lieux de canton. Un ancien rival pour le poste de directeur général de Venus, qui ne trouvait plus que des jobs subalternes. Je l'ai escorté jusqu'au salon, il s'est affalé sur un canapé en murmurant une dernière fois : « Je les ai tous baisés », et j'ai traversé Biarritz endormie pour regagner mon hôtel en longeant les grilles de l'hôtel du Palais.

16

On trouve les « Nymphéas » dans une salle aménagée au sous-sol du musée Marmottan. J'étais arrivé vers midi en taxi. Marleen m'avait dit que son Eurostar arriverait à onze heures trente à la gare du Nord. Je n'avais pas encore de portable. Elle m'avait joint chez moi, la veille au soir. Sa voix était joueuse.

« J'ai un peu peur. Et toi ? »

Moi, j'attendais Marmottan depuis Vienne ; cent fois je m'étais représenté la scène. Poserais-je mes mains sur son épaule ? Sur ses hanches ? Les siennes, je les voyais autour de mon cou. Ou le long de son corps, pour que tout se concentre sur les lèvres. Serait-elle vêtue de noir comme à Chelsea, de bleu comme dans le Trastevere ? Je ne me souvenais plus de sa tenue à Grinzing. Marleen dans mon esprit était à l'état de morceaux choisis — un geste, une moue, une intonation de voix associés à des plages musicales imprécises, car ma discothèque s'enrichissait de morceaux qu'elle me conseillait, je les écoutais à longueur de temps, sans être capable encore de distinguer Albinoni de Telemann. Je confondais Torelli et Corelli, c'était toujours une allégresse plus ou moins suave. La musique m'installait dans un univers sans clôture et cependant intime d'où surgissait une Marleen variable, tantôt inscrite dans les lieux où j'avais joui de sa présence — Londres, Paris, Rome, Vienne —, tantôt à Redenac et tantôt sur fond de paysages vus, rêvés, naturels ou picturaux, une pléthore de paysages accommodés par mon bucolisme et qui parfois me surprenaient, je ne me croyais pas aussi riche, aussi divers. Marleen était moins une femme de chair que la page presque blanche où mon imaginaire en état de grâce dessinait les arabesques d'un bonheur inqualifiable.

Midi trente. Elle se faisait attendre. Les visiteurs étaient peu nombreux. Je craignais que les plantons commis à la surveillance ne trouvent suspectes mes allées et venues entre les deux étages. Je n'ai aucun souvenir des œuvres exposées au rez-de-chaussée, sauf un portrait de Monet par Renoir. Sur les « Nymphéas », j'aurais pu disserter presque savamment, Vladimir m'ayant raconté dix fois les circonstances de leur création, à Giverny, au crépuscule de la vie de Monet. J'avais choisi le tableau devant lequel aurait lieu ce premier baiser. J'avais celui de Klimt en mémoire, je me récitais les mots de Marleen au Belvédère, je cherchais ceux que je prononcerais, avant, pendant, après. Surtout, qu'ils ne sonnent pas faux ! Il s'agirait de mettre sur ses rails une belle, une grande, une fabuleuse histoire d'amour. La dernière de ma vie, j'en étais sûr. La seule, par le fait. À nos âges nous n'avions plus qu'une alternative : cet amour de fin d'été, ou rien. C'était déjà miraculeux de pouvoir l'escompter.

Midi quarante. Le temps faisait du goutte-à-goutte. Des visiteurs sortaient, d'autres entraient, de moins en moins nombreux. Insensiblement, l'attente a tourné à l'angoisse. Légère d'abord, encore contenue par la raison qui me suggérait un retard du train, une queue devant la station de taxi, un encombrement à hauteur de l'Étoile. Je supputais le choix du parcours adopté par le chauffeur ; le calcul que j'effectuais me rassurait. Ou m'inquiétait. La caissière m'observait avec méfiance, je la haïssais. Je haïssais les gens qui poussaient la porte et qui n'étaient pas Marleen.

Elle viendra, me disais-je. Sinon elle m'aurait appelé, j'étais resté chez moi toute la matinée. À moins qu'au dernier moment, le fils ou le mari... Je les haïssais. J'imaginais un ultime scrupule et je haïssais presque Marleen de s'y être enlisée. Scrupule ou peur de ce qui s'ensuivrait, après ce baiser qui cessait d'être un horizon faramineux pour s'éloigner dans l'affreuse région des chimères improbables.

Midi cinquante. L'aiguille tournait. Je n'avais pas de montre. J'avais envie de croire que cette horloge était mal réglée, je lorgnais les montres aux poignets des gens devant les « Nymphéas ». Haïssables, ces badauds. Haïssables, ces miroitements du soleil sur des eaux dormantes.

Vint le moment où, sans y croire, tout en y croyant, mon cerveau en déroute enregistra l'idée qu'elle ne viendrait pas. Pas l'idée : l'hypothèse, encore trop inacceptable pour trouver le courage d'imaginer le futur proche sans sa présence. Les battements de mon cœur se précipitaient, j'avais envie de pleurer, de hurler, de balancer mon poing dans n'importe quelle gueule. Avec une haine féroce je fixais un des tableaux, en espérant encore un peu, très peu, qu'au moment où je me tournerais, elle serait là. « Viens ! » la suppliais-je sottement — et je n'étais pas loin de prier Dieu qu'il exauce mon vœu. Elle n'était pas là. Elle ne serait jamais là. Marleen était un leurre, il allait falloir vivre sans.

Je suis sorti pour fumer. L'horloge marquait une heure quarante. La tristesse me paralysait. L'instinct de survie me dictait de bâtir le scénario de sa défection. Trouver un taxi. Rentrer chez moi. Appeler Marleen, et tant pis si je tombais sur Greg. En même temps un autre instinct me poussait à rester embusqué devant le musée, car le miracle de sa venue était malgré tout envisageable, encore que peu plausible. Je m'y raccrochais, sans aucun espoir. La pluie continuait de tomber. Jamais je ne m'étais senti aussi misérable. Aussi inutile. Aussi solitaire. Envie de me venger. Nécessité de la dévaluer. Elle ne m'est rien. Je la connais à peine. Je l'oublierai vite. Elle bovaryse avec son baroque, mais le fond de sauce est bêtement bourgeois. Par pitié, viens, Marleen ! Une heure cinquante. Dernière cigarette avant de décamper, je me le jurais.

Je l'ai vue sortir d'un taxi avec à la main un cartable d'écolier. Elle portait un duffle-coat rouge dont le capuchon lui couvrait la tête. Envie de hurler ma joie. Envie de l'engueuler. Envie de... Elle était dans mes bras, le bonheur m'anéantissait.

« *Sorry*, darling. Le train qui...

— Tais-toi.

— J'avais tellement peur que tu...

— Tais-toi. »

Nous sommes rentrés dans le musée, main dans la main. Nous avons acheté son ticket, descendu l'escalier. Son regard a parcouru la salle.

« Tu as choisi ? »

J'ai dit : « Oui. » Elle a fermé les yeux quand nos lèvres se sont touchées. Sourire mutin, ensoleillé. Sourire d'aube givrée sur le pré qu'on voit glisser en pente vers le ruisseau depuis la fenêtre de ma chambre, à Redenac. « Ça me fait de l'effet. » Cent fois nos lèvres ont remis ça tandis que nous passions les tableaux en revue, sans que nos mains se disjoignent — et à présent je croyais comprendre ce que Monet avait voulu peindre, cet effluve de tendresse qui nous inondait.

Toujours la pluie, dans le taxi qui rejoignait la Seine au Trocadéro, dépassait la Concorde, longeait le Louvre, traversait le fleuve au pont Neuf et nous larguait devant l'horloge de l'Odéon. Toujours nos mains, sa tête penchée sur mon épaule, la ville autour de nous, la pluie. Elle m'expliquait que l'Eurostar avait été immobilisé pendant deux heures à Brixton, à cause d'une alerte à la bombe. Mes lèvres se posaient sur les siennes, elle disait : « Encore », comme font les enfants quand un jeu les amuse.

J'avais retenu une table dans un restaurant italien de la rue de Condé que Jonas m'avait fait connaître. Les murs étaient tapissés de photographies d'artistes et la table où nous dînions, Jonas et moi, tout au fond, près d'une fenêtre, m'avait paru adéquate ; il me plaisait que notre amitié, encore en herbe, fût associée à notre premier déjeuner d'amoureux par le truchement d'un recoin où j'avais passé des moments fastes et qui me vivifiaient les neurones.

Pour justifier ce voyage à Paris, Marleen avait pris rendez-vous avec un académicien spécialiste du baroque autrichien. J'aurais apprécié qu'elle l'annulât, mais elle préférait l'honorer. J'ai pressenti qu'elle était habitée par le sens du devoir, et sujette au sentiment de culpabilité. L'alibi, elle se l'était fourni à elle-même, autant qu'à son mari. Ce qui augmentait d'autant le prix de sa reddition. Car, à la fin du repas, elle m'a fixé du regard avec un mélange capiteux de gravité, de perplexité et de fatalisme, comme si elle prenait un pari risqué, mais qui pouvait rapporter une fortune.

« Le pas est franchi. Un jour, je serai à toi. Complètement. Pas dans longtemps. »

Son rire. Son geste de la main pour repousser la fumée de ma cigarette. Les premières mesures de la sonate de Scarlatti. Sa paume sur le dos de ma main. Ses ongles peints en rose pâle qui pianotaient sur le bout de mes doigts et ce jeu-là renvoyait dans mon esprit à une autre sonate du même Scarlatti. Je ne lui ai pas avoué Mylena. À quoi bon ? C'était avant et ça n'avait pas d'importance. Pas de rapport. Mais j'ai avoué n'être venu à Vienne que pour l'y retrouver. Elle s'en était doutée.

« Il faudra être très... secrets. »

Avons-nous décidé ce jour-là que la première fois aurait Rome pour théâtre ? Je ne m'en souviens pas. Nous étions éblouis. L'amour ouvrait sur de grands larges une fenêtre par seconde. Pas forcément la même. On ne sait jamais ce que l'autre éprouve, on suppose seulement que le delta des émotions va converger vers un même fleuve. Encore n'est-ce peut-être qu'une illusion. En tout cas les sentiments ont besoin que ceux de l'autre planent à la même altitude, pour qu'au moins le bonheur ne s'y consume pas en solitaire.

L'académicien habitait un immeuble de la rue de Solférino. J'ai attendu Marleen dans une brasserie du boulevard Saint-Germain en parcourant les journaux. Je suis tombé sur une interview de MGM, accompagnée d'une photo où on le voyait sur un yacht, en compagnie d'une star américaine du body-building recyclée dans le téléfilm. Les deux hommes affichaient un sourire carnassier mais celui de l'Américain était plus franc, plus rayonnant, plus animal aussi. Le visage de MGM était trop rondelet pour soutenir la comparaison. Il développait sa stratégie industrielle. Globalisée. Passant par Hollywood. J'ai trouvé son verbiage aussi délirant que puéril, tout en me souvenant de la remarque de Jonas, au sauna. Marleen allait me rejoindre. L'euphorie où je flottais érigeait une frontière étanche entre le monde que nous allions bâtir, elle et moi, dans l'allégresse du baroque, et celui où s'agitaient les caïds de l'économie tels que MGM ou Raoul.

MGM était mieux armé que Raoul, parce que sa mégalomanie le mobilisait sans relâche. Les portraits qui paraissaient, les rumeurs qui circulaient sur son compte décrivaient un monstre hyper-rationnel arrivant au bureau tôt le matin, le quittant à minuit et consacrant au moins deux heures par jour à sa communication. Les journalistes semblaient fascinés. Il est vrai que MGM recevait, disait-on, les patrons des principaux journaux, les chroniqueurs en vue et les animateurs de télévision tous les week-ends, dans sa villa sur les hauteurs de Deauville. Cette villa toute de marbre, de verre et de métal apparaissait dans les magazines, on voyait MGM en famille — l'épouse, deux enfants, un labrador. Procédé de communication réputé incontournable : il fallait autour de lui, sur les photos, une épouse modeste et des enfants bien élevés, fussent-ils d'un autre lit. Du moins les communicants l'affirmaient. Depuis que dans l'ombre de Raoul je me frottais au milieu parisien des affaires, je découvrais qu'une engeance communicante proliférait comme du lierre autour des puissants. Ça les rassurait. Raoul prétendait qu'ils ne servaient à rien et que plus un patron se médiatisait, plus son entreprise se fragilisait. Néanmoins il courtisait discrètement quelques journalistes économiques qu'il invitait à Biarritz, mais Carla n'apparaissait jamais dans les magazines. Ils n'y tenaient ni l'un ni l'autre, pour des raisons différentes.

Marleen a traversé le boulevard Saint-Germain avec son gros cartable et au coin des lèvres le sourire mutin d'une écolière qui aurait feinté un cours pour rejoindre son amoureux.

« Pardon, darling. Il est très bavard et... Tu lis quoi ?

— Rien de passionnant. Un article sur MGM.

— Qui est-ce ?

— Un gros patron. Plus gros que Raoul. »

Une moue de cancre devant un devoir de maths.

« Les patrons et tous leurs trucs économiques, moi, ça m'ennuie. Je sais, c'est ton travail.

— Rassure-toi, moi aussi ça m'ennuie. Parle-moi de toi.

— Moi ? Aucun intérêt. Parlons de nous. Il va falloir... nous organiser. »

Elle m'a dit les heures où je pouvais l'appeler chez elle sans risquer de tomber sur Greg. Marleen avait un mari, il faudrait compter avec. Cette circonstance semblait l'amuser.

« Pauvre Greg. Il est... Enfin, nous sommes un couple... normal. Je crois qu'il est encore amoureux de moi. »

Son sourire en disait long. En gros : je l'aime bien, il me fait confiance, je le trahis, c'est fâcheux mais tant pis, et tant mieux, toi je t'aime tout court. Elle avait prévu deux voyages le mois suivant, à Rome puis à Cracovie, je pourrais l'y rejoindre, mais il fallait que nous nous revoyions avant et ça tombait bien, je devais aller à Londres sans tarder pour travailler avec Greg. Bien ou mal ? Je ne me posais pas la question. Pas encore. Greg était un collègue à tous égards estimable et je ne lui voulais que du bien.

J'ai raccompagné Marleen en taxi à la gare du Nord. Toujours la pluie. Ses ongles sur le dos de la main. Nous allions nous séparer mais ce qui nous arrivait était tellement fabuleux, c'est avec une joie enfantine que j'ai posé mes lèvres sur les siennes sous la voûte de cette gare dont j'allais devenir un habitué. Dans le taxi j'avais demandé à Marleen l'intitulé d'un morceau de musique qu'elle chérissait particulièrement. Concerto de Torelli pour trompette et violons. J'ai acheté le CD le lendemain, je l'ai écouté toute la semaine, je l'écoute encore de temps à autre et chaque fois je vois s'alanguir des nymphéas qui se reflètent sur une pièce d'eau. La vision de Monet enclenche une autre image, celle des nénuphars à Redenac qui tapissaient un étang au bord duquel j'amenais Claire, pour insinuer mes mains sous sa jupe à carreaux. De sorte que le concerto vient en surimpression sur les chansons de Cliff Richard que je ramenais d'Angleterre où dans un autre canton de ma mémoire la Vanessa blonde de Bloomsbury se laissait elle aussi profaner.

17

Le bureau de l'ambassadeur est juché assez haut dans le ciel de Manhattan pour nourrir un fantasme de domination sur le monde. Fut-ce un hasard si MGM en sortait au moment où Lerond devait nous recevoir ?

Lerond qui est nettement plus jeune que moi a fait son stage au Qatar, où j'étais second conseiller, et sous l'écorce d'un garçon obligeant et timide, on pouvait déjà déceler la graine d'un beau diplomate. Il était directeur d'Asie lorsque j'ai démissionné et il m'a témoigné alors une certaine sympathie. Très ami avec Hervé mais son antithèse stoïcienne, ou spartiate, il n'aime que son travail. Chacun ses goûts.

Renoir l'avait repéré au Quai. Il l'a introduit auprès du Président. Lerond a transité à la cellule diplomatique de l'Élysée avant d'être nommé à New York. J'avais eu l'occasion de le revoir, soit dans son bureau, soit dans les dîners de copains qu'Hervé organisait dans son appartement du quai Montebello quand il passait à Paris. Raoul souhaitait le connaître. Je l'ai contacté, l'entretien a été programmé et Raoul m'a demandé d'y assister.

Lerond est prudent. Il appartient à cette race presque éteinte des serviteurs de l'État imbus de leur sacerdoce, pour qui le privé n'est qu'un cloaque de vénalités. Lui avait-on suggéré, peut-être à l'Élysée, de s'arranger pour que Raoul et MGM se rencontrent ? MGM venait d'installer ses hommes à Cosmogonia et souhaitait racheter ce qu'il considérait comme stratégique dans les activités de Venus. Raoul s'y opposait ; il m'avait demandé de le faire savoir à Lechat.

MGM et Raoul se connaissaient à peine. À l'époque des privatisations, MGM était conseiller au cabinet d'un ministre hostile à Raoul et, d'après ce que j'avais cru comprendre, il soutenait alors un autre candidat pour la présidence de Venus. L'Élysée et Matignon avaient tranché en faveur de Raoul.

Ce que MGM pensait de Raoul, on le savait dans les milieux économiques : pas de vision. Lui, il avait une vision. Son parcours ressemblait à celui de Lechat. Sciences-Po. HEC (major). ENA (major). Inspection des finances. Cabinets ministériels. Banque d'affaires, à Londres et précisément à New York. Le prototype de la tête d'œuf à la française et le gendre parfait. Tout le contraire de Raoul dont la notice dans le Who's Who ne fait valoir qu'un DEUG de droit filouté à Bordeaux entre deux bringues dans les milieux du rugby estudiantin. Son seul atout était aussi un handicap majeur : il a fait toute sa carrière à Venus. Pour la caste, c'était un intrus, un parvenu du pouvoir, le plouc du CAC 40. Il détenait le record de longévité à la présidence. Onze ans. On se perdait en conjectures pour expliquer ce mystère. L'Élysée et Matignon le soutenaient toujours, quels qu'en soient les locataires, et il s'était acquis des fidélités à Bercy. On le supposait franc-maçon, mais ils sont nombreux dans ce cas, ça ne les empêche pas d'appartenir à des clans différents et de se tirer dans les pattes. On prêtait à Carla des amants stratégiques, dont un ministre ; mais Joël Loriot m'avait assuré qu'il s'agissait de rumeurs douteuses, imputables à ses provocations, et qui dataient. D'ailleurs le ministre en question n'était plus dans le circuit ; il achevait sa carrière en roue libre à la présidence d'une fondation et venait d'épouser une journaliste de trente ans sa cadette qui préférait le bronzage dans les Caraïbes aux soupers parisiens. En outre, je commençais à connaître Carla, je la jugeais capable des pires extravagances, pas de coucher pour favoriser la carrière de Raoul. On supposait que Raoul, au fil de son ascension, avait accumulé méthodiquement des dossiers sur ses ennemis supposés pour les tenir si nécessaire. Qu'il fût ami intime de Joël Loriot inspirait de la crainte, mais aussi de la suspicion : Loriot, disait-on, détenait des secrets, peut-être des secrets d'État dont un certain nombre de politiques ou d'hommes d'affaires n'auraient pas aimé qu'on les divulguât. Au fond, on ne considérait pas Raoul comme vraiment légitime. Par principe, ou par tactique, il ne démentait aucune rumeur. Il se contentait de glisser, au détour d'une conversation, qu'il n'avait jamais été mis en examen.

C'est la seule fois de ma vie où j'ai serré la main de MGM. Une main potelée et moite, qui ne s'est pas attardée. Le regard m'a étonné : limpide mais sans accroche. Comme si par-delà l'interlocuteur il contemplait une image. Une seule : la sienne. Elle se reflétait dans le décor offert par la baie vitrée et je revois le geste du bras par lequel il s'est pour ainsi dire approprié Manhattan.

« C'est cela qui compte, Raoul. C'est ici que tout se passe. Ici et à Los Angeles. Gardez les tuyaux, vendez le reste. Je vous soutiendrai. »

Raoul hochait la tête et ne répondait pas. Lerond m'avait pris par le bras sous prétexte de me montrer les gravures accrochées au mur de son bureau mais comme moi il observait les protagonistes. Le regard de MGM s'évadait au-dessus des tours. Plusieurs fois, il a eu ce même geste des bras et, en dépit de la coupe impeccable de son complet gris, il manquait à sa silhouette l'élan qui eût accrédité l'ampleur de sa vision. Peut-être parce que le visage était trop replet et trop rose, le cheveu trop plaqué, la voix trop monocorde, les chaussures trop cirées ; et ses bras, trop courts, faisaient penser aux manchons d'un pélican battant l'air en pure perte.

Ce type est cinglé, me suis-je dit. Il a dû prendre des baffes dans les cours de récré, ça l'a rendu mégalo. Ou bien il a trop besogné pour passer ses concours, au lieu d'apprendre à faire l'amour, à contempler des paysages, à vider des pots avec des copains en refaisant le monde qui en a toujours besoin.

Ils sont revenus vers nous. Le visage de Raoul était indéchiffrable, il souriait mécaniquement. J'ai retenu au vol une phrase de MGM : « Nos vieux pays ne comptent plus. » Je me suis permis de lui poser une question anodine pour qu'il me regarde en face, afin de lire dans ses yeux. Il n'y avait rien à lire. Rien d'autre qu'un extrême contentement de soi, confirmé par le sourire à peine poli de l'initié pour le profane. Un sourire qui venait de la mâchoire et n'engageait pas le regard. Rien de saillant sur ce visage aux lèvres minces, dont le cou était en voie de léger empâtement. Le menton était insuffisant. Pas une ride. Un visage totalement dépourvu de virilité. Pire que banal : insignifiant au sens étymologique du terme. D'ailleurs les magazines peinaient pour le starifier ; la batterie de communicants en charge de son image ne vendait en fin de compte qu'un éternel premier de la classe, un bourreau de travail, un visionnaire, un époux et père de famille irréprochable. Il skiait l'hiver à Chamonix ou dans une station du Colorado, se baignait l'été à Saint-Barth. Pas une passion, pas l'ombre d'une fantaisie, rien que l'amour du fric et du pouvoir. L'amour glacial du fric qui donne du pouvoir. L'amour abstrait du pouvoir sur des chiffres.

Lorsqu'il eut pris congé, Lerond nous a fait comprendre qu'il n'entrait pas dans ces bisbilles entre ténors économiques. On lui avait demandé de ménager MGM, sans plus. Il s'abstiendrait de recevoir la pléiade d'intellectuels affrétés pour lui servir de *think tank*. Car MGM ne laissait rien au hasard ; outre les journalistes et les députés influents, il régalait les penseurs en vogue sur la rive gauche.

Dans l'ascenseur, Raoul a posé la main sur mon épaule. Ses lèvres étaient serrées. « La guerre est déclarée. Sache-le. On verra bien. »

On a vu. Deux semaines plus tard, Venus faisait l'objet d'un contrôle fiscal. Il y en a eu trois autres avant le dénouement.

Raoul devait rester deux jours à New York pour présider un conseil d'administration et il m'avait demandé de lui tenir compagnie. Nos relations évoluaient dans le sens d'une intimité croissante, je devenais au fil du temps un mixte de confident et d'éminence grise. Entre mon statut de collaborateur et mon appartenance à sa bande privée, la démarcation n'était pas nette, même au siège de Venus où j'avais directement accès à lui sans disposer d'un bureau. Je passais par Simone pour transmettre mes rapports et peu à peu j'ai pris l'habitude d'appeler directement Raoul sur son portable.

Bien qu'il m'eût proposé de descendre comme lui au Pierre, j'avais demandé à Simone de me retenir une chambre dans un hôtel moins luxueux, à l'angle de Madison et de la 29ᵉ. Je n'ai pas le goût des palaces, peut-être à cause de Concepción. Autant je n'avais aucune gêne à les fréquenter avec les autres membres de la bande, autant je préférais m'en abstenir pour les voyages professionnels. Ma position à Venus souffrait déjà d'une grosse équivoque, j'étais au cœur du pouvoir, ou presque, sans apparaître sur l'organigramme des dirigeants. J'étais le flic privé de Raoul, son agent personnel à l'étranger, doté d'un simple contrat de « conseiller du président » renouvelable d'une année l'autre.

J'étais l'ombre de Raoul et ça me convenait d'autant mieux que Marleen occupait mes pensées. Je l'appelais tous les matins de ma chambre. Elle me parlait de son travail, l'album sur le baroque autrichien qu'elle terminait. Elle ne disait plus « darling », mais « chéri » ou « mon bel amour » ; avec la pointe d'accent et la voix cristalline, acidulée, c'était une petite musique de chambre qui m'accompagnait toute la journée. Mon bonheur entachait d'irréalité les avenues trop vastes, les gratte-ciel trop hauts, les gens trop sérieux que Raoul me présentait au Rockefeller Center où il disposait d'un bureau. « Chéri, écoute ça. » Marleen montait le son de son lecteur de CD et au bout du fil, depuis Chelsea, j'avais les violoncelles majestueux de Haendel, les coups de trompette joyeux de Torelli.

Nous évoquions mon séjour à Londres, prévu dès mon retour de New York. « Tu seras gentil avec Greg. Il est si... innocent. » Elle me parlait de Patrick. « Pardonne-moi, il m'inquiète tellement. Tu sais, c'est dur. Heureusement, j'ai de bonnes nouvelles de Mary. » Si elle raccrochait brusquement, j'en déduisais que son fils ou son mari venait d'entrer à l'improviste et je craignais qu'un « chéri » ne l'ait trahie. J'étais alors si anxieux que Raoul s'en apercevait. « Tu as un problème ? » Je répondais que non, mais j'avais hâte de retrouver ma chambre pour pouvoir la rappeler. C'est après ce séjour à New York que je me suis décidé à acheter un portable.

En dévisageant MGM dans le bureau de Lerond, un sentiment d'orgueil m'avait submergé : pauvre con, le roi de New York, le roi du monde, c'est moi. Pas toi. Moi, car le concerto qui me trotte dans la tête invalide tes mornes histoires de zéros sur des bilans. Et dans l'ascenseur, quand Raoul m'avait dit que la guerre était déclarée, j'avais pensé qu'il s'agissait d'une guerre picrocholine, la pâle allégorie ou plutôt le vain simulacre d'un combat contre le néant dont nous sortions vainqueurs, Marleen et moi.

Raoul me parlait distraitement de son travail, comme s'il souhaitait me convaincre qu'il avait mieux en tête. Ou s'en convaincre. Nous étions trop souvent ensemble pour qu'il ne souhaite pas forger à mon intention une image autre que pédégesque ; j'incarnais le regard que ses amis pouvaient porter sur sa personne et ce regard lui importait, au moins autant que celui de ses pairs. Je le sentais incertain et flottant. Il prétendait envier ma chambre d'hôtel qui était minuscule et donnait sur un mur de briques lugubre. Le soir, il renvoyait son chauffeur, nous descendions en taxi vers Chinatown ou Little Italy et il choisissait la première gargote à touristes qui se présentait.

Il boitait plus bas que d'habitude et cependant il m'entraînait dans de longues marches. Il s'épanchait sur son passé new-yorkais, comme Carla sur le sien à Rome. Fin des années soixante. Il dirigeait alors l'agence locale de Venus et venait d'épouser Carla qu'il avait rencontrée dans un vernissage. Elle sortait d'une liaison avec un chroniqueur du *Washington Post* proche des Kennedy, ami de Salinger. Elle connaissait déjà Ralph, qui n'était pas encore marié avec Dora. Ils habitaient la 71e rue Est, tout près du Metropolitan.

C'était son âge d'or, ou du moins il tâchait de s'en persuader. Carla soi-disant était différente. Moins agressive. « J'ai dû être amoureux d'elle, au début. Ça n'a pas duré. Graziella ne pouvait pas m'encadrer. Elle a fini par retourner à Rome. Très vite, avec Carla... » Il me peignait son épouse sous les traits d'une hystérique, presque d'une nymphomane. « Je me demande si elle me trompait déjà. Sans doute. Je m'en fous. Les femmes... »

Je me demandais, moi, pourquoi ils n'avaient pas eu d'enfant. Et pourquoi cette misogynie d'adolescent qui se fait toujours rembarrer. Aucune femme n'était respectable à ses yeux, même pas les épouses de ses amis, à l'exception d'Hélène. « Elle ne se prend pas pour ce qu'elle n'est pas. » Il fallait que les femmes coïncidassent avec un rôle déterminé — épouse, mère, diva, grisette, pute — et parussent s'en satisfaire. Les clairs-obscurs, les tiroirs secrets, les portes dérobées de la féminité l'indisposaient. Ou lui faisaient peur. Il n'aimait pas beaucoup Dora. « Trop névrosée. Il y a des trucs qui clochent dans son passé. Elle est amoureuse folle de Lexo, il s'est passé des choses entre eux, je ne sais pas quoi, ni quand, ni où. Elle a des crises, on la soigne à Londres. Pauvre Ralph. » Il déconseillait à Hervé de se remarier. « Laure a l'air sympa, mais je suis sûr qu'elle en veut à son fric. Elles en veulent toutes à notre fric. »

Il évoquait Warhol, Arman, Lichtenstein, la Factory, Woody Allen et sa clarinette, Indiana Robert, le Club 24 et la galerie Marlboro. Avait-il vraiment vécu d'aussi près l'effervescence du pop art ? Je crois qu'il fabulait un peu, pas tant pour m'éblouir que pour se mettre au diapason d'une nostalgie vague, partiellement improvisée.

Je l'ai accompagné au MOMA et à ma surprise il a promené sur les œuvres un regard défraîchi. Il me savait peu friand d'art contemporain depuis notre algarade à Rome chez le cousin de Carla. « Tu as peut-être raison. Explique-moi pourquoi ça te déplaît autant ! » Aucune envie de me lancer dans une explication circonstanciée ; j'étais si peu sûr de mes goûts, si peu habitué à l'introspection. En outre je n'écoutais plus que du baroque, je lisais des tas de livres sur le sujet. Je lisais aussi des écrivains, sur les conseils de Jonas, et insensiblement je devenais un autre. Ou plutôt, je me rapprochais de celui que j'avais été, longtemps auparavant — cet être nuageux qui bâclait des vers dans une chambre d'étudiant, à Toulouse, en se demandant s'il deviendrait un clochard ou un chercheur d'or. La métamorphose intime dont j'étais le spectateur émerveillé ne regardait pas Raoul. Je me bornais à lui dire que je n'aimais pas la dérision. Elle m'offusque autant que le porno, et sans doute pour les mêmes raisons. L'ère des contestations me semblait révolue, ses derniers avatars étaient puérils. Tout avait été démystifié. À quoi bon s'acharner sur les cadavres de l'ordre bourgeois, de l'ordre marchand ? On savait depuis longtemps qu'ils avaient mis le monde à sac et qu'on tâtonnait sur un champ de ruines.

Le dernier jour, nous sommes allés aux Cloisters. Depuis un certain temps, Raoul s'intéressait au Moyen Âge et son acquisition la plus récente avait été une statue en bois peint de saint Antoine, trouvée chez un antiquaire du quai Voltaire. XVe siècle. La statue trônait rue Vineuse, parmi ses trucs américains, ça aggravait l'impression de cacophonie. Il risquait des théories sur la décadence occidentale, liée à une carence de spiritualité, plus ou moins empruntées à Jonas, à Vladimir et surtout à Greg. Ces christs en majesté, ces Vierges dolentes, ces saints hiératiques semblaient trouver en lui un certain écho, dans une zone de sa sensibilité que je découvrais en l'écoutant me raconter une enfance pieuse et exaltée, une adolescence durant laquelle il s'était rêvé en un vagabond rimbaldien, absolutiste de l'idéal. Quelle était la part de sincérité ? Un tout autre adolescent se profilait tandis que nous longions l'immeuble de l'Upper West Side où avait vécu Lennon, et apparaissait alors un fils de tout petit bourgeois de province ébloui, ensorcelé par la magie de la capitale. Ses féeries nocturnes. Les ruissellements de cet argent qu'il avait convoité avec une ferveur naïve. C'était l'époque de Pascaline, un autre âge d'or présumé. Un autre Raoul. Elle l'avait introduit dans la faune du show-biz, ils se retrouvaient au bar du Fouquet's et partaient à Saint-Tropez en Alfa Romeo. Pétanque sur la place des Lices. Martini dry à la terrasse de Senequier. Twist dans les boîtes avec Bardot, Sagan, Gréco. « Ça m'a amusé deux ou trois ans. » Ça l'aurait sans doute amusé plus longtemps si Pascaline ne l'avait plaqué, infligeant à son orgueil une nouvelle blessure.

L'indéniable fierté d'être sorti du rang social et de se retrouver à l'état-major s'accommodait d'une humilité ambiguë. « On monte quand on prend les bons ascenseurs. » Il sous-entendait volontiers que son accession à la présidence de Venus devait tout à la chance. Il tenait à l'idée qu'on peut être un grand patron sans posséder aucune qualité particulière. Sa modestie me laissait perplexe. À l'écouter, il serait devenu président par le fait du hasard et le serait resté par la force de l'habitude. « Il y a deux ou trois décisions stratégiques à ne pas louper chaque année. Des décisions de bon sens. Pour le reste, ça tourne tout seul. La preuve, mes collègues ne sont pas des aigles et ils tiennent. Je tiens. » Ce type de raisonnement cautionnait son aversion sincère pour le haut patronat, l'économie lourde, les financiers. Seuls avaient droit à son estime quelques entrepreneurs indépendants, un confiturier de notre région, le patron d'une cristallerie dans le Nord — des provinciaux qu'on ne voyait jamais grenouiller dans les entourages du pouvoir.

Comme il avait renvoyé son chauffeur, nous avons marché toute la matinée dans Broadway. À la fin, il boitait très bas. Le soleil tombait à la verticale, New York s'apparentait à un mirage interminable. J'avais proposé de héler un taxi mais Raoul tenait à relever le défi qu'il s'était lancé : parcourir Manhattan dans toute sa longueur, depuis les Cloisters jusqu'à Wall Street. Il revenait sur ses années dans cette ville. C'était à New York qu'il avait connu Greg, Lexo et Ralph. « Greg était déjà fiancé à Marleen. Il n'aimait pas New York, il est rentré à Londres. J'admirais sa classe, c'était le vrai gentleman. » Raoul se tournait vers moi. « Nous, on n'est pas des gentlemen. Plutôt des ruffians. Quant à Lexo... » Il me peignait sur le vif un Lexo déjà lancé, *columnist* dans un hebdomadaire de Washington, réalisateur épisodique de reportages à la télévision. « On le retrouvait dans toutes les soirées. Il avait été journaliste de guerre au Vietnam, en Israël et au Biafra. Il vendait aussi des tableaux. Il disparaissait pendant trois mois, et personne ne savait où le joindre. On pouvait penser qu'il faisait de l'espionnage, ou qu'il s'était isolé dans une île, avec une fille. C'était un talisman : si on le rencontrait le matin, on était sûr que la journée serait belle. Et si on le suivait la nuit, il se passait des choses incroyables. Il fallait voir les femmes qui l'entouraient. Elles lui coûtaient cher. Une fois, il m'a emprunté de l'argent. Une grosse somme. Il était aussi fauché que Vladimir, mais on ne s'en apercevait pas. Il m'a remboursé six mois plus tard, en m'offrant pour me remercier une toile de Tàpies. Je me demande comment il avait pu se refaire aussi vite. Ralph aussi lui avait prêté de l'argent, il était riche à l'époque. Je crois qu'il venait d'hériter. »

Je l'écoutais distraitement. Marleen m'accompagnait, j'avais tellement envie de parler d'elle que j'orientais la conversation vers les Perkins. Raoul trouvait Marleen « agréable et pas ramenarde », sans plus, et je lui en voulais de n'avoir rien perçu d'autre, tant il me paraissait évident que Marleen rayonnait comme les chœurs des églises baroques de Rome ou de Vienne. J'en concluais que décidément le genre féminin ne faisait vibrer en lui aucune corde sensible ; peu s'en fallait que je ne le tinsse pour un homosexuel refoulé.

Dans le salon d'Air France, à JFK, alors que nous attendions notre vol pour Paris, nous sommes tombés sur un philosophe et un sociologue du CNRS, très répandus l'un et l'autre. Surtout le philosophe, Sartoris, un type replet aux grosses lèvres ornées d'une moustache brève, qui tartinait en éditoriaux un moralisme à la fois fumeux et obtus ; en période de guerre ou d'occupation on n'aurait pas aimé être la cible de sa hargne. Ils faisaient partie du *think tank* de MGM. Un journal satirique avait éreinté ces intellectuels qui, selon l'auteur de l'article, bradaient leur conscience pour le prix d'un aller-retour Paris-New York en première, deux nuits dans un palace et une pige de quinze mille euros.

Aucun des deux ne connaissait Raoul de vue. Ils se sont installés en face de nous pour prendre leur café et Raoul s'est penché vers moi. « Parlons anglais. » Dont acte ; de sorte que les deux types ont conversé comme si nous n'étions pas là. Sartoris se prévalait d'un passé gauchiste pour alimenter un fonds de commerce à l'enseigne des « droits de l'homme », ce qui ne l'engageait à rien et lui permettait de flinguer qui bon lui semblait, au gré de ses humeurs. Mauvaises, les humeurs. Jonas ne pouvait pas l'encadrer ; Vladimir, encore moins, car à l'époque des tueries en Bosnie, Sartoris avait accablé les Serbes. « Le printemps des peuples » venait de publier un pamphlet contre lui : *L'Imposteur*. Sartoris ne lésinait pas sur le dithyrambe : « Il est étonnant, MGM. Je trouve sa stratégie lumineuse. » Raoul serrait les lèvres, sortait une cigarette de mon paquet et l'allumait pour se donner une contenance. Sartoris poursuivait : « Il faut qu'il prenne le contrôle de Venus. Il a l'air décidé. Venus, si j'ai bien compris, c'est le chaînon qui lui manque. Le patron de cette boîte la gère à la godille, sans aucune prospective. Un certain Dutheil. »

L'embarquement de notre vol a été annoncé, ils se

sont levés, nous avons attendu qu'ils sortent du salon. Le sourire de Raoul était jaune. « Tu vois, il veut ma peau. On va se battre. Convaincre des intellos, c'est facile, il suffit d'arroser. Retourner un conseil d'administration, c'est plus compliqué. Tant que l'Élysée ne me lâchera pas... » Il a ouvert un carnet, sorti un crayon, inscrit les noms de tous les membres de son conseil. « Il ne peut jouer que sur deux maillons faibles. » Deux patrons qu'il jugeait peu sûrs. Le premier traînait des casseroles ; l'autre était plus difficile à manipuler, mais il briguait la présidence d'une grosse société d'économie mixte, Renoir et Lechat pouvaient lui arranger ça.

18

Accroché au mur dans un cadre doré, l'ancêtre de Greg me regardait avec une sévérité comique. Il y avait aussi la nature morte d'un Hollandais du XVIIe siècle — des fruits rouges dans une coupe de porcelaine bleue. J'avais remarqué ce tableau lors du premier dîner à Chelsea, il en émanait une sensualité à la fois lourde, austère et contenue.

Mozart s'amusait. Le chat descendait du salon, s'étirait sur une marche de l'escalier et s'y immobilisait dans la position du sphinx. Ses yeux me faisaient penser à ceux de Dora. J'étais à la droite de Marleen. Son pied touchait le mien, une simple pression, légère et brève. Ses yeux m'évitaient, il ne fallait pas que nos regards s'acoquinent. Juste les pieds. Les yeux du chat s'entrouvraient par instants et je me demandais s'il ne nous surveillait pas.

J'avais travaillé avec Greg tout l'après-midi, dans son bureau de Mayfair. Nous avions déjeuné ensemble. Une complicité naissait entre nous, j'appréciais ce mélange de rigueur, d'humour et de détachement, cette extrême simplicité qui accentue sa désuétude. Quatre photos sur son bureau : la reine d'Angleterre, Marleen en ciré sur une plage, cheveux au vent, leurs deux enfants et une gentilhommière élégante, sans apprêts, leur maison de Leyrignac, pas très loin de Redenac mais plus au sud.

Depuis quelques années les Anglais achetaient des maisons de maître ou de fermier, les prix montaient, les autochtones commençaient à s'en plaindre. D'abord ils s'étaient cantonnés dans le Lot et la Dordogne ; à présent ils investissaient la région dont le climat pourtant est plus rude. « Mon père enseignait l'art byzantin. Chaque été, nous allions d'abord en Yougoslavie, pour voir des monastères, puis nous remontions par l'Italie et la France. Les monastères orthodoxes, j'étais trop jeune, ça m'ennuyait. Je devais avoir quinze ans quand mon père s'est passionné pour les églises romanes d'Auvergne. Ce pays m'a plu, je ne sais pas pourquoi ; je me suis promis d'y revenir. Il y a dix ans, nous avons cherché une maison, Marleen est tombée amoureuse de Leyrignac. »

Dans sa voiture qui nous emmenait à Chelsea, Greg m'avait parlé de Patrick, avec pudeur. Je n'étais pas censé savoir qu'il leur posait de gros problèmes. Patrick était soigné depuis plusieurs jours dans un service psychiatrique, à la suite d'une crise qui ponctuait une longue période dépressive. Greg ne voulait pas désespérer, il y avait des phases de rémission après les coulées de violence ou les abîmes d'apathie. Patrick s'en sortirait peut-être, si on trouvait le bon traitement.

Les Burton revenaient de Toscane, je ne les avais pas revus depuis la soirée à Biarritz, pour la Légion d'honneur de Raoul. Plus je connaissais Ralph, plus j'étais sensible à sa désinvolture. Il avait toujours l'air d'accommoder les restes soyeux d'une existence tronquée et Dora, qui a dû être très désirable, semblait encore plus songeuse que d'habitude. Ses yeux noirs ne s'allumaient que par intermittence ; elle tenait son châle d'une main, elle s'y enveloppait comme pour se protéger des atteintes d'une extrême froidure. Rêvait-elle à Lexo ? Elle parlait toujours aussi peu. J'avais surpris une allusion à un hôtel qu'elle aurait tenu à Nassau, avant. Le geste discret qui accompagnait ce mot — avant — je pouvais en deviner le sens. Avant la mort de son fils. Elle faisait grand cas de l'écrivain Naipaul qui était comme elle originaire de Trinité-et-Tobago. « Lui et moi, on se comprend. » Je me promettais de lire Naipaul, pour essayer de la comprendre.

Les Burton n'étaient pas riches. Leur compagnonnage n'avait rien d'amoureux, mais on les sentait attachés l'un à l'autre avec, de la part de Ralph, des prévenances de père plutôt que d'époux. Ils avaient choisi de vivre entre les rets du monde ordinaire, voyageant puis se repliant dans leur maison du Hampshire, le seul bien qu'ils possédassent. Marleen m'avait confié qu'il arrivait à Ralph d'emprunter de petites sommes à Greg. Il avait hérité très jeune d'un reste de fortune familiale mais l'avait dilapidé au fil de ses errances et ses droits d'auteur n'étaient pas mirobolants, c'était un écrivain pour happy few.

Dora n'accompagnait son mari que dans certains voyages. Un psychiatre la suivait à Londres et deux ans auparavant, à la suite d'une tentative de suicide, elle avait dû séjourner dans une « maison de repos » près de Marlborough. Au début du repas elle avait sorti des pilules de son sac et les avait avalées une à une. Non seulement elle avait perdu son fils, mais aussi son deuxième mari, un certain Nigel ; je croyais comprendre à certaines allusions qu'il avait été victime à la fois du racisme et du castrisme. Était-il noir ? Métis ? Appartenait-il à une mouvance de « contras » plus ou moins en cheville avec la CIA ? J'ignorais tout de l'histoire récente de ces deux îles, je savais tout juste qu'elles avaient été espagnoles avant de devenir anglaises il y a deux siècles, puis affiliées au Commonwealth.

Le passé de Ralph n'était pas simple non plus. Il y avait eu une épouse antérieure, décédée, des embrouilles familiales, des années tangéroises dont parfois il faisait resurgir des fantômes d'écrivains ou d'artistes. Kerouac. Ginsberg. Bowles. Eux aussi il faudrait que je les lise, pour comprendre le désenchantement qui embuait ses propos, comme s'il allait de soi qu'on approchait d'une fin. Ralph était un Américain, mais il avait choisi la vieille Europe ; à sa façon c'était un être de l'exil, autant que Jonas ou Vladimir.

Il avait un fils de son premier mariage, qui vivait à Singapour et travaillait comme informaticien dans l'agence locale d'une filiale de Venus.

Ralph ce soir-là était en verve, sans doute parce que nous étions en petit nombre. Il s'est lancé dans une évocation circonstanciée des conflits entre guelfes et gibelins, impériaux et papistes. Greg a rebondi sur la guerre des Deux-Roses, Ralph l'interrompait pour décrire les arômes d'un côtes-de-blaye servi par Greg. Mes lumières en œnologie étaient très lacunaires, je me contentais de trouver ce vin en harmonie avec l'esprit des lieux. Il fut question de la révolution anglaise de 1688, de la révolution américaine aussi. La nôtre était tenue pour responsable des catastrophes modernes. C'était implicite, car personne ne voulait me froisser et à leur façon ils aimaient tous la France. Mais pas l'officielle — et surtout pas la politique, à l'exception de De Gaulle que Greg campait en chevalier gothique. Ralph avait beau avoir vécu en dissident de l'ordre américain, pacifiste durant la guerre du Vietnam, entiché de Verlaine et de Rimbaud, il détestait autant que Greg la Révolution française.

Peu m'importait, mon patriotisme n'était pas engagé ; je continuais de chérir une France d'imagerie, une doulce France de clochers et de vitraux, pas celle qui avait déquillé mes grands-pères à Verdun et à Bitola. Marleen souriait, Mozart ironisait gracieusement. Nous étions lovés dans cette oasis de quiétude feutrée. Londres où des islamistes venaient de lâcher des bombes dans le métro ; ce vieux pays que les frasques de sa famille royale couvraient de ridicule ; le cours tumultueux du monde s'apparentait à ces orages qui éclataient soudainement à Redenac au long de mon enfance. Le tonnerre grondait, la foudre tombait ici ou là mais je savais qu'on ne risquait rien, la maison nous immunisait. Même sentiment dans le *home* des Perkins. Je revois ce chat gris qui détalait brusquement alors que nous montions au salon. Je revois les prunelles farouches de l'ancêtre de Greg — un pasteur de l'époque Queen Anne, comme la maison. Je frissonne en me souvenant du pied de Marleen sous la table, de ses ongles qui ont osé m'effleurer, tout à la fin, sur le seuil, alors que je prenais congé.

Marleen le lendemain matin, dans le hall de mon hôtel, à Queen's Gate. Elle devait aller voir Patrick à l'hôpital, il fallait faire vite. Faire quoi ? Tout. S'étreindre chastement, dans une *meadow* attenante à l'hôtel, sous la pluie. Joindre nos lèvres. Se regarder droit dans les yeux. S'étreindre plus fort, en soupirer d'aise. Se dire que la soirée avait été une douce, une voluptueuse torture. Que j'aimais beaucoup Greg. Que j'aurais voulu qu'il partage...

« Toi aussi ? J'ai failli tout lui dire, quand nous nous sommes retrouvés seuls. Je suis folle. Oh, chéri, c'est tellement...

— Tellement quoi ? »

Son éclat de rire. Le goût de ses lèvres. Son corps collé au mien. La sonate de Scarlatti qu'elle avait remise à la fin du repas, que je connaissais par cœur, qui dans l'Eurostar n'a cessé de me raconter son histoire, la nôtre, une histoire d'amour trop enlevée, trop printanière, trop lumineuse pour être vraie. Mais qui était vraie.

19

« Je crois vraiment que le moment est venu d'envisager une séparation.

— Je vais réfléchir. Vous connaîtrez ma position. »

La voix de Raoul était du métal trempé. Il n'a pas serré la main de MGM qui a tourné les talons et s'est dirigé vers les ascenseurs, une serviette de cuir jaune sous le bras, suivi par une meute de cameramen et de photographes.

Nous étions à Davos, dans le hall du Belvédère où avaient lieu la plupart des déjeuners, des tables rondes et des conférences de presse. Les personnalités les plus éminentes y étaient descendues, on croisait sans cesse un ministre ou un patron de haut vol entourés de gardes du corps et de collaborateurs. Deux secrétaires d'État américains venaient d'arriver, des hélicoptères tournoyaient dans le ciel, qui était d'un gris désolant.

Pour la première fois, Raoul avait accepté une invitation du Forum. Son jet avait décollé de Biarritz où nous avions juste transité pour assister à un match à Aguilera, et s'était posé sur un aéroport minuscule en bordure du lac de Constance. Raoul avait embarqué Dejean, un ancien Premier ministre originaire de notre région qui possède une villa à Hossegor, entre le lac et l'océan. Le type de notable à l'ancienne, avisé, madré, pas ramenard, ami du vin et du rugby, ennemi des énarques, proche du père d'Hervé, qui avait soutenu Raoul lors de la privatisation de Venus. Ils devaient participer l'un et l'autre à un débat sur le rôle des régions dans l'Europe future.

Davos s'est fait connaître par ce Forum annuel mais pour moi c'était le décor de *La Montagne magique* de Thomas Mann. Je me souvenais d'avoir lu ce roman à Toulouse, dans un état d'exaltation et d'angoisse inextricables. Il ne m'en restait que des clichés vagues — le sanatorium, le médecin fou dont l'épouse était enterrée à Davos, le nihiliste italien, les incursions dans le village du « héros » qui était la proie d'une fatalité. Comme moi, pressentais-je à l'époque. Quelle fatalité ?

Dans la voiture qui grimpait entre des rangées de sapins sombres, je me promettais de retrouver le cimetière, peut-être aussi le sanatorium, car Jonas m'avait certifié qu'il existait encore, reconverti en hôtel. Il neigeait. Nous roulions entre des haies de neige, cernés par des massifs aux cimes dentelées. Autant j'aime voir la neige dépayser Redenac, autant j'éprouve un malaise dans les lieux où elle a ses habitudes, je les trouve inhumains. Par trois fois nous fûmes contrôlés par la police suisse qui redoutait une manifestation d'altermondialistes, certains leaders ayant menacé de perturber le Forum.

Dejean racontait des péripéties de son séjour à Matignon, ses combats de tranchée avec le ministre de l'Économie, par communicants interposés. Il avait confié sa communication à Véronique Delorme, la femme de Lechat, ça lui avait coûté des fortunes, pour moins que rien car, malgré un physique et un tempérament plutôt populaires, il était tombé à cause de son « image », associée de trop près au grand patronat.

Je l'écoutais distraitement. Je repensais à ce roman de Mann, en me demandant pourquoi il m'avait bouleversé. À la fin, la guerre éclate — la Première, celle où l'on s'est canardé à Bitola et à Verdun. Déjà, me semblait-il, j'étais habité par le pressentiment d'une catastrophe. Pourquoi, dès l'adolescence, ai-je deviné que le monde à venir me serait hostile ? Je ne m'étais pas trompé ; j'en voulais pour preuve qu'il désobligeait souverainement un Jonas, un Ralph, un Lexo, un Victor, un Greg — ces êtres profondément différents mais qui chacun, sur le versant le moins frelaté de sa nature, rendaient un écho à mon désarroi.

Simone m'avait retenu une petite suite dans un hôtel en surplomb du centre-ville, près d'une église au clocher effilé. Sur l'autre flanc de la vallée j'apercevais entre des sapins un bâtiment qui pouvait avoir été le sanatorium de *La Montagne magique*.

J'aurais préféré ne pas assister à la passe d'armes avec MGM mais j'accompagnais Raoul qui cherchait un sauna et il n'était pas prévu que nous tombions sur MGM. Il n'était pas prévu non plus que

MGM, à la fin de son exposé sur la « nouvelle économie », le matin même, s'autorise un dégagement contre les habitudes du patronat français, en des termes qui, sans le citer nommément, mettaient en cause, sinon la personne de Raoul, du moins sa stratégie.

Raoul n'avait pas voulu assister à ce show, il m'avait envoyé en éclaireur. Personne ne me connaissait ; en revanche je connaissais au moins de vue presque tout l'auditoire — des patrons, en majorité américains, trois ministres français, des membres de la Commission européenne, des chroniqueurs parisiens, essayistes à l'occasion, qui conseillaient en outre des directeurs de journaux ou des entrepreneurs. J'ai repéré Sartoris et le sociologue que nous avions croisés dans le salon de l'aéroport JFK.

MGM parlait en anglais. Son exposé n'apprenait rien qu'on n'ait lu dans ses interviews à répétition. Toujours les « tuyaux » — les satellites, la téléphonie, la télévision, les ondes. Le raisonnement ne manquait ni de cohérence ni d'un certain brio. Mais il s'évadait de la réalité pour rejoindre l'éther d'une économie sans chair, sans échéances, dans une temporalité qui me paraissait douteuse. J'étais le seul apparemment à n'être pas conquis, on applaudissait chacune de ses tirades, surtout la dernière, qui laissait entendre que Raoul faisait perdre du temps à Venus. Plus exactement qu'il s'acharnait à concevoir et appliquer une stratégie mesquine, bêtement géographique, une acquisition après l'autre dans le périmètre européen, et dans des « métiers » sans avenir.

Après l'exposé j'avais rejoint immédiatement Raoul dans sa suite pour lui relater ce qui, dès le lendemain, serait considéré dans la presse comme une mise en demeure. Raoul venait d'apprendre que MGM donnait le soir même un dîner de cent couverts et qu'il ne l'avait pas invité alors que la plupart des membres du conseil d'administration de Venus y étaient conviés.

« Je les ai tous appelés. La moitié n'iront pas. Les autres, il va falloir s'en méfier. Appelle Lechat, dis-lui que je contre-attaque. Appelle aussi Loriot, il te renseignera sur les trois ministres. Enfin, pas Murel, les deux autres. Murel a été consultant pour MGM et il n'a aucune chance d'être réélu dans sa circonscription. Donc MGM le recrutera après les législatives. Ou avant, s'il saute au prochain remaniement. »

Murel était un ancien avocat qui avait construit son image en présidant une association humanitaire. Les médias le choyaient, il était si répandu, si bien coté dans les sondages qu'on lui avait refilé par trois fois des circonscriptions, avec chaque fois un ministère à la clef. En fait, un de ces ministères sans budget ni logistique, aux appellations fantaisistes, qu'on improvise pour caser un obligé, ou un gêneur, ou simplement pour s'adjuger quelqu'un doté d'une bonne image télévisuelle. On le supprime au remaniement suivant et personne ne s'en aperçoit. Sauf l'intéressé, qui en conçoit des aigreurs.

Murel se faisait toujours battre à l'élection suivante et allait vendre son carnet d'adresses dans le privé. Il n'était pas le seul. Durant la précédente législature, il émargeait à la Cosmogonia, et MGM en avait fait sa tête de pont dans la classe politique, avec pour mission essentielle de faire du *lobbying* auprès des parlementaires. Quand un séisme affligeait une population en quelque endroit de la planète, il organisait des « voyages d'études » de députés ou de sénateurs, et MGM se pointait comme par hasard en héros de la cause humanitaire. Épouses ou maîtresses étaient évidemment dans les bagages, ainsi que les photographes des grands magazines.

J'ai regagné mon hôtel pour appeler Lechat à l'Élysée. Il a paru embarrassé. Sa façon de me rassurer n'était pas franche du collier. « A priori, vous ne risquez rien. Les ministres sont venus pour exister, ils ne sont pas en service commandé par Matignon. Malgré tout, Raoul Dutheil n'a pas intérêt à communiquer avec trop d'acrimonie. Davos n'est pas le centre du monde et Merceron le sait. Il prend juste date. »

Raoul n'a pas voulu assister au cocktail donné par un secrétaire d'État américain, pour ne pas risquer d'y croiser MGM et peut-être aussi pour signifier ses réserves de fond vis-à-vis du capitalisme américain. Sartoris animait en fin d'après-midi une table ronde sur la « fin de l'ère géographique ». Je suis allé l'écouter. C'était intéressant. Il ressortait des débats que l'homme désormais ne serait plus d'un lieu, ni d'une mémoire. Donc il n'aurait plus de patrie et deviendrait le « supporter » occasionnel d'un sigle, d'un club, d'une idéologie, d'une star ou d'un fantasme. Les moyens « modernes » de communication le « connecteraient » sans frontières avec les autres disciples aléatoires de la même cause. N'importe laquelle. Un champion de football. La myopathie. Une religion. La défense des orangs-outans en Afrique. L'improvisation d'une rave-party ou d'un attentat terroriste.

En allant retrouver Raoul au bar du Belvédère, je me demandais si cette lugubre prospective avait une prise effective sur la réalité. Auquel cas j'étais, comme Raoul et comme tous nos amis, le naufragé pitoyable d'une Atlantide que la clique de MGM allait submerger à brève échéance avec sa quincaillerie high-tech et ses penseurs hors sol. Mais j'avais envie de croire que la réalité les démentirait.

La veille, nous avions dîné avec des industriels étrangers, et plusieurs présidents de régions européennes. En écoutant mes voisins de table, y compris un banquier américain, il ne m'avait pas semblé que la réalité tangible — un territoire, un peuple, des ancrages — était frappée d'obsolescence ; au contraire tous insistaient sur la prise en compte d'une culture dans la conquête d'un marché. L'ère « postmoderne » de MGM et de Sartoris n'était peut-être qu'une chimère parisianiste.

Le bar du Belvédère est le seul endroit de ce palace gigantesque et inélégant où l'on se croirait dans une vraie Suisse alpestre, avec ses poutres apparentes et ses fauteuils de cuir. Il était désert ; tout le monde assistait au cocktail du secrétaire d'État américain et pour gagner le sous-sol j'avais dû présenter à deux reprises mon badge et ma carte d'identité : on ne mégotait pas sur la sécurité.

J'avais cherché vainement de quoi réveiller mes souvenirs de *La Montagne magique* en déambulant sur de la neige sale dans les rues de Davos. Je n'ai pas trouvé le cimetière. Ni la gare. Rien n'évoquait ce qu'avait pu être Davos au tournant du siècle ; c'était juste une station de ski sans élégance aucune. J'étais déçu. J'avais imaginé les extérieurs d'un huis clos oppressants certes, mais grandioses ; or les montagnes qui toisent la vallée, lacérées par le tracé des remonte-pentes, manquaient de majesté.

Raoul m'a rejoint au bar. Nous avons pris un verre en attendant Hermann Breitner, le président du groupe allemand avec lequel Venus allait engager un partenariat important. L'affaire devait se conclure officiellement à Francfort, lors de la prochaine Foire du livre car le groupe en question était essentiellement spécialisé dans l'édition — livres, dictionnaires, CD. Raoul comptait sur ce partenariat pour étayer sa position en Europe. Rien de durable sans les Allemands : tel était son credo, et il m'expliquait, chiffres à l'appui, que la pénétration de l'Europe centrale passait par cette entente. Chiffres et cartes de géographie.

Trois whiskies secs pour Raoul, trois Campari pour moi. Jamais notre intimité n'avait été aussi forte. Raoul sortait sans s'en rendre compte des cigarettes de mon paquet et les fumait mécaniquement en les tenant entre le pouce et l'index comme faisaient les blousons noirs dans les films de notre jeunesse. MGM semblait avoir réveillé en lui ce tueur dont la presse faisait état. Ses lèvres un peu trop minces ébauchaient un sourire mauvais tandis qu'il égrenait des noms qu'il notait à mesure sur un calepin. Des noms des membres de son conseil d'administration. Du gouvernement. Des conseillers à l'Élysée, à Matignon, à Bercy, à la Commission européenne. Comme dans le salon de l'aéroport JFK, il concluait que seul un certain Toniek pouvait le mettre en difficulté, s'il virait de bord. Jacques Toniek, le président de Caratel, deuxième actionnaire de Venus. Il avait assisté à l'exposé de MGM. Il assistait à son dîner.

« Il est très proche du Premier ministre. Et encore plus proche de Damien. Il le trimballe dans son avion pendant chaque campagne électorale. »

Damien, le nouveau chef de l'opposition, est un énarque sorti à la Cour des comptes dans la même promotion que MGM. Par prudence il évitait de s'afficher publiquement à ses côtés, mais Loriot affirmait qu'il avait passé récemment plusieurs week-ends à Deauville, dans la fameuse villa. D'ailleurs le propre frère de son épouse — énarque lui aussi — dirigeait en second la banque d'affaires où MGM avait officié. On les disait très liés.

« Je n'ai pas assez blindé l'opposition. J'ai une

idée. Le cousin de Damien a de gros besoins, il veut quitter l'administration. Le directeur de ma filiale Voyages part à la retraite dans deux mois. Je vais lui proposer le job.

— Il a mauvaise réputation.

— Justement. On le surveillera. S'il sort des clous, ça me donnera des billes pour négocier avec Damien. Tu te renseignes ? »

Je l'ai quitté pour aller téléphoner dans le hall, car je n'aimais pas être écouté, même par Raoul, même si j'appelais pour son compte. Au haut de l'escalier, un ministre français de seconde zone et de petite taille, flanqué de deux collaborateurs, engueulait en anglais très basique un type de la sécurité. Il voulait se rendre au cocktail du secrétaire d'État américain mais n'avait pas d'invitation. « Je suis un ministre de la République française », répétait-il en dégainant une carte barrée de tricolore. Les « *sorry !* » de l'autre étaient sans appel et le ministre a dû s'éloigner en se faisant bousculer par une horde de cameramen qui suivaient le patron pakistanais d'une multinationale de l'acier. Lui, on ne lui a pas demandé son carton.

J'ai pu joindre Loriot sur son portable. Il dînait chez Lipp avec Sybille et Lexo.

« Le cousin de Damien ? Oui, il traîne une affaire de délit d'initié mal étouffée. On pourrait refiler le dossier à une certaine presse. Comment ça se passe, dans vos neiges ?

— MGM a sorti l'artillerie. Pour le moment, la légère.

— Rassure Raoul. Je crois savoir que le Premier ministre commence à trouver MGM un peu envahissant. Et à Paris, on ne parle que des altermondialistes. »

Il a ajouté, après un temps de réflexion :

« Raoul est trop prudent. Il a tort de négliger les médias. »

Il a cité des noms de directeurs de journaux et d'éditorialistes sur lesquels Raoul pourrait s'appuyer pour bâtir une campagne en précisant par quel biais on pouvait suborner l'un ou l'autre.

Ces petits jeux du pouvoir et de l'argent m'amusaient. Peu à peu j'ajustais les pièces du puzzle parisianiste — les dynasties, les confraternités, les réseaux, les francs-tireurs et leurs bandes respectives. C'était à la fois violent, vicelard, puéril et tellement irréel. Je m'étonnais que des personnages réputés puissants puissent être aussi vulnérables. Aussi prévisibles. Aussi faciles à piger. Donc, faciles à piéger.

Marleen m'a appelé au moment où les deux Allemands ont fait irruption dans le bar.

« Tu fais quoi, chéri ?

— J'observe la nature humaine.

— Ça t'apprend quoi ?

— Rien. Des gosses tristes déguisés en seigneurs de la guerre se poursuivent dans des cours de récréation. Raoul n'est pas le pire. »

Elle marquait une hésitation.

« Raoul... J'ai peur qu'il ne te salisse dans ces bains d'argent.

— Rassure-toi, je ne risque rien. C'est juste un jeu. »

Elle n'avait pas apprécié que Greg quitte le Foreign Office pour économiser de l'argent en travaillant chez Venus. Lui-même ne s'y était résolu qu'à cause de leurs enfants. Il pensait à leur avenir. Aucun des deux ne serait capable de gagner sa vie. Marleen n'aimait pas l'odeur de l'argent. Car il a une odeur dans les sphères où j'évoluais par délégation, et elle empeste vite.

« J'ai écouté la radio. Vous êtes cernés par des altermondialistes. Tu les as vus ?

— La police les tient à distance.

— Moi, je suis de leur bord.

— Je sais. Je ne te donne pas tort. Je ne leur donne pas raison.

— On a toujours raison de... s'insurger. C'est bien le mot ?

— Oui, c'est le mot. Fais-moi vite écouter quelque chose. »

Un silence. Elle mettait un CD dans son lecteur. Une sonate pour clavecin de Scarlatti que je ne connaissais pas. Moins gaie que la nôtre. Plus intime, plus éthérée. Le bonheur selon Scarlatti n'était pas si simple, il allait le débusquer dans ces brumes où gîte la mélancolie. Le baroque selon Marleen n'était peut-être que le fruit d'un élagage, elle en prenait la face diurne, elle escamotait la nuit, les masques, la mort.

« Merci », ai-je murmuré en raccrochant.

Le salon privé que Raoul avait retenu dans un restaurant situé à l'écart du centre-ville était tendu de velours rouge, on aurait cru le décor d'une partie fine dans un conte de Maupassant. Bien que Breitner et son acolyte parlassent un français excellent, ils usaient de l'anglais quand le sujet devenait trop technique. Il s'agissait d'un mariage croisé de filiales, donc d'états-majors. L'important était que Breitner et Raoul s'accordassent sur le principe du partenariat et tel était le cas. L'anglais laborieux de Raoul amplifiait curieusement son accent, on n'aurait pas cru qu'il avait vécu plusieurs années à New York.

Breitner a épousé une Triestine, mais il possède au cap d'Antibes une villa datant de Napoléon III dont il nous a montré la photo, et l'un de ses fils est étudiant à Dauphine. Très francophile. Son sbire, dont j'ai oublié le nom, est marié à une Bourguignonne, il connaît tous les crus depuis le Chablis jusqu'au Mâconnais, et nous avons passé l'essentiel du dîner à comparer les volnays, les meursaults, les pommards, les chambertins. Raoul préfère les bordeaux, il a étalé une science qui doit beaucoup à Hervé et à Greg. Aux termes près, il décrivait les arômes des graves du Nord en reproduisant ce que j'avais entendu dire par nos deux amis. J'avais une clef supplémentaire pour comprendre Raoul : c'était une éponge.

À quel propos Breitner, qui levait solidement le coude, a-t-il cité le nom de Sybille Pulcerini ? Je crois qu'il était question des « Pionniers de Marbella » — un club de décideurs, dans le domaine de la publicité, auquel il avait appartenu, ainsi que Raoul, dans un passé qui paraissait lointain.

« Vous la connaissez ?

— Elle, pas tellement. Mais son second mari, le promoteur. Il était d'origine bavaroise. On n'a jamais su pourquoi il s'est suicidé. Sybille était la plus belle femme qu'on pouvait voir sur la Côte.

— Vous avez... ? »

Rires masculins.

« Non, hélas. Elle était... enfin, on lui faisait tous la cour mais elle ne couchait qu'avec son mari. Il y a des femmes, comme ça. Je crois qu'elle s'est remariée à un Suisse.

— Ils ont divorcé. Elle vit avec un de mes meilleurs amis. Alexis Brinz.

— Lexo ? Je l'ai connu à Genève. Un homme étrange. Charmeur. Il vivait avec cette blonde qui jouait dans des films policiers. Il m'a vendu une toile de Garouste que j'ai accrochée dans ma maison du Cap. Je crois qu'il était plus ou moins journaliste.

— Plus ou moins.

— Qu'est-il devenu ? Je l'ai croisé plusieurs fois sur la Côte, mais ça doit remonter à dix ans. Il avait un bateau à Saint-Tropez. J'aimerais le revoir. Un homme pas ordinaire. Un gentleman. »

Raoul a promis d'organiser des retrouvailles, à Paris ou à Francfort. C'était bizarre et rassurant d'entendre parler de Sybille et de Lexo, dans l'intimité de ce salon, en compagnie de ces deux Allemands qui prenaient un plaisir visible à égrener des souvenirs liés à la France.

Dehors, il neigeait à gros flocons laineux. Raoul avait beaucoup bu, mais il y avait dans sa prunelle une sorte de joie malicieuse.

« On va le baiser, ce connard. À demain. »

Sa voiture l'a remonté au Belvédère. Je suis rentré à pied à mon hôtel, en proie à une douce euphorie où le vin de Bourgogne avait sa part, mais aussi cette neige qui me brûlait le visage, et plus encore des morceaux de musique qui me traversaient l'esprit et faisaient comparaître des morceaux choisis de Marleen.

20

« Je t'ai rendu heureux ?

— Le mot est faible.

— Tu sais, chéri, je ne suis pas...

— Tais-toi !

— J'avais peur de...

— Tais-toi. »

Nous avions peur. Moi autant qu'elle. Différemment. Pour conjurer cette peur nous avions marché dans la via Veneto après avoir dîné dans un restaurant de la piazza Sant'Ignazio qui évoque le baroque viennois avec le trompe-l'œil subtil des bâtiments face à l'église. Puis longé le temple d'Hadrien et bu un café à une terrasse, presque en face de l'Excelsior où, en somme, tout avait débuté, un matin de printemps, quand nous étions partis en taxi vers le Trastevere tandis que les autres montaient à la villa Médicis.

Toute la journée, nous avions visité des églises. Marleen en connaît les moindres recoins. L'album qu'elle préparait était consacré au Bernin et nous étions allés voir ses statues à la villa Borghèse. J'apprenais sur le tas. Je commençais à identifier ce qui avait émergé du maniérisme pour s'exténuer dans le rococo, avant la « grande névrose ». Je la décelais d'autant mieux qu'avant, elle m'intoxiquait, j'étais romantique sans le savoir. Dans chaque église, après s'être signée et agenouillée, Marleen choisissait une chapelle et allumait un cierge. « Pour nous », me disait-elle quand nous étions dehors, car à l'intérieur d'une église, pas un mot, pas un geste ne trahissaient notre intimité, c'eût été profanatoire, sa religiosité n'est pas exempte de superstition.

Le soleil inondait Rome. Nous marchions main dans la main et toutes les trente secondes nos corps se jetaient l'un sur l'autre. Elle portait une robe blanche très courte, mes mains s'égaraient, le désir nous submergeait. « On ne peut plus attendre », murmurait-elle. Mais nous avions tellement peur que nous ajournions. Encore une église. Santa Maria dell'Anima. San Luigi dei Francesi. San Claudio. San Silvestro in Capite. Les deux qui se font face à l'entrée de la piazza del Popolo. Toutes celles du Corso. Toutes celles de la via Giulia depuis San Giovanni Battista jusqu'au ponte Sisto et celles du Trastevere aussi, où nous avions déjeuné en nous souvenant d'une autre première fois. Nos amours étaient en herbe et déjà nous commémorions, avec une appétence maniaque, les mots, les gestes qui les avaient rendues possibles. Nous nous souvenions aussi du baiser de Klimt à Vienne, du nôtre à Marmottan. Je lui demandais bêtement pourquoi elle s'était éprise de moi, elle me répondait qu'elle n'en savait rien. Puis ajoutait que ça ne me regardait pas.

Un photographe nous a surpris devant l'éléphant du Bernin. C'est ma seule photo de Marleen, je l'ai posée sur la cheminée, à côté des marrons. Elle me tient par la main en levant les yeux vers la pointe de l'obélisque. Moi, je la regarde béatement. Au Vatican, Dieu sait pourquoi, elle a souhaité descendre sans moi dans la crypte où reposent les papes. Après quoi elle a voulu retourner à San Giovanni Battista dei Fiorentini qui lui inspirait une affection particulière, peut-être parce que Borromini y est enseveli. Elle a pris longuement des notes relatives au *Baptême du Christ* de l'autel central, puis allumé un cierge devant une statue du saint patron en murmurant : « Pour nous » d'une voix fêlée par l'émotion.

C'est notre peur qui a donné son prix à la première fois, dans cette chambre de l'hôtel Regina où Marleen était descendue. Pas une once d'érotisme, juste nos corps impatients, merveilleusement, miraculeusement inexperts et, lorsque fut consommé le sac de sa pudeur, une longue, longue plage de silence. Nous étions comme deux gisants dans une cathédrale.

« Je t'ai rendu heureux ? »

Le mot n'était pas à l'altitude où planaient les arabesques de Scarlatti. Il ne restituait pas la houle qui levait en mon for, par vagues tumultueuses, des réminiscences d'extases, saintes ou profanes. Les mots trichent toujours. Ils nous ont desservis, ils ont failli nous séparer. Les mots ne savent rien dire de ces sous-sols de l'âme où mille émois diversement imagés font la trame de nos sentiments. Sauf les mots des poètes, et encore, ils taillent dans le vif ou nagent en surface.

Nous marchions en silence parmi les ruines d'Ostie que Marleen avait voulu découvrir. Autant elle renâclait devant un monument ou une œuvre ultérieure au baroque — à l'exception des impressionnistes —, autant il lui plaisait de hanter les vestiges du monde antique. Enfin, le nôtre, elle n'était pas à l'aise devant une reproduction d'une momie égyptienne, d'une statue maya ou d'un masque nègre. « Leur angoisse face à la mort, je la ressens trop. Je préfère refouler. On dit bien : refouler ? » Elle avait consenti à visiter au musée du Capitole l'exposition sur l'art des Cyclades dont Paolo m'avait parlé, lors du premier dîner à Rome, mais les statuettes ne lui inspiraient que des moues réticentes. « Je sais, tout a commencé là. C'est touchant. Ça me fait peur. Les gens qui ont sculpté ces idoles devaient être... Je ne sais pas m'expliquer, ils sont trop loin. Trop violents. S'il te plaît, allons voir les autres salles. » À Vienne elle n'avait pas voulu m'accompagner au musée où sont exposées des peintures de Schiele et de Kokoschka, parce que leur angoisse renouait avec celle des primitifs : la même violence à l'autre bout de la chaîne.

Mon avion allait décoller à Cinéccino dans quelques heures, le sien un peu plus tard, nous allions devoir nous séparer. Soudain j'ai lu dans les yeux de mon amante le reflet d'une énorme tristesse et ses lèvres ont ébauché une moue résignée.

« Je vais souffrir. »

J'étais sûr qu'elle allait dire cela, ou quelque chose d'approchant. Elle avait eu Greg au téléphone alors que je sortais de la chambre. Je savais qu'un mot la hantait, un vilain mot que désormais nous aurions aux trousses : l'adultère. Le lit défait, l'amant qui s'éclipse, le mari au téléphone, un « *yeah* » plus affectueux que nature : c'était le scénario banal de l'adultère, depuis que les femmes trompent leur mari et qu'on en fait des drames ou des comédies. Tromper : autre mot de mauvais aloi, avec dans son sillage le cocu de boulevard dont on ricane, forcément.

Un sourire pour effacer cette mocheté.

« On inventera pour que ce soit... différent. »

On a inventé, avec des fortunes inégales. L'amour s'est installé dans ma vie ; sa souveraineté a été si brutale, si totale, qu'au début j'ai failli démissionner pour m'y consacrer exclusivement. Nous allions nous enfuir ensemble, loin de tout, aux tréfonds de l'Italie ou de l'Espagne. Pas tout de suite mais bientôt, quand Patrick serait sauvé. La séparation de fait qui nous était imposée n'aurait qu'un temps. Marleen divorcerait, l'idée ne lui faisait pas peur. L'idée. En attendant il fallait que rien ne nous trahisse, Greg ne méritait pas d'être bafoué.

Londres dès lors est devenu le rivage clandestin où j'allais accoster entre deux missions, avec de brèves escales à Paris. Souvent un taxi m'emmenait directement de Roissy à la gare du Nord. Je prenais le premier Eurostar en partance. J'ai fini par m'abonner et tous les employés me connaissaient de vue, y compris les policiers qui contrôlent les passeports en haut de l'escalier. À la gare d'Ashford, où le train s'arrête deux minutes, je fumais une cigarette, un pied sur le quai, un autre sur le marchepied, en bavardant s'il était de service avec un steward roux originaire de Laroquebrou, Cantal.

Waterloo. Le cab traversait la Tamise, longeait Westminster, contournait le palais de Buckingham, dépassait Harrod's puis Saint Paul and Mary, l'église catholique où Marleen voulait toujours entrer après nos visites au Victoria and Albert Museum.

Queen's Gate. L'hôtel était cosy à souhait, avec des chambres minuscules tapissées de boiseries en acajou et toujours surchauffées. Il présentait l'avantage d'être en lisière de Chelsea, Marleen pouvait venir à pied. Lexo me l'avait conseillé. Quel usage avait-il pu en faire ? Ce n'était pas le genre d'hôtel qu'il fréquentait.

J'appelais Marleen sur son portable. S'il était éteint, je laissais un message. Je m'arrangeais pour arriver avant le soir, afin qu'elle puisse me rejoindre. En entendant la sonnerie, mon cœur battait toutes les chamades. « J'arrive. »

Je descendais l'attendre dans le salon, derrière la réception. Tous les grooms me connaissaient — un

Portugais, un Marocain, un très jeune Français blond, une Jamaïcaine qui arborait en permanence un sourire enjôleur. Tous savaient. Tous étaient nos complices.

Marleen poussait la porte tournante. Enfin. Elle était toujours en retard, elle avait toujours l'air de fuir son ombre et elle me disait toujours « *sorry* » avant de poursuivre en français. Baiser sur le front. Elle se laissait choir dans un fauteuil, devant le simulacre de feu de bois dans la cheminée. Elle commandait un thé. Les mots qui nous venaient à l'esprit pour meubler notre impatience étaient malhabiles. Elle me demandait si tout allait bien dans mon travail, je répondais que oui. Elle feignait de s'offusquer si la Jamaïcaine me souriait. « Regarde-moi. Pas elle. Sinon je fais un scandale. Chéri, c'était si long. »

Elle se retournait chaque fois qu'un client approchait de la réception. Elle versait dans sa tasse un sachet de saccharine et lampait son thé avec lenteur pour faire durer l'attente. Enfin nous prenions l'ascenseur. Ses lèvres. Nos mains. Ses collants pâles. Une fois, l'ascenseur est redescendu et Marleen toute rougissante tirait en hâte sur sa robe.

Nous passions les bornes de l'impudeur. Loin. Lentement. Avec une tendresse éplorée, une extrême douceur où la brutalité avait sa part. Très vite nos corps avaient trouvé leurs marques, nous modulions à peine sur un scénario qui allait de soi. L'amour allait de soi. Très loin. Nous n'en revenions pas. Après ? Une cigarette pour deux. Marleen fredonnait un air de Purcell ou de Palestrina. J'écoutais dans le noir. Elle me disait qu'il fallait protéger notre bonheur. J'en déduisais qu'elle avait peur de le perdre, ou de le corrompre, et cette peur me gagnait ; je me doutais qu'à la longue notre innocence risquerait la noyade, elle avait un mari et de la morale en surabondance.

Impossible de passer une nuit ensemble — et les voyages d'études où nous pourrions nous retrouver seraient rares. Nous marchions dans Londres, allions voir à Hampstead la maison de Keats, celle où Freud a passé la dernière année de son existence, juste avant la déclaration de guerre. Marleen fronçait les sourcils en regardant les statuettes égyptiennes.

« Tu crois à la psychanalyse ?

— Un peu.

— Moi, ça me fait peur. Il ne faut pas trop... touiller la marmite. On dit bien : touiller ? C'est malsain. »

Nous visitions les musées et plusieurs fois le Victoria and Albert où trois pièces du rez-de-chaussée sont vouées au baroque français. Marleen commentait, je m'instruisais. Elle m'avait offert les premiers albums de sa collection, désormais je distinguais le baroque espagnol du portugais, le bavarois de l'autrichien, le mexicain du brésilien. Un jour nous irions au Brésil, elle en rêvait, le baroque des églises de Bahia avait atteint des paroxysmes inouïs. Nous irions au bout de tous les Sud, Londres décidément était trop exiguë, trop pluvieuse, cette ville du Nord nous emprisonnait.

Nos balades étaient hachées par les appels sur son portable. C'était Greg, ou Mary, ou Patrick. C'était toujours à Patrick qu'elle pensait quand le portable sonnait, son visage s'assombrissait, elle s'éloignait, et si Patrick allait mal, il fallait qu'elle rentre. De toute façon elle devait rentrer le soir, non sans avoir justifié ses absences, car normalement, soit elle travaillait à domicile, soit elle était à Islington dans la maison d'édition de Cliff Morgan. Je l'attendais à l'hôtel. Je l'attendais souvent, en pure perte s'il fallait récupérer Patrick dans un commissariat ou aux urgences d'un hôpital.

Je marchais dans Chelsea en évitant les abords de sa maison et mes pas me rapprochaient de l'église Thomas More. Je poussais la porte, la pénombre me happait ; je me sentais chez moi, autant qu'à Redenac. Chez nous. La lampe rouge du saint sacrement me rappelait celle de l'église de mon village, dont on voyait le reflet depuis la place, derrière un vitrail bleuâtre. Des souvenirs affluaient dans un halo d'où émergeait le visage de Marleen, comme si une alchimie miraculeuse subvertissait les scènes de mon enfance pour y installer partout la femme de ma vie.

Je ressortais, longeais la Tamise jusqu'à la Tate Gallery où j'admirais les dernières toiles de Turner qui selon Vladimir préfiguraient ce que l'art moderne avait produit de moins périssable. Surtout ces bateaux en perdition dans un orage. Je prenais un cab et retrouvais Marleen dans un bistrot de Montebello Road où elle ne risquait pas de tomber sur une connaissance, encore moins sur Greg qui ne se hasardait pas dans ce genre de quartier.

Cliff aurait pu nous couvrir si nous l'avions mis dans la confidence. Marleen n'a pas voulu. Cliff exerçait sur elle une certaine influence. Plus exactement, ses réflexes de gauche et le catholicisme de Marleen trouvaient parfois des points de convergence. Le parti des pauvres était toujours le bon et, quand Raoul nous conviait dans un palace ou un restaurant de luxe, elle s'arrangeait pour relever le fait que nous étions des privilégiés. Sans hargne, encore qu'avec une certaine insistance. Sa culpabilité la mettait en porte-à-faux et Lexo la traitait gentiment de « gaucho », car elle soutenait la cause des immigrés clandestins en Europe, des rebelles de Marcos au Mexique, des catholiques chinois, et elle avait pour les « altermondialistes » des indulgences plénières. Le soir où j'étais rentré de Davos, elle avait pu me téléphoner longuement rue de Brissac, car Greg avait un dîner. Le capitalisme mondialisé et le consumérisme qu'il impulsait allaient incendier la planète. « Ce n'est pas notre monde, chéri. Ce n'est rien de ce que nous aimons. Ne sois pas de leur bord. »

Je n'étais d'aucun bord mais je savais qu'au fond, elle avait raison.

Greg se déplaçait assez souvent à Bruxelles ou à Francfort, pour la journée. Alors, nous pouvions fuguer en train, à condition d'être rentrés le soir.

Marleen prétextait un travail de documentation dans une bibliothèque et me rejoignait à Paddington ou à Charing Cross.

Nous sommes allés à Cambridge où Marleen a passé une partie de son enfance. Elle m'a montré la maison, en lisière de la ville, près de la rivière ; le collège où son père enseignait, la petite école où elle allait à pied, en uniforme bleu marine. On ne peut pas être « moderne », me disais-je, quand on a grandi dans ce décor gothique qui semble reconstitué pour les besoins d'un film. J'étais ému ; en même temps une irritation me gagnait, car Greg aussi avait vécu à Cambridge, comme écolier puis comme étudiant. D'où une scène pénible devant l'enclos où habitaient ses parents. Premier accès d'une jalousie qui promettait d'autres affres. Elle avait couvé à mon insu, elle explosait soudain en vindicte fielleuse et pour la première fois, dans le train du retour, le visage de Marleen s'était couvert de larmes. « Pardon, chéri, j'ai été... maladroite. »

Nous sommes allés à Stratford et j'avais lu *La Tempête* dans le train. Mais au retour Marleen commit l'imprudence de me dire que cette pièce était la préférée de Greg. « Je me fous des goûts de Greg. Je me fous de Greg, je ne veux plus entendre parler de ce type ! »

Nouvelle scène. Elles devinrent nombreuses. Marleen pleurait, je n'étais pas fier de moi. Nous allions droit à l'échec, et nous nous sentions impuissants : le simple mot « Greg » me faisait grincer des dents.

Nous sommes allés à Oxford où Marleen a débuté ses études. Quels professeurs ? Quels copains ? Je voulais tout savoir de sa vie, avant. Tout posséder, pour tout néantiser. Je voulais l'entendre me dire qu'avant, sa vie n'était qu'un désert sans oasis. Une fille sage qui m'attendait. Une fleur dont les pétales ne s'étaient pas encore ouverts. Oxford, ça collait. Juste un flirt, pas d'amis.

Nous sommes allés à Bath et Marleen m'a fait découvrir Jane Austen dont les romans sont situés dans les parages. Je n'avais rien lu d'elle ; pour moi, Bath était une bonne équipe de rugby. J'acceptais que Marleen m'introduise dans son univers, à condition que Greg en soit exclu. Greg, Cliff et n'importe qui d'autre. Ma jalousie était féroce, et elle me piégeait d'autant plus que j'ignorais à quelles sources elle s'abreuvait. Personne n'aime être largué, mais quand seul l'orgueil est en jeu, ça griffe un peu et ça cicatrise vite. Je n'ai pas souffert lorsque Lise m'a annoncé, un soir, à Trouville, qu'elle me plaquait pour un autre. Juste le sentiment d'être ridicule : elle me trompait depuis des mois, je n'avais rien vu venir. Tandis que le seul fait d'imaginer Marleen, chez elle, avec Greg osant un geste affectueux m'inspirait des envies de crime ou d'incendie.

J'ai détesté d'emblée ses deux amies Sarah et Burney. J'ai tout fait pour que leurs relations se distendent, je les débinais avec une mauvaise foi frénétique, sans les connaître et pour cause ; le peu que Marleen me disait d'elles suffisait à alimenter ma haine. Sarah aimait la planche à voile ? Goût de plouc. Burney était mariée à un publicitaire ? Ça prouvait sa bêtise, les pubards ne valaient rien.

Jane Austen, pas de problème : elle a rêvé l'amour et elle est morte vierge dans une petite maison de Winchester où Greg n'avait jamais mis les pieds. L'amour, nous l'avons fait à Bath, sans préméditation, au plus épais d'un bosquet en demi-lune de la Royal Crescent. Baroque, si l'on veut. La crainte d'être surpris avait pimenté nos déhanchements. Des gens marchaient à trois mètres de nous ; en entendant leurs voix je me revoyais à Redenac, dans un pré en bordure de la route, avec Marleen au lieu de Claire et, depuis, j'ai désiré que nous y allions un jour, elle et moi, il me paraissait nécessaire de l'installer dans mon propre passé pour le parachever. Comme si Claire et les autres n'avaient été que les ébauches de Marleen. Comme si mes émotions, mes ferveurs, mes coups de blues juvéniles n'avaient été que les symptômes de l'attente de Marleen. Ainsi légitimais-je ma jalousie : je veux l'abolition de ton passé puisque le mien n'aura été qu'un jeu de miroirs, ordonné par ton absence.

Nous sommes allés à Winchester, un jour de pluie et de brouillard. J'ai aimé cette petite ville, c'est presque un jouet, elle fleure la très vieille histoire d'Angleterre. Les restes de Jane Austen reposent sous une dalle, dans la cathédrale. Nous avons assisté à un office avant de nous repaître de sandwichs dans un pub, puis de longer l'enceinte d'une abbaye en ruine. Si nous devions vivre ensemble, ce pourrait être ici. Des jours s'écouleraient, des années. Loin du monde. Aussi loin qu'à Redenac. La pluie battrait les carreaux d'un *home* qui serait minuscule, les mânes de Jane Austen nous protégeraient, Scarlatti éterniserait notre bonheur.

Un train nous ramenait à Londres. Tristes retours, car il fallait se dire adieu devant la station de taxis. Un cab me reconduisait à l'hôtel, un autre à Waterloo, et heureusement il y a des trains pour Paris toutes les heures, car à Queen's Gate j'étais trop près du quartier de Marleen, son absence aurait pesé trop lourd — et à Paris ma solitude avait au moins l'exutoire de la musique.

21

J'ai poussé les volets. Un soleil doré de Genèse se levait derrière les crêtes. Des vaches rouges paissaient dans le pré qui descend vers le bois de bouleaux, des oiseaux chantaient dans le cerisier. Ciel limpide, lointains embrumés.

Était-ce le premier été ? Le second ? J'ai vu Vladimir assis sur une murette de pierre, au bord du chemin. Je suis allé le rejoindre. Il avait disposé ses crayons, ses pinceaux, ses couleurs. De l'endroit où il s'était installé on voyait la maison, la grange, l'ancien fournil, le marronnier, et derrière une rangée de sapins apparaissait un morceau du clocher.

Le visage de Vladimir était serein. Une lueur presque gaie dansait dans sa prunelle. Personne n'aurait cru qu'il avait bu énormément la veille et s'était couché à deux heures du matin.

« Ton pays me plaît. Austère, mais pas tragique. »

Beaucoup d'accent slave sur le mot « tragique ». Il avait raison, Redenac peut être triste sous le vent et la pluie, on n'y bute jamais sur le sentiment de l'irrémédiable. Peut-être parce que les noces du schiste et du granit ont produit une architecture qui semble défier le temps.

Il roulait une cigarette dans sa boîte de métal. Je l'ai laissé peindre, j'ai préparé du café après avoir mis Mozart sur le lecteur. Concerto n° 9. Cette musique aussi récusait le tragique. Plus exactement, elle l'incorporait au bonheur.

Mon frère André était arrivé avec Margot, sa compagne depuis deux ans, j'avais vu la voiture devant sa maison en arrivant au milieu de la nuit. Je suis monté les saluer. Margot était appétissante dans son jeans moulant, elle ressemblait à Hélène et paraissait comme elle s'offrir au bonheur, sans lui demander la lune. Je me suis dit qu'André risquait de se faire piéger. Elle a tout juste quarante ans, elle voudrait qu'il lui fasse un enfant. Elle voudrait aussi se faire épouser, ça va avec. Histoire classique des temps modernes. Son premier mari ne voulait pas être père et ensuite, elle a souvent changé de mec. Je crois qu'ils ont envie de faire une fin, chacun pour des raisons différentes : André est fatigué et Margot aspire à poser son baluchon.

« Vous prenez des vacances ?

— Margot, oui. Pour moi, vacances à perpétuité.

— Chômage ?

— On appelle ça préretraite, mais ça revient au même. J'ai décidé de m'installer ici. Margot me rejoindra les week-ends. »

Elle travaille à Vichy dans une agence immobilière. Ainsi mon frère, qui a traîné son barda depuis l'âge de dix-huit ans aux quatre coins de l'Hexagone, avec une escale de trois ans aux Antilles, revenait au terrier comme font les animaux blessés, malades ou trop vieux pour chasser. Son divorce lui avait mis des plombs dans l'aile, il se remettait péniblement de son cancer de l'intestin et il était trop vieux pour trouver un emploi. J'étais heureux d'apprendre que désormais la propriété de famille ne serait plus abandonnée.

« Les enfants ?

— Marion attend un deuxième bébé. Ils sont toujours à Bruxelles. Jérôme a trouvé un nouveau job à Paris.

— Ils viendront cet été ?

— Seulement Marion, son mari et Augustin. Jérôme passera en coup de vent, comme d'habitude.

— Je vais faire préparer les chambres. »

La logique aurait voulu qu'André ait hérité de la maison principale, et moi de celle du métayer puisqu'il avait une femme et des enfants. Mais, quand nos parents ont décidé le partage, j'étais déjà fonctionnaire et André ramait entre deux boulots précaires. Il n'a pas voulu poursuivre des études après son bac, il avait des envies de vadrouille et des projets mirobolants. Il était plus rebelle que moi, aussi instable, sans doute plus aventureux. Il aurait voulu que sa vie eût un Sens, avec une majuscule, qu'elle fût glorieuse ou exemplaire. Il se voyait tantôt en moine, tantôt en légionnaire ; il a rémunéré un rêve d'enfant en tenant ce bar aux Saintes. Je nous revois, sous la tonnelle, chimériser sur notre abordage des îles, aussitôt que nous serions bacheliers. Car ces rêves étaient aussi les miens ; j'ai dû l'influencer sans m'en apercevoir.

Un mariage hâtif lui a scié les pattes. Sabine, son épouse, n'était pas faite pour un type comme lui qui rêvait de déménager le jour même où il signait un bail locatif. Il l'a traînée comme un boulet. Aux Saintes, André couchait quand l'occasion se présentait, ça commençait à se dégrader, Sabine a voulu rentrer en France. Ils ont failli divorcer à leur retour mais il y avait les enfants. Ils ont eu des problèmes avec Jérôme, au moment de son adolescence. Sophie s'est aigrie. André s'est fait plumer par une fille plus rouée que lui. Plus jeune aussi. Il n'est pas roué du tout. Pas calculateur. Il voudrait que tout se passe bien autour de lui, un rien le meurtrit, un rien le décourage mais il s'en remet vite, son naturel le porte à l'optimisme. Il a exercé tous les métiers imaginables, gérant de casino, imprimeur, marchand de cycles, fabricant de confettis, représentant en aspirateurs et même figurant au Châtelet. Il a été presque riche, puis endetté jusqu'à la garde. Sans transition.

La vie nous a éloignés l'un de l'autre. J'étais en poste à l'étranger, il habitait Cannes, Bordeaux, Saint-Omer, Cavaillon. Nous nous retrouvions à Redenac, mais Sabine ne s'y plaisait pas, elle préférait la mer, et après la mort de nos parents, ils ont presque cessé de venir pendant des années. Je suis sûr qu'en le traînant à Hossegor, à La Baule ou à Antibes, selon l'état de leurs finances, Sabine a scellé son sort. André aime les étés à Redenac, les apéros chez les originaires qui ont comme nous passé leurs grandes vacances chez une grand-mère veuve de 14-18, dans des maisons dont les volets sont clos onze mois sur douze. La mienne, la sienne, celle de Claire. Celle de la famille d'Hélène et celle aussi des Lavergne. Certaines ont été vendues à des Anglais ou à des Hollandais. Ceux qui ont pu les garder les retapent et les équipent du chauffage central. Presque tous nos copains d'enfance sont à la retraite, ou s'en approchent ; plusieurs ont décidé comme André de vivre ici, au moins six mois par an.

Vladimir nous a rejoints. Il n'a pas voulu me dévoiler ce qu'il avait peint. « Il faut que je retouche. » Margot nous a invités à déjeuner. André a voulu lui montrer les albums de photos que notre mère avait tenus soigneusement à jour, avec les lieux et les dates inscrits à l'encre bleue en dessous de chaque cliché. André et moi enfants, puis adolescents, à Redenac, à Gurcy, à Contis au bord de l'océan où nous étions allés un été dans la Frégate paternelle. Frégate ou Versailles ? Une photo avec nos parents et Léontine qui tenait André par la main devant le château de Tracy. André devait avoir moins de deux ans, c'était donc avant ma naissance. Margot trouvait qu'André ressemble plutôt à notre père, moi à notre mère et surtout à Léopold, le grand-père de Bitola. Nous avons effeuillé aussi des albums qui remontent plus loin dans le temps mais, ces ascendants, nous ne savions pas qui ils étaient. Le moustachu un uniforme, était-ce celui du siège de Sébastopol ? La religieuse en cornette, quel lien de parenté ? Un lien.

Nous devions être à Paris le soir. D'habitude, je fermais la maison en partant et je laissais la clef chez la voisine. C'était une joie de la confier à André et de savoir que Marion et son mari allaient s'y installer avec Augustin et le futur bébé. Marion et Jérôme séjournent toujours chez moi, la maison est vaste alors que celle de l'ancien métayer n'a que deux chambres. André a fait aménager le grenier en chambres mansardées, mais, lorsqu'ils ont commencé à amener copains et copines, ses enfants ont préféré la maison de leur oncle, ils s'y sentaient plus libres. D'ailleurs, j'étais rarement là.

22

L'autoroute A 20 traverse les Causses, le Limousin, le Berry, la Sologne et la Beauce. Vladimir s'extasiait sur les paysages. « Vous avez de la chance. Des coins si divers, un pays si uni. Et le passé qui affleure. On dirait qu'il n'y a jamais eu de guerre. » Il ouvrait sa boîte, sortait le tabac de son paquet, roulait deux cigarettes, une pour moi, une pour lui. « Dans mon village, tout a été détruit, la maison la plus ancienne remonte au début du XXe siècle. »

Nous venions de passer plusieurs jours dans un périmètre de cent kilomètres. D'abord chez Hervé, puis chez les Beysserat et enfin chez Marleen et Greg. La bande était presque au complet, il manquait juste les Burton qui n'avaient pas les moyens de venir très souvent en France. Jonas et Vladimir n'étaient guère plus argentés, mais Raoul les embarquait dans son jet et réglait toutes les notes.

Il avait concocté ce long week-end, en le qualifiant de « retour aux racines ». Au départ, il n'avait été question que d'une soirée dans la chartreuse des Beysserat, pour y écouter une jeune pianiste, protégée de Victor. Greg avait proposé que nous nous retrouvions le lendemain chez lui. Marleen se demandait s'il fallait s'en réjouir : nous serions ensemble, certes, mais nous en étions à ce point où ma jalousie suintait en permanence, elle me sentait à cran. « Ne crains rien, chéri, je suis à toi. » Oui, elle était à moi, mais nous serions chez eux.

Hervé étant en congé, il fut convenu que le séjour s'achèverait dans la propriété de son père, l'ancien ministre, qui y séjournait une partie de l'année depuis la mort de son épouse.

La maison des Beysserat est un ancien couvent de religieux, planté à mi-pente d'un vallon au creux duquel serpente un ruisseau. Des rayonnages de livres et des photos d'écrivains tapissaient les murs du salon. Il y avait aussi une aquarelle de Vladimir franchement abstraite — des gris hivernaux, une tache de bleu — et une lithographie d'Olivier Debré, derrière le piano à queue crème, où flamboyait un rouge qui n'avait rien de sanglant.

Victor vivait en littérature et en musique, comme d'autres en religion. Tout son argent passait en soirées qu'il organisait, autour d'un pianiste ou d'un orchestre de chambre. Il pouvait héberger pendant quinze jours un écrivain qui lui avait plu et passer avec lui quinze nuits en palabres devant un flacon de prune de Souillac. Jonas lui-même s'étonnait qu'il ait autant lu, et avec autant de discernement. Victor avait mis à distance un monde qu'il trouvait bruyant et insipide. Pas snob, pas affecté, bon buveur, bon soupeur, ami sûr. Juste une propension au paradoxe qui venait de ses fréquentations littéraires. On ne savait pas trop s'il était anar ou réac. Les deux. On ne savait pas non plus comment il s'y était pris pour surmonter un drame : le suicide de son père alors qu'il finissait ses études à Clermont-Ferrand. D'après Raoul, sa mère avait une réputation sulfureuse, des amants véreux, des dettes chez tous les commerçants et peu d'affection pour son fils. Ça doit laisser des traces. On ne les décelait pas. Sans doute avait-il choisi de vivre en retrait, dans un univers de mots et de sonorités, pour mieux les effacer. Toujours d'après Raoul, Victor était, au lycée d'Aurillac, le plus ambitieux du trio. Jusqu'à son échec au concours du Conservatoire, il s'était projeté l'avenir fastueux d'un Richter ou d'un Ciccolini. Ayant bifurqué à son cœur défendant vers la médecine, il avait envisagé de monter à Paris, nanti d'un diplôme de spécialiste, et de devenir un de ces mandarins qui parfois atterrissent à l'Académie.

La pianiste était brune, tchèque, filiforme, et nous a joué du Bach. Le regard de Marleen croisait le mien. Infimes battements de cils. Je revois les épaules nues et très pâles de la pianiste, sa robe noire, les yeux de Marleen, le rouge printanier du tableau de Debré. Je revois Hervé, tard dans la soirée, draguant sans vergogne cette pianiste qui avait dénoué ses cheveux et riait aux éclats. Hervé avait beau se décréter amoureux, il n'a jamais pu résister à la promesse d'une chair féminine et il a dormi chez les Beysserat, dans la chambre de la Tchèque. Ce qui ne l'avait pas empêché de tourner autour d'Hélène en lui disant qu'elle était son idéal féminin. Il disait cela devant Victor, c'était devenu un rite, mais chaque fois que nous avons été seul à seul, Hervé et moi, il m'a raconté un épisode de ses amours tronquées avec Hélène, et son sourire était embué de nostalgie. Victor ne prenait pas ses épanchements au sérieux. Hélène, je ne sais pas ; ça devait éveiller des réminiscences, elle aimait bien les souvenirs de jeunesse, les siens, les nôtres.

Les sentiments ont des sautes bizarres. Ma jalousie, qui ne concernait que Marleen, se déportait sur Hélène : je n'aimais pas voir Hervé lui témoigner son affection, je le prenais comme une offense ; Hélène était devenue une sorte de supplétif de Marleen ; ce que m'inspirait mon amante rejaillissait sur elle en effluves de tendresse et il me semble avoir rêvé de les étreindre toutes les deux, dans le même élan, un bras, une épaule pour chacune.

Retour à Redenac, dans la nuit, sous la pluie, avec Vladimir que j'hébergeais, et le souci de contourner les hérissons qui ont du mal à survivre sous le règne de l'automobile. Les crapauds s'en tirent à peine mieux. Enfant, j'avais une tendresse particulière pour les crapauds qui après la pluie sortaient des haies en produisant un concert de coassements. André préférait les hérissons, il apprivoisait les jeunes en leur apportant des morceaux de viande derrière la tonnelle.

Une autre route, toujours la pluie. Des chasseurs

coiffés de casquettes orange embusqués aux carrefours. Des villages engourdis qui se prolongeaient en lotissements anarchiques. La propriété des Lavergne sur une colline d'où se déployait un paysage plus apprivoisé que celui de Redenac, avec, sur la ligne d'horizon, le moutonnement sombre d'un plateau. Juste avant d'entrer dans le parc j'ai failli occire un chevreuil que mes phares aveuglaient.

Le père d'Hervé nous a servi un sauternes onctueux en nous racontant, avec l'accent, les dessous de la signature du traité de Rome. Il était aux affaires à l'époque. J'aimais l'entendre débiter des tranches d'histoire savoureuses, ses gasconnades et son foie gras faisaient la paire, c'était la France que nous aimions. La France et l'Europe, car Greg avait évoqué l'épisode le plus douloureux de sa carrière de diplomate : à Versailles où il accompagnait Macmillan le jour où de Gaulle avait refusé l'entrée de la Grande-Bretagne dans le Marché commun. Lexo s'en souvenait, il était à Londres à l'époque. Enfin, entre Londres et New York.

Victor et Jonas ne se quittaient pas. Ils ont parlé de cet Égyptien reclus dans un hôtel proche de l'Odéon, que publiait Borović. Puis d'un écrivain belge, peintre de surcroît, ami de Victor, qui s'était établi à Arbois et commençait à sortir de l'anonymat. « Un aquarelliste merveilleux, disait Victor. Du Chardonne mâtiné de Blondin. » Je n'avais pas lu ces auteurs. Évidemment, Lexo avait connu ce Blondin qui semblait jouir d'une légende ; il nous a raconté des anecdotes dont il ressortait que cet écrivain était bègue, alcoolique, désespéré, beau comme un dieu païen, féru de sport et plus doué qu'aucun autre pour transmuer en or poétique les mots de tous les jours, les sentiments de toutes les saisons.

Raoul prétendait avoir lui aussi rencontré Blondin, à Twickenham, à l'occasion du match qui chaque hiver oppose Oxford à Cambridge, avec Nimier et Jardin. C'était peut-être vrai, peut-être pas. Il se déplaçait d'un groupe à l'autre, son verre à la main, titubant quelque peu, comme à la recherche d'un rôle. Nous étions ensemble grâce à lui, mais si la bande avait une âme, elle ne lui devait presque rien. En avait-il conscience ? En souffrait-il un peu, beaucoup, pas du tout ? La modestie qu'il affectait n'était pas très convaincante.

Le père d'Hervé n'était pas insensible aux atours de Sybille. Il l'avait invitée à dîner en tête à tête à Paris, elle avait accepté. Depuis, ils ont récidivé deux ou trois fois, au Voltaire qui est le restaurant préféré de Jacques Lavergne. C'était devenu une plaisanterie courante, dans la bande, de demander à Sybille des nouvelles de son vieux fiancé.

Carla recommençait à boire et à fumer, mais elle avait l'air presque détendue. Presque : j'avais surpris un aparté avec Hélène, sur un chemin où nous prenions le frais entre deux averses ; elle confiait que sa vie partait en lambeaux et se plaignait de l'égocentrisme de Raoul. « Je le quitterai. Il ne s'en apercevra même pas. »

Raoul nous avait montré la maison de sa famille paternelle, dans un village gris en surplomb d'une gorge, dominé par un clocher à peigne, qui faisait penser à une capitainerie abandonnée. La pluie s'était remise à tomber. La maison ne payait pas de mine : étroite avec un toit de lauzes qui s'affaissait. « La boutique de mon grand-père était en bas, je crois respirer l'odeur des copeaux. En haut, il y avait la pièce où l'on mangeait, où l'on jouait, où mes grands-parents dormaient, et une chambre que je partageais avec mes cousins. » Ses souvenirs de vacances étaient là, chez une grand-mère vêtue de noir comme les miennes, comme celles d'Hélène, de Victor et d'Hervé, nous avions cela en partage. En ces temps-là les chars étaient tirés par deux vaches attachées au joug, et au terme des fenaisons on installait une batteuse dans la grange, tout le village s'y mettait. Les senteurs du foin séché, les lézards qui zigzaguaient sur les murettes et quelquefois s'insinuaient dans la maison, le chant nocturne des grillons et le vol à basse altitude des chauves-souris — tout cela participait d'une magie indissociable des bouillottes sous les draps râpeux, des fontaines dont on tournait la manivelle pour remplir des seaux, et même des toilettes de bois au fond du jardin où l'on risquait de se faire piquer par les guêpes. En ces temps-là les femmes du pays allaient savonner leur linge au lavoir public, les hommes se rendaient à la foire en moto Perrot, des essaims de loupiots piaillaient sous le préau et, quand survenait une angine, le vieux toubib me badigeonnait la gorge au bleu de méthylène. À l'occasion il prescrivait des ventouses. L'épouse du boulanger venait me les poser sur le dos, elle tenait selon les nécessités les rôles d'infirmière, de sage-femme, un peu d'exorciste — et elle habillait les morts. En ces temps-là — des siècles ? des millénaires ? —, il y avait au presbytère un curé à demeure, un instituteur logé dans l'école et ils se tiraient en patois occitan des bourres d'anthologie.

Après la mort de cette grand-mère la maison avait été vendue, par suite de dissensions entre son père et sa tante. Raoul s'était senti dépossédé. Ainsi justifiait-il sa période tropézienne, puis l'achat de la villa de Biarritz. Ça ne cadrait pas vraiment avec les confidences qu'il m'avait faites à New York ; c'était encore un autre Raoul, pas moins sincère, tout aussi abusé sur lui-même.

Nous avions pris un café dans le bistrot en face de l'église et les indigènes attablés au comptoir devant des rouges limés nous dévisageaient avec une curiosité mêlée de suspicion. Raoul n'osait pas leur dire qui il était. Je ressentais un malaise, connaissant trop les gens du pays pour ne pas percevoir l'incongruité de notre intrusion. La voiture noire de Raoul et celles que nous avions louées occupaient toute la place du village, ça ressemblait à un cortège d'officiels un jour de comice cantonal. J'avais l'impression de donner mon terroir en spectacle, de le trahir, de l'humilier. Marleen était gênée. « Nous descendons de nos carrosses pour regarder les manants. On dit bien manants ? C'est choquant. À leur place je sortirais mon fusil. Partons. »

Hervé ressentait le même malaise. Nous nous découvrions des longueurs d'onde communes et, à dater de ce séjour, une connivence particulière nous a rapprochés, nous procédions de la même souche. Je préférais la propriété des Lavergne dont la maison de maître ne remonte qu'au début du XIXe siècle aux demeures des Beysserat ou des Perkins. Elles étaient plus élégantes et mieux aménagées, mais il s'agissait en somme de monuments historiques, on y sentait la patte de l'architecte et la traque des antiquaires. Tandis que chez les Lavergne, comme à Redenac, le cortège des générations avait ajouté un appentis derrière la souillarde, reconverti une grange en dortoirs pour les jeunes, empilé dans l'ancienne cuisine le buffet Henri II rituel, la batterie de casseroles en étain, un Gaveau noir hors de combat avec son tapis de velours empoussiéré.

Les meubles des chambres étaient aussi disparates que les nôtres. Dans celle qu'on m'avait attribuée, des chromos côtoyaient des photographies d'ancêtres — faux cols, bacchantes —, et une Vierge en plâtre peinte en bleu ciel dans un globe de verre. Je retrouvais le bric-à-brac des pièces de Redenac. Rien à voir avec la cacophonie de l'appartement de Paolo, à Rome : dans nos baraques, les dissonances se fondent en une harmonie paradoxale ; les mauvais goûts de nos ancêtres se neutralisent, leurs mânes se côtoient, il y a de l'âme sur les papiers peints à fleurs. Il y en a même sur les toiles d'araignées aux angles des plafonds qui révulsaient Lise, mon ancienne épouse.

Hervé m'avait montré une friche derrière la grange où il voulait planter des hêtres. Comme nous à Redenac, les Lavergne possèdent des bois dont les parcelles sont disséminées sur la commune. Je ne situe les nôtres qu'approximativement, nous ne les entretenons pas, ce sont surtout des taillis où à l'automne nous allions chercher des cêpes et des girolles sous la mousse. Mais, enfant, il me plaisait de croire qu'on pourrait y survivre si les temps redevenaient préhistoriques ; il m'en est resté la certitude apaisante qu'avec les maisons et les quelques herbages, André et moi étions parés, quoi qu'il advienne.

Chaussé de bottes et coiffé d'une casquette, Hervé ne ressemblait plus à un diplomate. Il avait enfilé une antique canadienne où manquait la moitié des boutons. « Mon grand-père la portait pour aller à la chasse. Je te parle de mon grand-père maternel, celui qui a perdu un bras et gagné une Légion d'honneur à Verdun. » Comme chez nous, il y avait Verdun dans l'histoire familiale des Lavergne. Comme chez nous, les femmes étaient vertueuses et catholiques à outrance, les hommes plutôt voltairiens et portés sur le cotillon. Et comme chez nous un ancêtre des Lavergne avait fait le siège de Sébastopol.

L'esprit des lieux aura conféré à ce week-end une tonalité singulière, à laquelle les uns et les autres aimaient se référer. Le week-end des racines. La pluie y contribuait, elle embuait les sentiments, feutrait les agressivités, disposait aux confidences.

Nous avons joué au foot chez les Lavergne sur un verger détrempé, avec un ballon mal gonflé et des vieux chandails en guise de poteaux. Greg et Lexo se sont révélés les moins empotés. Raoul n'était pas maladroit mais il s'est foulé une cheville au bout d'un quart d'heure, et Jonas, encombré de sa longue carcasse, a ramassé un gadin en glissant sur une taupinière. Dans les buts, Vladimir était franchement nul. Une recrudescence de la pluie a mis un terme au match. Hélène nous avait photographiés, elle trouvait que nous aurions pu figurer dans un film de Sautet. Un film sur des copains qui chercheraient ensemble les clefs de leur jeunesse, en sachant qu'elles sont introuvables.

Nous avons disputé des parties de belote chez les Beysserat et Raoul trichait. Il ne pouvait pas s'empêcher de tricher et ça lui faisait plaisir qu'on s'en aperçoive. Il voulait toujours que Greg soit son partenaire.

Nous avons joué aux fléchettes dans le couloir de la maison des Perkins, et Jonas, après avoir percé un rideau, a failli énucléer le père d'Hélène qui sortait d'une chambre en se demandant où il se trouvait. C'était un très vieil homme, atteint de la maladie d'Alzheimer, qui devait peser à peine quarante kilos. Il attendait la mort dans une maison spécialisée de Cahors, mais Hélène le récupérait de temps à autre, bien qu'il ne la reconnût plus. Elle se sentait coupable. Il n'y avait pas de quoi. Marleen aussi se sentait coupable de ne pas aller voir assez souvent sa mère qui vivait à Bristol en compagnie d'un caniche blanc et d'un serin jaune. Si on grattait un peu sous l'écorce des frivolités, on voyait suinter une culpabilité imprécise ; chacun croyait avoir des reproches à se faire, des loupés à déplorer, des tricheries avec le destin. Tricheries par omission, lâchetés, complaisances, tout ce cholestérol de l'égocentrisme, qui avec l'âge coagule autour de la conscience et parfois lui donne des haut-le-cœur.

Hervé a organisé un tournoi de ping-pong dans une ancienne étable à cochons reconvertie en salle de jeux. Lexo a battu Greg en finale, on devinait chez l'un et l'autre un passé de sportifs. Lexo participait encore à des régates et on croyait savoir que son handicap au golf n'était pas ridicule. Comment avait-il trouvé le temps d'apprendre à manier un voilier et des clubs ? Greg jouait encore au tennis à Londres. Le dimanche matin, un vent du nord avait poussé les nuages, il était allé taper des balles avec Victor sur un court couvert, dans la ville voisine, tandis que j'avais accompagné Marleen, Hélène et Carla à la messe. Seule Hélène avait communié. L'église n'était pas chauffée, j'avais froid aux pieds, mais j'étais heureux d'associer mes répons au murmure d'une douzaine de vieilles femmes. Après la messe, escale rituelle à la pâtisserie où Marleen avait commandé des brioches, comme ma mère jadis à Gurcy ou à Redenac, c'était un dimanche qui n'avait plus d'âge.

Pour la première fois, j'avais pu bavarder avec Carla, elle était moins sur sa réserve. Elle m'a confié — chez Hélène et Victor, en fin de soirée, devant un feu de bois — que Dora était amoureuse de Lexo, depuis trente ans. Un amour inguérissable. Ralph n'était qu'un compagnon d'infortune, Dora l'avait épousé en désespoir de cause, ayant compris que Lexo n'était pas un homme qu'une femme peut harponner. Leur liaison avait été brève — à Nassau où le second mari de Dora tenait un hôtel. Elle venait de perdre son unique fils, né d'un autre lit, dans des circonstances qu'elle ne souhaitait pas révéler. Un crime ? Un enlèvement ? Même Ralph n'était pas au courant, mais Carla prétendait que Lexo, lui, savait. « Le père de Dora était très impliqué dans la contre-guérilla anticastriste. Très riche aussi. On peut imaginer un rapt qui aurait mal tourné. Surtout, ne lui en parle jamais. Lexo a dû lui promettre de ne pas l'abandonner. Il est fidèle à sa façon. Il y a un pacte entre eux, il n'a jamais voulu en dire plus. »

Victor nous avait rejoints. Sa prunelle scintillait. Il a posé ses mains sur les épaules de Carla, ses lèvres sur son front. Il s'est tourné vers moi : « Carla, je l'aime... trop. C'est un personnage de Morand. » Marleen avait entendu.

« Et moi, je suis un personnage de qui ? »

Victor a souri, paru réfléchir.

« Toi ? Entre Virginia Woolf et Jane Austen. »

En l'entendant prononcer le nom de Jane Austen, Marleen n'a pas pu s'empêcher de tourner ses yeux vers moi, furtivement, et je nous revoyais à Winchester, sous la pluie, cherchant la maison où la romancière vierge avait fini ses jours.

Victor continuait à attribuer à chacun l'écrivain qui selon lui aurait pu l'introduire dans son univers. Lexo ? Un mixte de D'Annunzio et d'Ambler. Jonas ? Peut-être Graham Greene. Dora ? Somerset Maugham. Vladimir ? Cet écrivain belge qui vivait à Arbois. Sybille ? Nancy Mitford. Raoul ? Il a éclaté de rire. « Simenon, évidemment. » Le sens de cet « évidemment » nous échappait. Pour le percer j'ai lu dès mon retour plusieurs romans de Simenon et j'ai fini par y trouver des personnages trop riches pour n'être pas la proie d'un destin maléfique.

Au fil des heures, des confidences, des ivresses, les caractères se dévoilaient. Les sentiments aussi. Un peu. J'étais presque sûr que Carla et Lexo avaient été amants, il leur en restait un attachement particulier, tellement indestructible qu'un sourire lui suffisait. Carla fascinait Victor. Physiquement. Rien à voir avec ce qu'Hélène inspirait à Hervé. Moi, c'était bizarre : Marleen au cœur de mon désir mais à la périphérie j'avais pour Hélène des élans de gourmandise enfantine et à présent je savais pourquoi, elle ressemblait à la mère de Lise. Surtout de profil. En même temps un autre désir, plus mâle, lié sans doute à la transgression, enclenchait par intermittence des flashes érotiques avec Carla dans le rôle de la tentatrice. Et je crois qu'elle s'en rendait compte. C'était même plus compliqué, car en imaginant le corps nu de Carla je voyais celui de sa fille Graziella, indéniablement. Ces charivaris de la sensualité convergeaient vers Marleen ; mes yeux fuyaient les siens, j'évitais de la frôler tant j'aurais voulu l'étreindre sans sommation.

Le premier soir, Raoul s'était absenté à plusieurs reprises pour téléphoner. Nous savions qu'il envisageait le rachat d'une entreprise de publicité espagnole. Il avait conclu, ce succès le rendait euphorique, il lui fallait ça pour oublier qu'il n'avait plus rien dans le pays et que, dans le bistrot de son village, personne ne l'avait reconnu.

Moi, j'avais Marleen. Nos regards faisaient l'amour, clandestinement, et la nuit où nous étions chez elle, à la faveur d'une balade, nos mains s'étaient jointes, ses ongles m'avaient griffé la paume. J'évitais Greg bien qu'il me témoignât une cordialité sans réserve. Je recherchais plutôt la compagnie de Jonas qui n'était pas tout à fait sur le tempo des autres. Il n'avait pas de maison de famille. Pas ou plus. Il ne buvait pas. Il mangeait pour se nourrir, sans prêter la moindre attention à ce qu'on lui servait. Il n'était pas mélomane. La campagne lui faisait un peu peur. « Toute cette verdure. Ça ressemble au chaos originel. » Il se tournait vers moi, vers Raoul, vers Hervé, vers Victor. « Les amis, je me sens plus juif que nature. Et toi, Lexo ? » Lexo ajustait une Player's sur son fume-cigarette. « Juif, pas tellement. Je me suis cru cosmopolite. Je me sens de plus en plus européen. » Greg renchérissait. « Moi, complètement européen. »

Le débat sur la conscience européenne, c'était chez Hervé car son père y prenait part, ainsi que le député d'un département voisin, un énarque de la promotion qui avait succédé à la nôtre. Très parisien à la campagne avec son jeans moulant, ses Weston, son polo Ralph Lauren. C'était le genre de parlementaire qui consent à investir une circonscription de rase campagne parce qu'il faut une base électorale pour être ministre. Il l'avait été, un an ou deux. Il ne le serait plus jamais, car il approchait de la soixantaine et les dagues des quadragénaires s'impatientaient dans leurs fourreaux. Chacun son tour, et la roue tournait de plus en plus vite. Il n'aimait pas la province, pas le rugby, pas les agriculteurs, pas la gastronomie lourde ; sa vie, ses amis, ses ambitions, son épouse et sa maîtresse étaient à Paris. Il débinait le Président, le Premier ministre, tous les membres du gouvernement. Son aigreur nous agaçait tous : quand le hochet dépend du caprice du Prince, on ne devrait pas se plaindre s'il le refile à un autre. Heureusement, Hervé l'avait juste invité à prendre un verre, il tenait à rencontrer Raoul. On lui accordait peu de chances d'être réélu, il songeait déjà à se recaser et Venus était un point de chute envisageable.

Il reprochait à ses électeurs de n'être pas assez européens, et trop à gauche. Jacques Lavergne l'approuvait. Il était plutôt de gauche, sans abus, mais essentiellement européen, au point d'avoir refusé un portefeuille que de Gaulle lui proposait, après je ne sais quelle crise politique à Bruxelles.

Nous étions tous européens. Restait à savoir avec quoi rimait ce credo vague. Lexo a évoqué le cas de Ralph, dont la culture, les affinités électives, le style de vie n'avaient rien d'américain. « Il est plus proche d'un Larbaud ou d'un Zweig que d'un Hemingway ou d'un Miller. » Il y avait du vrai dans ce diagnostic, Ralph était des nôtres. « Il est plus européen que ce connard de MGM », avait dit Hervé, et Greg s'était risqué à une comparaison circonstanciée entre les États-Unis du temps présent et l'Europe en latence de l'époque mérovingienne. Un pays de barbares avec des havres de civilisation, les campus universitaires, comparables aux monastères où l'héritage de Jérusalem, d'Athènes et de Rome s'était transmis après la chute de l'Empire. « Soit, répliquait Lexo. Mais nous, on n'est pas des bénédictins. » Greg renchérissait : « Nous sommes des décadents. Pis : nous cumulons les décadences. Celle de Rome. Celle du Moyen Âge au moment de la guerre de Cent Ans et de la Peste noire. Celle des grandes monarchies au XVIIIe siècle. Celle de la bourgeoisie au siècle suivant. »

L'armagnac des Lavergne nous disposait à en convenir. Décadents nous étions, et en laissant affluer mes souvenirs de cette tranche de vie commune, je m'aperçois que le sentiment d'habiter un monde en perdition n'a cessé de prédominer. Aucune utopie dans le ciel des idées. La révolution d'Internet n'y avait pas allumé la moindre étoile. La volonté de puissance du capitalisme chinois. Les bombes des islamistes. Le bellicisme incohérent des

Américains. L'emprise de la télévision, l'essor des jeux vidéo, le poids des retraités. Le fric, le sexe et la technologie.

La question des « identités » était au sommaire de tous les médias et l'Europe cherchait désespérément ses « repères » — le mot revenait comme une antienne. Fragile, divisée, l'Europe était tétanisée par le pressentiment d'une menace que l'islam focalisait, mais la peur du monde à venir englobait l'Amérique, l'Inde, la Chine et les pays slaves, le capitalisme mondialisé et les effets des modes nouveaux de circulation de l'information, Internet, les portables, les blogs, ce prométhéisme incarné par les appétits féroces autant que puérils d'un MGM. Les « repères », qui allait les construire ? Selon quels critères les décréterait-on ?

La conscience d'être européen allait de soi quand j'étais à New York, à Riyad ou à Shanghai d'où précisément je revenais, ayant accompagné Raoul dans sa tournée annuelle des filiales asiatiques. Au retour nous avions fait escale à Manille, à la résidence de l'ambassadeur qui est un ami d'Hervé et à ce titre avait tenu à nous héberger. Un orage violent avait éclaté, une pluie tiède tombait sans relâche sur la verdure sombre qui cernait la pelouse et la piscine. Les réalités que nous décrivait cet ambassadeur, issu du corps d'Orient, nous paraissaient inquiétantes ; rien ne nous y affiliait en dépit des apparences et Raoul avait résumé ce que nous éprouvions. « Il faut vite faire l'Europe, sinon on va plonger. Vite et à n'importe quel prix. Une vraie Europe, militaire, diplomatique, fiscale, sociale. Avec un Président et une Assemblée élus le même jour, et tant pis si le Président nous parle en anglais. »

Était-ce l'orage ? Les hauts murs qui entouraient la résidence ? Nous nous sentions encerclés par une Asie tentaculaire et inamicale, et le propos de Raoul prenait la force de l'évidence. Là-bas, nous étions foncièrement européens. Mais l'« identité » est sujette aux miroirs déformants. Quand à Paris Raoul conviait des anciens internationaux de rugby ou des dirigeants de la Fédération, les accents fleuraient une Gascogne ou une Occitanie dont les saveurs composent en moi l'ébauche d'une patrie. À Londres je me sentais français ; à Amsterdam, à Francfort ou à Lausanne, latin ; et dans les Balkans j'étais un Occidental catholique. Mon pays le plus intime s'ordonne en cercles concentriques autour du clocher de Redenac, et si Paris est le phare obligé d'un Français éclos dans les moiteurs d'une province, Rome est la seule ville où le sentiment de l'exil ne m'a jamais surpris. Partout ailleurs il manque une pièce ou plusieurs à mon rébus patriotique, surtout depuis que je m'inonde de musique. Et plus je revenais dans mon village, plus j'éprouvais que ses humbles paysages étaient chacun l'allégorie d'un fragment d'une contrée idéale, sans vraies limites dans l'espace, le territoire innombrable où ma sensibilité ne serait plus bridée. Seul Jonas aurait pu me comprendre, si je m'étais hasardé à décrire ce méli-mélo plein de ronces auquel renvoyait le mot « identité » — et qui peut-être reflète la fatalité de la conscience européenne.

Le geste de trop est venu vers la fin, chez elle. Chez eux. Tous étaient repartis dans le jet de Raoul, sauf Vladimir qui tournait autour de la gentilhommière avec son matériel et un parapluie. Il avait peint ou dessiné la chartreuse des Beysserat, la maison des Lavergne, des hameaux, des paysages. Je voulais une trace de son talent liée à Redenac. Nous avions pris congé des Perkins, je démarrais la voiture de location. J'ai vu, dans le rétroviseur, la main de Greg se poser sur l'épaule de Marleen. S'y attarder. Ils formaient un couple. Je me suis juré de ne plus jamais les voir ensemble, ni en Auvergne ni à Londres. Plus jamais cette image. Plus jamais elle et lui.

Elle avait compris. À peine étions-nous arrivés à Redenac, le téléphone sonnait. « Chéri, je vais devoir raccrocher vite. Juste te dire que... tu dois comprendre, je ne pouvais pas faire autrement. »

23

« Laissez tomber le Printemps des peuples. » Une voix grave, manifestement celle d'un Slave. Pas forcément d'un Serbe. Le message m'attendait dans la boîte vocale de ma chambre de l'hôtel Moskow, à Belgrade. Je suis descendu à la réception, j'ai demandé au chasseur marocain si quelqu'un m'avait demandé. Personne. Je le connaissais depuis longtemps, nous avions sympathisé, je pouvais me permettre de lui demander si j'étais suivi. Pas à sa connaissance.

Voulait-on m'intimider ? M'avertir ? Le ton n'était pas agressif. Qui pouvait se soucier d'une affaire aussi mineure ? J'avais revu Borović à Genève avec Mylena. Le service juridique de Venus préparait le contrat. Affaire réglée, ou presque. Il y en avait d'autres en souffrance, plus importantes.

Je n'ai parlé de ce message ni à Raoul ni à Louis-Guillaume de La Mousson qui m'organisait des contacts pour les dossiers relatifs à la radio et à la chaîne de télévision. C'était toujours compliqué, à Belgrade, à cause de l'instabilité politique ; les ministres valsaient en permanence, des clans imprécis et instables faisaient la loi. Raoul m'avait autorisé à communiquer, il voulait que Venus apparaisse comme un acteur essentiel des médias culturels dans les Balkans. J'avais rencontré des journalistes, je sentais les Serbes bien disposés, il reste chez eux un fond de francophilie éplorée, je le touillais avec une certaine aisance, grâce à Mylena qui m'aidait à distinguer les vrais décideurs dans le dédale des faiseurs d'embrouilles. Je voyais assez souvent Mylena à Genève. Nos liens s'étaient stabilisés sur le mode d'une affection fraternelle. Elle était à la fois moins désinvolte et moins fataliste, j'avais l'impression que sa vie s'engageait sur de nouveaux rails, je ne savais pas lesquels. Elle me demandait toujours des nouvelles de Vladimir.

« Il faut qu'il rentre à Belgrade.

— Pourquoi ?

— Il faut. S'il reste à Paris, il va mourir. S'il te plaît, dis-le-lui. »

Sa voix était presque implorante. Pourquoi le sort de Vladimir lui importait-il tellement ? Il était soidisant l'ami d'un de ses frères. Je me souvenais d'avoir vu sa photo dans le studio, à Genève. Avaient-ils été amants ? Appartenaient-ils au même service ? Je voyais mal Vladimir dans le rôle d'espion.

Ma jalousie en était au point de menacer notre amour d'un naufrage. Marleen préférait rompre plutôt que de subir son enlisement dans la haine. J'avais le don maléfique de trouver les mots les plus blessants. L'escale chez les Perkins me pourvoyait en sarcasmes venimeux sur ces « nouveaux riches » qui croient s'offrir de la mémoire en se payant de la pierre historique et en y logeant du mobilier d'« époque ». Je me fabriquais un patriotisme de terroir grotesque, auquel je finissais par croire, pour mieux dénigrer leur demeure. « Tout ne s'achète pas ! » balançais-je à Marleen. Elle n'était pas dupe. Mon fiel la dégoûtait. « Tu es un salaud. Je regrette de t'aimer. »

Elle raccrochait. Je la rappelais, où que je fusse, chez moi, dans la rue, au restaurant, dans une chambre d'hôtel. Répondeur éteint. J'aurais voulu la tuer. L'humilier. J'aurais voulu appeler Greg pour lui dire qu'elle n'était qu'à moi, avec les détails les plus intimes. Elle finissait par me rappeler. « Pourquoi, chéri ? On s'aime. Va acheter la sonate pour clavecin de Scarlatti. K 141. Je viens de l'écouter. » J'allais acheter le CD, je l'écoutais, je me reprochais d'avoir été aussi vil. Je rappelais Marleen, promettais comme un gosse de ne plus recommencer. Un sale gosse qui recommençait.

Bizarrement, la jalousie m'insufflait une énergie de forcené. Autant j'avais négligé mon travail, au début, annulant des rendez-vous et posant des lapins, autant je me démenais pour me prouver que je n'étais pas un parasite. Ni un médiocre. Au bout du compte je n'étais qu'un personnage socialement négligeable, aucunement romanesque et sans talent remarquable. Il importait qu'au moins je réussisse dans mes missions ; sinon au nom de quoi eussé-je pu me permettre de juger un Gregory Perkins qui me surpassait de loin en aisance, en culture, en rayonnement au sein de Venus ? Je voulais prouver à Raoul que je lui étais aussi indispensable sur le plan professionnel que je le devenais dans son intimité. Peut-être, sans me l'avouer, souhaitais-je aussi que Carla entende dire sur mon compte de quoi attirer son estime. Celle d'Hélène m'importait encore davantage mais, avec elle, c'était facile de trouver des terrains d'entente, il suffisait de convoquer nos enfances respectives, nos étés au village, notre bucolisme de citadins ivres de joie en sillonnant nos petites routes en Solex. « *J'entends siffler le train*, c'était quel été ? » La boîte à nostalgie tournait comme un manège, je lui racontais Claire et Vanessa, elle me racontait Victor et Hervé. « Tu sais, j'ai aimé les deux. Enfin, comme on aimait à ces âges. Victor était quand même plus... exigeant avec la vie. Je me dis ça maintenant, mais à l'époque, il a gagné parce qu'il a été là au bon moment, l'année où ma grand-mère est morte. Hervé passait un concours ; quand je l'ai revu, je m'étais engagée. La vie, ça tient à ça. »

La vie tenait à ça. J'aurais pu aussi bien épouser Claire si l'été suivant je n'étais parti en stop sur les routes italiennes, avec ce copain dont le père travaillait à Vevey. À mon retour elle n'était plus à Redenac, ses parents aimaient passer leurs vacances au bord de la mer, ils avaient acheté un appartement à Monaco. J'aurais même pu renouer, un autre été, celui de mon concours de l'ENA. Claire venait de rompre avec celui qui est devenu son premier mari et, lorsque nous nous étions retrouvés, elle m'avait tendu une perche. Trop tard : Lise était dans les murs, je n'avais pas eu le courage de fomenter un rendez-vous clandestin. Une pente sournoise au masochisme m'incitait à aller marcher avec Lise sur le chemin d'où je sifflais un air de John Williams pour que Claire m'y rejoigne en sortant de sa maison par la porte de derrière. J'avais envie, très envie de le siffler alors que j'embrassais Lise, derrière cette maison, avec une fougue qui la surprenait.

J'aurais oublié le message si je n'avais cru percevoir par la suite des ratés troublants. Un ministre que je devais rencontrer à Belgrade, à sa demande, se désistait au dernier moment. L'ambassadeur ne comprenait pas pourquoi. Le rachat d'une revue d'architecture de Zagreb, prévu de longue date, traînait en longueur alors que le dossier était techniquement bouclé.

Rien d'important. À peine un pressentiment. Rien qui eût justifié d'alerter Raoul alors qu'il concentrait ses efforts sur le rachat du groupe allemand. Revenu à Paris, j'avais tout de même appelé Borović. Il ergotait sur des broutilles, je le sentais embarrassé. Subissait-il des pressions ? Il eût fallu être très parano pour imaginer que les Américains se souciaient de Borović au point de s'opposer à la vente de son officine, ils avaient d'autres sujets de préoccupation au Moyen-Orient et en Afghanistan.

Pourtant, il y avait de la friture. Légère. D'abord dans la zone balkanique. Mes contacts étaient plus prudents, plus fuyants, ils répondaient moins vite à mes appels. Même les Serbes. Mylena pressentait des difficultés, sans pouvoir discerner leur source. « Je peux me tromper. Mes amis là-bas ont peur. C'est peut-être simplement la situation politique. » De fait, elle empirait. Un proche de Djindzić venait d'être assassiné. Les Serbes du Kosovo enduraient des intimidations permanentes. Ceux de Bosnie rêvaient à haute voix d'une sécession. Les soldats de la KFOR perdaient pied sur des terrains d'autant plus minés que les ordres étaient contradictoires selon qu'ils émanaient d'officiers français ou américains. À Belgrade, les pires adversaires de Milošević haïssaient les États-Unis, reprochant à Washington d'avoir planifié l'indépendance du Kosovo au profit des Albanais. Personne dans les Balkans ne comprenait leur stratégie qui officiellement visait à endiguer l'islamisme.

« Laissez tomber la radio. » La même voix. Pas plus agressive que celle du premier message. Le type devait être bien renseigné sur mes déplacements, seuls Raoul et Simone étant censés savoir que j'allais à Sofia.

Un clan serbe ? Peut-être lié à une fraction des services ? La situation était complexe, les autorités subissaient d'énormes pressions internationales. Karadžić était toujours en cavale et toutes sortes de factions nationalistes tiraient dans les pattes du gouvernement. Or, Borović, je le savais, entretenait des liens avec des ultras. Mais lesquels ?

Mon intermédiaire à Sofia était un ancien officier français qui vendait entre autres des hélicoptères dans la région. Il ne semblait pas pressé que l'affaire se fasse — en l'occurrence le rachat d'une radio qui diffusait certaines émissions en langue française. Était-il complice ? Loriot m'avait conseillé de me méfier de lui.

J'avais eu Raoul sur son portable, il m'avait demandé d'insister. « C'est important. On va faire la grande Europe avant les politiques. Ça ne peut que plaire à l'Élysée. » Elle me séduisait beaucoup, cette idée d'une chaîne culturelle qui engloberait les pays balkaniques. C'était un vrai projet politique ; du moins je m'en persuadais, il enluminait à mes propres yeux ce que je faisais pour Raoul, et Marleen se réjouissait de mon enthousiasme bien que l'Europe selon ses goûts s'arrêtât à la Bohême.

Les miens étaient plus éclectiques, j'avais de la tendresse pour ces confins tristes et paumés où l'Histoire a mélangé ses pinceaux avant, pendant, après Byzance.

« Où es-tu, chéri ?

— À Plovnez.

— C'est quoi ?

— Une ville déchue, comme j'ai appris à les aimer. Au bord d'un fleuve qui s'appelle la Maritza.

Il y a les restes d'une citadelle, sur un promontoire. Lamartine a habité ici.

— Lamartine ?

— Un poète romantique français.

— Ne me parle pas des romantiques. »

Dans ce genre de patelin empoussiéré, l'absence de Marleen pesait moins lourd. Rien ne pesait, rien n'avait d'importance ; angoisse et regrets se diluaient en un sentiment douceâtre qui nouait un peu la gorge. Juste un peu. Je n'oubliais pas Marleen, j'aurais préféré qu'elle fût avec moi mais j'acceptais que le destin me privât de ce bonheur. Je sentais presque physiquement l'emprise du destin dès que je m'éloignais des capitales et curieusement j'éprouvais toujours le besoin d'aller me perdre dans les provinces — comme si je me devais d'y chercher l'improbable secret qui m'eût ouvert les yeux sur le sens de mon périple ici-bas.

J'aurais dû mettre Raoul au courant du message. J'ai craint d'être ridicule. Il pouvait émaner de quelqu'un qui me cherchait des noises, un clampin que j'avais gêné dans son lobbying, sans m'en rendre compte. Comme Raoul voulait arroser le moins de monde possible, et jamais en liquide, j'enjambais pas mal d'intermédiaires.

Quoi qu'il en fût, je n'ai parlé de ces messages qu'à Marleen. « Sois prudent, chéri. » Je ne voyais pas ce que je risquais, n'ayant aucun pouvoir de décision. L'argent que je pouvais promettre, au nom de Raoul, n'était viré qu'après un jeu de signatures à la direction financière.

Aux approches du dénouement, j'ai compris. Entre-temps il y avait eu deux autres messages. Toujours la même voix. Plus le même ton. « Laissez tomber, c'est votre intérêt. » Puis : « C'est le dernier avertissement. »

Puis rien. Mais, entre le premier et le dernier message, les portes s'étaient toutes refermées. Mes contacts avaient disparu, plus personne ne me rappelait : on aurait dit que les Balkans retrouvaient leur sommeil dans une sorte de nouvelle nuit ottomane.

Quand je revenais nuitamment de là-bas et que l'avion s'était posé à Roissy, j'apercevais parfois entre deux barres de béton les fumées noirâtres d'un brasier : on incendiait des voitures dans ces banlieues que la presse décrivait comme autant de bouillons de culture islamique. Partout dans les Balkans, j'entendais dire que l'islam avançait ses pions et apparemment il avait aussi ses avant-postes au nord de Paris. Cette menace sourde, entretenue par des attentats terroristes en Angleterre et en Espagne, aggravait le sentiment, commun à tous les membres de la bande, de tâtonner en aveugles au bord d'un précipice.

C'est Joël Loriot qui m'a déniaisé. J'avais fini par l'alerter. Il s'était renseigné. Une agence de « conseil en sécurité » sise dans le quartier Saint-Augustin exerçait une surveillance sur Raoul, commanditée par un proche de MGM. « Change de portable, ils ont dû te mettre sur écoute. » Quand Joël m'a donné ce conseil, je me suis dit que mes relations avec Marleen pouvaient faire l'objet d'un chantage. Je l'ai appelée au numéro de la maison d'édition de Cliff et lui ai demandé d'acheter elle aussi un autre portable, sans lui dire que nous étions probablement écoutés.

J'ai même pris la précaution, à tout hasard, de cacher à l'intérieur d'un dictionnaire la photo de nous deux prise à Rome devant l'éléphant du Bernin, le seul témoin de nos amours que je possédasse, avec les marrons. Sur cette photo, le sourire de Marleen est si lumineux, si enfantin, qu'en la voyant j'en guettais toujours la réapparition avec la crainte qu'elle n'en soit plus capable.

24

Quatre rats dansent en se tenant par les pattes de devant, avec une gravité envoûtante. C'est un tableau d'un Flamand de l'époque de Rembrandt. Jonas commentait cette ronde avec sa volubilité habituelle. Présence de la mort en contrepoint du vitalisme baroque. Une mort plus sournoise que celle du Moyen Âge.

Carla écoutait Jonas. Elle portait un jeans pâle et un col roulé de laine bleu. Quand elle se rapprochait de moi, son parfum m'entêtait. J'évitais son regard de crainte qu'elle n'aperçoive ce que le mien recelait de désir. Rien d'obsédant : si je ne la voyais pas, elle n'existait plus. Je la voyais rarement, elle était souvent à Rome, et ses liens avec Raoul continuaient de se déliter. Pendant longtemps elle m'a franchement ignoré ; j'étais un collaborateur de Raoul parmi d'autres et à ce titre elle se méfiait de moi, comme des autres. Tant de parasites grouillaient autour de lui. Elle avait fini par comprendre que je n'étais pas le moins du monde intéressé et peu à peu m'avait concédé une sympathie distraite. J'appartenais à la bande, j'étais de toutes les fiestas. Aux Combes Noires, chez les Beysserat, elle s'était montrée presque affectueuse. Depuis le week-end des « racines », elle recherchait ma compagnie.

Nous étions au Kunstmuseum de Francfort, à la fin de l'automne. Chaque année s'y déroule une Foire du livre où les éditeurs du monde entier se retrouvent pour négocier des droits. On y proclame le prix Nobel de littérature, et un écrivain juif ukrainien, dont Jonas possédait les droits mondiaux, avait une chance d'être couronné.

Raoul était au sommet de sa puissance. Il s'apprêtait à conclure avec le groupe allemand de Breitner. Jusqu'à présent il s'était contenté d'investir dans des affaires modestes — éditions, revues, stations de radio. Son intention était de doter Venus d'un groupe cohérent, le premier à l'échelle européenne, en l'auréolant d'un prestige culturel haut de gamme. Venus dégageait des bénéfices énormes, l'action continuait de monter, la trésorerie était abondante, Raoul ne prenait aucun risque majeur. À terme il imaginait un label unique qui distinguerait les filiales de Venus des productions « culturelles » populaires.

La bande était presque au complet. Jonas, Vladimir, Lexo et Sybille, Greg qui avait un bureau à Francfort, Ralph et Dora, Cliff. Marleen avait dû renoncer au dernier moment, à cause de Patrick. Toujours Patrick. « S'il te plaît, chéri, ne sois pas agressif avec Greg. On dit bien : agressif ? »

En sortant du musée, Jonas a hélé un taxi pour aller rejoindre son auteur ukrainien et Cliff Morgan qui l'avait publié en langue anglaise. Raoul déjeunait avec les ministres français et allemand de la Culture, et les autres officiels de la foire. Dont Lechat, qui avait favorisé la négociation. Le ministre allemand avait fait inviter Sybille et Lexo, à la demande de Breitner qui souhaitait les revoir. Ils l'ont d'ailleurs suivi le lendemain en Bavière où Breitner possède un chalet. Sur la passerelle qui enjambe le Main, Carla a passé son bras sous le mien. « Marchons. Ces rats m'ont déprimée. Leur danse, c'est notre vie. Tu ne trouves pas ? »

Je répondais évasivement. C'était sa vie, pas la mienne. J'avais Marleen en tête, avec accompagnement de Palestrina. Du moins c'est Palestrina qui dans mon esprit orchestre ce séjour à Francfort. Nous longions la berge, dans des parcs jonchés de feuilles mortes et de seringues usagées. J'étais avec Carla, je la désirais mais ce désir rebondissait sur Marleen et du reste il m'eût paru inconvenant de risquer une approche, Carla était l'épouse de mon patron. Épouse minimale, mais ça ne me regardait pas. Elle fumait en tenant des propos incohérents sur ces rats qui alimentaient son angoisse. À la limite elle me faisait pitié.

Nous sommes entrés dans la cathédrale. En voyant le retable je me suis promis de revenir avec Marleen. Elle voudrait sans doute visiter le musée d'où nous venions. J'ai pensé que la danse des rats était contemporaine de ce retable. Jonas avait raison : au cœur même du baroque qui explosait dans les Flandres espagnoles, la Mort avait sa place. Le

Mal. L'angoisse qui poignait Carla, cette angoisse « moderne » que Marleen conjurait en calfeutrant sa vie avec des décors et surtout avec de la musique. Encore ses prédilections musicales étaient-elles très sélectives. Elle n'aimait pas l'opéra (« La voix humaine, c'est toujours pathétique »). En fait elle n'aimait vraiment que les morceaux pour piano, pour clavecin, pour violon et trompette, à la rigueur les quatuors avec violoncelle. (« Les symphonies, c'est une bouillie de sentiments. On dit bien : bouillie ? »)

Un panneau indiquait la maison de Goethe. Nous y sommes allés. Une maison du XVIIIe encastrée dans un quartier sans âme. Francfort est une ville américaine très moche. Nous avons continué de marcher, au hasard, longeant l'immeuble de la Banque centrale européenne. « Une bombe là-dedans, tu ne crois pas que ça serait salutaire ? » Je ne savais pas ce qui serait salutaire. Je ne savais plus trop pourquoi je me trouvais dans ces lieux plutôt que dans d'autres. Je n'avais rien de précis à faire, j'étais un membre de la cour de Raoul, j'aidais Mme Dutheil à tuer le temps. Une brève excursion sur les stands, le matin, m'avait écœuré : trop de livres empilés à l'intérieur de blocs de béton hideux. Des milliers de parallélépipèdes. Rien à voir avec les livres dont il était question quand Jonas et Victor se lançaient sur leurs goûts littéraires. Des « produits ». Rien à voir avec Palestrina dont la grâce néantisait le *downtown* en gestation que nous traversions à grands pas.

« Je me sens rassurée avec toi. Est-ce que tu es heureux ? »

J'ai dû répondre de travers. Elle était touchante, cette paumée de grand luxe. Touchante et désirable. Nous avons dépassé le théâtre et nous sommes retrouvés au bar du Park Hotel où Simone avait retenu une suite pour Carla et Raoul, des chambres pour les autres. Elle tenait à marquer une différence entre son patron et ses invités.

« Merci de me tenir compagnie. Tu es... Ces rats me font peur, je vais en rêver toute la nuit. »

Je lui ai dit de ne pas avoir peur, j'ai ajouté que je l'aimais bien, elle m'a embrassé sur le front.

« Raoul se grise. Ça va mal finir. »

J'ai eu le pressentiment que cet oracle n'était pas infondé. Il y avait de la précarité dans l'air que nous respirions autour d'un homme qui n'avait plus de maison de famille, pas d'enfant, qui flottait en boitant dans une existence aux contours mal dessinés.

« Des rats qui dansent ? C'est nous, si on y réfléchit. J'irai voir ça. Au fait, j'ai baisé les Américains. Si les Allemands jouent le jeu, on peut vraiment bâtir un truc solide. J'ai confiance en Breitner. Tu sais qu'il a embarqué Sybille et Lexo. Ils se sont découvert des tas d'amis communs. Un cinéaste, un ancien joueur du Real. Lexo est incroyable... J'aurais aimé vivre comme lui.

— Il vit comment ?

— Comme on danse. Comme on chante. Comme

on respire. Tout a l'air de couler de source et pourtant il n'a pas un rond. »

Nous pédalions sur de fausses bicyclettes, dans le Fitness Center du Park Hotel. Je me sentais au comble du ridicule. Le sauna, soit. Mais pédaler à vide en écoutant Raoul commenter son déjeuner avec les ministres, c'était dingue.

« Notre partenariat est équilibré sur le plan capitalistique. On va pouvoir investir dans les nouveaux secteurs électroniques de la communication, sans être les victimes d'une frénésie irrationnelle. Tu as vu, leurs histoires de e-books, ça a foiré. »

Il a consulté le cadran de son engin.

« Encore une minute. J'ai augmenté la vitesse. »

La transpiration collait ses mèches sur son front.

« Costals n'est pas sûr. Il faudra que tu enquêtes discrètement. »

Costals était le troisième actionnaire de Venus, après Toniek et MGM. Un homme d'influence, très proche de l'Élysée, polytechnicien, énarque, propriétaire d'une île en Grèce où l'été tout Paris défilait, patrons, ministres, journalistes, comédiens.

« Lechat doit en savoir plus. Vois-le. Tu le connais vraiment bien ?

— On était à l'ENA ensemble. Il ne m'inspire aucune confiance et sa femme n'est pas nette.

— Personne n'est net. Personne. Toi pas plus que moi. Trente minutes, c'est bon. Allons au sauna. »

À poil, baignant dans sa sueur, Raoul s'est autorisé un accès de cynisme, où perçait autant de désarroi que dans les propos de Carla. Ça lui arrivait aussi au comble de l'ivresse.

« L'Occident est au bout du rouleau. Vois ce qui se vend sur cette foire : des conneries enrobées de couvertures immondes. Des conneries américaines ! Tu as remarqué. Les éditeurs européens ont peu de contacts entre eux, ils déferlent tous à l'étage des stands américains. Tant pis, on se sera quand même bien amusés. »

Il a hésité avant d'ajouter :

« Si mon père me voyait... »

La puérilité de cet aveu était touchante. D'un sac de plage griffé (Carla : « Ton côté plouc, mon pauvre Raoul ! »), il a sorti un gant de crin et un flacon de crème pour la peau. Il a frictionné avec application son corps bronzé aux UV, légèrement bedonnant. L'opération à la hanche avait laissé une grosse cicatrice.

« L'hédonisme, c'est con, je le sais. La peur de vieillir. On est lâches, nous, les Européens. Lâches et corrompus. Ben Laden va nous réduire à l'état de carpettes. Il aura plus de mal avec les Américains et les Chinois... »

Cynisme, nihilisme, sentimentalisme : Raoul tapotait sans cohérence sur le clavier de ses états d'âme. Une seule constante, la misogynie, dont Carla faisait les frais. Elle lui inspirait une sourde rancœur ; en même temps il faisait le dos rond quand elle le rembarrait, comme si elle détenait un secret à sa charge. Lequel des deux était stérile ? Raoul couchait-il vraiment avec les greluches qui de temps à autre nous rejoignaient dans les restaurants ? Si oui, quelle sorte d'érotisme ? Aucune n'était jeune, elles avaient toutes à peu près nos âges, et des heures de vol au compteur. Raoul n'aimait pas les jeunes. Ni les enfants. Il prétendait n'avoir jamais aimé que sa mère, ainsi que cette sœur morte à l'âge de sept ans. Je ne relevais jamais quand il s'en prenait à Carla. « La Bovary, version rital », disait-il en riant aigre.

Il m'est arrivé, les derniers temps, de me demander s'il n'aurait pas souhaité que Carla devînt ma maîtresse. Ça l'aurait tranquillisé. Il savait qu'elle avait eu des amants. Il s'était aperçu qu'à la longue elle m'avait pris en affection. Elle l'exaspérait mais il tenait à elle. Il aurait préféré une épouse docile et sereine dans le genre d'Hélène. Avec Carla il était mal tombé : pas docile, encore moins sereine. Pas non plus femme du monde. Elle fuyait les raouts officiels et, dans les dîners, elle poussait loin le bouchon de la provocation, peu lui importait si ça pouvait nuire à Raoul.

Le Nobel fut attribué à un poète jamaïcain que personne ne connaissait. Jonas était déçu. Il avait néanmoins vendu les carnets de voyage en Asie centrale de Ralph à un éditeur espagnol, et la série d'albums de Marleen à un Japonais. Cliff était content. Je le cherchais, en fin d'après-midi, dans les bars des hôtels où les éditeurs négociaient devant un verre de vin blanc, en inscrivant des chiffres sur des bouts de papier. J'avais envie de parler de Marleen, je ne pouvais le faire qu'avec lui. Ou avec Greg, mais je n'y tenais pas. Patrick était dans une clinique de Londres, mal en point. Barbituriques. J'appelais Marleen dix fois par jour sur son portable. « Chéri, j'en ai tellement marre. Est-ce qu'il s'en sortira un jour ? Viens vite. » Elle appelait Cliff aussi, c'était une autre façon de se rapprocher de moi et, avec lui, je me rapprochais un peu d'elle.

Cliff ne faisait pas vraiment partie de la bande. Raoul avait racheté sa maison d'édition mais il le connaissait peu. Il ne recherchait pas ma compagnie ; à ses yeux j'appartenais au monde de l'économie, j'étais un serviteur du capital et il me déplaisait d'admettre qu'au fond c'était vrai. Marleen m'avait confié que Cliff était orphelin de père et de mère, qu'il avait passé son enfance dans une institution, une partie de sa jeunesse dans une maison de correction, je me sentais coupable de ne pas l'aimer. Il était homosexuel mais ne voulait pas que cela se sache. Avec toutes ces frustrations, il avait réussi des études brillantes et s'était fait remarquer dans les milieux de l'édition avant que son propriétaire précédent ne fasse faillite. À défaut d'une sympathie que son introversion décourageait, je ne pouvais m'empêcher d'admirer sa culture. Jonas affirmait que les éditeurs comme lui — lettrés, exigeants — se faisaient rares. Ils étaient supplantés par des managers obsédés par la rentabilité, à la solde de groupes dont les contrôleurs de gestion ne faisaient pas dans la dentelle littéraire.

On passait du bar du Park Hotel à celui du Frankfurter Hof ou du Marriott. Tout le monde parlait anglais, ou plutôt américain. Beaucoup de filles autour de la trentaine. Beaucoup de « *Hey !* » d'une jovialité mécanique assortis de sourires qui découvraient trop de dents. Ces filles semblaient ne douter de rien. Pourtant on entendait dire que cette génération cherchait ses marques. C'était peut-être seulement l'euphorie de cette foire, elles arrivaient de partout et pendant une semaine elles prenaient un bain de cosmopolitisme.

Vladimir buvait mélancoliquement, assis sur un tabouret, sa boîte à rouler les cigarettes sur le comptoir. Il ne connaissait personne. Moi non plus. Jonas allait d'un éditeur l'autre, serrait des mains, il était en territoire familier. Il m'a présenté son auteur ukrainien, un tout petit bonhomme coiffé d'un chapeau rond, le col orné d'un nœud papillon jaune d'œuf. J'ai lu son roman, depuis — l'enfance triste et drôle d'un fils de rabbin dans un patelin polonais, avant la guerre.

Raoul faisait le tour des cocktails privés avec Lechat qui le suivait comme un caniche, un téléphone portable collé à chaque oreille. Je me souviens d'avoir croisé Lexo dans un salon, avec Dora qui par moments posait la main sur son bras. Elle souriait aux anges, se débarrassait de son châle, affichait un décolleté dont l'audace tranchait avec la rigueur de ses tenues habituelles. Où était Ralph ? Et Sybille ? Dora connaissait le poète qui venait d'être couronné. « Un type formidable. Je suis fière pour les Caraïbes. » J'ai lu aussi ses poèmes — des éclats d'émotions violents et bariolés dont on pouvait déduire qu'il n'est pas simple d'être métis de peau et de culture.

Dora se tournait vers Lexo. Une flamme dansait dans ses yeux gris de chat.

« Darling, je veux bien un autre cocktail. »

D'habitude elle ne buvait pas, je ne l'avais jamais vue dans un tel état d'euphorie. Lexo a appelé un serveur, je me suis éclipsé, et je suis tombé sur Borović. Il aurait préféré m'éviter.

« Ça avance, cher ami. » Une poignée de main, un clin d'œil et il s'échappait en compagnie d'une blonde qui avait l'air surprise d'être là. Borović était moins fringant qu'à Genève. Une rumeur, que Raoul m'avait demandé de ne pas démentir, présumait un dépôt de son bilan. Une autre rumeur avait accordé des chances à un de ses auteurs pour le Nobel. Un Slovène de Trieste qui a été interné dans un camp de concentration alsacien, pendant la guerre. Borović devait être aussi déçu que Jonas.

Nous sommes restés deux jours à Francfort, car Raoul et Greg devaient voir le président d'un groupe pharmaceutique. Un gros budget de communication était en jeu. Je me souviens d'un après-midi à Fulda (Marleen, au téléphone : « Va voir l'église, chéri. Un retable très original »), d'une incursion à Marburg où nous croisions des bandes d'étudiants dans les rues en pente. Des villes proches de Francfort, que Jonas voulait nous faire découvrir. Nous : Carla, Jonas et moi, les autres étaient repartis. Je me revois marchant dans le parc du château de Heidelberg, Jonas nous racontait la vie de Hölderlin, il citait des vers de ce poète qui est devenu fou. Encore un que je me promettais de lire. Dix vies ne m'auraient pas suffi pour me mettre au niveau de Jonas, de Ralph ou de Victor en littérature, au niveau de Vladimir en histoire de l'art, de Greg en histoire tout court. Aucune vie ne m'aurait mis au niveau de Lexo, son style relevait d'une science qui ne s'apprend pas dans les livres.

J'ai ramassé un marron, pour Marleen. Combien de marrons depuis le premier, à Cracovie, au bord de la Vistule, l'année précédente ? Ou celle d'avant, je ne sais plus. Ces marrons, elle les a cachés au grenier de la maison de sa mère, dans leur village du Gloucestershire. Il avait été convenu que nous nous y rendrions un jour, Marleen et moi. Je voulais tout connaître d'elle et c'était là qu'elle avait été la plus heureuse, avant l'adolescence où ses jardins secrets avaient commencé à perdre des fleurs. Du moins le laissait-elle entendre. L'édification d'une palissade pour se protéger du malheur n'avait pas débuté avec les premières crises de Patrick. Pour qu'elle ait éprouvé si jeune le besoin de se blottir entre des livres, des monuments et des œuvres d'art, il fallait qu'elle eût pour le moins une pente au repli, rançon d'une terreur assez foncière. Terreur, pudeur ? En tout cas une inaptitude du cœur à battre aux rythmes ambiants. Ma nièce Marion se tricotait pareillement une vie à l'écart de ses semblables.

Je me revois, seul, sur le pont qui enjambe le Neckar, en proie à des sentiments dont la complexité me laissait pantois. Marleen. Cet amour fou qui sortait des géhennes de la passion pour aborder un autre rivage, tout aussi inexploré. Cet adolescent fou qui nous séparait. Cette folle jalousie qui risquait de nous acculer à la rupture. Cette ville trop repeinte, qui néanmoins suggérait les riches heures de... De quoi, au fait ?

Je nous revois dans un restaurant aux murs tapissés de boiseries sombres, où Raoul nous avait rejoints. Carla n'était plus agressive. Elle admirait Jonas pour sa culture, son désintéressement, sa dextérité verbale, l'humour dans lequel il enrobait ses prophéties catastrophiques. Nous admirions tous Jonas. En l'écoutant, Raoul n'était plus le patron impavide, hâbleur ou matamore ; il était trop intelligent pour ne pas accepter de bonne grâce son infériorité. Moi, de même. Jonas, sans que nous sachions le démêler, était pour nous un phare, une bouée, le tabernacle d'une mémoire dont l'évaporation nous effrayait. Je le revois — son complet trop large, sa huppe frisée, ses mains jointes, ses bons yeux de cocker — décrivant toutes sortes d'apocalypses barbares à base d'idéalisme américain, de matérialisme chinois et de frénésie islamique. Raoul acquiesçait, Carla tirait hystériquement sur sa Dunhill. Vin blanc du Rhin. Carla, pathétique et désirable, qui dormait dans la voiture de Raoul, entre Jonas et moi, la tête penchée sur mon épaule, son parfum achevant de m'enivrer. Raoul était passé devant, à côté de Léo dont les « Monsieur le Président » juraient comiquement avec l'ambiance.

Je me revois, la nuit, dans ma chambre qui donnait sur la gare. J'avais vu, au musée, un tableau de Beckmann représentant cette gare de guingois, tristement clownesque. Un autre tableau, mais du XVIIIe, représentait Francfort. Cette ville était belle au bord de son fleuve, en ce temps-là, avec ses clochers, ses dômes, son port, ses ponts et ses faubourgs. Une vraie ville dont on voyait la fin, pas ce chantier permanent qui lançait vers le ciel des immeubles semblables à celui de Venus au Point du Jour. Leur audace architecturale vieillissait tellement vite. Nous vieillissions tous trop vite.

Je nous revois dans le jet de Raoul. Passé la cinquantaine, les lendemains de fiesta ne sont pas très gais quand il faut retourner au boulot. J'avais la nausée. Carla dormait ou faisait semblant. Raoul prenait des notes ; la fatigue accentuait les rides qui creusent son visage, comme pour préfigurer ce qu'il deviendrait sur son lit de mort. Jonas m'apprenait qu'Elvis Presley, satisfaisant à ses obligations militaires à Francfort, vers la fin des années cinquante, était tombé amoureux d'une gamine de treize ans, l'avait cloîtrée chez lui, à Memphis, avait plus ou moins patienté jusqu'à sa majorité afin de l'épouser dans les règles. « Premier accouplement la nuit de noces. Ça m'est arrivé avec ma première épouse, j'étais tombé sur des hassidim très puritains. On s'est roulés sur un lit pendant deux ans, tous les soirs, sans qu'elle veuille... Enfin, elle voulait presque tout, j'ai failli la violer. J'aurais peut-être dû... » Sur cette première épouse, il était inépuisable ; sur la seconde, motus, on savait seulement qu'elle s'adonnait à la psychanalyse, science dangereuse selon Marleen, mortifère selon Jonas.

L'aéroport du Bourget. Le faux luxe anonyme du « Salon d'honneur » de la compagnie où nous nous retrouvions au départ des virées. Murs blancs, photographies d'avions, mobilier « design », sourire commercial d'une hôtesse en uniforme. Léo attendait devant le tarmac. « Bonjour, Monsieur le Président. » Il avait apporté la presse du jour. Raoul à Francfort, son acquisition, celles qu'il était censé envisager. Sa stratégie. Titre d'un article : « L'apothéose de Venus ». On signalait ses entretiens avec les ministres de la Culture. On louait sa perspicacité. Un « patron atypique ». Un mélange de flair quasi animal et de prudence qui venait, selon le chroniqueur, de ses « racines provinciales ».

25

Le bruit des vagues sur les rochers se confondait avec le ressac des voitures sur la route de Menton. Les branches des palmiers à l'alignement sur le front de mer frémissaient mollement. On les distinguait à travers le tulle, Marleen n'avait pas voulu que nous tirions les rideaux.

« L'amour avec la mer, chéri, comme dans les mauvais romans. »

C'était l'hiver. Nous avions déjeuné à Monaco, dans un restaurant italien où j'avais mes habitudes. Je venais assez souvent à Monaco, pour y rencontrer un Albanais qui m'ouvrait pas mal de portes. Je devais ce contact à Joël Loriot auquel ce type n'avait rien à refuser. Des tas de gens n'avaient rien à refuser à Joël et parlaient de lui avec un mélange d'appréhension et de respect. Des gens dans tous les milieux, des politiques, des militaires, des personnages moins recommandables.

Marleen m'avait rejoint en taxi depuis Nice. Nous ne pouvions pas passer la nuit ensemble, car Greg l'appelait tous les soirs, tard, et elle ne se sentait pas capable de lui parler si j'étais à ses côtés, sur le lit, dans une chambre d'hôtel. Elle avait pu mettre sur pied un voyage d'études qui passait par Nice et se prolongerait en Suisse. Trois jours d'escapade amoureuse après des semaines, des mois durant lesquels nous n'avions pu nous voir qu'à Londres. Ou deux fois à Biarritz, mais toujours avec Greg.

Quand j'allais à Monaco je descendais toujours dans cet hôtel de Roquebrune dont le patron est d'un village voisin de Redenac. J'y venais déjà avant de connaître Raoul. Il se trouve au bord de la nationale 7 ; la nuit, on voit la baie illuminée, entre Vintimille et le cap Martin, c'est une Riviera de carte postale.

Nous avons déambulé jusqu'au soir, à pied, entre Menton et la presqu'île. Marleen me prenait le bras. Le lâchait subitement, comme si elle risquait de croiser une connaissance. Les lieux lui étaient familiers, je le sentais. Donc, elle était venue avec Greg. Elle avait compris que je m'en doutais et s'efforçait de feindre la surprise en regardant les villas planquées derrière des arbres, sur les hauteurs du cap Martin. Nous n'étions dupes ni l'un ni l'autre ; les précautions dont elle usait me tapaient sur les nerfs. Elle me décrivait sa visite de la cathédrale Sainte-Réparade et je comprenais qu'elle était déjà venue à Nice. « Avec mes parents », précisait-elle hâtivement. Je la soupçonnais de mentir. Elle avait dû venir avec Greg.

Nous nous sommes assis sur un banc. Je l'ai embrassée. Nos mains se sont égarées — la mienne d'abord, puis ses ongles sous mon pull. Les retraités en bermudas qui promenaient leur chien nous lorgnaient sans indulgence. Marleen fredonnait pour dissimuler son trouble. À bout de désir, nous nous sommes retrouvés dans ma chambre, et l'étreinte a duré, duré, dans une sorte de géhenne furieuse.

Puis un long, long silence. Mélopée des vagues et des voitures. J'ai hésité. J'ai dit ce qu'il eût mieux valu taire. Pour que j'ose le dire, il fallait que ça pèse lourd.

« Le jour viendra où je ne supporterai plus qu'il...

— Je sais. Laisse-moi du temps. C'est difficile. Il me...

— Tais-toi. »

Je hurlais presque. À ce moment, j'aurais voulu qu'il sache. Tout. Je l'imaginais au bout du fil. J'aurais voulu lui décrire les paysages secrets du corps de sa femme. Les plus secrets, pour qu'il sache que je la possédais. Moi et pas lui. Moi et plus lui. Tel détail anatomique, pour qu'il sache que je savais.

Elle s'est mise à sangloter. Le silence devenait insupportable. « Allons marcher. » Je voulais que nous remontions sur le cap. Elle y répugnait. Je savais pourquoi. Du moins je m'en doutais. Autant en avoir le cœur net. Nous avons longé la baie, nous sommes montés sur la route qui serpente sur la presqu'île. Elle regardait les numéros des propriétés.

« Tu es venue ?

— Oui... Il y a longtemps.

— Avec lui ?

— Oui... Chéri, arrête, tu te blesses pour rien. On

n'est pas des... je veux dire, on a eu une vie, avant. Toi aussi.

— Moi, c'est différent. Chez qui étiez-vous ?

— Des amis.

— Qui ?

— Un couple d'amis. Greg les a connus à New York. Ils ont une maison ici.

— Je croyais que vous méprisiez les nouveaux riches.

— Oui... Ce n'est pas ça. Greg... »

J'ai haussé le ton.

« Tu le défends ? Il est comme les autres, il aime la frime et le fric sous ses airs d'aristo.

— Greg n'est pas un aristo.

— Non. C'est un parvenu. »

Ma voix sifflait les pires saloperies, captive d'une logique infernale. Ma jalousie faisait feu du bois le plus pourri. D'autant plus pourri que je ne pouvais m'empêcher d'admirer Greg ; ma haine était à proportion. Depuis longtemps déjà je refusais d'aller dîner chez eux à Chelsea — en fait, depuis ce geste peut-être machinal que j'avais surpris dans le rétroviseur, sa main sur l'épaule de Marleen, devant leur maison de Leyrignac. À présent je ne supportais plus que Marleen prononce son prénom, ou évoque un épisode de sa vie auquel il était associé. Sa vie présente ou passée. Leurs amis communs, je les détestais sans les connaître. Je n'étais pas loin de détester Lexo, parce qu'elle avait un faible pour lui. Pas loin non plus d'englober dans la même détestation Raoul, Hervé, Ralph, Victor — toute la bande, car enfin elle les avait connus avant moi, avec lui. Tous sauf Jonas et Vladimir. Ils avaient des souvenirs que je ne pouvais pas partager ; si quelqu'un les évoquait, je devenais d'une aigreur dont les amis s'étonnaient. Raoul lui-même m'avait demandé un jour pourquoi j'étais, parfois, si « négatif ». Autant dire que je n'étais pas fier de moi. Ou plutôt, de ce double lamentable dont j'improvisais les goûts et les dégoûts selon les exigences de ma jalousie. Je vomissais l'Angleterre en usant des poncifs les plus niais alors que j'ai toujours aimé ce pays, et précisément parce qu'il produit encore des êtres tels que Greg. Je dénigrais Cliff après avoir renchéri sur ses tirades contestataires lorsqu'elles irritaient Greg. Marleen avait de l'affection pour Cliff, c'était suffisant pour m'en faire un ennemi. La terre entière était mon ennemie, notre amour à présent cabotait à la godille sur un océan de fiel.

Marleen était rentrée en taxi à Nice. Elle n'avait pas voulu que je la raccompagne.

« À quoi bon, chéri, tu ne supportes plus rien. Je t'aime mais je te rends trop malheureux.

— Quitte-le !

— Tu sais bien que c'est impossible. Il y a Patrick... »

J'étais dans cette chambre d'hôtel, fou de malheur. Elle avait coupé son portable. J'appelais le Beau-Rivage, son hôtel à Nice. Absente. J'avais honte de moi. Peur de la perdre. Le téléphone a sonné. Peur, espoir. Jamais mon cœur n'avait battu à ce rythme.

« Darling, je t'aime. Viens. Je suis à Monaco. Dans le restaurant de midi. »

Je l'ai rejointe à Monaco. Jamais je n'avais trouvé aussi belle la mer Méditerranée, jamais cette ville de chic et de toc ne m'avait paru aussi aimable. Des souvenirs affleuraient au seuil de ma conscience. Moi à vingt ans, débarquant en stop dans ce décor d'affiches publicitaires des Années folles, avec le ciel étoilé, les lumières de la ville en contrebas, celles du palais sur son rocher, les quilles des voiliers à l'alignement. Moi retrouvant Claire devant le casino. Ses parents avaient un appartement sur le port, ils s'y sont d'ailleurs établis quand son père a pris sa retraite et sa mère habite toujours Monaco. Les images se sont brouillées, aucune scène précise ne m'est revenue. Ces retrouvailles avaient dû être un ratage. Notre idylle n'avait de vraie saveur que l'été à Redenac, sur des lits de fougères où elle me consentait des faveurs limitées par la hantise d'une procréation. J'étais amoureux de l'amour, il se faisait attendre. Il s'est fait attendre jusqu'à Marleen.

Ce fut un dîner d'amours convalescentes, chacun évitant les mots qui pourraient blesser l'autre. Il y eut une passe délicate — des boucles d'oreilles, qu'elle n'avait jamais portées avec moi. Elles lui allaient bien. Je le lui ai dit. Elle a rougi. J'ai compris que c'était le cadeau de Noël de Greg. Elle a deviné que j'avais compris, sa paume s'est posée sur le dos de la main et pour effacer ça, pour effacer tout, elle m'a offert un cadeau qui lui coûtait cher : la nuit entière dans sa chambre, à Nice. Elle m'a juste demandé d'attendre quelques minutes dans le hall, le temps qu'elle appelle Greg pour lui dire bonsoir.

Chardonne est un village de vignerons au-dessus de Vevey. Je l'ai découvert l'été de mon diplôme de Sciences-Po, au retour d'un voyage à Venise et dans la région des grands lacs, en deux-chevaux, avec un copain dont le père travaillait chez Nestlé : le lac, les cimes enneigées, les vignes, la montagne à vaches en surplomb. Chaque fois que je venais à Genève ou à Lausanne, j'empruntais la route de moyenne corniche qui tangue entre les vignes et traverse ce village d'imagerie. La dernière fois, c'était avec Mylena.

Nous avons retenu une chambre dans un ancien sanatorium transformé en hôtel, au-dessus des toits marron qui entourent le clocher. Une seule chambre. J'ai attendu Marleen dans un bar de Lausanne. Elle avait rendez-vous avec un historien. De son propre aveu, il n'était pas nécessaire à ses travaux, elle l'avait pris pour asseoir son alibi, mais elle voulait l'honorer pour moucher la chandelle de sa culpabilité.

Nous poussions la porte d'un restaurant d'Ouchy que je connaissais. Marleen est entrée la première mais c'est moi qui ai repéré Mylena et Lexo, attablés au fond de la salle avec Borović. Je suis presque sûr qu'ils nous ont vus. J'ai entraîné Marleen dehors. Je lui ai dit que Mylena et Borović étaient à l'intérieur. J'ai escamoté Lexo, ça l'aurait affolée. Elle n'avait rencontré Mylena qu'une seule fois, à Paris, à l'occasion d'un dîner rue Vineuse et elle ignorait que nous avions été amants. Elle ne connaissait pas Borović.

« Ça te gêne qu'elle te voie avec moi ?

— Du tout. Mais Mylena travaille pour Raoul et je suis en négociation avec Borović. Le message à Belgrade concernait justement sa maison d'édition.

— Quel genre de type ?

— Genre balkanique. Compliqué. Très séduisant. Pas très fiable.

— Et la fille ?

— Balkanique aussi. Nature. Elle fait du bon boulot. »

Moue suspicieuse. Nous sommes remontés dans la voiture que j'avais louée à Nice, nous avons quitté Lausanne avec l'intention de trouver un restaurant dans la campagne. Marleen était songeuse. La nuit tombait, les lumières de Thonon s'allumaient sur l'autre rive du lac.

« Tu as couché avec elle ?

— Moi ? Non.

— Si. Tu as couché avec elle. »

Mieux valait passer aux aveux. Elle ne les a pas digérés de gaieté de cœur. Sa jalousie était à fleur de peau, comme la mienne, mais sans grain conjugal à moudre. Elle redoutait surtout les rencontres que je pourrais faire lors de mes voyages. Nous n'étions ni l'un ni l'autre disposés à une scène. Nous n'avions pas envie de parler. Juste nous aimer. À quoi bon ces mots qui nous salissaient.

« Rentrons à l'hôtel. »

Nous avons fait l'amour toute la nuit, dans un paroxysme exténuant. L'aube pointait, le corps nu de Marleen gisait sur le lit que nous avions négligé de défaire.

« C'est affreux, darling. »

Elle disait darling au lieu de chéri quand son émotion était à son comble.

« J'ai rêvé. Je veux dire, un rêve éveillé. Oui, j'ai rêvé qu'il... Tu me comprends. Qu'il n'était plus là. »

Je comprenais trop bien, et je savais qu'elle paierait cher, en monnaie de culpabilité, le simple fait d'avoir évoqué cette hypothèse, et de lui avoir trouvé des avantages. Moi aussi, je me complaisais à imaginer la mort de Greg. Un accident de voiture. Jamais je n'oserais avouer à Marleen que je passais ses deux enfants à l'as, dans le même accident. Pour qu'elle soit seule au monde. Seule à moi, sans autre recours. Toute seule, et les mots qui la consoleraient me venaient à l'esprit. Je me bricolais des scénarios presque identiques, l'été de Claire, dans ma chambre à Redenac. Ses parents trépassaient dans un accident de voiture, elle sanglotait dans mes bras, dans mon lit, mes paroles séchaient ses larmes. Ironie du sort : ce sont mes parents qui ont été tués en voiture, sur la nationale 7, près de Pouilly où ils avaient assisté aux obsèques de la tante de ma mère. Un camion qui a dérapé sur le verglas. J'étais à Dakar, encore marié à

Lise, mais j'avais préféré qu'elle ne vienne pas à l'enterrement, et dès mon retour nous avions décidé de divorcer.

À présent je rêvais d'un autre divorce, impossible, celui de Marleen et de Greg. Ce furent les pires moments. Tant de fiel giclait, tant de haine purulente que Marleen n'avait plus d'estime pour notre amour. Je lui demandais, sinon de divorcer, du moins d'aller vivre seule ailleurs qu'à Chelsea. Je n'allais plus chez eux. Je n'allais plus à Mayfair. Parfois, pour éviter les encombrements à hauteur de Westminster, les chauffeurs de taxis empruntaient un itinéraire qui passe devant un square, tout près de leur maison. Chaque fois que le cab en approchait, ma gorge se nouait, je fermais les yeux pour ne pas voir leur rue.

Nos échanges au téléphone étaient toujours brefs. À Islington elle partageait un bureau avec une secrétaire. Si elle était chez elle, Greg ou Patrick risquaient d'arriver, je la sentais tendue, ça m'exaspérait. « Tu as peur de lui. » Ou bien : « Tu restes avec lui pour ne pas perdre votre petite vie confortable à la con. » Sa voix vibrait de rage. « Tu es odieux. » Elle raccrochait. Je la rappelais — de Paris, de Bratislava, de Budapest. Elle avait fermé son répondeur. Je la suppliais de l'ouvrir. Elle finissait par me rappeler. « Oui, je t'aime. Mais où ça nous mène, darling ? » Je détestais ses « darling ». Je détestais son pays, sa langue, son éditeur, son métier, son mari, leurs enfants, leur maison à Chelsea et plus encore celle de Leyrignac. J'aurais voulu détester la musique baroque et, pour me venger, je mettais mes vieux CD de Schubert ou de Brahms en essayant de me prouver que les romantiques m'emmenaient plus loin que Scarlatti. Ils aggravaient ma douleur. Je mettais aussi la musique de ma jeunesse — rocks, slows, twists — pour y retrouver un peu d'innocence. Introuvable, l'innocence, et la nostalgie avait un goût de cendre froide. Autant écouter Haydn, au moins il faisait baisser la tension. Sonate n° 17. Bienheureuse sérénité. Je sortais de chez moi, j'allais marcher le long du quai de Bourbon en évitant Le Sully pour ne pas risquer d'y trouver Vladimir. Aucune envie de voir quiconque. Envie de sortir de cette glu en fusion. Envie de ne plus souffrir. De ne plus faire souffrir Marleen.

Je rentrais par le quai Henri-IV et la rue Agrippa-d'Aubigné qui longe l'immeuble hideux construit par la Mairie vers la fin de mes études. J'apercevais le profil de Sonia, derrière la vitre du salon de coiffure. Je la trouvais toujours aussi belle, mais ce qu'elle incarnait spontanément — la fraîcheur, l'insouciance — me paraissait hors d'atteinte. Haydn. La même sonate. J'avais l'impression qu'il m'adressait en souriant un message d'espérance. Le même sourire que celui de Sonia. Surtout ce passage lent où il semble décrire une félicité automnale. Marleen au bout du fil. « Ne gâche pas notre amour. » Je promettais, je m'abîmais dans une humilité bourbeuse.

La porte de la maison de Chelsea, peinte en jaune comme les volets. J'ai sonné. Il pouvait être vingt heures. On ne m'attendait pas. Je m'étais décidé brusquement. J'étais venu à pied depuis Queen's Gate en longeant une église qui était celle de la paroisse de Greg. Il pleuvait depuis mon arrivée à Londres.

C'est Greg qui m'a ouvert la porte mais Marleen était derrière lui, dans le hall, et en me voyant elle a pâli. Son regard trahissait de l'affolement, il a émis à mon intention une supplication muette.

« Je me baladais dans le coin. Si vous n'avez rien ce soir, je m'invite.

— Avec grand plaisir. »

Greg semblait franchement ravi. Marleen se demandait ce que j'avais tramé. J'ai tâché de lui faire comprendre qu'elle ne risquait rien. Elle n'a compris qu'au fil du dîner ; peu à peu, dans ses yeux inquiets, s'est rallumée la flamme de gaieté malicieuse et attendrie qui brillait de moins en moins souvent.

Nous nous étions quittés deux heures auparavant, sans drame pour une fois, mais le cœur lourd. Après, j'étais resté étendu sur le lit, dans ma chambre d'hôtel. Une double évidence s'imposait : je ne me passerais jamais d'elle et nous allions vivre un enfer. Fut-ce Scarlatti ? Avant de prendre l'Eurostar j'avais écouté, trois fois de suite, cette sonate pour piano qui avait préludé à notre liaison et ouvert les portes d'un royaume dont j'étais exilé, sans le savoir, tout en le pressentant. Allais-je les refermer ? Ces invitations au bonheur, pourquoi y renoncer ? J'ai décidé de prendre ma jalousie au collet, et de l'étrangler. Quitte à souffrir davantage, au début. Ça passerait. Il fallait que ça passe. Il fallait se soumettre aux injonctions de Scarlatti. Donc aller à Chelsea, chez Greg, sonner à la porte de cette maison où, la première fois, les yeux verts de Marleen et les verdoiements sublimes du piano m'avaient accueilli. Il fallait que Greg redevînt un ami, comme avant.

Les convalescences sont plus ou moins longues et le mal n'était pas bénin : cette jalousie agglomérait en un nœud de vipères toutes mes insuffisances, toutes les humiliations que ressassait mon orgueil imbécile. Elle focalisait en moi le pire de cet orgueil — une pente au mépris qui avait entaché mes années de jeunesse en procurant à mes irrésolutions un alibi fallacieux. Il y a eu des rechutes. Rares. Marleen a mis du sien, elle désirait, aussi éperdument que moi, renouer avec l'innocence des débuts. Que nous y soyons parvenus relève tout de même du miracle. On dit que la musique adoucit les mœurs, ce qui n'a aucun intérêt. On n'a jamais dit que certaine musique peut chambouler une vie, du tout au tout. Un seul morceau de musique. Une sonate de six minutes dont le phrasé a dû traverser négligemment l'esprit de Domenico Scarlatti, il en a écrit plus de cinq cents.

À la fin de ce dîner, tandis que Greg et moi devisions devant un flacon de cognac, les notes de la sonate avaient cascadé. La pluie cognait gentiment sur les vitres. Le chat dormait sur le radiateur.

Debout à côté du lecteur de CD, Marleen me fixait avec une joie presque insoutenable. Elle avait compris, elle me remerciait, elle rendait grâces à Scarlatti.

26

Les fenêtres du bureau de Lechat donnaient sur l'avenue de Marigny. Deux photos encadrées : sa femme Véronique Delorme, en aparté avec le Président, et lui, Lechat, également en aparté avec le même Président. Il faut ce qu'il faut, comme il disait lui-même, jadis.

Au même étage, mais à l'autre bout du couloir, se trouvait le bureau de Renoir. Je prévenais toujours sa secrétaire de ma présence : s'il avait cinq minutes, je serais heureux de passer le saluer. Renoir avait toujours cinq minutes pour moi. Lechat le savait, ça ne lui plaisait pas mais il n'en laissait rien paraître, eu égard à la proximité de Renoir avec le Président qui le voyait chaque matin en tête à tête et lui téléphonait plusieurs fois par jour. En outre on disait Renoir en termes excellents avec le secrétaire général auquel il m'avait même présenté, une fois, juste avant la foire de Francfort, parce qu'il s'intéressait à l'édition et souhaitait que Raoul puisse conclure avec les Allemands.

Je me suis toujours demandé pourquoi au juste

Renoir m'avait à la bonne. Il fut, que je sache, le prototype du diplomate et de l'homme d'influence, prudent, discret, ne haussant jamais le ton, sachant tout et en montrant le moins possible, ennemi des foucades et des positions arrêtées. Ou extrêmes. Marié, père de deux fils sans histoire. Pas de maîtresse, pas de casserole à lingots. Un réseau sérieux dans les services, et pas seulement aux étages supérieurs, dont il n'usait qu'en cas de nécessité.

Je l'amusais. Peut-être son épouse et leurs fils étaient-ils trop raisonnables ? Peut-être, dans un recoin secret où sa conscience ne se hasardait jamais, existait-il une petite flamme qui s'était rallumée en apprenant mes frasques avec Concepción ! Peut-être était-il las, parfois, de contrôler en permanence ses mots, ses décisions. Sa vie. On ne connaît jamais autrui. Il me rappelait un professeur de lettres qui m'avait pris en affection, au lycée, alors que le reste du corps enseignant ne pouvait pas m'encadrer. À l'âge ingrat, j'étais difficile à manier ; mes insolences, mes indolences décourageaient toutes les patiences, y compris celle de mes parents. Seul mon frère me supportait. Mon comportement le dédouanait, on ne parlait que de mes sottises, les siennes passaient inaperçues. « Prends exemple sur ton frère. » Je n'en voulais pas à André d'être le bon sujet et moi le mauvais, parce qu'il me couvrait, autant qu'il le pouvait. Je le couvrais aussi. D'où une complicité dans le dos de nos parents, entre l'adolescence et son départ aux Antilles, le mien à Paris.

Ai-je fait preuve, lorsque j'appartenais au Quai, de cette humeur narquoise qu'on me reprochait alors ? Je sais, par Hervé, que mon dossier est plus calamiteux encore que Renoir ne me l'avait laissé entendre. J'étais tellement étranger à cet univers que j'ai dû blesser certains, offusquer d'autres, sans m'en apercevoir. Il m'arrivait de truffer d'incidentes légèrement ironiques les télégrammes qu'on me demandait de rédiger. Je n'y mettais aucune vraie malice, convaincu que ces télégrammes, officiellement épluchés par des stagiaires du Quai, ne présentaient aucun intérêt et finissaient dans la broyeuse sans avoir été lus par un responsable. L'eussent-ils été que ça n'aurait influé sur rien. Je trouvais ce métier désuet, verbeux, scolaire et sans prise sur le réel. La componction de mes collègues, les euphémismes de leurs notes, leurs tours de langage présentaient avec la réalité un contraste que je trouvais clownesque. Et scandaleux si la réalité devenait tragique, ce qui n'était pas rare en Afrique. Ah, les « cellules de crise » ! À Beyrouth, ça tournait à la franche obscénité, et j'ai « trahi » le Quai pour ne pas me manquer de respect. J'avais honte de mon pays, j'enviais les diplomates américains qui au moins allaient au bout de leur cynisme et ne craignaient pas d'écrire ou d'énoncer publiquement le mot terroriste. Ah, cette peur des mots, quand ils renvoient à des actes ! Ces « non-papiers » (*sic*) que les conseillers se refilaient et commentaient en euphémisant, comme s'il s'agissait de photos licencieuses. C'était insupportable. J'aurais dissimulé mes coucheries avec Concepción si je n'avais compris que le moment était venu de rompre, il y allait de ma dignité d'homme.

Lechat aurait préféré un autre interlocuteur pour aborder le dossier de Venus. Durant nos premiers entretiens, il m'avait montré les notes qu'il adressait au secrétaire général, et même une, concernant une affaire gênante, que le directeur de cabinet devait prendre en charge : l'indélicatesse fiscale d'un des directeurs de Raoul.

Puis il a cessé de me soumettre quelque document que ce fût. Il m'en indiquait soi-disant la substance, mais devais-je le croire ? Il ne me regardait plus dans les yeux et ses réponses étaient évasives. Son tour de taille épaississait, un double menton commençait à escamoter son cou. Impossible d'imaginer l'enfant puis l'adolescent Lechat à Chalon-sur-Saône, dans un environnement normal, des parents, des copains, des bistrots, des filles — les rêves secrets qu'on peut avoir à ces âges. Impossible de l'imaginer jeune, et pourtant il n'avait que vingt ans quand nous nous sommes connus. On lui prêtait des ambitions de fort calibre, un ministère peut-être régalien. À presque soixante ans, il ne pouvait plus attendre, le pouvoir pouvait virer de bord ; ce qui lui restait d'avenir dépendait du Président, exclusivement. Lechat n'avait jamais été un vrai copain mais jusqu'alors il sauvait les apparences, nous étions malgré tout de la même promotion, baptisée « Mermoz ». Désormais il me faisait sentir, de plus en plus nettement, que nos relations lui pesaient. Il me faisait attendre dans le bureau de sa secrétaire. Il limitait la durée des rendez-vous. Il ne souriait plus lorsque je risquais une vanne sur l'ambiance particulière de l'Élysée, aussi peu aérée que celle du Quai, moins gourmée car le Président n'avait pas la tripe monarchique et n'était pas regardant sur les usages protocolaires. Plus aucun humour ne sauvait Lechat de sa courtisanerie. Plus rien d'autre que l'arrivisme d'un médiocre doué de la forme d'intelligence la plus élémentaire, celle qui selon Darwin permet à l'animal de s'adapter au milieu. C'était si pénible à voir qu'en sortant de ce palais, j'éprouvais le besoin d'aller vite retrouver les couleurs, les saveurs, les mots et les gestes de la vie en prenant un café au zinc d'un bar d'habitués, dans la rue des Saussaies.

Une fois, alors que je venais d'entrer dans son bureau, le Président l'a appelé directement au téléphone. Lechat n'a pas osé me prier de sortir. Le sens de leur conversation m'échappait, il ânonnait : « Certainement, Monsieur le Président. » « Immédiatement, Monsieur le Président. » C'est très étrange, quand on connaît un homme depuis plus de trente années, quand on vient d'entendre le timbre de sa voix — c'est étrange d'entendre une autre voix sortir de la même bouche. Le même homme, pas du tout la même voix à une minute d'intervalle. Une voix liquide, huileuse ou sirupeuse. Pas la voix subtilement servile du maître d'hôtel d'un restaurant de luxe s'adressant à un client de marque. Plus servile que cela, la voix de Lechat, comme si son corps, pour en accompagner l'onctuosité, s'était mis à l'horizontale afin que cette abstraction — le Président — daignât le piétiner, lui soutirer une douleur, et que Lechat jouît de cette douleur, suprêmement, ayant atteint un paroxysme d'irrespect de soi.

Il a dû m'en vouloir, étant trop avisé pour n'avoir pas présumé, de ma part, une réaction voisine du mépris. En quoi il se trompait, je ne suis pas doué pour le mépris, et Lechat n'a pas inventé la dialectique du maître et de l'esclave. Simplement je me suis souvenu de ce professeur malicieux qui, à Sciences-Po, nous avait donné à lire des passages de Saint-Simon. Rien n'a changé depuis Versailles, avançait-il. Rien ne changera jamais, me suis-je dit — et à partir de ce moment, je me suis vraiment méfié de Lechat. Ai-je eu tort de le dire à Renoir ? Il m'a écouté, il a hoché la tête, froncé les sourcils. « Il a de grandes qualités. Vous êtes encore... fougueux. Ne vous en faites pas un ennemi. »

J'avais remercié Renoir, et quitté l'Élysée sans me douter que je n'y remettrais plus les pieds. Le rendez-vous suivant, qui fut le dernier, Lechat me l'a donné au bar du Bristol. « Pour moi, c'est plus simple. Je t'expliquerai. »

Il n'avait pas besoin de m'expliquer. Toute incursion dans le palais est notée, sauf si l'on y entre, à pied ou en voiture, avec un collaborateur du Président, ce qui m'était arrivé une fois avec Renoir.

Lechat ne désirait pas que l'on sache qu'il me recevait. Pas ou plus.

Sauf à être mégalo, impossible de croire que je représentais un danger. Je ne représentais rien du tout. Outre Renoir, je ne connaissais à l'Élysée qu'un ancien diplomate, relégué depuis plus de dix ans à la cellule Afrique. Il m'était arrivé d'aller le relancer, au bout de la rue de l'Élysée, à l'époque où deux de mes clients faisaient des affaires au Cameroun. Un type inoffensif, avec qui j'avais sympathisé à Dakar où il venait d'effectuer des missions pour le compte de Foccart. Je passais lui serrer la main à l'occasion. Il me parlait des problèmes africains mais je sentais sa passion éteinte, c'était le survivant d'une relation avec l'Afrique qui n'a plus lieu d'exister. Il frayait le moins possible avec les autres membres de l'équipe présidentielle, surtout les jeunes de la cellule diplomatique pour qui l'Afrique était un bourbier malséant, peuplé de satrapes environnés de porteurs de valises. Il me demandait pourquoi Venus avait cessé toute activité sur ce continent. Je le déplorais, mais c'était un choix de Raoul. « Trop dangereux. Ça finit toujours par des mises en examen et même si tu restes dans les clous, on te suspecte. »

Aucun journaliste n'avait entendu parler de moi, et pour cause : Raoul répugnait à communiquer. « Ma meilleure com, c'est ma cotation boursière. » Il ne prenait pas vraiment au sérieux son directeur de la « recherche », un ancien maoïste barbu aux allures de gourou, qui portait toujours des salopettes de plâtrier-peintre, roulait en Porsche et pondait des notes alambiquées sur les « socio-styles ». Il revendiquait la paternité du terme « bobo ». On le disait très établi dans la maçonnerie. On le disait de Raoul aussi. Était-ce par confraternité qu'il payait si cher des notes qu'il ne lisait jamais ?

Si Lechat ne voulait plus me recevoir, ma personne n'était pas en cause : le dossier Venus devenait gênant pour lui. Sa position évoluait. Il ne s'agissait plus de contrer une offensive de MGM auprès des autres actionnaires de référence, mais de rechercher les conditions d'une entente. Ses analyses se rapprochaient de celles de MGM. « Il faut être réaliste. La pub, la com, la culture, les médias, surtout les nouveaux, c'est la même chose. Stratégiquement, il faut s'intéresser aux vecteurs. Les tuyaux, mon cher. Les tuyaux. » MGM, dans ses déclarations à la presse, ne disait pas autre chose.

Lechat ajoutait, en fuyant mon regard : « C'est l'analyse du Président. » Il mentait, je le sentais, et ce n'était pas anodin, il devait disposer l'esprit du Président à admettre l'idée que MGM incarnait l'avenir, Raoul le passé. Il avait dû peser dans la décision du Président d'inviter MGM à l'accompagner en Chine, ce que la presse avait interprété comme un rapprochement. Des photos de MGM saluant le Premier ministre chinois avec le Président à ses côtés avaient paru et on glosait sur un long entretien en tête à tête, dans l'avion du retour.

Raoul n'avait aucune raison d'être invité dans un voyage officiel en Chine, mais il y avait d'autres pays à visiter sur l'agenda du Président. Je demandais à Lechat de m'en trouver un où Venus avait des activités, et de faire inscrire Raoul sur la liste des invités. Il éludait, arguant que ces listes étaient conçues longtemps à l'avance. Ou bien que la cellule diplomatique les contrôlait et qu'il n'avait aucune prise sur le conseiller. Ou encore que Raoul, l'année précédente, avait été invité deux fois. « J'essayerai tout de même. Mais, crois-moi, Raoul Dutheil a vraiment intérêt à ne pas contrarier Merceron. »

Un grave danger menaçait Raoul. Je l'ai alerté au téléphone, dès que Lechat se fut éclipsé après avoir insisté pour régler les consommations et glissé l'addition dans son portefeuille, en homme qui ne voulait rien me devoir, pas même un café. Raoul n'était pas surpris. Il m'a demandé de me renseigner discrètement sur Farragi, le président d'une banque, quatrième actionnaire de Venus. « Je sais qu'il voit souvent MGM à Deauville et je le sens hésitant. Essaye de voir par où on peut le tenir. »

Mon métier bifurquait. Il ne s'agissait plus d'espionnage industriel ou de « facilitation » à l'étranger, mais de politique, dans son acception la plus douteuse. Peu m'importait. Marleen m'accaparait, le reste était insignifiant. Je seconderais Raoul jusqu'au bout. Par loyauté. Par jeu aussi — car tout cela n'était qu'un jeu, comme la diplomatie. Plus cruel que la diplomatie, dont les joueurs ne risquent jamais leurs propres mises. Raoul risquait sa présidence, je commençais à en prendre conscience.

C'était la guerre contre MGM, ça augmentait mon excitation quand la silhouette de Marleen se détachait de la foule, sur un quai de la gare du Nord. Car elle avait convaincu Cliff de réaliser un album sur le baroque français, pour disposer d'un alibi. Elle préférait me voir à Paris plutôt qu'à Londres. Je la suivais, où que ses rendez-vous l'amenassent. J'attendais dans des bars qu'elle sorte de ses entretiens savants en lisant des livres conseillés par Jonas ou par Victor. J'oubliais Raoul, Venus, MGM, je retrouvais l'autre monde, celui de la poésie. Le nôtre. Marleen me rejoignait, tout essoufflée, avec son sourire faussement mutin, et m'expliquait en chassant de la main la fumée de ma cigarette que l'essor du baroque français avait été jugulé par les pesanteurs du classicisme. « Descartes, l'Académie, votre raison trop... raisonneuse. Chéri, vous avez peur de la... surabondance. »

Toujours ce moment d'hésitation, pour trouver le mot juste. Mon index caressait sa cicatrice, nos pieds faisaient l'amour. Nous allions dans les églises où le baroque a pu laisser des traces. À Saint-Roch, elle s'extasiait devant une plaque indiquant que Manzoni y avait retrouvé la « foi de son enfance ». À Saint-Sulpice elle avait une moue dubitative devant la fresque de Delacroix sur le combat de l'ange avec Jacob, mais prétendait néanmoins que le plus inventif du baroque français était là, dans cet enchevêtrement de voûtes. Elle admirait beaucoup

Servandoni auquel elle avait consacré son mémoire, lors de son séjour d'étudiante à Paris. En sortant de Saint-Nicolas-du-Chardonnet je lui racontais mon passé d'enfant de chœur, ça l'attendrissait. Elle comparait en experte les coupoles des Invalides, de la Sorbonne et du Val-de-Grâce, la plus belle à ses yeux. J'apprenais sur le tas. Je n'étais pas sûr que sa thèse fût inattaquable mais il me plaisait de l'épouser. La quête d'un bonheur de haut étage, sensuel mais ordonné et en osmose avec le souffle divin. « Le dernier moment esthétique avant qu'ils chassent Dieu », disait-elle en ébauchant cette moue qui semblait prendre la mesure de tant de regrets, avec battement de cils en prime.

Un taxi nous déposait à l'angle du boulevard Morland, nous longions la bibliothèque de l'Arsenal. Elle remarquait les frises et les torches sur la corniche. Rien ne lui échappait, elle s'étonnait que le mur de la bibliothèque et ses fenêtres fussent protégés par des grilles. J'évitais de tourner les yeux vers le salon de coiffure. Nos corps prenaient leur temps, nous étions les célébrants d'un culte ; il devenait forcené lorsque les restes de ma jalousie exigeaient de Marleen des impudeurs extrêmes, afin d'évacuer les fantômes qui me tourmentaient encore par instants.

Un clavecin égrenait les fantaisies suaves de Scarlatti. Marleen avait remonté le drap jusqu'à son cou, ses yeux me souriaient avec ces nuées grises qui souvent traversaient le vert. Je tirais le rideau, un rai de lumière filtrait. J'allumais une cigarette, écoutais les messages sur le répondeur. La voix de Raoul était sèche.

« Ça te plaît, ton métier ?

— C'est juste un métier. Tu m'as rendu indifférent à presque tout.

— Tu t'entends bien avec Raoul ?

— Je le prends comme il est. J'ai du plaisir à fréquenter ses amis. Avec eux j'ai l'impression d'être un Européen civilisé. »

Une autre moue.

« Civilisé ? Peut-être. Je les aime tous, même Raoul, mais je n'aime pas son argent. Il nous achète, ce n'est pas... honorable. On dit bien : honorable ? »

Elle avait tort et raison. Il nous achetait, certes, ou plutôt il nous louait, pour enrichir sa vie d'un peu de gratuité. Je mettais un CD dans le lecteur.

« Écoute... Oublie le reste... »

Scarlatti ouvrait le bal, pour nous deux. Bal champêtre, en bleu séraphique et en rose. Beaucoup de douceur. Sur quel destrier Marleen s'évadait-elle ? Vers où ? On ne sait pas grand-chose de la femme qu'on aime. Moi, c'était Redenac, quand la brume monte de la gorge en un panache blanc cotonneux. Les nuages refluent vers les crêtes, dévoilant un soleil orange qui semble éveiller les oiseaux. Des vaches paissent dans le pré, une buse plane dans le ciel, au gré d'un désir dont la teneur est sûrement moins frelatée que celle des nôtres.

27

Lexo m'avait appelé de New York pour me donner rendez-vous au bar du Bristol. « Je file à l'aéroport. Demande à Loriot de nous retrouver, j'ai des choses à vous raconter. »

Joël était arrivé le premier. Il sirotait un whisky. Ses yeux bleus étaient des caméras mobiles, ils passaient en revue les clients du bar, des Africains d'une élégance un peu outrée, la suite d'un président en visite officielle. Il y avait souvent des présidents ou des ministres africains au Bristol, et dans leur sillage des Français avec lesquels il valait mieux ne pas se commettre.

« Ça se complique pour Raoul. Véronique Delorme négocie avec MGM. Ils étaient ensemble dans un dîner, hier soir, à New York. Elle a de l'entregent. N'oublie pas qu'elle couche avec le ministre du Trésor.

— Je sais. Lechat est au courant ?

— Sans doute pas. Mais ça ne servirait à rien de tirer sur ce fil. Il y a un deal entre eux : leur carrière. Il a besoin d'elle et réciproquement. »

Il m'a décrit la façon dont les réseaux de Lechat

et de son épouse fonctionnaient en parfaite complémentarité. Véronique Delorme voulait hisser son agence au niveau international, ça devenait une obsession. Elle rêvait d'être la communicante en chef de Condoleezza Rice. Je l'avais rencontrée deux fois, dont une à leur domicile avenue Charles-Floquet, avec Raoul et le genre d'invités qu'on retrouve dans ces dîners parisiens. Dosage presque constant : un politique, un patron du privé, un journaliste, un décideur de haut rang dans le secteur public, para-public ou mixte. En règle générale on case un « intellectuel » en bout de table, à condition qu'il anime une émission dans une radio ou signe une chronique dans un magazine. Ou bien qu'il sache fomenter une pétition. La présence d'un écrivain ou d'un artiste est facultative. L'appartement, autant qu'il m'en souvienne, ressemblait au bureau de Raoul. Postmoderne. Taches de couleur (« l'art ») sur fond blanc. Véronique Delorme aussi était postmoderne — un type de beauté androgyne, haute sur pattes, mince, visage effilé, coiffée très court, avec un sourire qui enjôlait et se refermait sur commande. On entendait dire qu'elle était frigide.

C'était quelques mois seulement après que Raoul m'eut recruté, je connaissais peu ce milieu, j'avais à peine entendu parler de Véronique Delorme ; pour moi, comme pour Raoul, elle n'était que l'épouse de Lechat.

« Une seule solution. Que tu te sacrifies. On prétend que tu as sauté toutes les femmes de Paris. Pourquoi pas elle ? »

Joël a souri, levé les bras, paumes ouvertes dans la position d'un type braqué par des policiers.

« Les missions compliquées, je connais un peu. Mais là, pas question : elle est trop maigre et elle cause trop. Préviens vite Raoul. »

Après une hésitation, je me suis risqué à lui demander ce qu'il pensait de Farragi.

« Il n'est pas sûr ?

— Raoul a des doutes. »

Il a pris le temps de la réflexion.

« Les conditions de la vente d'une compagnie américaine ne sont pas nettes. On dit qu'il a récolté sous la table. De là à le prouver... Il faudrait lui faire savoir — ou croire — qu'un magistrat s'intéresse à lui. Un magistrat ami, malin et sûr.

— Tu vois quelqu'un ? »

Il m'a cité un nom. J'ai noté. Lexo est arrivé. Toujours cette élégance qui n'était pas du dandysme, car il semblait avoir enfilé à la hâte ce qui lui tombait sous la main, mais qui dessinait une silhouette subtilement anachronique. Vêtu d'un sac à topinambours, Lexo aurait toujours cette allure de lord débarquant d'un dominion où l'on passe ses soirées dans des clubs, sous les pales d'un ventilateur qui tournoient mollement.

« Ça chauffe, les amis. Hier, je suis tombé sur Jones, dans un cocktail. C'est le patron de la World's Fair. Il prépare un coup avec MGM. Un coup qui suppose la mise à l'écart de Raoul. Jones est très proche du Président américain. Le nôtre va subir des pressions. Un de ses conseillers les plus écoutés serait dans la manœuvre. »

Le conseiller, c'était Lechat, de toute évidence. Joël n'était pas surpris : « Je vais me renseigner. Lechat n'est pas le seul conseiller du Président. D'ailleurs je suis sûr que le Président n'interviendra pas. Le vrai levier, c'est Matignon. » Il s'est éclipsé après avoir serré les mains d'un groupe d'Africains qui avait investi le bar. Lexo a sorti son étui et son fume-cigarette.

« Raoul aura du mal à s'en sortir. Je n'ai plus beaucoup d'amis autour de l'ambassade des États-Unis, mais je sais qu'on y prépare une offensive. À propos, Borović agace énormément les Américains. Je l'aime bien, c'est un vieil ami, je suis allé le prévenir. »

Avec son tact et son sens de l'esquive, Lexo me faisait comprendre qu'il m'avait vu à Lausanne, avec Marleen, à la porte du restaurant. Et qu'il n'en serait jamais question.

« Tu seras aux Combes Noires le mois prochain ? Il paraît que Victor nous prépare une belle soirée. Embrasse Raoul pour moi, je file à Londres retrouver Sybille. Figure-toi qu'elle s'est mis en tête d'acheter une maison à la campagne. »

De retour chez moi j'ai appelé Raoul pour lui relater la mise en garde de Lexo et les suggestions de Joël. Je l'ai senti troublé.

« À terme le conflit est inévitable. Tu n'as pas peur de la mitraille ?

— Je n'ai peur de rien. »

Il ne pouvait pas savoir que j'avais eu peur de perdre Marleen. Le reste, je m'en foutais. Et quand on se fout de tout, on est capable de tout. Je me sentais libre, Raoul pouvait me demander ce que bon lui semblait.

Il m'appelait désormais tous les jours. Nous dînions ensemble au moins une fois par semaine, généralement dans un restaurant de la rive gauche. Sa schizophrénie s'accentuait, il était de plus en plus instable et passait sans transition du cynisme le plus noir à des accès de sentimentalisme presque niais. Un jour, il m'a demandé de l'accompagner au siège de Venus dans sa voiture aux vitres teintées. Je n'avais pourtant rien à y faire. Il ne voulait pas être seul, voilà tout. Nous avions déjeuné à L'Ambroisie, sur la place des Vosges, avec Joël Loriot. Il avait beaucoup bu et fumé toutes les cigarettes de mon paquet.

Joël en savait plus que quiconque sur les agissements de MGM qui voulait se débarrasser de Raoul et commençait à mettre en œuvre une stratégie de déstabilisation. Elle passait par l'Élysée, Matignon et Bercy, mais les gros clients de Venus, les patrons de filiales et même les directeurs allaient être mis en condition. S'ils ne l'étaient déjà. « Dans les pays où tu veux te développer, les ambassadeurs ont tous été contactés. On leur fait savoir, discrètement, qu'il vaut mieux te tenir à distance. » Je repensais aux messages qui m'avaient été adressés, à mes intermédiaires qui se défilaient, aux suspicions de Mylena. Joël ajoutait qu'une rumeur, dans Paris, attribuait à Raoul une maladie incurable. Une autre insinuait qu'il avait entrepris des négociations secrètes, par avocats interposés, en vue de quitter Venus, moyennant une soulte. On citait des chiffres. Une autre encore, plus cruelle, affirmait que Carla avait trahi Raoul. On l'avait vue, soi-disant, dans un dîner avec MGM et Lechat. Bien entendu Joël m'en avait informé sous le sceau du secret, il ne fallait surtout pas que Raoul sache. Du reste Joël n'y croyait pas. Il s'était renseigné. Le dîner en question était une soirée de gala organisée chez Maxim's par une entreprise de produits de beauté, avec un alibi culturel ou humanitaire quelconque. Il y avait au moins deux cents invités, parmi lesquels MGM et Lechat, mais Carla n'était pas à leur table.

Raoul avait écouté Joël comme s'il n'était pas vraiment concerné. Nous longions les quais. Il me parlait de Carla qui venait de repartir à Rome. « Je ne la supporte plus. Tu sais, j'en ai marre. La guerre, d'accord, mais pour atteindre quel but ? L'Europe, personne n'y croit. Ce pays est trop vieux. L'Allemagne aussi est trop vieille. Pourtant il n'y a pas d'autre issue. Je me demande si le Président comprend les gens comme moi. Il doit penser lui aussi que je n'ai aucune vision. »

Car MGM, à mots de moins en moins couverts, insinuait que la stratégie « culturelle » de Venus était trop étriquée pour relever les défis de l'avenir. Je voyais venir Raoul. Il cherchait à prouver — à se prouver ? — qu'au sommet de l'État, il y aurait un choix à faire entre l'Europe et l'Amérique. Entre lui et MGM. Plus ou moins consciemment, il prenait l'Élysée à témoin, presque en otage. Pourquoi pas ? « Je les emmerde tous. Heureusement, on se retrouve dans un mois aux Combes Noires. Tous seront là, Jonas, Vladimir, Lexo, Sybille, Hervé, les Perkins, les Burton. L'arrière-garde, face aux barbares. Victor m'a téléphoné, il nous prépare une surprise. Au fond, c'est lui qui a eu raison. »

La voiture roulait avec lenteur entre les immeubles de verre de TF 1 et de la Poste. Elle s'est immobilisée devant le siège de Venus. Léo a ouvert la portière de Raoul, je l'ai suivi dans le hall trop climatisé. « Bonjour, Monsieur le Président. » L'ascenseur. Son visage s'est figé. Contracté. Métamorphosé. On aurait dit un robot qu'un démon venait de remonter à l'intérieur.

28

J'ouvrais les yeux. Les doigts de la pianiste chinoise gambadaient sur les touches. Son visage penché n'exprimait rien d'autre apparemment qu'une hâte fiévreuse. Je refermais les yeux. Scarlatti bifurquait, accélérait, je croyais savoir où il m'emmenait, mais note après note j'avais l'impression de renouer avec des patries très lointaines. Nos âmes sont plus cosmopolites que nous ne le pensons. Je reconnaissais des paysages plus intimes que ceux de Redenac ; le précipité d'émotions cristallisait puis dispersait des univers sans ancrage précis dans le temps et l'espace, où pourtant j'étais sûr d'avoir divagué, dans une autre vie, dans un autre monde, dans un autre « moi ».

Marleen était là. Nous étions tous là, certains assis, d'autres debout autour du piano à queue crème, dans le salon des Beysserat. Les yeux de Marleen m'avaient fixé brièvement, au moment où la pianiste s'installait. Jamais noces de l'intimité et de la clandestinité n'avaient été célébrées avec une telle simplicité. La présence de Greg n'était plus gênante. Nous avions franchi l'écueil de la jalousie. Nous avions franchi tous les écueils, plus rien ne pouvait nous menacer, le temps n'aurait pas de prise. Invulnérables. Victoire du baroque sur la « grande névrose ».

Dehors, un soleil rouge allait disparaître derrière une crête sombre, dans un flamboiement qui par contraste attendrissait le bleu séraphique du ciel. C'était le début de l'automne. Les arbres jaunissaient, les fougères roussissaient sur les routes sinueuses qui relient Redenac aux Combes Noires.

La veille, j'étais allé au sauna avec Jonas. Il allait retourner à Jérusalem, et s'y fixer. Sa décision était prise. La presse annonçait une recrudescence d'actes antisémites, dans la banlieue nord de Paris et du côté d'Avignon. Tombes profanées, synagogues incendiées, gamins agressés en pleine rue, en plein midi. « Les politiques nous lâcheront. Je ne dis pas qu'ils sont antisémites, ils savent faire des additions et le vote des musulmans est déterminant dans beaucoup de circonscriptions. Sans compter la menace terroriste. »

Je revoyais ces flammes et ces nuages de fumée, sur l'autoroute entre Roissy et les portes de Paris. Jonas avait peut-être raison. Peut-être pas : Joël doutait qu'à terme le salafisme pût déstabiliser la France. « Ce sont les dernières séquelles de la guerre d'Algérie. Les générations suivantes feront du Coran ce qu'on a fait de la Bible. » Il ajoutait que la perte du sens religieux l'inquiétait plus que les jeunes casseurs dans les banlieues. La vraie barbarie, selon lui, c'était la télévision qui en semait l'ivraie, partout en Occident, à coups d'émissions amorales et vulgaires. Elle tendait à chacun un miroir dans lequel les pulsions se pourléchaient. Ce genre de constat, Joël le délivrait en fin de soirée, chez Lipp, quand nous étions seuls, et je découvrais alors que son entrain n'était qu'une armure. En tout cas qu'il engageait seulement un appétit biologique pour les choses de la vie, pas le cœur, pas la conscience.

Jonas était aussi peu optimiste. Il m'avait apporté un numéro de la revue *L'Arche*. « J'ai écrit un papier, j'aimerais que tu le lises. » C'était un témoignage d'amitié et de confiance, car Jonas ne parlait jamais de lui, et s'il avançait des idées, il se retranchait derrière l'autorité d'un philosophe ou d'un théologien. L'article était assez long, truffé de citations bibliques. Jonas élucidait les arcanes d'un double patriotisme — la judaïté, la France — et décrivait, non sans pudeur, sa gêne croissante à s'y mouvoir. « Mon terroir, c'est ce pays, et j'en aime les églises, romanes ou gothiques, autant que les écrivains, classiques ou romantiques, réactionnaires ou progressistes. Même les régionalistes. Je n'ai pas de rancune, j'aime la France dans tous les états de sa mémoire, Bouvines, Saint Louis, Jeanne d'Arc. Il s'agit d'un amour charnel, esthétique. Presque gastronomique. Ce sont des saveurs pour l'esprit. Mais la terre de ma plus longue mémoire, c'est Israël, et l'"assimilation" me fait horreur. L'heure approche d'un choix déchirant. Il faudra s'y résoudre. Il n'y a pas d'autre façon d'être fidèle que de revenir à la Torah et au Talmud. Le destin de Benny Lévy nous oblige. »

D'autres chroniques, signées par des intellectuels connus pour leur modération, allaient toutes dans le sens d'un durcissement de la conscience d'être juif. En France, tout se durcissait, chacun se rétractait, je le sentais en revenant de Londres ou d'autres capitales. Il y avait dans l'air de Paris une aigreur, une acrimonie, une rogne particulières. Un mélange de nervosité et d'apathie rendait les relations pénibles dans la vie au jour le jour. Quand je traversais la ville en taxi, je lisais dans les regards la haine du piéton pour l'automobiliste. « J'ai la haine », disait une chanson de rap qu'on entendait dans les radios. La presse relevait une tendance au repli sur le clan, l'ethnie, la région, la confession, le lobby, le syndicat, la faction politique, le réseau, le club — comme si chacun ne voyait plus d'autre issue pour conjurer l'angoisse de lendemains aléatoires. Je percevais ces crispations avec d'autant plus d'acuité que je nageais dans le bonheur et l'insouciance, au point d'ailleurs d'être presque toujours dans le rouge à la banque : plus je gagnais, plus vite je craquais. Heureusement, la surface de Venus inspirait confiance à ma banquière du boulevard Henri-IV, elle me consentait un gros découvert.

J'étais revenu à pied du sauna par le bas du boulevard Saint-Germain. En longeant la baie vitrée du Sully, j'avais vu Vladimir, debout au comptoir, en train de rouler une cigarette avec sa boîte de métal.

Un ballon de cheverny l'accompagnait dans sa solitude. Ou l'y entretenait, on ne sait jamais trop avec l'alcool. Il n'était pas ivre. Il m'a annoncé qu'il envisageait de rentrer définitivement à Belgrade.

« La Serbie n'a pas besoin de moi, mais je n'ai plus envie de vivre à Paris.

— À Belgrade, tu ne travailles pas. De quoi vas-tu vivre ?

— De rien. Je n'ai plus envie de peindre.

— Tu as envie de quoi ?

— D'être heureux... Je suis fatigué de tout ça... À Belgrade, j'étais un Yougo et la Yougoslavie n'existe plus. À Paris, j'étais un Européen et vous ne voulez pas faire l'Europe. Les Serbes sont bordéliques, mais au moins ils sont européens. Par naïveté, je sais ; c'est tout ce qui nous reste. Et puis, je suis amoureux.

— Encore ?

— Pas encore. Toujours... »

Il a sorti un portefeuille de la poche revolver de son pantalon et m'a montré deux photos. Mylena au bord d'une plage, avec quelques années de moins. Mylena devant le lac Léman. Cette photo-là était récente.

« Elle va me rejoindre. Jure-moi de n'en parler à personne.

— Vous allez... vivre ensemble ?

— Pourquoi pas ? Il n'y a personne dans sa vie. Elle a eu un fiancé, il y a longtemps. Il est mort dans cette putain de guerre... »

Je me suis souvenu de la chanson qu'elle m'avait

fait écouter, à Genève, dans sa chambre mansardée d'où l'on apercevait le bulbe d'une église. L'histoire d'un fiancé qui est parti à la guerre et qui n'en reviendra pas.

Je comprenais pourquoi Mylena me suppliait presque d'inciter Vladimir à retourner à Belgrade. Je n'en avais pas moins du mal à imaginer quelle sorte de couple ils pouvaient former, elle nimbée d'un givre printanier, lui délabré de partout.

Je voyais Mylena moins souvent, mais nous restions en contact téléphonique. Toujours gaie. Toujours mystérieuse. Elle avait pressenti, avant moi, que dans les Balkans Venus faisait l'objet d'une sorte de mise en quarantaine. « Ça vient de vos ambassades. » J'aurais eu du mal à le croire si Joël Loriot ne l'avait confirmé. Dans les pays concernés, les ambassadeurs français suggéraient aux autorités de surseoir. Rien d'officiel. Mais le même message dans tous les postes, y compris à Belgrade où Louis-Guillaume avait été remplacé par un jeune qui refusait de me prendre au téléphone. Donc ça venait du Quai, voire de quelqu'un à l'Élysée, car en France la politique extérieure s'y traite, pour l'essentiel. Un enfant de cinq ans aurait compris que MGM tentait de manipuler le pouvoir politique pour avoir la peau de Raoul.

Il faisait beau sur l'autoroute A 20. Jonas et Vladimir, que je convoyais, échangeaient des vues louangeuses sur les paysages. La Beauce. Les tours de la cathédrale d'Orléans (Jonas : « La France, c'est d'abord ça »). La Sologne. Le Berry et les premiers moutonnements du Massif central. Le Limousin, les ardoises grises et puis les lauzes. Les quais d'Argentat, la route en lacets qui grimpe vers Redenac.

Jonas n'était jamais venu à Redenac. Il parut surpris en voyant l'humble clocher gris autour duquel s'étagent des toits de lauze pentus. Au Sully où nous nous étions donné rendez-vous, Vladimir m'avait offert une aquarelle ébauchée à Redenac, achevée dans son atelier. C'était ma maison. Elle avait un air de famille avec l'autre, accrochée au mur de mon appartement. L'une sereine, l'autre tourmentée. L'une et l'autre condamnées à la solitude.

Mon frère s'était absenté mais les volets étaient ouverts, un ballon multicolore traînait sur la pelouse, la maison n'avait plus cette mine de veuve esseulée. En voyant des journaux sur la table et une bûche calcinée dans l'âtre, j'ai compris que mon neveu Jérôme avait fait escale récemment, sans doute avec sa nouvelle compagne. Il en change souvent ; le gène d'instabilité qui se trimballe dans la famille l'accule à des histoires compliquées, quelquefois drolatiques. L'année précédente il y avait eu deux femmes dans la maison, on pouvait craindre le pire ; ça s'était arrangé à l'amiable ou presque. J'aime beaucoup ce neveu qui travaille comme conducteur d'engins sur des chantiers, aux quatre coins du monde. Il est toujours amoureux, jamais de la même. Il se cherche, se croit bouddhiste et achète des tonnes de livres sur le sujet, les laisse en plan pour se vouer à Internet et s'y acoquiner avec des farfelus, s'adonne pendant six mois à la musculation et exhibe un torse de lutteur, couvert de tatouages. Se bague l'oreille puis se rase le crâne. Achète une maison en Bretagne ou au fond du Mexique et la revend, généralement à perte. Tout cela avec le sourire de l'humour, car il ne prend rien au sérieux, surtout pas sa propre personne. « Il n'est pas mûr », soupire André. Tant mieux. Mûrir rime avec pourrir. Marleen ne sera jamais mûre.

Vladimir ne se déplaçait jamais sans ses crayons, un carnet de notes et une boîte de couleurs. Il est descendu sur le chemin en contrebas de l'ancien verger pour trouver un angle. Jonas a voulu visiter toutes les pièces. C'est une maison de famille, rien de plus, son contenu intéresserait à peine un brocanteur d'envergure cantonale. Qu'elle comportât, comme toutes, une cave et un grenier lui paraissait fabuleux. « L'inconscient, la mémoire : rien ne manque. » Les photos de mes grands-parents, de mes parents et de quelques ancêtres sur le buffet Henri II lui ont inspiré un bref dégagement qui ponctuait son article dans *L'Arche*. « Avec cette souveraineté, tu peux vieillir tranquille.

— À chacun sa Jérusalem. La tienne est plus près du but. Je veux dire : de notre but commun.

— Plus près peut-être, mais pas aussi facile à vivre.

— Pourquoi rechercher la difficulté ?

— Parce que je n'ai pas le choix. »

Vladimir nous a rejoints et nous avons pris la route qui traverse la Planèze, descend dans une gorge, file sur un autre plateau. Elle dépasse deux bourgs somnolents avant de rejoindre les Combes Noires. Des vaches largement encornées paissaient dans un pré, au creux du vallon. Jonas leur trouvait une mine préhistorique, à cause des poils très longs qui leur encadraient le museau.

Haydn, c'est une autre patrie. Elle se dévoile au crépuscule, quand des nuages noirs venus des montagnes s'approchent de Redenac ; alors les formes s'estompent, une douceur équivoque suspend le bonheur à portée de l'angoisse. Mais si l'âme se recueille, les vents mauvais seront impuissants, il suffit d'écouter, sans bouger.

Les doigts du jeune Ghanéen avaient l'air de danser. Je fermais les yeux. Une autre joie qu'avec Scarlatti. Plus douce. Aucune violence. Rien qui vienne des territoires de l'enfance. Alors, de quelle crypte ? J'entrouvrais les paupières. Marleen s'était déplacée. Ses yeux verts m'ont effleuré avec une douceur exténuante. Le bonheur, c'est lourd à porter quand Haydn en suggère tant de modalités en si peu de notes. Le bonheur est un préalable. Nous ne le savions que trop, Marleen et moi ; soit ses paroxysmes ouvrent de grands espaces, et il faut s'y lâcher à bride abattue, soit on s'en contente, et il fait faux bond après trois petites rondes autour d'un nombril.

La tête de Jonas battait la mesure. Envie de lui

dire que ce bonheur, c'est le message des Européens au reste du monde. Le seul. Le message, donc le devoir. Envie de le dire à Vladimir aussi. Lexo avait aux lèvres un sourire de béatitude. Sybille lui tenait la main. J'ai pensé qu'ils ne se quitteraient plus et ça m'a rassuré. Les cernes sous les yeux de Lexo trahissaient une fatigue. Il n'est plus très jeune et son dos le fait souffrir. Vladimir écarquillait les yeux comme s'il voyait en rêve on ne sait quels chevaliers armés de glaives en partance pour la reconquête du Champ des Merles. À quoi rêvait Ralph qui revenait d'un voyage à Tanger où ses souvenirs n'avaient pas été au rendez-vous ? Et Greg qui en avait peut-être marre d'ingurgiter de la musique baroque ? À quoi rêvaient Sybille, Dora et Hélène ? Elles atteignaient cet âge où le corps d'une femme joue ses dernières partitions sur le registre de la séduction. Belles encore, et désirables, mais une précarité affectait leurs sourires, elles donnaient l'impression de chercher à tâtons leur rôle futur. À tâtons et en y mettant une tendresse moelleuse que peut-être elles n'avaient pas, avant. En permanence, dans les propos des unes et des autres, cet « avant » revenait sous des atours variables. Avant...

Carla cherchait mon regard. Une barrière s'était levée, je ne refusais plus la complicité qui se tissait entre nous, depuis quelques semaines ou quelques mois. Elle tirait des bouffées nerveuses sur sa cigarette, un cendrier dans la paume de sa main.

Marleen a des antennes. Après les deux concerts, les invités s'étaient dispersés dans le parc. La nuit tombait, nous avions pu nous isoler sans qu'il y paraisse. Elle portait un jeans et un col roulé bleu pâle, sa chevelure était nouée, ce qui accusait les traits de son visage et rendait sa cicatrice plus visible.

« Merci », lui ai-je dit.

Elle a souri. C'était elle évidemment qui avait demandé aux deux pianistes de jouer nos deux sonates fétiches.

« Heureusement, on est là depuis hier matin. La sonate de Scarlatti, je savais qu'elle l'avait déjà jouée à Prague. Mais le Ghanéen est plutôt spécialisé dans Schubert. J'avais amené la partition, il a répété tout l'après-midi. Pour toi. Pour nous. »

Elle appréciait le fait qu'une Asiatique et un Africain se coulent aussi naturellement dans une musique héritée de la Renaissance que s'ils étaient italiens ou autrichiens.

« Rien dans les gènes. Tout dans la culture. Ça me rassure, chéri. Carla a l'air si triste.

— Je sais. Qu'y puis-je ? Elle a tout essayé.

— On dirait qu'elle s'accroche à toi. »

Marleen a dû avoir peur que je ne lui mente. Elle a ajouté :

« Nous, c'est éternel. Pour le reste... »

Un geste évasif. Elle a ramassé un marron, l'a sorti de sa gangue verte. Un autre vert que celui de ses yeux. Aucun des verts qu'on trouve dans la nature, à Redenac et ailleurs, ne ressemble à celui des yeux de Marleen. Je l'ai imitée. Un marron minuscule, froid au toucher. Nos mains ont procédé à l'échange.

Carla marchait derrière nous, accompagnée d'Hélène. Elles n'avaient pu nous surprendre, nos mains s'étant à peine jointes l'espace d'une seconde et cet endroit du parc n'était pas éclairé. Néanmoins nous les avons attendues, pour leur donner un change — et Marleen a fait en sorte que je remonte vers la maison seul avec Carla. J'ai mis la main sur son épaule. Ce geste banalement affectueux, je me l'autorisais avec toutes, sauf Carla. Pour ne pas parasiter mon histoire d'amour. Accessoirement parce que Carla était l'épouse de Raoul. Maintenant je pouvais me le permettre. Je n'avais pas besoin d'elle. Quand s'allumait en moi le désir d'une femme, Marleen s'interposait toujours. Tandis que mon désir de Marleen ne s'adresse qu'à elle.

29

Pourquoi, parmi tant d'autres week-ends où Raoul nous avait réunis, des séquences de celui-ci se sont-elles cristallisées dans ma mémoire pour composer un camaïeu d'émotions dont la douceur s'enrobait d'amertume ? Les deux concerts, sans doute. Cette offrande de Marleen. Le pressentiment que nous vivions le début d'une fin liée aux tribulations de Venus. Les désertions programmées de Jonas et de Vladimir. Le passage d'une frontière dans mes relations avec Carla. Un sentiment de fragilité n'avait cessé de nous habiter ; il s'épanouissait en lamentos éplorés. Nous voguions pour un laps de temps à l'intérieur d'une parenthèse, tels des naufragés sur un esquif battu par des flots déchaînés. L'esquif, c'étaient les restes, les débris, les scories d'une civilisation, la nôtre. La parenthèse allait se refermer.

À table j'étais placé à côté de Lexo. Il m'a appris que Véronique Delorme venait de conclure un accord avec MGM : Cosmogonia entrait dans le capital de son agence et elle allait mettre en musique la fusion envisagée avec le groupe américain. Lechat avait donc trahi. Raoul le savait, il ne m'en avait pas parlé. Il aurait pu, il aurait dû négocier avec cette femme, je l'y avais poussé mais il s'y refusait, par principe aurait-on dit. À cause de sa misogynie ? De son mépris des communicants ? Il paraissait détaché. Il commentait les vins que Victor nous servait.

Hervé ajoutait sa touche d'épicurien revenu de tout avec, me semblait-il, davantage d'accent que lorsqu'il était à Paris. Sa future nouvelle épouse nous avait rejoints. Laure. Élancée, pulpeuse, avec un museau de furet, une longue chevelure noire et aux oreilles des anneaux qui lui donnaient un air de gitane. Nettement plus jeune qu'Hervé. Vladimir, à l'autre bout de la table, montrait les photos de Mylena à Carla qui l'écoutait avec un sourire indulgent. Très blasée, l'indulgence de Carla. Blasés mais d'une autre façon les commentaires de Victor sur la vie littéraire parisienne. Il la suivait de près. Seul Jonas pouvait lui donner une repartie, et leurs points de vue se rejoignaient : ils regrettaient le temps où un texte de Gide ou de Sartre remuait les consciences. Les écrivains de la nouvelle génération étaient trop violents pour leur goût, leur plume lâchait des pains de plastic avec une frénésie nauséeuse ; ou alors elle s'évadait en des futurismes qui les effrayaient. Eux, ils goûtaient les émotions en demi-teintes, les sentiments patinés. Mais Victor buvait, pas Jonas, leur désenchantement ne pouvait pas avoir la même texture.

« C'est toi qui as fait le bon choix. »

Raoul brodait sur ce thème. Plus il buvait, plus lourdement il y revenait. Nous étions tous enclins à penser que Victor avait eu raison de se tapir au plus épais de la province, avec des livres et de la musique. Mais, pour vivre ainsi en s'absentant du monde, il faut une Hélène, et Jonas, dans la voiture, m'avait dit en souriant que s'il avait épousé une femme comme elle, il se serait peut-être enraciné en France, quitte à se renier. Vladimir n'était pas loin de l'approuver. Leur ligne de vie tenait à une Hélène qu'ils n'avaient pas rencontrée.

J'ai pensé que Raoul avait renoncé à se battre. D'ailleurs, depuis plusieurs semaines, Simone faisait mystère de certains blancs sur l'agenda. Il devait négocier son éviction. D'autres auraient dit : sa désertion. Pas moi. Je comprenais qu'il veuille en finir. L'orgueil l'avait soutenu. Orgueil ou vanité, peu importe. Mais la presse tressait des louanges à MGM, Renoir s'arrangeait pour ne plus me prendre au téléphone et Joël Loriot ne me cachait pas qu'à une exception près, MGM avait retourné tous les membres du conseil d'administration de Venus. Il venait de réunir à nouveau son *think tank* à Los Angeles, on le voyait plastronner dans tous les magazines, sur un voilier, avec femme, enfants et labrador. Hervé disait que ce labrador, médiatisé à son insu, avait l'air plus vivant, plus aimable et moins con que ses maîtres, sur les photos.

Raoul avait largement dépassé la soixantaine. Il était riche. On ne l'est jamais assez, chez les riches, et j'avais remarqué que la peur ancestrale de manquer taraude les salariés de grand luxe du grand capital. Leur train de vie roule aux frais de l'entreprise, ils se font payer d'autant plus grassement que chacun est administrateur de l'autre, et réciproquement. Mais ça ne tient qu'à un fil : la majorité ; s'il rompt, ils perdent tout. Du moins ceux qui, comme Raoul, ne sont pas du sérail.

Il demandait à Victor s'il se trouvait encore des propriétés à vendre dans la région, après l'écrémage par les Anglais. Il en cherchait une, pour plus tard. Pas trop loin de son village. Une maison avec dépendances, pour y loger un ménage de gardiens. Je le voyais mal en rase campagne, fût-ce dans une demeure de grand standing. À vrai dire je ne le voyais bien nulle part.

Le pianiste ghanéen parlait français avec le même accent que Marleen. C'était un des protégés de Victor, il était déjà venu aux Combes Noires. La trentaine. Très élégant, très policé. Très londonien. Il se laissait porter par l'ambiance, tout en s'étonnant du pessimisme que l'alcool faisait émerger. Plus nous buvions, plus il semblait acquis que le monde allait à sa ruine. La France ? Un musée. L'Europe ? Un cimetière. Nos vies ? La course en zigzag de lièvres affolés par le sifflement des balles.

« Vous avez tout. En plus vous aimez la musique. »

Que lui répondre ? Nous avions tout mais une lassitude nous laminait. L'âge peut-être, tout bêtement. Raoul et son arthrose cervicale, Carla et ses vertiges,

Hervé qu'on allait opérer d'un ménisque. Victor avait trop de cholestérol dans le sang, il venait d'arrêter de fumer, ça le rendait moins gai. Sybille sortait d'une chimio. Cancer, comme Hélène. Comme mon frère. Lexo s'était mis à l'eau minérale, nos vies menaçaient de carburer à la Badoit, en toussant dans les côtes.

L'âge : cinquantaines finissantes plutôt que rugissantes. L'âge et ces « À quoi bon ? » qui empâtaient nos sentiments. À quoi bon se battre contre un MGM quadragénaire qui se prenait pour un pionnier, qui n'était qu'un crétin surévalué, un prédateur, un barbare, mais qui avait de l'énergie en surabondance ? À quoi bon s'insurger contre la décadence ? À des titres divers nous méritions tous l'appellation. Sauf Jonas. Sauf Vladimir, dont le désespoir affable venait de très loin.

Sauf Hélène, qui opposait à nos désolations d'enfants trop gâtés une gourmandise toute fraîche. Il y a des êtres si doués pour le bonheur que les pires avanies n'y peuvent rien, il est là, ils le respirent.

Marleen, elle, l'avait apprivoisé. Nous étions sans doute les deux seuls à ouvrir un crédit à l'avenir, sans hypothèque. L'amour m'immunisait. Mais en devenant l'amant de Marleen, et en quelque sorte son disciple, n'avais-je pas renoncé à vivre avec mon temps ? Cette hâte avec laquelle, à peine rentré chez moi, je mettais de la musique dans le lecteur, c'était ni plus ni moins l'évasion d'un taulard. J'ai osé confier cela au pianiste. Parce que j'avais bu. Parce qu'il pouvait me comprendre. « Tu as raison.

Sauf qu'on ne peut pas faire l'impasse du romantisme. Enfin, moi, je ne peux pas. Je veux tout prendre de l'Occident. Y compris Schoenberg. Et le gospel. Même le rock. Elvis... »

Le mot Elvis était un sésame pour Jonas. Sa culture musicale était déficiente, il n'avait pas beaucoup d'oreille mais il pouvait citer de mémoire toutes les chansons des rockers de la haute époque, depuis Bill Haley jusqu'à Otis Redding. De sorte qu'à la fin du repas, autour des tables basses du salon où Victor faisait circuler son armagnac (Hervé : « Le génie gascon est là ! »), nous eûmes droit en prime à cet impromptu sidérant : un Juif français judaïsant et un Yoruba anglophone imbibé de Schubert évoquant les tubes d'un Américain de Memphis, Tennessee. « Non, sa version de *Your cheating heart*, c'est 1960. Après son service militaire. »

Moi aussi j'ai aimé Elvis, ses précurseurs, ses émules. Avant de connaître Marleen, je les écoutais souvent, c'était ma façon de rejoindre cet adolescent brumeux auquel je craignais de ne plus assez ressembler. Un peu comme les bouts de messe en latin que je glanais à Saint-Nicolas-du-Chardonnet en sortant du sauna. *Little sister* juchait Claire sur le porte-bagages de mon Solex et nous partions sur la route de l'est, cheveux au vent. *I was the one* me postait derrière sa maison, *Good luck charm* rythmait nos jeux de mains quand j'avais pu l'assujettir contre un sapin, près de la grange du boulanger d'où l'on voyait les croix du cimetière si la lune était de sortie. Une chanson, une image — certaines en couleurs, d'autres en noir et blanc. Certaines reflétant un souvenir, d'autres une balade imaginaire. Certaines altérées par une incursion dans un endroit rêvé au préalable. J'avais été triste, en apprenant à Dakar la mort d'Elvis — triste et agressif avec Lise, qui trouvait « vulgaire » l'idole de mes tendres années. Mais ce qu'Elvis et les autres faisaient resurgir par bribes indistinctes, et volatiles, Haydn ou Torelli l'explicitaient, le sublimaient et l'orientaient vers des éthers où par miracle des ailes en moi se déployaient.

Hélène a mis un disque d'Elvis. Lexo a dansé un rock avec Dora, Hervé avec la pianiste chinoise qui avait un coup dans le nez et riait aux anges. Le Ghanéen s'est remis au piano et a plaqué des accords qui accompagnaient *All shook up*. Comme toujours en fin de soirée, Victor lâchait bride à son attirance pour Carla. Il posait religieusement ses mains sur ses épaules, ses lèvres sur son front, ses pommettes, il la fixait droit dans les yeux en lui disant qu'elle était trop belle pour lui, trop belle pour Raoul, trop belle pour notre époque. Trop. Et Hervé trouvait moyen, en dépit de la présence de Laure, de susurrer à Hélène qu'elle serait toujours la fêlure de sa vie. Ou du moins : le regret. Pour le noyer il aurait voulu qu'elle consente à lui faire l'amour.

« Une seule fois, lui disait-il en tournant autour d'elle dans la cuisine où elle enfournait une tarte.

— Ce serait une fois de trop. Sois gentil, Hervé, enlève tes grosses pattes d'ours. »

Il affectait la mine d'un gosse qu'on prive de dessert.

« Embrasse-moi. »

Elle posait ses lèvres sur son front, le repoussait, souriait.

« Occupe-toi de ta fiancée. »

Il haussait les épaules, soupirait, revenait dans le salon où ladite fiancée pérorait assez niaisement. Elle travaillait dans la « communication ». C'était une caricature de *name droper*, elle alignait des prénoms comme on enfile des perles, tout le gratin parisien y passait. Elle voulait surtout épater Raoul. Elle ne pouvait pas plus mal tomber en disant Maurice-Gérard plutôt que MGM comme tout le monde. « Une conne pareille, m'a-t-il glissé, ça mériterait une paire de baffes, et au lit. Si Hervé l'épouse, il sera la risée du Quai. Il a toujours été comme ça. À Aurillac déjà il choisissait toujours les plus idiotes. Remarque, c'est une perversion comme une autre. »

Nous sommes tous allés marcher dans la nuit, sur un chemin, au clair d'une demi-lune. J'étais avec Greg, Marleen nous avait laissés devant, par précaution. Greg me parlait de la guerre de Cent Ans dans la région, d'une incursion arabe, repoussée à quelques kilomètres de sa maison, des méfaits de la Révolution, certains villages étant rouges, d'autres blancs. Il n'aime pas les révolutions. Les rares fois où la politique venait sur le tapis, il déclinait un conservatisme sans ambages qui reflétait son horreur du débraillé, de la vulgarité et de la violence. Il n'aimait pas les mœurs, les idoles, les formes, les idées

« modernes » ; quelque chose en lui de profond se rétractait s'il entendait de la techno, ou voyait une couverture porno sur un kiosque. Il était le seul d'entre nous à s'habiller pour dîner ; tout juste consentait-il à troquer la cravate pour le polo. Lui aussi fuyait le monde, à sa façon, avec sa politesse, et j'avais fini par lui vouer une réelle admiration. J'étais heureux de partager avec lui un moment de grâce sous un ciel qu'il méritait plus que moi. Je comprenais ce qui avait pu séduire Marleen et je ne pouvais que l'approuver. Je comprenais aussi en quoi Marleen n'avait pu être comblée : il n'était jamais tout à fait là où son corps se trouvait, il récitait un rôle — social, amical, amoureux. Le vrai Greg faussait toute compagnie, y compris celle de son épouse, pour se réfugier en d'autres temps, sous le règne peut-être de George III dont il goûtait le style. Ou de Victoria. Tous les Anglais ont la nostalgie de Victoria, comme tous les Français de Napoléon. Ce qui le rapprochait de Marleen, ce qui avait rendu possible une vie commune, les isolait l'un de l'autre, car Greg s'évadait en esprit seulement tandis que la fugue de Marleen enrôlait toutes les instances de sa sensibilité. Corps y compris, j'étais placé pour le savoir.

30

Cet automne dans un recoin de la vieille France, parfumé à la nostalgie, était-ce le deuil de nos illusions ? Pas sûr. Des illusions, personne n'en avait nourri depuis des lustres. Plutôt l'automne d'une griserie sous haute tension qui par moments hissait chacun au-dessus de son proche étiage.

Peu d'années en somme. Beaucoup de voyages, beaucoup d'alcools ; une sensualité à la fois oppressante et légère, dont les effluves s'étiraient comme ces petits nuages dans les ciels bleus de la Méditerranée. Vu de l'extérieur, une *dolce vita* de privilégiés entre deux âges. *Dolce* ? Plutôt un mixte instable de presto et d'andante. Plus de livres, de monuments, de musées que je n'en avais savouré jusqu'alors, sauf entre l'adolescence et mon entrée dans la vie dite active. Mais à ces âges on bâfre les idées, les formes, les émotions, on les pille en soudard. Il faut de la bouteille pour mettre un peu d'ordre dans nos musées imaginaires, quand ils s'enrichissent si vite ; ce qui était le cas du mien, et l'ordre laissait à désirer.

Des liens équivoques entre les membres d'une

bande qui m'apparaît comme telle avec le recul. Marleen donne à cette période un semblant d'unité, et le noyau dur, c'était Raoul dont nous dépendions tous, à l'exception d'Hervé et de Victor. Outre Carla qui, tout à la fin, s'est entichée de moi, je ne vois surnager qu'une amitié avec Jonas, une autre, moins claire, avec Vladimir. Eux deux ont altéré en profondeur mon regard sur la vie. Surtout Jonas que je voyais presque tous les jours. Il m'a convaincu de la nécessité d'un « retour » qui ne serait pas une retraite. Vladimir, c'était plutôt la nuit, et quand sa mélancolie larguait vraiment les amarres, il me laissait en rade. Tout de même son commerce m'a balkanisé le cœur, comme celui de Jonas m'a judaïsé l'âme. Cœur, âme : ces mots sont trop gros, j'en use faute de mieux.

Les autres ne m'ont laissé à picorer que des miettes affectives. C'était capiteux, mais volatil. C'était mieux que rien. Nous ne nous voyions pas régulièrement, et toujours dans des contextes de bringues, à Rome, à Biarritz, à Paris. Deux fois à Francfort, dont une avec Marleen, au pire moment ; nous étions dans le même hôtel, l'Intercontinental au bord du Main, nos chambres étaient presque attenantes, j'imaginais Greg...

Je n'ai dîné qu'une fois chez les Burton dans leur petite maison du Hampshire, enclose derrière des haies d'aubépine. Ralph avait invité Marleen et Greg, Sybille et Lexo, ainsi qu'un romancier irlandais qui enseignait à Oxford, et la nuit s'était écoulée en commentaires sur ces écrivains déjantés que

Ralph avait connus, à Mexico, à Tanger et au fin fond de l'Inde. Nous avions tous dormi dans un ancien monastère recyclé en auberge par un couple d'anciens babas devenus bobos à l'anglaise.

Le lendemain nous étions repassés dans la maison des Burton pour leur dire au revoir. Nous avions surpris Ralph vêtu d'un slip orange, en posture de yogi. Il se douchait à l'eau froide, dans son jardin, chaque matin, même l'hiver, puis s'adonnait au yoga. Il avait gardé de ses années *freaks* un fond d'hindouisme. J'aurais aimé les voir plus souvent, mais Dora était malade et Ralph voyageait tout le temps. Je recevais des cartes postales envoyées d'Arkhangelsk, de São Luís ou de Kuala Lumpur. S'il passait à Paris, Jonas m'alertait, je les retrouvais chez l'Italien de la rue de Condé et c'était une belle régalade de l'écouter raconter ses voyages ; en trois phrases subtilement troussées on avait le décor, la poésie, l'histoire aussi dans ses marges. Mais de tels moments étaient rares, inachevés et évanescents comme ses livres, car il ne restait pas longtemps à Paris ou à Londres et il n'est venu qu'une fois à Biarritz.

Dora restera pour moi un mystère. Nous avions fini par sympathiser, j'en savais un peu plus sur son passé. Elle aurait voulu devenir écrivain, c'était dans ce but qu'elle avait étudié à Oxford, quinze ans avant Marleen, mais, me confiait-elle, sa plume manquait de style. Elle était revenue dans les Caraïbes pour tenter de vivre un métissage qui lui pesait. « C'est une richesse que je t'envie, lui avais-je dit un soir, chez les Perkins.

— Non, c'est une malédiction. »

Il me semblait qu'elle imputait indûment cette malédiction à la couleur de sa peau. La fêlure qui l'avait condamnée à la neurasthénie venait de plus loin que ses années d'étudiante. Quant à son fils, j'ai juste appris qu'il s'appelait Winston et qu'il était mort à l'âge de neuf ans.

Lexo tanguait lui aussi sur une ligne de fuite, et il avait tant d'« amis » partout qu'on se sentait un peu lésés. J'aurais voulu le suivre au moins une fois quand il nous plantait en s'excusant pour filer Dieu sait où. Peut-être à Taïwan où vivait sa fille. Car Lexo a été marié, dans un passé indéfini. Une Hongroise, disait-on. Était-elle vivante ou morte ? Que faisait sa fille ? Avait-il d'autres enfants ? Des petits-enfants ? Personne n'aurait osé le questionner sur sa famille, une pudeur nous l'interdisait, on aurait craint de commettre un impair et aucun d'entre nous n'aurait pris le risque d'être jugé vulgaire par Lexo.

On ne voyait Hervé qu'épisodiquement, durant ses congés, à Paris la plupart du temps, pour un de ces dîners qui réduisaient la vie diurne à l'état de simple échauffement. Tout commençait à cette heure, poignante autant que voluptueuse, où la ville revêt ses habits de gala. Soit nous dînions sur la rive gauche et je remontais à pied le boulevard Saint-Germain, avec Vladimir le plus souvent, et un détour pour récupérer Jonas dans le bar-tabac de la rue Racine. Il nous attendait en lisant devant un vichy fraise ou en bavardant avec un des éditeurs qui peuplaient le quartier de l'Odéon. L'un d'entre eux m'est resté en mémoire, un type assez volumineux, juif comme Jonas, avec des yeux toujours mi-clos, qui laissait entendre entre deux gorgées de bière que son métier changeait, et pas dans le bon sens. Pour imposer un écrivain il fallait désormais le faire inviter par l'animateur d'une émission *people*. Il fallait surtout qu'il ne peignît pas des sentiments trop subtils dans une langue trop élaborée ; les goûts de la classe moyenne évoluaient, elle n'était plus accessible à ce qui depuis la Renaissance avait fait la substance de la littérature. « On lui vend du précuit, disait-il en rallumant la Boyard qu'il avait en permanence au coin des lèvres. Un peu d'ésotérisme, un peu d'érotisme, un peu de psy, un peu de spiritualité. La plus digeste, celle des Américains. Je n'imaginais pas ça quand je suis entré dans l'édition en sortant de la rue d'Ulm. » Lui, il songeait à une retraite en bord de Loire, avec des livres et une canne à pêche.

Soit nous allions rue Vineuse, et un taxi me gratifiait de cette balade enchantée qui me semble résumer l'ivresse où nous avons tangué, durant ces quelques années. Le dos incurvé de l'hôtel Lambert devant le pont Sully. La statue blanchâtre de sainte Geneviève, en face de la Tour d'Argent, le chevet de Notre-Dame, l'affreuse Samaritaine au bout du pont Neuf, le Louvre rosissant, la voie sur berge jusqu'aux Invalides. Le rutilement du dôme, le ciel taché d'orange ou de rouge. Les faisceaux lumineux bleuâtres des bateaux-mouches à l'amarrage. Le fleuve franchi à l'Alma, ou à Bir-Hakeim. L'esplanade, la tour Eiffel illuminée surgissant entre les deux blocs du Trocadéro, la rue pavée à l'ancienne qui contourne le square, la statue de Benjamin Franklin, le mur du cimetière de Passy, en face. La ville tremblante de lumières derrière la baie vitrée du salon. Paris offert à nos désirs. Paris pute de luxe, mais après le premier Campari, dont le rouge velouté brillait sur les glaçons, le désir n'y voyait que du bleu. Au deuxième je trouvais Carla souveraine. Au troisième je mesurais ma chance d'avoir Marleen dans ma vie. Eux, ils n'avaient que le reste. Eux ? Des patrons, des ministres, des célébrités qui tiraient gloire d'avoir des agendas surchargés, ce qui faisait dire ironiquement à Jonas que, dans toutes les civilisations, la caste noble jouissait de son temps. Eux, ils subissaient le temps. Moi aussi, au bout du compte. Et insensiblement je me dédoublais ; mon faux jumeau se demandait pourquoi j'étais là, à quoi rimaient nos vies qui s'écoulaient dans un sablier à moitié plein, à moitié vide.

Lexo donnait toujours ses rendez-vous dans les bars des palaces. C'était son goût, son snobisme si l'on veut ; ça participait de son personnage et ça s'harmonisait avec sa façon de se vêtir, de se mouvoir, de parler, d'éluder, de fumer, de sourire, de lever son verre. Son style.

Où logeait-il quand il était à Paris, avant de vivre avec Sybille qui possédait une maison d'artiste à

Montmartre, derrière le cimetière Saint-Vincent et la petite vigne ? On le trouvait au Meurice, au Plaza, au Crillon où Raoul donnait souvent ses déjeuners. Lexo n'était jamais seul, et les gens qu'il me présentait n'étaient jamais banals, ils avaient l'air de sortir d'un roman de Cendrars, de Kessel ou de Nancy Mitford.

Quand Ralph était de passage, nous allions au Ritz, dont le chef venait de notre région, parce que Hemingway s'y était enivré à la Libération. Ralph affectionnait les lieux habités par l'histoire littéraire, avec une préférence pour la Closerie des Lilas et je me souviens d'une traversée à pied du Luxembourg, avec Jonas. Ralph avait lu les plaques de laiton apposées sur les tables et le comptoir de la Closerie. Des écrivains. Des politiques. Il avait improvisé une fresque des années vingt, avec cet art de raconter les choses, les petites, les grandes, les à-côtés charmants ou tragiques, j'étais béat d'admiration. Les statues que nous dépassions en shootant dans les feuilles mortes lui inspiraient chacune une digression, il savait tant de choses. Pas les mêmes que Jonas. Pas non plus les mêmes que Greg. Je mesurais mon privilège d'être tombé sur cette bande dont chaque membre reflétait un des fragments de ma sensibilité. Fragment ou lambeau, peu importe, j'aurais voulu ne jamais les quitter. Or j'ai toujours su, sauf au début, que nos trajectoires ne seraient pas indéfiniment parallèles.

Raoul, standing oblige, nous conviait aux frais de Venus dans ces restaurants de prestige, hantés par les grands patrons, où l'on doit soigner sa tenue, feutrer sa voix et s'abstenir de fumer. Les menus ressemblaient à des poèmes de Mallarmé (idole de Victor), les plats à des dessins de Miró, les serveurs au Jeeves de Woodhouse (idole de Greg) ; mais les parfums se neutralisaient à force de sophistications. Hervé préférait comme moi des cantines plus accortes dans des quartiers moins convenus. Lui, il payait de sa poche. À l'époque de l'ENA, il payait déjà, et à sa table il y avait autant de provinciaux désargentés que de fils de famille.

Les souvenirs épars qui se bousculent au seuil de ma conscience composent un labyrinthe plutôt qu'une damasserie. Ceux ayant trait à Marleen ne s'y inscrivent qu'en pointillé. Clandestinité obligatoire. Nous avions notre géographie secrète, autour des églises ou des musées ; rien à voir avec le luxe dont Raoul s'entourait, qui la choquait. Elle n'aimait pas beaucoup Raoul. Son orgueil souffrait de la dépendance où s'était mis Greg en se faisant recruter à Venus, par l'entremise de Lexo. Mais quand Patrick avait commencé à dérailler, Greg avait paniqué. « Il n'aime pas l'argent, mais il a pris conscience que Mary et Patrick sont... infirmes, sur le plan de la vie matérielle. On dit bien : infirmes. Alors, il a changé, il a voulu faire des économies. C'est pourquoi il a pris ce job. Si tu savais le temps qu'il passe à se renseigner sur les possibilités de les doter d'une pension — enfin, une solution qui les empêcherait de se faire escroquer, quand on ne sera plus là. On dit bien : escroquer ? »

Les rares fois où nous pouvions dîner en tête à tête, nous choisissions toujours l'Italien de la rue de Condé, parce qu'il nous rappelait le premier baiser à Marmottan. Trois fois, peut-être quatre, grâce à l'alibi de l'album. Marleen grignotait, ne buvait que de l'eau minérale, se maquillait à peine et s'habillait sport. Au sortir de ce restaurant, nous allions prendre devant l'horloge de l'Odéon un taxi qui la ramenait à la gare du Nord. Une mendiante était toujours assise à l'angle du boulevard Saint-Germain, devant un guichet de banque, et Marleen mettait toujours une pièce dans sa sébile en disant : « Bonne journée, madame. » Et dans le taxi j'avais toujours droit à une tirade sur l'égoïsme des nantis. « Toi, moi. Nous tous. En quoi avons-nous mérité cette chance ? » Elle avait raison, nous n'avions rien mérité du tout. Pas même l'amour. Peut-être méritions-nous qu'il perdure, car il avait fallu lutter pour qu'il ne s'assèche ni ne se vicie. Un autre Paris défilait, moins élégant certes que celui des virées nocturnes, l'Hôtel de Ville, le boulevard Sébastopol. Marleen trouvait que le Paris haussmannien était aussi roide et pesant que le Londres néo-gothique. « Un jour on ira dans le Sud. »

Gare du Nord. Selon qu'elle débarquait ou s'en allait, c'était le plus bel endroit du monde, ou le plus sinistre. Ses dégagements sur les injustices du sort m'avaient culpabilisé, je rentrais en métro et en jouant des coudes dans les couloirs du Châtelet je me demandais pourquoi ces gens ne faisaient pas la révolution tous les soirs. Je me le demandais déjà quand j'étais étudiant. Cette question toute bête, Raoul lui-même la posait quelquefois ; nul autant que lui n'avait conscience de l'illégitimité foncière de ses privilèges, il les mettait sur le compte d'un énorme coup de chance. Enfin, si nous étions seuls dans cette voiture noire aux vitres teintées, ce catafalque qui traversait la vie ordinaire comme un fantôme.

Souvent nous nous sommes demandé, Marleen et moi, si l'un ou l'autre savait. Carla peut-être, elle a de l'œil et de l'instinct. Mylena et Lexo, puisqu'ils nous avaient vus à l'entrée du restaurant d'Ouchy. Aucun des deux ne se serait permis l'ombre d'une indiscrétion. Mylena m'avait simplement dit, un jour que nous bavardions au téléphone, que, d'entre tous les amis de Raoul, Marleen était sa préférée. « C'est la plus naturelle. »

Les autres, je ne crois pas. Cent fois, au comble de ces intimités fraternelles que l'alcool exaspère, la tentation de la confidence m'a assiégé. Surtout au début. Vladimir m'aurait compris. Jonas m'aurait envié. Hervé se serait mépris. Victor aurait cité un écrivain plus ou moins romantique. Je me suis borné à confier à mon frère que j'étais amoureux, que c'était compliqué mais que tout allait bien. « Ne te loupe pas, frangin. À nos âges, il n'y a plus qu'une balle dans le barillet. »

31

La dernière balle d'André, c'était Margot, et ils se sont bagués. Ils avaient déjà convolé une fois chacun, mais Sabine professait un anticléricalisme militant et le premier mari de Margot ne voulait pas non plus se marier à l'église. D'ailleurs elle n'était pas baptisée. André avait souhaité qu'un prêtre bénisse leur union. Nous avons été élevés chez les curés, du temps où ils portaient la soutane, ça laisse des traces. D'autres diraient : des cicatrices. De sorte que Margot avait dû passer par un catéchuménat afin de recevoir le sacrement du baptême, deux jours avant son mariage.

La cérémonie religieuse s'est déroulée dans une église de ciment grisâtre datant des années trente, dont la pénombre et les fresques avaient quelque chose de byzantin. En m'y rendant à pied j'ai noté une plaque sur le mur d'une maison à l'abandon : le lieu de naissance d'Albert Londres. Lexo rendait un culte à ce reporter, il le considérait comme son maître. « Si j'ai choisi un certain type de journalisme, c'était pour lui ressembler. » Jonas m'avait procuré certains de ses livres — des reportages sur les bagnards de Cayenne, les esclaves en Éthiopie, le trafic des prostituées vers l'Amérique latine, les Juifs anglais en partance pour Israël et aussi ces sombres « Comitadjis » dont me parlait l'éditeur macédonien, au retour de Bitola. Je comprenais mieux ce qui avait pu orienter la vie de Lexo, après ses études à Cambridge. Mieux, mais pas tout. Moi aussi j'aurais voulu vivre comme Albert Londres. Enfin, vivre une fois ; tant d'autres vies m'eussent exalté, toutes dans l'absolu de la bourlingue ou de l'ascèse monacale.

André avait invité ce qui nous reste de famille proche du côté Bitola puisque, du côté Verdun, ils sont tous morts. Du reste mon père était fils unique, il est né juste avant la Première Guerre, elle n'a pas permis à mon grand-père Alphonse de récidiver. Mon oncle Léon, le frère de ma mère, est mort lui aussi et sa veuve, tante Josy, est impotente, mais nos deux cousins germains sont venus. Denis, le médecin, et Régis, le professeur de droit. Ils sont l'un et l'autre installés sur la Côte, nous nous voyons rarement, il faut toujours un temps d'échauffement avant de tirer sur les ficelles des souvenirs, en l'occurrence des séjours à Gurcy, toujours brefs, un mariage, un enterrement, une communion ou un baptême. La maison n'était pas grande et tante Josy avait hérité d'une propriété au bord de la Loire, du côté de La Charité, nos cousins y passaient l'essentiel de leurs vacances. Ils ont nos âges. Denis est ophtalmo à Grasse. Il a divorcé, s'est remarié avec une infirmière. Deux enfants : une fille pédicure et déjà mère de famille, un fils à problèmes qui traîne en fac à Nice entre socio et psycho. Denis semble très impliqué dans la vie locale, il appartient au conseil municipal de Grasse, préside un club de football et une association d'anciens élèves. Je ne l'aurais pas reconnu tant il est devenu gros, rougeoyant de visage et chauve comme un flan. Son frère Régis pontifie légèrement ; il colloque dans le monde entier et publie des ouvrages spécialisés dans le droit applicable aux collectivités locales. C'est un ponte que le gouvernement sollicite à l'occasion. Légion d'honneur. Divorcé lui aussi, mais pas remarié. Un fils qui prépare l'agrégation de droit tout en donnant des cours à la faculté de Nice.

Leur ancrage dans le Midi résulte d'un rêve au long cours de Léon et de Josy. Ils ont vécu longtemps dans la région parisienne où mon oncle était ingénieur chez Saint-Gobain. Chaque fois qu'on les voyait à Gurcy, ils embrayaient sur la Côte, le soleil, la mer, les pinèdes, le ciel bleu, les cigales, la lavande, les mimosas. Ils s'y voyaient, c'était une monomanie, elle cantonnait leur vie dans l'attente de cet Éden. Léon a pu se faire nommer à Cannes. Au début, ils n'en revenaient pas d'avoir réalisé leur rêve et plusieurs fois nous sommes descendus là-bas, avec nos parents, parce qu'ils avaient à cœur de nous montrer leur coin de paradis, une bicoque à Mougins d'où l'on apercevait un petit morceau de mer, derrière les toits et des pins parasols. Histoire française ordinaire. Elle a vite tourné au cauchemar.

Léon s'est morfondu d'ennui, sans vouloir se l'avouer. Il a sombré dans la déprime et la pauvre Josy l'y a rejoint. Je les revois, bras dessus, bras dessous, chacun une canne dans l'autre main, cheminant à petits pas sur la Croisette, en esquissant un sourire pour se donner le change. Sans doute rêvaient-ils aux bords de Loire en regardant la mer Méditerranée clapoter entre les yachts.

Pour le repas de noce, André avait choisi un restaurant de style Belle Époque, situé derrière le casino, aux murs tapissés d'acajou comme les chambres de mon hôtel à Londres, et couverts de photographies d'artistes. J'ai reconnu celle de la pianiste chinoise, elle avait dû se produire à Vichy. J'étais heureux de retrouver ma nièce Marion qui ressemble à notre mère. Elle prend la vie comme elle vient, comme elle va, avec dans le sourire des indulgences plénières, et dans la prunelle un petit reste de désarroi. Son mari est le genre de type sérieux, consciencieux, prévoyant, qui sait changer les ampoules, réparer les chaudières, cuisiner, biberonner. Tout planifié, tout balisé. En règle générale, ils font des cocus exemplaires et, comme j'adore Marion, je me dois de lui souhaiter à terme un amant du genre farfelu. Pour l'heure elle fait des enfants. Tant mieux : ils repeupleront Redenac puisqu'elle héritera de la maison avec son frère Jérôme. Lequel Jérôme venait de s'acoquiner avec un industriel roumain pour exploiter des vignobles dans le delta du Danube. Il m'a demandé si je voulais prendre des actions, j'ai accepté pour le plaisir de partager quelque chose avec lui, probablement une faillite. Il était accompagné d'une blonde ravissante, à peine vêtue d'une robe lamée, qui aurait damné tous les saints du calendrier. Il trouve toujours des filles superbes, il les aime à la folie, leur promet la lune et puis les oublie. Ou bien elles se lassent, car il a hérité de son père cette manie de changer de cap comme Carla change de bijoux.

La famille de Margot est concise, elle a passé sa prime enfance dans un orphelinat avant d'être recueillie par un couple de paysans bourbonnais. Ils sont morts. Ils avaient une fille de l'âge de Margot, qu'elle considère comme sa sœur. Elle était présente, avec son fils, un dadais d'une quinzaine d'années aux cheveux ras, une boucle dans chaque oreille, qu'André avait placé à côté de moi, car il ne s'intéresse qu'au football. Il connaissait les joueurs de chaque club du championnat, autant que Jonas, et supportait le PSG. Je me suis demandé s'il ne frayait pas avec les loubards qui au Parc des Princes scandent des slogans hostiles aux Noirs de l'équipe adverse. Il avait l'air paumé et malheureux, c'était le gibier idéal pour une secte extrémiste. Pour les dealers aussi. Sa mère ayant divorcé, il vivait seul avec elle, du côté d'Argenteuil, et ne rêvait que d'avoir seize ans pour quitter l'école. Il voulait partir en Afrique. Je l'avais déjà vu à Redenac, où André et Margot l'avaient récupéré, après une des cavales dont il était coutumier. À la fin du repas, sa mère m'a demandé si je ne connaissais personne susceptible de le caser dans un pays africain. « S'il reste avec moi, il finira mal. » Je lui ai promis de regarder. Elle avait l'air découragée, je n'osais pas lui dire que, les temps coloniaux étant révolus, l'Afrique n'était plus cet exutoire où les mauvais garçons pouvaient se refaire une santé morale. Patrick, le fils de Marleen, chevauchait aussi par épisodes une chimère africaine. J'avais au moins ce point commun avec eux car, aux approches de l'âge bête, je me voyais en un mixte de Tarzan et de Robinson, au fin fond d'une brousse peuplée de fauves qui auraient été mes seuls amis.

Cet intermède à Vichy venait à son heure. À Paris, Raoul me faisait vivre sous haute tension et pendant des mois Marleen n'a pu quitter Londres, à cause de Patrick qui avait rechuté.

André était heureux de constater que ses enfants s'entendaient bien avec Margot. Surtout Marion qui a le même âge que sa belle-mère. Une ambiance de bon aloi régnait dans la petite maison surchauffée de la rue du Golf. Jérôme tapait des blues sur le Gaveau désaccordé pour amuser Augustin, l'aîné de Marion, qui commençait à marcher. André et moi avons fait les gammes de la méthode Czerny sur ce même piano que mon frère a ramené de Redenac. Margot berçait Camille, le bébé que Marion avait mis au monde trois mois auparavant. Je soupçonnais Margot de tromper son impatience : elle voudra son enfant, c'est la règle du jeu quand à l'âge d'André on s'éprend d'un fruit tout juste mûr. Des condisciples de l'ENA, des cadres de Venus approximativement sexagénaires s'adonnaient au biberonnage ou poussaient des landaus dans les jardins publics. Pour les uns c'était une attestation d'éminence sociale, pour les autres un certificat de régénérescence. Après tout, pourquoi pas ? André n'aura que sa retraite, mais Margot gagne sa vie.

Le dernier soir la neige s'est mise à tomber. Nous sommes allés marcher dans la nuit. Les chalets de Napoléon III, les palaces en décrépitude, le casino désert, la promenade couverte, les flocons qui s'accrochaient aux branches nues du parc — c'était le bal désemparé, et solitaire, de fantômes oubliés par l'Histoire, les fantômes d'un âge d'or que l'imagination pouvait peupler à sa guise d'égéries à la Carla, ou à la Sybille, de dandys à la Lexo, d'esthètes à la Greg. En repassant devant le casino, j'ai consenti à mon frère une confidence : j'étais amoureux. Je ne lui ai pas dit pourquoi j'avais ramassé un marron devant le kiosque à musique.

Le lendemain matin André m'a accompagné à la gare. « On se voit à Noël. Pense au sapin. » Car nous avions décidé de tous nous retrouver à Redenac, pour un Noël semblable à ceux de notre enfance, avec un sapin décoré devant la souillarde et une crèche près de la cheminée. Nous irions à la messe de minuit et le lendemain matin Augustin ouvrirait ses cadeaux. Le chauffage central était installé et j'avais fait retapisser une chambre, celle dite « de devant » qui est la mieux exposée, pour le bébé. C'était la chambre d'André, avant.

Le train musardait sous la neige entre Moulins et Nevers. Je me suis promis d'aller revoir Gurcy qui n'a pas beaucoup changé si j'en crois mes cousins. La maison a juste été recrépie. Ils finiront par la vendre. Ne serait-ce pas mon devoir de la racheter ? Mais je n'en aurais plus les moyens puisque j'allais me retrouver comme André au chômage. J'ai pensé à mon grand-père Léopold, il neigeait peut-être sur le cimetière de Bitola où flottait un drapeau tricolore. Mort pour la France. Mort comme des millions de victimes de la folie des MGM et des Lechat de l'époque. Je me suis promis de le ramener à Gurcy.

J'ai guetté le château de Tracy qu'on aperçoit du train, juste avant Pouilly, je l'ai trouvé tel que ma mémoire l'avait enregistré. Romantique. Appartient-il toujours à la famille de Tracy ? Il faudrait que je demande à Lexo, il saurait sûrement.

Briare. Montargis. Gare de Lyon. Pas de neige sur Paris, seulement du vent et du froid. Quai de la Rapée. Boulevard Morland. Rue de Brissac. Sonate de Haydn. Marleen au bout du fil. « Raconte-moi Vichy, ça me plaît plus que vos histoires d'argent autour de Raoul. » Je lui ai raconté une histoire toute simple de bonheur familial, dans une maison de poupée, avec de la neige qui ensevelissait un casino, des chalets, les restes crémeux de palaces sans emploi.

« Ton frère, il est heureux ?

— Je crois.

— Ils auront un enfant ?

— C'est probable. »

Je croyais entendre son soupir, voire sa moue.

« Elle a de la chance... Pourquoi eux et pas

nous ?... Pardon, chéri, je déconne. On dit bien “déconne” ? »

Elle a raccroché, j’étais seul avec Haydn qui par hasard s’adonnait à sa veine mélancolique.

32

Raoul ne m'a jamais avoué positivement qu'il négociait sa reddition avec ses avocats et ceux de MGM. Mais il savait que je savais ; il préférait que cela reste implicite. Par pudeur, par orgueil, ou les deux ensemble.

Tout le monde en parlait. MGM venait de réaliser une opération d'envergure en rachetant une maison de production cinématographique américaine. Il donnait des interviews à Los Angeles, se faisait photographier avec des stars de l'écran devant des villas de Bel Air, on le sentait subjugué comme une grisette par le milieu hollywoodien.

Pour médiatiser ce rachat, il avait convié les sommités de la politique, de l'économie, de la presse et de la culture au Louvre, sous la Pyramide. Tout le gouvernement avait défilé. Cet hommage du pouvoir politique à l'économique prenait un tour d'obscénité ; le ministre de l'Économie avait fait la queue, sous la pluie, entre Sartoris, le philosophe obèse, et une animatrice de télévision, pour avoir l'honneur de serrer la main auguste de MGM, photo à l'appui.

Raoul s'était excusé, il avait filé à Biarritz pour ne pas entendre parler de ce raout, point d'orgue d'une communication qui ne lésinait pas sur l'esbroufe. La fascination de la presse tournait à l'hystérie : enfin, un patron moderne, qui osait convoiter l'essentiel, New York et Hollywood. Servilité de tapineuse en peine de mac : Amérique, ouvre tes ailes de géant, et prends-nous ! Tes ailes maculées de dollars. Venus compléterait opportunément la panoplie du moderne conquistador, et le plus tôt serait le mieux. Du reste on annonçait sans périphrases que l'éviction de Raoul était une affaire de semaines. Comment l'aurais-je ignoré ? Alors que j'avais réglé les derniers détails du rachat du « Printemps des peuples » avec Borović, dans un restaurant de Genève, en présence de Mylena, Raoul me pria subitement de laisser courir. Il m'avait fallu de la patience pour convaincre Borović, ayant compris qu'il prenait, en décidant de signer, un risque personnel. Lequel ? Seul Lexo le savait. Joël Loriot m'avait confirmé que l'ambassadeur des États-Unis le trouvait très encombrant et, dans la négociation, Borović exigeait que Venus pèse de tout son poids dans le lancement d'un livre sur la situation au Kosovo. « La vraie situation, mon cher » (accent slave sur « vrai »). « Le livre est déjà sur épreuves. » J'avais promis, il devait signer dans le courant de la semaine, Simone avait bloqué un créneau sur l'agenda de Raoul.

Deux autres affaires en suspens à Prague et à Riga allaient se conclure et j'ai dû temporiser. « Attends un peu. Je ne peux plus rien prévoir. » Néanmoins il m'avait laissé aller à Skopje, pour une enquête préparatoire sur la petite structure éditoriale. Aucune décision n'y serait prise, et vis-à-vis de Vladimir, il ne voulait pas avoir l'air de flancher. Il avait des sursauts de fierté, auxquels succédaient des moments d'apathie. Ses aigreurs prenaient pour cible Carla qui n'était plus rue Vineuse où plusieurs fois nous avons dîné en tête à tête, Raoul et moi, car il n'osait plus s'afficher dans les restaurants. Et comme il ne supportait pas la solitude, nous allions marcher dans la nuit en longeant les murs du Trocadéro sur lesquels étaient sculptés un tigre mordant un serpent et une femme nue, voilée. Par des rues sombres nous aboutissions sur la place du Costa-Rica, entrions dans une brasserie et buvions des demis de bière debout au comptoir. Raoul vidait sa bile sur Carla. Elle incarnait ce qu'il avait convoité, obtenu, et dont il allait être dépossédé. « Une garce. Le fric, voilà ce qui l'intéresse. Le fric et son snobisme. Elle me rappelle Pascaline. »

La chanteuse s'évertuait à des come-back laborieux, dans les petites villes de province. Pour les gens de ma génération, elle était l'auteur du tube d'un été. 1963 ? 1964 ? *Nous seulement*. Blonde avec des couettes comme Claire et une voix un peu bêtasse de petite fille montée en graine. Raoul souriait jaune quand Hervé, pour rigoler, entonnait la chanson.

Nous seulement
Sur cette plage
Nous dans le vent...

Pascaline avait plaqué Raoul pour se mettre à la colle avec un producteur et, si j'en crois Hervé, il s'en était remis difficilement. Amour ? Orgueil déjà ? Pendant des mois il s'était éclipsé et depuis il n'avait jamais remis les pieds à Saint-Tropez. Un soir, dans un restaurant de La Haye où le maître d'hôtel venait de prendre notre commande, il s'est levé brusquement. « Suis-moi. Je t'expliquerai. » Il a laissé des coupures sur la table et nous sommes ressortis. J'avais vu Pascaline entrer au bras d'un gros barbu qui mâchait un cigare. Liftée jusqu'au cuir chevelu mais reconnaissable. Nous avions trouvé un autre restaurant et, pendant tout le repas, la misogynie de Raoul s'était déployée en une théorie fumeuse sur le rapport entre la décadence des civilisations et la montée du féminisme.

Il boitait plus bas. Il buvait davantage. Il n'allait plus au sauna et avait congédié le professeur de gymnastique — un ancien champion d'athlétisme — qui venait deux fois par semaine rue Vineuse pour le maintenir en forme. Il ne s'intéressait plus à son corps. Enfin, plus à sa plastique : il multipliait les check-up et appelait son médecin dès qu'il avait mal quelque part, son hypocondrie le submergeait. Ses yeux cernés de bistre ne s'allumaient que pour des commémorations éplorées de ses âges d'or, l'équipe junior d'Aurillac et le New York de la fin des années soixante. Ou alors il évoquait, non sans les enjoliver, les dégagements avec la bande, et à l'entendre on aurait cru qu'ils remontaient à un autre âge d'or, aussi lointain.

Il ne fallait pas parler de MGM, fût-ce pour le dénigrer. Par moments il semblait prêt à reprendre le combat, il me demandait si j'avais pu avoir Renoir au bout du fil. Non. Renoir ne me prenait plus et sa secrétaire ne me parlait plus sur le même ton qu'avant, j'étais désormais un de ces raseurs innombrables que les secrétaires ont mission d'éconduire, en y mettant des formes variables. Plus beaucoup de formes dans mon cas, j'étais grillé à l'Élysée.

Raoul n'osait pas appeler le Président. Espérait-il encore un sauvetage par le haut ? Le Président pouvait-il se mettre en travers de la marche apparemment triomphale de MGM alors que l'action en Bourse de Cosmogonia ne cessait de monter ? Nous entrions dans une phase de l'Histoire où le pouvoir avait basculé du politique à l'économique et les jeunes pousses qui sortaient de l'ENA rêvaient plus volontiers d'un poste de pilotage dans une multinationale que d'un portefeuille de ministre. Un ministre n'était qu'un jouet dans les mains capricieuses des gens de télévision, et il ne faisait jamais long feu car les électeurs zappaient à chaque scrutin, il leur fallait de la chair fraîche.

Seul Joël Loriot restait fidèle, mais il n'avait aucun pouvoir et il savait que le sort de Raoul était scellé. D'ailleurs Raoul avait renoncé à l'idée de

« tenir » les deux membres de son conseil qui les premiers avaient viré de bord. Trop tard. Il lui arrivait d'affecter le détachement lucide d'un homme qui n'est plus en prise avec son époque. « Je n'écoute jamais la radio, je ne regarde jamais la télé, je ne me sers jamais d'Internet, les jeux vidéo m'emmerdent. Je suis largué. » Il était sincère et le diagnostic ne manquait pas de pertinence. Il ne s'était jamais intéressé aux innovations technologiques, il savait à peine se servir de son portable ; ses goûts profonds, ses références, l'idée même qu'il se faisait d'une Europe s'ancraient dans un monde qui allait disparaître. Le nôtre. Le vieux monde que sa petite bande lui avait donné l'illusion de protéger.

Il citait en exemple de Gaulle qui avait renoncé au pouvoir, faute d'atomes crochus avec la jeunesse de Mai 68. Ou Charles Quint qui s'était retiré à Yuste, peut-être pour des raisons du même ordre. Le dernier tour de piste de Churchill n'avait rien ajouté à sa gloire, il aurait mieux fait de lever le pied. Je ne pouvais que l'approuver.

Je ne m'en efforçais pas moins de lui remonter le moral en insistant sur la cohérence de sa stratégie. Si dépourvu de compétences que je fusse, une intuition me certifiait que MGM allait se planter dans les grandes largeurs. Je le revoyais à New York, dans le bureau de Lerond. Cette main moite. Ces bras trop courts. Ce visage trop rond. Ce narcissisme béat. Cette fascination pour l'Amérique des chromos les plus idiots. Ce crétin astiqué comme un sou neuf avait dû s'émouvoir, dans sa chambre d'ado, en reluquant un poster de Marilyn. Et se voir en futur Kennedy, après ses mentions très bien au bac, son majorat à HEC et à l'ENA, ses coups de coude besogneux autant qu'opiniâtres pour s'approcher d'un rêve hollywoodien de midinette — l'Inspection, la banque, les cabinets, toute cette mécanique tristounette, quinze heures par jour, et au bout du compte la pure déraison.

Pour l'heure, MGM se pavanait. Il faisait penser à ces éléphants qui s'arrosent avec leur propre trompe. Les magazines exhibaient son sourire derrière la baie vitrée immense d'un duplex qu'il venait de louer au cœur de Manhattan, près de la tour Chrysler, à deux rues de l'immeuble de notre ambassade. Un nationalisme de cousin pauvre suintait dans les articles de la presse économique : à nous l'Amérique ! La « vraie ». Pas celle d'Armstrong, de John Wayne et de Sinatra chère à mes parents. Pas celle d'*Easy Rider* et d'Elvis chère à Jonas. Pas celle des patriciens de la côte Est tels que Ralph qui préféraient la rive gauche de la Seine au carton-pâte de Los Angeles. Pas la mienne. Celle qui offre la clef du pouvoir sur le monde. Croyait-il. Un pouvoir tellement abstrait — des zéros sur des bilans *ad hoc* — qu'aucun des rêves américains n'y aurait trouvé son compte. Alors que le rêve européen de Vladimir, éveillé par la moindre rasade, trouvait en moi, en nous, des résonances à l'infini — et le meilleur de Raoul l'avait converti tant soit peu en raison d'être de Venus. Reste que ce rêve ne pesait pas lourd à l'aune de médias intoxiqués par le culte du quantitatif. Médias parisiens : ceux de Francfort ou de Munich émettaient des réserves, ils trouvaient MGM présomptueux, ils le soupçonnaient même d'être naïf. Quant à la presse anglaise, elle le prenait franchement pour un rigolo.

Le communiqué de presse était laconique. « Raoul Dutheil démissionne de la présidence de Venus pour convenance personnelle. Cette décision sera annoncée mardi, lors d'un conseil d'administration extraordinaire. Elle prendra effet immédiatement. »

J'étais rentré de Macédoine le mardi matin. J'avais retiré mes dossiers l'après-midi et rédigé dans la foulée ma lettre de démission. Puis j'étais passé voir ma banquière boulevard Henri-IV pour connaître l'état de mon compte. Mauvais état. Il me restait, sur un livret d'épargne, de quoi vivre un an à peine si je maintenais le train auquel je m'étais habitué. Il allait falloir se déshabituer, en attendant une retraite qui n'aurait rien de fastueux. La banquière était encline à la compassion, elle m'a consenti un petit prêt-relais, pour faire la soudure, en m'exhortant à acquérir d'urgence le sens des réalités microéconomiques. En sortant de son agence je me suis surpris à siffler cet air de John Williams qui instruisait Claire de ma présence derrière la maison de ses parents. Un état de grâce m'habitait, je me voyais à Redenac, sur la route qui longe le cimetière, attendant une Marleen fraîchement bachelière. J'ai récupéré mon sac de voyage rue de Brissac et je suis allé prendre mon Eurostar à la gare du Nord. En métro, malgré les deux changements, avec pour viatique une bise fraternelle, ou plutôt filiale, de la belle Sonia qui fumait devant le salon de coiffure. « Encore en voyage ? » Oui, encore en voyage, mais la destination désormais serait toujours la même.

Sur le quai j'ai croisé une femme entre deux âges qui tirait une valise tout en téléphonant sur un portable avec son autre main. Tailleur strict, coiffure au bol. Elle m'a dévisagé, a prononcé mon prénom. Je l'ai reconnue à sa voix. C'était Lise, mon ancienne épouse. Je n'aurais pas reconnu le sourire, il a pris des rides entre-temps.

« Qu'est-ce que tu deviens ?

— Rien. Je travaille avec Raoul Dutheil. »

Elle a froncé les sourcils sans oser me dire ce qu'elle pensait probablement, à savoir que j'avais choisi le mauvais cheval.

« Et toi, Lise, qu'est-ce que tu deviens ?

— Rien. Je travaille à Amsterdam, pour une boîte américaine.

— Remariée ? »

Sourire encore moins rayonnant.

« Oui. Deux enfants. Je suis même grand-mère. Et toi ?

— Moi ? Rien. Enfin, pas d'épouse, pas d'enfant. Tes parents ?

— Mon père est mort l'an dernier. Ma mère vit à Trouville. Elle aura bientôt quatre-vingt-deux ans. Excuse-moi, mon train va partir. »

J'ai soupiré, posé mes mains sur ses épaules. Elle

avait maigri. Nous nous sommes embrassés sur les deux joues.

« Sois heureuse.

— Merci. Toi aussi, sois heureux. »

J'aurais voulu lui dire quelque chose d'autre mais je n'ai pas trouvé les mots.

33

Un parfum d'encens flottait dans l'église. Agenouillée près du bénitier, une femme marmonnait sa prière. Le marron de Bitola était dans la poche de mon manteau. J'aurais voulu prier, mais Dieu n'est pas quelqu'un qu'on aborde de plain-pied, comme un copain. Mon Dieu, protégez-la. Ma prière, c'était de penser à Marleen.

Elle était là, tout de noir vêtue. Je ne l'avais pas entendue entrer. Elle s'est approchée de moi. J'ai sorti le marron de ma poche, je le lui ai offert. Elle l'a mis dans le sac qu'elle portait en bandoulière.

Elle a fait le signe de la croix. Je l'ai imitée. Nous sommes sortis de l'église Thomas More. C'est notre église. C'est sa paroisse. La première fois que nous nous sommes retrouvés à Londres, en tant qu'amants de fraîche date, elle m'a amené ici. Le premier marron que je lui ai offert, il fut convenu que ce serait dans cette église. Je l'avais ramassé dans le parc d'une maison des Landes qui a appartenu à Mauriac, un de ses écrivains préférés. C'est devenu un rite. Après l'église, nous allions dans le pub qui se trouve à l'angle de Sloane Row et du quai, face à un square minuscule où trône une statue de Thomas More, peinte en noir.

Le pub n'existe plus. Il a été remplacé par un restaurant français de luxe. Commentaire amusé de Marleen : « On dirait que le destin s'acharne. » Nous avons marché jusqu'à mon hôtel de Queen's Gate en faisant un détour pour éviter les abords de sa maison. Comme d'habitude, Marleen repoussait ma main quand je la posais sur son épaule. « *Take care.* »

« Greg a démissionné ce matin. De toute façon, ils l'auraient viré.

— Ça t'inquiète ?

— Non. Je m'en fous. Il trouvera autre chose. Ou rien. Ce qui m'angoisse, c'est Patrick.

— Il a encore... déconné ?

— Pour le moment, il est calme. Le nouveau traitement a l'air efficace. Il est parti retrouver sa sœur, à Bristol. Mary a trouvé un job de vendeuse dans une boutique de décoration. Ma mère les héberge. »

Un soupir. Sa moue navrée. Elle marchait à grands pas, ses deux mains dans les poches de son manteau.

« Je t'ennuie avec mes histoires.

— Non, tu ne m'ennuies pas. À défaut de partager ta vie, laisse-moi partager tes soucis.

— Oui... J'ai tellement besoin de toi. À ce soir, chéri. »

Elle s'est éloignée sans se retourner à l'angle de Sydney Street. Quand nous nous séparions, fût-ce pour quelques heures, j'espérais toujours qu'elle se retournerait pour m'adresser un geste ou un sourire. Jamais. Comme si elle cloisonnait sa vie. À cause de Patrick ? Sans Patrick, elle se serait peut-être résolue au divorce. Mais elle n'aurait pas été la même, il ne fallait rien regretter. N'importe, il m'a fallu du temps pour admettre que nous ne vivrions jamais ensemble. Du temps et des drames. À présent je savais que rien ne nous séparerait, ça m'était égal ou presque d'être souvent loin d'elle.

Ralph et Dora étaient venus en train de Winchester qui est la gare la plus proche de leur maison. Winchester... Dora semblait étrangement sereine. Marleen avait invité Cliff Morgan et Paul Crawford, un Somalien qui était l'adjoint de Greg. Il ne ressemblait pas aux Africains trop richement sapés qu'on voit au Bristol ou au Crillon lorsqu'un chef d'État est en visite officielle ; son type d'élégance le rapprochait plutôt de Lexo, en plus grand et en plus jeune. Nous avons parlé de son pays que je connais un peu, de l'Afrique en général, mais je comprenais qu'il ferait sa vie à Londres, ou ailleurs en Occident. Il avait passé une frontière mentale. Le continent de ses racines, le village de ses ancêtres lui inspiraient un attachement poétique — un peu l'équivalent de Redenac pour André et pour moi. Découpé dans la hâte lors de la décolonisation, son pays avait explosé ; l'ancien Somaliland britannique, reconnu par personne, vivait en circuit fermé tandis qu'à Mogadiscio des bandes se disputaient un pouvoir fantoche. Lui, c'était un Issa. Ou plutôt : un Londonien d'origine issa. Quand on est diplômé de Yale et de la London School of Economics, on reste un Issa sans doute, la couleur de la peau en témoigne ; mais ce doit être compliqué, et douloureux, de ne rien renier sans tricher. « J'aide mes frères comme je le peux. Aux Nations unies, nous n'existons pas. L'Union européenne ferme les yeux, on contourne les embargos pour pouvoir faire vivre Berbera. »

Lexo arrivait de Milan, accompagné de Sybille qui ne le quittait plus. Je me suis demandé pourquoi Dora embrassait Sybille avec les apparences d'une affection complice ; logiquement elle aurait dû la détester. Lexo a posé les lèvres sur son front, n'importe qui aurait compris qu'elle était toute à lui. Il s'est assis à côté de moi, a sorti son fume-cigarette, son étui en argent.

« Pour toi, ça change quoi ? »

J'avais envie de lui répondre que rien ne changeait. Marleen était là, en robe blanche très courte. Elle portait cette robe à Rome, le jour où nos corps avaient fait connaissance, avec la même perle noire en pendentif. Noire avec des reflets verts qui allaient bien avec ses yeux. Son sourire rayonnait, un concerto de Torelli — trompette, violon — clamait une jouvence sans tache. Nous avions écouté le CD ensemble, à Paris, dans ma chambre, Marleen l'avait rapporté.

« Professionnellement, je suis mort.

— À moins que l'autre ne te garde.

— J'ai déjà démissionné. D'ailleurs, il ne m'aurait pas gardé — ou alors pour me faire chanter. Et toi ?

— Moi, je suis en roue libre. La télévision ne m'intéresse plus. J'ai envie d'écrire.

— Tu as toujours eu envie d'écrire. »

Lexo avait constamment des projets de livre, il ne trouvait jamais le temps de se poser pour les écrire. Son œuvre se résumait à trois romans historiques. Le premier se passait dans l'Espagne du Siècle d'or, le deuxième dans le sud des États-Unis durant la guerre de Sécession, le troisième à Bratislava quand cette ville s'appelait Presbourg. Les personnages étaient fastueux, rocambolesques, épiques, et ne faisaient pas de vieux os. Lexo lâchait et dilapidait en longues rafales une verve savoureuse. Ces romans avaient paru en français par le truchement de Jonas, nous les avions tous lus ; nous espérions qu'il en écrirait d'autres, convaincus que Lexo, sous ses identités à tiroirs, cachait un écrivain. Reste que la condition d'écrivain ne définit pas non plus une identité.

Ses reportages pour la télévision l'accaparaient. Il en avait marre de se déplacer, mais comme il ne savait pas vivre sur un pied modeste, il courait toujours après le cachet et jonglait avec les crédits. Venus était l'actionnaire principal de la société de production qu'il avait montée pour écouler ses reportages, il ne pourrait plus compter dessus pour assurer ses arrières. Ça n'avait pas l'air de l'inquiéter.

« Sybille vient d'acheter une maison dans un village du Hampshire. À trois kilomètres de celle des

Burton. On vivra là. J'ai toujours rêvé de vivre à la campagne, dans une vraie maison où je pourrai ranger mes tableaux et mes livres. »

Ainsi s'expliquait la joie de Dora dont le regard ne le quittait pas. J'essayais d'imaginer la vie de ces deux couples. Sybille était-elle au courant ? Dora, j'en étais sûr, avait tissé la trame de ce huis clos où Lexo serait enfin à sa merci. Avec la complicité de Ralph ?

Sybille a résumé crûment une situation qui semblait la divertir.

« Si je comprends bien, vous dépendiez tous de Raoul. »

Pas elle en tout cas. Sybille est deux fois riche : par sa famille, par son veuvage. Je tiens les renseignements de Joël Loriot. L'avant-dernier mari de Sybille s'était suicidé en lui léguant plusieurs immeubles à Marbella. Elle avait eu deux autres maris précédemment, sa vie était un roman picaresque. Il y a une date de péremption pour les vies picaresques, c'était en substance ce qu'elle nous expliquait, avec une désinvolture princière.

« Un potager. Des fleurs. Je n'ai plus envie de bouger. Dora m'apprendra à cuisiner. Lexo s'occupera du feu. Vous viendrez nous voir. »

Dora acquiesçait en souriant. Réflexion faite, je les voyais bien là-bas, tous les quatre, soudés par des liens ambigus mais solides — et je pensais que Lexo et Ralph finiraient par se coaliser pour faire front sans qu'il y paraisse.

Greg et le Somalien se retrouvaient carrément au

chômage, ils allaient négocier leurs indemnités de départ. Greg n'était pas sûr d'avoir envie de trouver un nouveau job. « Le privé, ce n'est pas mon tempérament. » Cliff faisait grise mine. Sa maison d'édition, rachetée par Raoul bien qu'elle ne couvrît pas ses frais de structure, figurait sur la liste des mini-filiales dont MGM, selon la presse, voulait se débarrasser au plus vite. Chômage. « De toute façon, je me rapprochais de la retraite. » Cliff publiait les livres de Ralph, qui se vendaient au compte-gouttes. Ralph aurait du mal à trouver un autre éditeur. *Exit* par voie de conséquence les albums de Marleen. « Tant pis. J'avais presque terminé la série, il restait juste le Brésil. »

Nous avions prévu d'aller au Brésil l'année suivante. Peu nous importait, nous nous verrions ailleurs. Si Greg prenait sa retraite, ils iraient plus souvent à Leyrignac, ce serait commode de nous retrouver. J'avais tellement envie de me promener avec Marleen autour de Redenac.

« Je vous parie que, dans trois ans, MGM aura tout foutu en l'air. Les Américains vont le tuer. »

Ralph était sorti de son mutisme habituel.

« Je connais Jim Patterson, son nouvel associé. Nous étions à Harvard ensemble. »

Il s'est tourné vers Lexo.

« Tu te souviens de lui ? »

Lexo a acquiescé. Pourquoi avait-il l'air gêné ? Ralph a poursuivi.

« Par hasard, je l'ai revu le mois dernier, il était de passage à Londres. Pour tout vous dire, ma nièce vient d'épouser un de ses fils. Il m'a confié qu'il préparait un coup contre un Français mégalomane. C'est le mot qu'il a employé. Un coup qui lui casserait les reins. S'il me l'a dit, il le fera. Il y a des gars, comme ça, qui font toujours ce qu'ils disent. Jim est ce genre de gars. »

Nul n'ignorait que ce Jim Patterson était un des hommes d'affaires les plus redoutables des États-Unis. MGM allait liquider l'essentiel de Cosmogonia — et de Venus — pour pouvoir honorer les clauses de son partenariat, et les chiffres qu'on citait étaient monstrueux.

Cliff annonçait d'une voix éteinte la fin à court terme de la civilisation occidentale. Les élites nouvelles ressemblaient toutes à MGM, elles nous concoctaient une humanité de fauves amoraux et cupides. Greg approuvait en servant un montrose dont Lexo décrivait les parfums, tabac ou goudron, je n'ai rien retenu, ma nullité en œnologie étant incurable. Je comprenais juste en quoi les bordeaux sont des vins du regret, les bourgognes de l'immanence. Lexo répétait cette antienne à tous nos repas, il imputait aux monocépages une « démagogie », les bourgognes étaient trop évidents. Trop extravertis, ajoutait Greg qui préférait lui aussi la contention des bordeaux. En les écoutant, en comparant à l'occasion, je croyais percevoir une analogie avec ce qui différencie la musique baroque de la romantique et ça pouvait expliquer ma préférence pour les bourgognes. Comme Hervé qui n'était pas porté sur les regrets. Sauf ce regret qu'il traînait de n'avoir pu faire sa vie avec Hélène. L'aurait-il réussie ? Il se serait peut-être lassé d'elle, il n'a pas l'air très apte à la conjugalité.

« Dans vingt ans, ajoutait Lexo, ce monde sera invivable pour les gars comme nous. Je m'en fous. Dans vingt ans, je serai mort. Qui aurait prévu ça quand nous étions au Trinity College ? »

Il s'est tourné vers Greg.

« Toi, peut-être. Tu nous annonçais déjà la décadence. »

Greg a hoché mélancoliquement la tête.

« Je la voyais quand même moins brutale. »

Sous la table la pointe de ma chaussure atteignait par instants la cheville de Marleen. Nous usions de cet expédient, quand le plan de table s'y prêtait, c'était devenu un réflexe ; aussi n'avions-nous pas besoin des yeux, pour faire l'amour. Les yeux, il fallait s'en méfier. Il y avait aussi les CD que nous découvrions ensemble, ou que je rapportais de Paris.

Notre monde était inexpugnable, il suffisait de s'y envoler, un CD sur le lecteur, trois notes et ciao. L'autre monde, celui où Raoul avait guerroyé, celui où MGM et Lechat affûtaient leurs crocs, était non avenu. En tout cas, si peu consistant que déjà il me paraissait dériver loin de moi, un peu comme un bloc détaché de sa banquise va se perdre dans l'immensité des flots. Ces immeubles du Point du Jour où l'état-major de Venus tenait ses positions, je les voyais comme un mirage, ils ne pouvaient pas exister pour de vrai. Le noir sur blanc de ce bureau aux géométries sans orbes, c'était juste un cauchemar. « Monsieur le Président. » Rideau sur ce cinoche ; il ne supportait pas la comparaison avec les scénarios de nos compositeurs.

Le chat avait fini par admettre ma présence. Il est même monté sur le bras de mon fauteuil, dans le salon où Dora dessinait déjà le futur jardin de Sybille.

Marleen avait mis les *Variations Goldberg*, interprétées par la pianiste chinoise. Autre leçon de bonheur, non moins irrécusable que celle de Scarlatti. Plus cérébrale peut-être. Rien ne la contredisait, nous étions des amants radieux, indifférents aux morosités à vrai dire relatives de nos amis. Marleen aussi tricoterait son jardin, à Leyrignac, tandis que Greg se plongerait dans les livres qu'il n'avait pas eu le temps de lire. Comme moi, au bout du compte. Nous irions les uns chez les autres, à tour de rôle. Nous serions tous moins argentés. La belle affaire !

34

« J'y pars et j'y reste. C'est décidé.

— Mais tu n'es pas Benny Lévy. Lui, si j'ai bien compris, il a eu la vocation religieuse. Enfin, l'équivalent juif d'une vocation de prêtre ou de moine chez les cathos. »

Jonas a souri, joint ses mains à hauteur des lèvres.

« La comparaison est plus que boiteuse. Peu importe. Je ne suis pas Benny Lévy mais je sais qu'il avait raison.

— Tu vas passer le reste de tes jours entre Torah et Talmud ?

— Je n'en suis pas là, hélas.

— Tu en es où ?

— Comme toi, je suppose. Comme nous tous. Je sens que pour moi le moment est venu.

— Ton Benny Lévy, les Israéliens ne le prenaient pas au sérieux. Tu me l'as dit. C'était déjà un ultra à Paris, il l'est resté à Jérusalem. Un de ces donneurs de leçons puritains dont le quartier Latin regorge, et que tu détestes.

— Je sais. Tant pis si je me plante. Je n'ai plus le choix. Ici, je suis inutile. »

Sa décision me blessait, je me sentais trahi dans notre amitié. Trahi aussi en tant que français, européen, occidental. Pourtant, une part de moi-même n'était pas loin de l'approuver. L'absolutisme de Benny Lévy avait un sens. Peut-être un sens universel. Je n'aurais pas été capable d'argumenter cette intuition — vague — qu'il était temps d'en revenir aux fondements, au pré carré spirituel. D'ailleurs la spiritualité était à la mode. Bouddhisme, hindouisme, New Age : si tant de gourous vissaient leur plaque, et trouvaient des clients, ça prouvait pour le moins que les Occidentaux souffraient d'une anémie de l'âme. Jonas y voyait une ruse de l'enfer. « Le système vend de la came aux ego pour survivre. Rien de plus cynique que le développement personnel. Chacun dans sa bulle. »

Nous étions seuls dans le sauna. Jonas se levait pour verser de l'eau sur les pierres incandescentes, puis étalait son corps interminable sur la banquette de bois. Il fermait les yeux, ce qui donnait un tour bizarre à notre conversation. La chaleur nous enveloppait, nos corps ruisselaient.

« Pourquoi tu n'essaies pas de faire reprendre ton agence ? »

Il joignait à nouveau ses mains, ouvrait les yeux. La sueur coulait sur son torse convexe, piqueté de taches de rousseur.

« À terme elle n'est pas viable. Nous sommes cinq sur la place de Paris. Dans dix ans, il en restera deux, et ils vendront de la camelote. Mazaryk a déjà fait des propositions. Au fait, tu étais à Londres hier soir ?

— Oui. Chez Greg et Marleen.

— Tu aurais dû aller voir l'Arsenal. Vieira revient en forme. »

J'aimais le foot, mais pas au point de lui sacrifier une soirée avec Marleen. Je lui ai raconté le dîner. Les projets des uns et des autres qui tous allaient virer de bord. Ou rentrer au port.

« Ils n'ont plus d'énergie, nos copains. Tu as remarqué que Raoul s'entourait exclusivement de gens de notre âge. Pas un trentenaire, pas un quadragénaire. Il a toujours su que la bataille était perdue. Les Américains et les Chinois joueront la finale. Ou l'Inde. Peut-être le Brésil, s'il résiste aux Pentecôtistes. Grâce à Raoul, on a cru exister. L'Europe... Je n'y ai jamais cru. Trop de morceaux à rapiécer. Au mieux elle survivra, par le tourisme. On sort ? »

Nous nous sommes quittés devant Saint-Nicolas-du-Chardonnet. Il avait l'air pressé, et s'était un peu mieux fagoté que d'habitude. Je me suis demandé si une nouvelle femme allait l'accompagner dans sa nouvelle vie. L'air de rien, il était très sensible à la féminité et n'aimait pas la solitude.

« Tu seras avec nous vendredi ?

— Bien sûr. Les adieux sont toujours romanesques. »

Je suis rentré à pied en songeant, avec un gros paquet d'amertume, que le rite des saunas prenait fin. Ces moments avec Jonas avaient été précieux, plus délectables que les dîners ou les voyages. J'en ressortais toujours avec le sentiment d'être moins futile, moins passif, plus civilisé. Aucun des livres qu'il m'a prêtés ne m'a laissé indifférent. Levinas. Buber. Scholem. Conjuguée avec celle de Marleen, son influence m'a ouvert les yeux sur la béance autour de laquelle je tournais, jour après jour, comme un cheval de manège. Le peu qu'il m'a permis de comprendre de la judaïté a orienté mes pensées et le destin de Benny Lévy me paraissait aussi probant et exemplaire que celui des saints du christianisme. Pour un peu j'eusse regretté de n'être pas juif ; je voyais mal comment vivre une radicalité quand on était comme moi coincé entre la Rome papale, les côtés Verdun et Bitola de mes origines, Redenac et les mille autres citoyennetés octroyées dans sa munificence par la musique baroque. Comment vivre dans le bonheur sans devenir un papillon que le vent pousse ici ou là ?

Pas de Sonia dans le salon de coiffure. Pas de Vladimir au comptoir du Sully. Je me sentais seul. Un panneau apposé sur la porte de la bibliothèque de l'Arsenal a attiré mon attention. La bibliothèque fermait définitivement, les locaux serviraient désormais à stocker les archives du Quai d'Orsay. Fâcheux symptôme pour moi : j'avais passé des heures dans la quiétude de cette bibliothèque, à lire des auteurs classiques, avec le sentiment voluptueux d'échapper à l'air du temps, aux congénères de Sciences-Po puis de l'ENA. C'était ma thébaïde, mon oasis ; j'en ressortais purifié, comme du sauna ou de l'église Thomas More, au bout de Chelsea. Je traversais l'esplanade, j'entrais au Sully qui n'était qu'un bar de quartier, équipé de flippers. Lise m'y attendait en annotant ses polycopiés. Nous prenions un café, je lui parlais de ce que j'avais lu, elle trouvait idiot qu'on puisse perdre ainsi son temps avec des auteurs qui n'étaient pas au programme. D'autant que je ne les mettais même pas en fiches. Lise était positive, elle réduisait le vaste monde en fiches multicolores.

Ensuite nous allions faire l'amour et sa positivité perdait un peu pied, elle s'abandonnait gentiment, je dois lui rendre cette justice. Mais cinq minutes après, revêtue, recoiffée, maquillée, sa raison raisonneuse et raisonnable reprenait le dessus, elle rentrait chez ses parents pour y confectionner ses fiches, j'étais seul à nouveau.

Un message de Carla m'attendait sur le répondeur : « Viens vendredi. Je compte sur toi. » En écoutant sa voix rauque, je l'ai imaginée nue sur mon lit. Le même lit où Lise et quelques autres s'étaient allongées. Le même où Marleen... Aucun rapport. J'ai appelé Marleen. Je la revoyais sur ce lit, mais plus nue, plus crue qu'aucune femme ne pourrait l'être. Sa voix complétait le tableau, je ne m'appartenais plus.

« Prends un Eurostar tôt le matin.

— Pourquoi tôt ?

— Pour que j'aie le temps de te violer avant la soirée des adieux.

— Violer ? La loi l'interdit.

— Je me fous de la loi. »

Un silence. Je la voyais dans son salon, j'entendais les sonorités cristallines d'un clavecin. Je croyais l'entendre soupirer. Je la voyais nue, infiniment nue.

« Tu veux que je m'habille comment ?

— Tout en bleu.

— À tes ordres. Demain, chéri. Vite... »

Oui, vite — et pour que l'attente ne tourne pas au supplice, vite, très vite la sonate pour piano de Haydn.

35

Simone avait retenu un salon au fond du restaurant dont les murs et les sièges étaient tendus de velours rouge. Un serveur y remplissait des flûtes d'un champagne rosé. Hervé est arrivé le premier, sans Laure avec qui il était en délicatesse. Déjà. Depuis la soirée aux Combes Noires, j'avais l'intuition qu'ils ne faisaient pas la paire. Le snobisme de Laure est trop rudimentaire pour Hervé, il était gêné quand elle prenait la parole, il devait l'être encore davantage à Lisbonne. Rupture en perspective. Il s'en remettrait vite.

Il m'a annoncé qu'il demandait son rapatriement sur Paris. « J'en ai marre de camper. Je ne vois jamais mes fils et le dernier continue de déconner. Tu as eu raison, le Quai, ça n'a plus beaucoup de sens. Comme disait Greg, je n'ai pas fait l'école hôtelière. On se verra au pays, j'ai envie d'y revenir plus souvent. » Nous savions tous que ce fils lui causait de gros soucis, mais il n'en parlait qu'allusivement, c'était sa forme de pudeur.

Les Beysserat étaient toujours hébergés rue

Vineuse quand ils montaient à Paris. Ils sont entrés avec Carla et un Raoul sans cravate, pull jeté sur les épaules par-dessus le blazer. Tout de même il y avait, sur ce blazer, le truc rouge de la Légion d'honneur. Il en rajoutait dans la décontraction. Hélène était comme une pêche bien mûre dans un ensemble rose pâle et vert pistache. Dans une autre vie j'aurai droit à un petit flirt avec Hélène, l'affection que je lui portais avait un arrière-goût d'inachevé, j'étais sûr qu'elle le sentait, ou le pressentait.

En m'embrassant, Carla a pressé ses doigts sur mon épaule. « Je suis heureuse que tu sois là. » Heureuse, c'était beaucoup dire. Il m'a semblé qu'elle avait déjà bu et elle a vidé d'un trait la flûte que le serveur lui tendait. Toujours ce parfum, plutôt fruité que floral, un fruit exotique, peut-être la grenade.

Dora, Ralph, Lexo, Sybille et Greg avaient pris le même Eurostar, ils logeaient dans le même hôtel et sont arrivés ensemble, avec Marleen qui était chez moi jusqu'au milieu de l'après-midi. En bleu, puis vêtue seulement de son collier en or. Nous avions imaginé ce que serait notre vie, désormais, sans l'alibi de ses albums et sans l'argent qui me permettait jusqu'alors de me déplacer à volonté. « On inventera. Greg songe à une semi-retraite, avec de longs séjours à Leyrignac. On se verra là-bas. Je découvrirai ton village. »

On se verrait à Londres aussi. On se verrait jusqu'à la fin de nos jours. Elle m'a embrassé sur les joues, nous n'étions pas censés nous être vus. Fut un temps où il lui répugnait de sortir de mes bras pour sortir avec Greg et me retrouver avec la bande. Nous avions passé ce stade. Plus rien ne pouvait nous atteindre. Sauf son angoisse, à cause de Patrick. « Ça va, chéri ? » a-t-elle murmuré.

Ça allait à merveille. Champagne. Hervé et Greg s'étaient déjà lancés sur les mérites comparés du Dom Pérignon et du Roederer. Raoul avait invité Charles Duroc, l'ancien journaliste. Il avait racheté la revue d'œnologie dont Duroc était l'éditorialiste, je doutais qu'elle puisse lui survivre. Encore un que j'ai détesté, parce que Marleen l'avait pris en sympathie. Sa compassion pour les gens qui ont eu des malheurs. Duroc a perdu sa femme dans un accident de voiture, alors qu'ils allaient justement chez Raoul à Biarritz. Le reverrai-je ? J'aurais aimé mieux le connaître, il a autant de culture que Jonas, dans un registre très différent. Il savait décrire les ratés de l'Histoire, les destins mineurs, les pays improbables comme ceux des Balkans, les vins d'Entre-deux-Mers, les chroniqueurs de la Renaissance que personne n'a lus. Il préparait un livre sur les poètes de sa région. Jammes, Toulet. J'ai noté ces noms comme je faisais toujours quand Jonas, Ralph, Lexo ou Greg parlaient d'un écrivain. Je m'imaginais sans vraiment y croire retraité à Redenac comme mon frère et lisant au coin du feu tout ce qui me manquait pour être admis dans la confrérie informelle des vrais civilisés. Désormais, ai-je pensé en écoutant Duroc, j'aurais tout mon temps. Mais lire des livres à perte de temps, serait-ce suffisant pour retrouver celui que j'avais égaré quelque part entre Toulouse et Paris, dans un passé dont ma mémoire ne me consentait que des fragments ?

Vladimir est toujours en retard, presque toujours entre deux whiskies. Il s'était costumé en rouge et noir, cravaté en jaune, ça lui donnait l'air presque gai et d'ailleurs sa prunelle pétillait malicieusement. À mon intense surprise, Mylena lui tenait le bras. Ils formaient un couple, j'étais ravi de le constater. C'est drôle, la vie. Mylena et moi avions été amants. Pas longtemps il est vrai. Il n'en restait qu'une aimable camaraderie, virile sur les bords, une sorte de fraternité d'armes, qui avait dû en passer par quelques ébats pour s'épanouir dans la défense de Venus. Toujours ce rire qui la rendait à l'état de virginité, ou presque. Elle m'a demandé ce que j'allais devenir. Rien. Et toi ? Elle rentrait à Belgrade, avec Vladimir. « J'ai le mal du pays et il a besoin de moi. » Il était prévu que Borović la recrute, elle ne serait pas au chômage.

Le plan de table m'avait infligé le voisinage d'une comtesse qui a dû faire des dégâts, il y a trente ans ou davantage. Il y avait chez Raoul un côté jet-set qu'il cultivait en douce ; je m'en étais aperçu au cours des derniers mois. Comme il ne pouvait plus se passer de ma présence, il me traînait dans des dîners où deux ou trois particules croisaient un sportif de renom, un chanteur à la mode, un ténor du barreau. En l'occurrence il avait convié son propre avocat, qui après boire pouvait citer par centaines des vers de Corneille ou de Racine. On lui prêtait des vues sur l'Académie, mais il en avait, plus pressantes, sur la comtesse dont le décolleté béait considérablement sur une poitrine siliconée. Les lèvres à l'avenant, on aurait dit qu'un essaim de guêpes venait de les piquer.

Je garde un souvenir confus de cette soirée. Nous étions tous passablement ivres. Tous plus rigolards que nature, pour donner un change à Raoul. Le matin même, dans la presse, MGM l'avait exécuté. « Pas d'envergure. » C'était le titre en page Une d'une interview dans un grand quotidien. On citait le chiffre de l'indemnité qui avait été négociée et c'était peut-être le plus humiliant pour Raoul, ce parachute doré qu'on lui refilait comme un os à un chien, pour ne plus l'avoir dans les pieds. Et pour qu'il la ferme.

Après le dessert, il a pris la parole pour nous dire, sur un ton trop enjoué, qu'il nous aimait tous, que nous avions été heureux ensemble, que la vie continuerait sans lui. La vie et Venus. Il s'est abstenu d'égratigner MGM, ça devait être prévu dans leur contrat. « Mon successeur a sûrement des vues plus amples. Plus modernes. Attendons avant de le juger. »

L'ambiance a changé subitement. Simone s'est mise à sangloter dans sa serviette. Carla fumait nerveusement et se resservait du vin en promenant sur les soupeurs un œil à la fois morne et plein de venin. Son regard cherchait le mien, je l'évitais pour que Marleen ne s'aperçoive de rien. Elle a fini par se tourner vers Raoul : « Tu es un tueur. Lui aussi. Il t'a tué. C'est la justice immanente. » Elle appuyait sur la dernière syllabe ; l'accent italien revenait quand elle était à bout de nerfs.

Raoul a fait semblant de ne pas l'avoir entendue. Il ironisait sur son propre compte, en noyant le poisson de son orgueil. « Deux années de droit, c'était un peu court sur pattes. En plus, j'ai triché pour ma notice du Who's Who, je n'ai jamais terminé la deuxième année. Je vais soigner mon arthrose et cultiver mon esprit. Il en a bien besoin. À la nôtre ! »

Ralph buvait mélancoliquement, perdu dans ses pensées. Il n'était pas très à l'aise dans ce genre de soirée. Trop de monde, trop de bruit. Il observait Carla avec un mélange de fascination et d'inquiétude, comme s'il craignait qu'elle ne déraille. Il n'aimait pas l'agressivité, et Carla lui inspirait un sentiment presque amoureux, encore que littéraire : elle était un beau sujet pour une nouvelle exaltant la féminité dans sa version crépusculaire et léonine. D'ailleurs elle apparaissait, en filigrane, dans le dernier de ses romans, l'histoire d'un homme qui se perd à Tanger dans le labyrinthe de ses souvenirs. Il aperçoit une femme dans le hall du El Minzah, une silhouette qui ne pouvait être que celle de Carla, mais elle sort de l'hôtel, monte dans un taxi, il a tout juste le temps de fixer dans son esprit les traits de son visage.

Lexo tenait son fume-cigarette à la verticale, en racontant une histoire de loups qu'il aurait chassés au coutelas dans les Carpates. « Je vous parle d'il y a longtemps. J'habitais Washington. » Où n'avait-il pas habité ? Dora ne voyait que lui, sa béatitude avait quelque chose d'oppressant. Par moments son regard se tournait vers Sybille, comme pour la prendre à témoin du talent, du charisme de cet homme qui était leur propriété commune. Sybille lui souriait gentiment. Tailleur-pantalon noir, chemisier blanc, chaîne en or, boucles d'oreilles de nacre : elle personnifiait jusqu'à l'abstraction une élégance à la fois latine et classique, pas désincarnée certes, mais on imaginait mal une anatomie sous ces extérieurs. Sauf quand elle plissait ses grands yeux et entrouvrait ses lèvres pour allumer une cigarette.

La main de l'avocat caressait celle, excessivement baguée, de la comtesse qui s'autorisait des grivoiseries en pouffant. Mylena riait, riait, en écoutant Vladimir qui lui parlait en serbe d'on ne savait quoi, personne ne parle les langues de ces pays perdus. Victor était en conversation avec Marleen, loin de moi. Marleen était la seule qui pût soutirer à Victor des confidences ; il arrivait qu'il lui parle de sa famille, de sa jeunesse endeuillée — de sa mère surtout qu'il ne pouvait s'empêcher d'admirer, malgré le désastre, parce qu'à sa façon elle avait été une héroïne romantique. Hélène dont les joues rosissaient écoutait poliment l'avocat déclamer, la marquise glousser, Mylena lâcher ses grands rires.

Hervé était en face de moi. Nous avons commenté le dernier match auquel Raoul avait tenu à assister, par orgueil, à Bayonne où l'Aviron recevait le BO. Toujours ce derby basque. Nous étions seuls, Hervé et moi, avec Raoul, et sans oser le lui dire nous nous souvenions de nos retrouvailles, à Biarritz, trois ans auparavant. Le même derby. Mais à Aguilera, Raoul était en phase ascensionnelle, on le voyait ministre, les notables s'empressaient et le journal *Sud-Ouest* avait annoncé sa présence au dîner officiel comme un point d'orgue de l'événement. Tandis qu'à Saint-Léon, les mêmes lui ont serré la main, sans plus, et aucun journaliste ne l'a interrogé. *Sic transit.* Je nous revois, grelottant de froid, dans ce stade qui offre une jolie vue sur les remparts de la vieille ville et les flèches de la cathédrale. Je me revoyais, trente ans auparavant, dans le même stade, avec des copains de Toulouse, et ce retour sur image me procurait l'illusion d'un regain de jeunesse ; nous étions trois copains en vadrouille, rien de plus. Je nous revois, dans la villa dont la pièce de séjour paraissait trop grande. Nous avions dîné dans une auberge, du côté d'Ainhoa. Il pleuvait. Raoul était ivre. Il voulait, disait-il d'une voix pâteuse, vendre cette villa et acheter une maison dans notre coin. Puis, sans transition, il envisageait d'émigrer à Bruxelles ou en Suisse, pour payer moins d'impôts.

Greg m'a parlé de Napoléon toute la soirée. Pour lui, l'Empereur restait une énigme ; il trouvait que son épopée ne ressemblait pas à la France. Avait-il raison de penser que nous autres Français n'en finissions pas d'en payer le prix ? « Il a placé la barre si haut, vous n'acceptez pas de ne plus être le centre du monde. Vos jeunes rêvent tous de vivre comme d'Artagnan. Gérer leur paraît vulgaire. Ils ont raison, d'ailleurs : l'entreprise ou l'administration, c'est si ennuyeux. » Je n'avais pas d'idée sur la question, trop de sentiments confus me revenaient, son épouse était trop loin de moi, nos regards se croisaient furtivement ; nous étions frustrés dans notre bonheur, c'était injuste, c'était absurde.

C'était ainsi. Le vin coulait, les flacons d'alcool ont circulé. Le patron est venu saluer Raoul en affectant cette gravité navrée qui sied aux condoléances. On a resservi du champagne rosé. On se promettait tous de se revoir vite, sans y croire. On se reverrait de moins en moins, forcément.

Joël Loriot est passé, tard dans la soirée, il revenait d'une réunion à Luxembourg. Raoul l'a remercié. Lui, je n'aurais plus d'occasion de le voir. Dommage, il avait un don, on se sentait plus gai et mieux armé dès qu'il arrivait. Le même don que Lexo dans un autre registre.

Marleen s'est éclipsée deux fois pour aller téléphoner à Patrick. En regagnant sa table elle me faisait comprendre, d'un clignement des cils, que tout allait bien. Comme elle buvait rarement, le vin lui montait vite aux joues et ses « *yeah* » sonnaient un peu plus fort, ça m'agaçait toujours qu'elle brade son entrain et son affabilité. Elle était arrivée à la gare du Nord en bleu, pour moi. Pour la soirée, elle avait mis une robe noire, des collants noirs, des escarpins noirs, juste une ceinture dorée pour égayer ce noir, et je me suis dit que la prochaine fois, chez moi, elle serait tout en noir.

Raoul avait appelé Léo, son chauffeur, pour qu'il vienne prendre le digestif avec nous. Il avait la larme à l'œil. Raoul, faussement goguenard : « Nous ferons le tour du périphérique, en guise d'adieu aux privilèges. » Ils l'ont fait, je l'ai su par Carla. J'ignorais en revanche que Carla et Raoul s'étaient séparés de fait, le mois précédent. Carla avait loué un appartement sur le quai des Grands-Augustins, tout en continuant d'assister aux dîners, pour ne pas donner l'impression de lâcher Raoul au moment où il perdait sa puissance. Elle avait même tenu à l'accompagner dans cette ronde burlesque autour de Paris.

Vladimir et Mylena m'ont proposé de partager leur taxi. J'ai préféré rentrer à pied. Les retours en taxi avec Vladimir, c'était avant, dans une autre histoire. Jonas avait prétexté un travail urgent pour s'éclipser discrètement dès la fin du repas. Il ne se sentait pas dans le bain. Personne en vérité ne s'était senti très à son aise ; l'esprit de la bande ne planait plus, chacun avait ses raisons d'être ailleurs. La comtesse était de trop. L'avocat aussi. Et puis l'entrain de Raoul rendait des sons trop grêles.

En traversant le pont Sully, j'ai vu de la lumière à l'étage de Vladimir. Mylena, c'était bien pour lui. Saurait-il la garder ? On ne peut jamais prévoir la suite d'une histoire, avec les Slaves. Je suis passé devant Le Sully, j'ai pensé qu'il n'y aurait plus Vladimir au comptoir, avec sa boîte de métal, son ballon de blanc ou de rosé, et cette façon de regarder fixement des choses qu'il était seul à voir. Seul, je l'étais sur le boulevard Morland, morne plaine. Il n'y aurait plus les sourires de Sonia dans le salon de coiffure.

Un nouveau message de Carla m'attendait sur le répondeur. Il devait dater de moins d'une heure. « Je pars demain à Rome et j'y resterai. À toi de me rejoindre, si tu veux essayer... Je t'attends. » Marleen, la soirée, l'alcool, ce message, ça faisait beaucoup. Je me suis senti dans la peau d'un autre, de plusieurs autres, et dans ces peaux mal cousues sur mon pauvre « moi » en débandade, je me suis endormi tout habillé.

36

À l'aube la neige s'est mise à tomber ; le paysage était figé en noir et blanc sous un ciel de cendre froide. Quel silence ! J'aurais voulu être peintre ou poète pour restituer le bonheur qui m'a submergé. Un bonheur lourd à porter. J'ai allumé une cigarette, appuyé sur la touche du lecteur de CD. *Variations Goldberg*, interprétées par la pianiste chinoise. Elles m'avaient accompagné dans le sommeil, je les retrouvais à mon réveil, avec la neige au lieu de la nuit.

Marleen m'avait posté le CD de Londres. Cette composition, selon elle, parachevait le baroque en même temps qu'elle l'abolissait. C'était sa théorie. « Tu comprends, chéri, l'âme moderne tremble déjà. On dit bien âme ? Mais sans la névrose. » Je comprenais que Bach était comme une dernière citadelle endiguant l'assaut des barbares.

La pelouse était toute blanche ; ciel et forêts tendaient à se confondre. Un panache de fumée sortait de la cheminée de la maison d'André, il aime se lever tôt. Sa présence me rassurait. Noël approchait,

Marion allait venir avec Augustin et le bébé, Jérôme avec sa blonde, ou une autre, ma propre maison redeviendrait vivante, comme l'été précédent. Comme tous les étés de notre enfance, quand les cousins du côté Bitola s'ajoutaient à ceux du côté Verdun.

Bach me confirmait que je n'avais plus rien à craindre. Tout à espérer. Tout à reconquérir. Jamais je ne m'étais senti si près de moi. Si près d'un but innommable. Le bonheur n'est qu'un préalable. Mais à quoi ? J'attendais. À présent de gros flocons tombaient du ciel avec lenteur. Un héron cendré se posait sur l'étang. Bach paraphrasait une sérénité qui eût menacé d'être équivoque s'il ne l'avait entretenue par de subtiles ouvertures sur des confins qui me donnaient le frisson, tant je croyais y reconnaître des limbes familiers. Il n'en chuchotait pas moins les fins mots de cette tristesse qui finalement nous incite à fumer, à boire, à voyager autour du globe terrestre comme des mouches autour d'une lampe. À la fin de l'été, elles bourdonnent de rage et puis elles agonisent.

C'est alors que Marleen m'a appelé pour m'annoncer l'affreuse nouvelle. Au moment précis où le téléphone a sonné, Bach instillait une ironie poignante dans son éloge du bonheur. « Cette fois, il est mort. Viens. »

Il pleuvait sur le petit cimetière attenant à l'église. Les phrases de Bach n'avaient pas cessé de me hanter depuis mon départ de Redenac. Noir sur gris. Noirs les manteaux de deuil des familles. Gris le ciel, les arbres, les murs de l'église, les tombes. Celle où l'on a inhumé Patrick était surmontée d'une croix de fer forgé toute rouillée. À l'instant de l'ultime prière — le vent hurlait, la pluie s'acharnait — les yeux verts de Marleen ont cherché les miens, les ont trouvés.

Il n'y a pas de culte catholique dans ce village du Gloucestershire mais un prêtre a concélébré l'office avec le pasteur. Marleen m'avait prié de ne prévenir personne. Raoul cependant était là, vêtu d'un imperméable beige qui le grandissait. Je ne l'avais pas revu depuis la soirée des adieux, il avait l'air complètement absent.

La veille, j'avais pris un train jusqu'à Austerlitz, puis l'Eurostar à la gare du Nord. Un autre train m'avait largué à Winchester, où j'ai loué une voiture et passé la nuit dans un hôtel. J'aurais pu en trouver un plus près du village mais Winchester, c'était Marleen et moi. J'ai bu des demis dans le pub où nous avions déjeuné. Il pleuvait ce jour-là, Marleen s'était coiffée d'un béret rouge qui lui faisait une tête de collégienne. J'ai voulu revoir la tombe de Jane Austen, sa maison, j'ai déambulé tôt le matin dans cette ville où il nous avait semblé que nous pourrions vivre ensemble, parce qu'elle est quiète et hors du temps.

Je me suis éclipsé après la bénédiction au cimetière, je suis repassé à Winchester pour rendre la voiture. Le prochain train m'a laissé le temps de retourner à la cathédrale. J'ai dû essayer de prier Dieu qu'il accueille dans sa magnanimité Jane Austen et

Patrick. Elle dont Marleen m'a fait lire les romans, lui que j'aurai tout juste croisé, par deux fois, brièvement, dans leur maison de Chelsea trop cossue, trop cosy pour une âme en déroute. Un grand garçon dégingandé dont le regard était triste.

Je me suis abruti à la bière dans notre pub, en regardant vaguement, sur les écrans, les séquences d'un match opposant Fulham à Manchester United. Je remontais vers la gare quand Marleen m'a appelé sur mon portable. « Tu es à Winchester. Je comprends, darling. C'est trop triste. Trop moche. Pourquoi lui ? Pourquoi ? Demain matin nous rentrons à Londres. Il faut qu'on se voie. »

J'ai repris le train dans cette même petite gare où nous avions accosté, fous d'espérance, fous d'innocence. Elle avait appelé Patrick, dès notre arrivée, dans le hall. Elle lui téléphonait tout le temps, je m'éloignais pour ne pas la gêner et quand elle revenait vers moi je savais, à sa mine, si ça se passait plutôt bien, plutôt mal.

Le même train poussif et surchargé qui s'arrêtait à toutes les gares. Toujours Bach dans la tête. La nuit. Toujours la pluie. Les lumières sales des banlieues de Londres. Un cab, la cohue. Toujours cet hôtel de Queen's Gate. Nuit blanche ou presque. Marleen dans mes bras, sanglotant enfin à son aise, très longtemps, et c'était une autre façon de faire, de refaire notre amour. Ses larmes souriaient. « Nous, on ne risque rien. Mais pourquoi ça, darling. Pourquoi lui ? »

C'est elle qui a voulu que nos corps se rejoignent,

et ce fut le passage d'une autre frontière. Après quoi nous avons marché jusqu'à l'église Thomas More, main dans la main. Marleen a prié longtemps. J'ai prié aussi, à tout hasard. Si vraiment Dieu n'existe pas, comme on le croit communément sous nos latitudes, alors Bach et ses devanciers ont fabulé ; autant laisser les disciples de Ben Laden tirer leurs feux d'artifice.

Nous nous sommes séparés devant l'église. La tristesse de son sourire était insoutenable. Il allait sans dire que, pendant un certain temps, Marleen se devrait à Greg et à Mary. Le concierge de l'hôtel m'a demandé si je souhaitais renouveler l'abonnement à l'année que la direction avait fini par me proposer. J'ai dit oui, signé, payé d'avance.

37

Minuit. Via Giulia. Rumeur sourde des voitures sur le Lungotevere. Carla s'est endormie. L'amour que nous avons concélébré avait tout d'un rite funéraire. Beaucoup de gravité, un comble d'indécence. Son visage de crucifiée, lèvres serrées, yeux exorbités fixant le plafond dont les moulures paraissaient dérisoires. Comme les rides lui vont bien, pour ces cérémonials ! Je lui ai demandé de renoncer au maquillage. Les premiers jours, ça l'a déboussolée, elle avait l'impression d'être nue dans les rues. Elle s'y fait. Elle se remaquillera, après.

Car il y aura un après. Bientôt. Peut-être demain, ça dépendra de Marleen. Carla ne sait rien, mais elle a deviné que je suis en transit. Ce soir, au sortir de notre restaurant sicilien, elle a lâché ceci : « On n'a plus beaucoup de temps. » Sa résignation n'avait rien d'agressif ; au contraire, une sorte de tendresse *a minima* s'est instaurée entre nous, je n'exclus pas que nous soyons capables de devenir de vrais amis. Les amants d'une saison, ou d'une escale, y parviennent rarement. Mais le mot « amant » est tricheur.

Mon amante, c'est Marleen. Avec Carla, le feu du désir s'attise aux braises de la compassion. Elles s'éteignent, je le sens. Peut-être nous restera-t-il le souvenir d'avoir lutté ensemble contre l'irrémédiable. Peut-être moins, peut-être rien.

Son divorce est lancé. Elle en parle comme s'il s'agissait d'une autre. Elle va récolter de l'argent. Pas de quoi vivre comme elle vivait, comme nous vivions autour de Raoul qui hiberne à Biarritz. Il sait que je suis à Rome et que je couche avec son épouse. Ça l'indiffère. Il aurait préféré qu'elle se mette dans la roue d'un puissant, ça accréditerait la thèse dont il essaye de se convaincre : il a perdu, elle l'a lâché, c'est une pute. Faux. Carla n'est qu'un être sans gouvernail et en pleine panique. Elle redoute ce virage difficile : la retraite du corps. Hélène, Dora, Sybille sont dans le même cas, et qui sait au terme de quelles affres elles se sont résignées ? Quand les soirées s'éternisaient, il y avait dans l'air des effluves d'érotisme, et elles les humaient avec délectation. Aucune des trois n'est infidèle, que je sache, mais quand Carla, à Biarritz, mettait des slows d'Elvis ou de Johnny, soi-disant pour faire plaisir à Jonas, on finissait par danser, les lumières s'éteignaient, les corps se prêtaient discrètement aux mains baladeuses. Rien de périlleux pour les équilibres conjugaux, juste de quoi se prouver qu'on pourrait, encore, si on voulait. Je n'aimais pas voir Marleen dans les bras d'un autre, surtout dans ceux de Lexo, encore moins dans ceux de son mari. Pour me venger, j'excitais sa jalousie en collant serré à ma cavalière, surtout si c'était Hélène. Je ne dansais jamais avec Marleen, jamais avec Carla.

Pauvre Carla ! Son orgueil la dispose à une lucidité amère. « Je ne serai pas de ces vieilles qui se payent des minets. La chair fraîche, très peu pour moi. Je suivrai des cours, je me soucierai du salut de mon âme. Enfin, de ce qui en reste. Pourvu que Graziella me fasse un enfant. Oui, je me vois très bien dans le rôle de grand-mère. Encore que... Un gosse dans ce monde, il y a de quoi s'angoisser. Nous, les Européens, on est quand même au bout du rouleau. »

Le même rouleau que Vladimir. Il m'a appelé hier de Belgrade, il était dans un bar, avec Mylena et des copains des Beaux-Arts. Son français était plus chancelant qu'à Paris. Raoul lui a acheté toutes ses toiles, il a de quoi voir venir. Toutes sauf une, qu'il veut m'offrir : un paysage de Redenac, ébauché au crayon lors de notre dernier passage, en allant aux Combes Noires.

« Tu verras. Je crois que j'ai capturé l'âme de ton coin de paradis.

— Tu vas continuer de peindre ?

— Si je peux. Tu sais, je suis foutu. On va m'enlever un rein et mes poumons ne plaisent pas à mon toubib. Tu as des nouvelles de Jonas ? »

Il aimait beaucoup Jonas. Nous aimions tous Jonas, il était un peu notre conscience, bonne ou mauvaise. Je l'appelle souvent, il s'apprête à partir pour Jérusalem. Au préalable il va se faire opérer de la vésicule. Tous autant que nous sommes, nous atteignons cet âge où les corps ont des avanies, pas forcément légères. Le moteur s'essouffle, la suspension laisse à désirer et il y a des bosses sur la carrosserie, il faut passer au garage. Moi, c'est une fatigue imprécise, qui m'ôte le goût de bouger. Victor a dû arrêter de fumer, Greg suit un régime sans sel, le ménisque d'Hervé est usé, nos gamma GT promettent des lendemains souffreteux. La vie d'Hélène brinquebale depuis deux années entre chimio, radiothérapies, perfusions et bilans. Elle n'en parlait jamais, mais on devinait qu'elle prenait les jours de répit comme on cueille des mûres sur les haies au bord d'un chemin ; elle était, plus qu'à mi-temps, de l'autre côté d'une frontière invisible. Hostos, labos, cabinets médicaux : telle était sa géographie de Clermont-Ferrand. Pour l'heure, elle est sauvée. « Ça m'a changée. La vie a plus de goût mais je me fous de tout. Enfin, presque tout. Et je suis incapable de faire un projet. Je suis en sursis. »

Nous étions tous en sursis. L'euphorie qui nous soutenait était fragile ; on nous aurait poussés, nous serions tombés, nous n'avions plus de forces, juste la vitesse acquise : ça roulait, moteur éteint, parce qu'un hasard nous avait mis sur la pente, dos au vent. Ni vieux ni jeunes. Fatigués. Tous sauf Jonas. Même Loriot ressentait les effets d'une lassitude. Sa carrière était dans son dos ; le ministère qu'on lui promet, s'il l'obtient, sera la dernière gracieuseté de l'État. Croit-il encore à l'État ? Risquerait-il comme jadis sa vie pour la France ?

À quoi avons-nous cru ? Raoul à l'Europe, un

peu. Si peu. Son projet européen habillait un pragmatisme de paysan qui rachète des parcelles si elles sont à vendre à vil prix ; après coup il décrétait stratégiques ces maquignonnages, et il finissait par s'en persuader. Il empaquetait Venus avec de la « culture », pour l'image. Haut de gamme, la culture, pour mériter une Carla, le haut de la gamme sociale. À l'abri de ce mot — « culture » — dont l'Occident a fait une drôle de ratatouille, Raoul jouissait sincèrement du commerce d'un Jonas, d'un Vladimir, d'un Lexo, d'un Ralph, d'un Greg ; et il vouait à Victor une admiration ambiguë. Comme moi, il s'était affiné à leur contact. Comme nous tous, il tanguait entre le sentiment de l'éphémère et la tentation de la nostalgie, sur une vieille balançoire dont les cordes étaient usées. Comme nous il avait peur de ce nihilisme mou que l'ivresse faisait gicler, passé minuit. Décadence...

Pauvre Raoul ? Le versant jet-sétard n'était pas le moins authentique. Il est sorti de peu, il a grimpé très haut, il fallait que ça se sache, que ça se voie. Sinon, à quoi bon cette guerre de trente ans avec, en guise d'apothéose, onze heures par jour au trente-septième étage d'un immeuble glacial du Point du Jour, morne faubourg ? Il n'aimait pas les conflits. Il n'aimait pas ses pairs. Il n'aimait pas son métier. Peut-être aurait-il été moins déchiré, moins schizo, s'il s'en était tenu au monde pédégesque. On ne fréquente pas impunément des êtres pour qui l'économie n'est qu'une servitude, inéluctable mais sans intérêt. D'autant qu'il en était aussi convaincu que nous. Ou presque. Son modèle secret, l'homme auquel il aurait aimé ressembler, c'était Greg. Distinction innée, raffinement sans ostentation, culture dans les gènes. Un rien de désuétude. Le Trinity College, le Foreign Office, les tableaux de famille, c'est mieux qu'un gros paquet de stock-options.

Simone, qui m'a appelé pour le solde de mon compte, m'a confié que Raoul avait démissionné de tous les conseils d'administration, y compris ceux où il siégeait à titre personnel. « Je connais la suite, j'étais déjà à Venus quand on a débarqué son prédécesseur. Plus d'invitations aux premières de l'Opéra, à la Feria de Nîmes, au village de Roland-Garros, aux finales dans les loges du Stade de France, au festival d'Avignon. Plus rien. Il va très mal le prendre. Appelez-le, il se cache à Biarritz. »

Je l'ai appelé. Il m'a proposé d'aller le voir. J'irai. Nous irons tous, une fois. Sans Jonas ni Vladimir. Sans Carla, bien sûr ; or c'était elle malgré tout qui animait cette villa ; elle imposait le tempo, Raoul n'était que le plus argenté de la bande. L'éducation de Carla, son passé romain lui conféraient une supériorité que son orgueil laissait vite poindre quand Raoul s'avisait de frimer. Nous pouvions croire parfois que nos bordées rejoignaient, par son intercession, l'âge d'or de la *dolce vita*, qu'elle était la seule à avoir vécue. Moravia. Visconti. Buzzati. La Cinecittà. Années soixante.

Raoul envisage toujours de vendre la villa de Biarritz et le duplex de la rue Vineuse pour venir se refaire un terrier dans le pays de ses ancêtres. S'y résoudra-t-il ? Paris risque de lui manquer. Ira-t-il planquer son magot ? Je le vois mal à Bruxelles ou à Genève. Je ne le vois bien nulle part. Comment vieillira-t-il ? L'argent qu'il a ramassé ne lui ouvrira plus ces portes où l'éminence s'autoproclame, s'auto-entretient et s'autoreproduit. Se résoudra-t-il à n'être qu'un retraité de luxe ? À l'arthrose près, il est alerte. Aux gamma GT près, aucun d'entre nous n'est vraiment à la masse ; ça se déglingue quelque peu, soit, mais la fatigue vient de l'âme plutôt que du corps.

Tard dans la nuit. Silence ou presque. Une porte se ferme, un chat miaule sur la terrasse de l'immeuble en face. Il miaule toutes les nuits. L'amour ? La solitude ? L'ennui ?

J'écoute la sonate pour piano de Haydn achetée à Vienne. Marleen. Envie de la rejoindre à Londres. Ou qu'elle me rejoigne à Rome, ça reviendrait au même. Rome, c'est Marleen. Rome recèle toutes les allégories du bonheur que nous avons pu filouter, au dam des tintamarres de cette fin de siècle. Tous les émois que des artistes ont su pétrir avec l'argile de leurs désirs, dans le prolongement de la Renaissance, jusqu'à la « grande névrose ».

Voici qu'une autre sonate de Haydn ébauche un paysage familier. Le ruisseau, en contrebas du bourg, à cet endroit où un peu de sable luit au soleil, sous les cailloux. On y accède par un pacage couvert de genêts, dont la pente a découragé le propriétaire :

on ne l'a jamais fané. Un morceau de clocher se profile entre les châtaigniers. De loin en loin on entend une voiture grimper la côte. Sinon il y a juste le murmure du vent dans les feuillages, celui du ruisseau qui cascade jusqu'au fleuve. Enfant, j'y lâchais un esquif taillé à l'Opinel dans de l'écorce de sapin. Destination : les Amériques. Pas celles de MGM. Des Amériques de fantaisie, petite monnaie d'un songe exotique assez tenace pour m'avoir fourvoyé dans la diplomatie. Adolescent, je suis venu flirter là avec Claire. Destination : les rivages du désir, autres Amériques. Encore moins celles de MGM. J'y amènerai Marleen, ça refermera une boucle. Nous reviendrons à Rome, nous nous retrouverons à Londres et à Paris, mais c'est à Redenac qu'il me plaît d'ébaucher la scénographie de notre avenir commun.

Au fond je me replie sur des fondamentaux à ma mesure. Repli, retraite ? Peu me chaut. À d'autres, plus jeunes et plus vaillants, de faire l'Europe dont nous avons eu, dans un même temps, le pressentiment, la jouissance et le regret, au long de quelques années loufoques, par la grâce d'un patron mal dans sa peau ! À d'autres la tâche d'en réveiller les fantômes, de sorte qu'un Jonas n'ait plus lieu de s'en évader ! En tout cas : plus dans l'urgence. Si la jeune garde cherche de l'inspiration, qu'elle vienne à Rome, tout est là.

Pour ce qui a trait à l'action, je doute que MGM soit un maître fiable. La mondialisation est une fatalité, pas une panacée ; encore moins un idéal. Avec ses complexes et ses défiances, Raoul avait flairé une bonne piste. Mettons qu'il n'ait eu ni la fraîcheur ni les armes de ses velléités.

L'aube pointe derrière les volets. J'ai dû m'assoupir sur ce cahier. Envie d'en finir avec ce chapelet de souvenirs ; les grains dirait-on se dessèchent à mesure que je les cueille.

Envie d'en finir avec Carla aussi. Envie de retrouver Redenac. Tout est là-bas, les tableaux de Vladimir, la Bible de Jonas. J'ai aligné les marrons de Marleen sur la cheminée de ma chambre et rangé dans un tiroir de mon bureau la photo prise devant l'éléphant du Bernin. Envie d'écouter la sonate de Scarlatti en regardant le soleil percer la brume depuis la fenêtre de ma chambre. L'hiver je puis apercevoir les toits gris du bourg et il y a toujours au moins un milan dans le ciel ou un renard à l'orée du bois pour animer le paysage. Ça me suffit.

Adieu, Ville éternelle ! Adieu, Carla, belle Romaine ! Adieu, aimables compagnons de quelques beaux automnes ! J'ai ouvert les volets, la via Giulia commence à s'animer. Tout à l'heure j'irai prendre mon café dans le bar habituel, puis j'entrerai dans l'église San Giovanni Battista en donnant mon obole à la mendiante albanaise qui tient ses positions dès le matin en haut de l'escalier. Je contemplerai le *Baptême du Christ* sculpté dans l'autel central et Marleen sera là. Elle est toujours là. Ensuite je ferai mon paquetage, comme tant de fois, dans tant de villes, et je rentrerai chez moi. Aucune retraite n'est glorieuse et, faute de campagne, je serai un demi-solde de rien du tout. On peut certes se raconter que les temps se prêtaient mal à une croisade. Pour moi, l'alibi n'est pas recevable. Jamais je n'ai pu croire que ma vie ferait des étincelles. Toujours, toujours, les « À quoi bon » ont noyé les chimères. Fatalité génétique ? Personne dans ma famille n'a scintillé sous les feux d'une rampe quelconque ; mes deux grands-pères se sont sacrifiés, à Bitola et Verdun, c'est notre seul titre à la reconnaissance publique. Mais la même fatalité, me semble-t-il, a cisaillé les ailes de ma génération. Aucun des membres de la bande ne cavalait sa vie à bride abattue, tous traînaient une blessure inguérissable. La décadence ? Greg avait peut-être raison. Mais l'âge a compté aussi, on ne fait jamais des aubes avec un coucher de soleil. Sauf par la grâce insigne de l'amour, sur cette ligne de fuite où Marleen m'a embarqué. C'est un miracle, je le prends comme tel, il m'a sorti du néant en dépit de mon insignifiance. Merci, Marleen.

Le portable a sonné. C'était elle. À voix très basse, pour ne pas réveiller Carla, je lui ai décrit le petit banc de sable au bord du ruisseau. Le vent chantera, Scarlatti lui donnera la réplique. Nos corps seront à l'unisson, ils connaissent la sonate, ils ne se lasseront jamais de l'interpréter.

Auriac, hiver 2005

DU MÊME AUTEUR

Aux Éditions Gallimard

EN DÉSESPOIR DE CAUSES, *roman*, 2002 (Folio n° 3923).

INCERTAINS DÉSIRS, *roman*, 2003 (Folio n° 4268).

JE NOUS REVOIS..., *roman*, 2006 (Folio n° 4824).

Aux Éditions de La Table Ronde

LE RETOUR DE D'ARTAGNAN, 1992.

RUGBY BLUES, 1993. Prix Populiste. Grand Prix de la Littérature sportive.

ELVIS, BALADE SUDISTE, 1996.

SPLEEN EN CORRÈZE, 1997 (« La Petite Vermillon »).

LES MASQUES DE L'ÉPHÉMÈRE, 1999. Prix Paul Léautaud (Folio n° 3579).

LE BONHEUR À SOUILLAC, 1982. Prix Libre. Prix de La Table Ronde française (« La Petite Vermillon »), 2001.

CHIRAC LE GAULOIS, 2002 (« La Petite Vermillon »).

LE VENIN DE LA MÉLANCOLIE, 2004. Prix du Livre politique. Prix des députés (Folio n° 4634).

LA MANCHE DE DON QUICHOTTE, 2005.

L'ÉTÉ ANGLAIS, 2005 (« La Petite Vermillon »).

VIENNE FIN DE SIÈCLE, 2005.

Aux Éditions Robert Laffont

LE RÊVEUR D'AMÉRIQUES, 1980.

L'ÉTÉ ANGLAIS, 1983. Prix Roger Nimier.

À LA SANTÉ DES CONQUÉRANTS, 1984.

L'ANGE DU DÉSORDRE : MARIE DE ROHAN, DUCHESSE DE CHEVREUSE, 1985.

MAISONS DE FAMILLE, 1987. Prix Kléber Haedens.

UN LÉGER MALENTENDU, 1988.

LA CORRÈZE ET LE ZAMBÈZE, 1900. Prix Jacques Chardonne.

L'HÔTEL DE KAOLACK, 1991.

LE JEU ET LA CHANDELLE, 1994.

DERNIER VERRE AU DANTON, 1996.

DON JUAN, 1998.

Chez d'autres éditeurs

LE MYSTÈRE SIMENON, *Calmann-Lévy*, 1980.

SPLEEN À DAUMESNIL *suivi de* LE TOUR DES ÎLES, *Le Dilettante*, 1985.

VICHY, *Champ Vallon*, 1986.

LE BAR DES PALMISTES, *Arléa*, 1989.

JE ME SOUVIENS DE PARIS. Peintures d'André Renoux, *Flammarion,* 1998.

BOULEVARD DES MARÉCHAUX, *Le Dilettante*, 2000.

LE DIEU DE NOS PÈRES, *Bayard*, 2004.

COLLECTION FOLIO

Dernières parutions

4451. La Rochefoucauld	*Mémoires.*
4452. Chico Buarque	*Budapest.*
4453. Pietro Citati	*La pensée chatoyante.*
4454. Philippe Delerm	*Enregistrements pirates.*
4455. Philippe Fusaro	*Le colosse d'argile.*
4456. Roger Grenier	*Andrélie.*
4457. James Joyce	*Ulysse.*
4458. Milan Kundera	*Le rideau.*
4459. Henry Miller	*L'œil qui voyage.*
4460. Kate Moses	*Froidure.*
4461. Philip Roth	*Parlons travail.*
4462. Philippe Sollers	*Carnet de nuit.*
4463. Julie Wolkenstein	*L'heure anglaise.*
4464. Diderot	*Le Neveu de Rameau.*
4465. Roberto Calasso	*Ka.*
4466. Santiago H. Amigorena	*Le premier amour.*
4467. Catherine Henri	*De Marivaux et du Loft.*
4468. Christine Montalbetti	*L'origine de l'homme.*
4469. Christian Bobin	*Prisonnier au berceau.*
4470. Nina Bouraoui	*Mes mauvaises pensées.*
4471. Françoise Chandernagor	*L'enfant des Lumières.*
4472. Jonathan Coe	*La Femme de hasard.*
4473. Philippe Delerm	*Le bonheur.*
4474. Pierre Magnan	*Ma Provence d'heureuse rencontre.*
4475. Richard Millet	*Le goût des femmes laides.*
4476. Pierre Moinot	*Coup d'État.*
4477. Irène Némirovsky	*Le maître des âmes.*
4478. Pierre Péju	*Le rire de l'ogre.*
4479. Antonio Tabucchi	*Rêves de rêves.*
4480. Antonio Tabucchi	*L'ange noir.* (à paraître)
4481. Ivan Gontcharov	*Oblomov.*
4482. Régine Detambel	*Petit éloge de la peau.*
4483. Caryl Férey	*Petit éloge de l'excès.*
4484. Jean-Marie Laclavetine	*Petit éloge du temps présent.*
4485. Richard Millet	*Petit éloge d'un solitaire.*
4486. Boualem Sansal	*Petit éloge de la mémoire.*

4487.	Alexandre Dumas	*Les Frères corses.* (à paraître)
4488.	Vassilis Alexakis	*Je t'oublierai tous les jours.*
4489.	René Belletto	*L'enfer.*
4490.	Clémence Boulouque	*Chasse à courre.*
4491.	Giosuè Calaciura	*Passes noires.*
4492.	Raphaël Confiant	*Adèle et la pacotilleuse.*
4493.	Michel Déon	*Cavalier, passe ton chemin!*
4494.	Christian Garcin	*Vidas* suivi de *Vies volées.*
4495.	Jens Christian Grøndahl	*Sous un autre jour.*
4496.	Régis Jauffret	*Asiles de fous.*
4497.	Arto Paasilinna	*Un homme heureux.*
4498.	Boualem Sansal	*Harraga.*
4499.	Quinte-Curce	*Histoire d'Alexandre.*
4500.	Jérôme Garcin	*Cavalier seul.*
4501.	Olivier Barrot	*Décalage horaire.*
4502.	André Bercoff	*Retour au pays natal.*
4503.	Arnaud/Barillé/ Cortanze/Maximin	*Paris Portraits.*
4504.	Alain Gerber	*Balades en jazz.*
4505.	David Abiker	*Le musée de l'homme.*
4506.	Bernard du Boucheron	*Coup-de-Fouet.*
4507.	Françoise Chandernagor	*L'allée du Roi.*
4508.	René Char	*Poèmes en archipel.*
4509.	Sophie Chauveau	*Le rêve Botticelli.*
4510.	Benoît Duteurtre	*La petite fille et la cigarette.*
4511.	Hédi Kaddour	*Waltenberg.*
4512.	Philippe Le Guillou	*Le déjeuner des bords de Loire.*
4513.	Michèle Lesbre	*La Petite Trotteuse.*
4514.	Edwy Plenel	*Procès.*
4515.	Pascal Quignard	*Sordidissimes. Dernier Royaume, V.*
4516.	Pascal Quignard	*Les Paradisiaques. Dernier Royaume, IV.*
4517.	Danièle Sallenave	*La Fraga.*
4518.	Renée Vivien	*La Dame à la louve.*
4519.	Madame Campan	*Mémoires sur la vie privée de Marie-Antoinette.*
4520.	Madame de Genlis	*La Femme auteur.*
4521.	Elsa Triolet	*Les Amants d'Avignon.*
4522.	George Sand	*Pauline.*
4523.	François Bégaudeau	*Entre les murs.*

4524. Olivier Barrot	*Mon Angleterre. Précis d'Anglopathie.*
4525. Tahar Ben Jelloun	*Partir.*
4526. Olivier Frébourg	*Un homme à la mer.*
4527. Franz-Olivier Giesbert	*Le sieur Dieu.*
4528. Shirley Hazzard	*Le Grand Incendie.*
4529. Nathalie Kuperman	*J'ai renvoyé Marta.*
4530. François Nourissier	*La maison Mélancolie.*
4531. Orhan Pamuk	*Neige.*
4532. Michael Pye	*L'antiquaire de Zurich.*
4533. Philippe Sollers	*Une vie divine.*
4534. Bruno Tessarech	*Villa blanche.*
4535. François Rabelais	*Gargantua.*
4536. Collectif	*Anthologie des humanistes européens de la renaissance.*
4537. Stéphane Audeguy	*La théorie des nuages.*
4538. J. G. Ballard	*Crash !*
4539. Julian Barnes	*La table citron.*
4540. Arnaud Cathrine	*Sweet home.*
4541. Jonathan Coe	*Le cercle fermé.*
4542. Frank Conroy	*Un cri dans le désert.*
4543. Karen Joy Fowler	*Le club Jane Austen.*
4544. Sylvie Germain	*Magnus.*
4545. Jean-Noël Pancrazi	*Les dollars des sables.*
4546. Jean Rolin	*Terminal Frigo.*
4547. Lydie Salvayre	*La vie commune.*
4548. Hans-Ulrich Treichel	*Le disparu.*
4549. Amaru	*La Centurie. Poèmes amoureux de l'Inde ancienne.*
4550. Collectif	*«Mon cher papa...» Des écrivains et leur père.*
4551. Joris-Karl Huysmans	*Sac au dos* suivi de *À vau l'eau.*
4552. Marc-Aurèle	*Pensées (Livres VII-XII).*
4553. Valery Larbaud	*Mon plus secret conseil...*
4554. Henry Miller	*Lire aux cabinets.*
4555. Alfred de Musset	*Emmeline.*
4556. Irène Némirovsky	*Ida* suivi de *La comédie bourgeoise.*
4557. Rainer Maria Rilke	*Au fil de la vie.*

4558. Edgar Allan Poe — *Petite discussion avec une momie et autres histoires extraordinaires.*
4559. Madame de Duras — *Ourika. Édouard. Olivier ou le Secret.*
4560. François Weyergans — *Trois jours chez ma mère.*
4561. Robert Bober — *Laissées-pour-compte.*
4562. Philippe Delerm — *La bulle de Tiepolo.*
4563. Marie Didier — *Dans la nuit de Bicêtre.*
4564. Guy Goffette — *Une enfance lingère.*
4565. Alona Kimhi — *Lily la tigresse.*
4566. Dany Laferrière — *Le goût des jeunes filles.*
4567. J.M.G. Le Clézio — *Ourania.*
4568. Marie Nimier — *Vous dansez?*
4569. Gisèle Pineau — *Fleur de Barbarie.*
4570. Nathalie Rheims — *Le Rêve de Balthus.*
4571. Joy Sorman — *Boys, boys, boys.*
4572. Philippe Videlier — *Nuit turque.*
4573. Jane Austen — *Orgueil et préjugés.*
4574. René Belletto — *Le Revenant.*
4575. Mehdi Charef — *À bras-le-cœur.*
4576. Gérard de Cortanze — *Philippe Sollers. Vérités et légendes.*
4577. Leslie Kaplan — *Fever.*
4578. Tomás Eloy Martínez — *Le chanteur de tango.*
4579. Harry Mathews — *Ma vie dans la CIA.*
4580. Vassilis Alexakis — *La langue maternelle.*
4581. Vassilis Alexakis — *Paris-Athènes.*
4582. Marie Darrieussecq — *Le Pays.*
4583. Nicolas Fargues — *J'étais derrière toi.*
4584. Nick Flynn — *Encore une nuit de merde dans cette ville pourrie.*
4585. Valentine Goby — *L'antilope blanche.*
4586. Paula Jacques — *Rachel-Rose et l'officier arabe.*
4587. Pierre Magnan — *Laure du bout du monde.*
4588. Pascal Quignard — *Villa Amalia.*
4589. Jean-Marie Rouart — *Le Scandale.*
4590. Jean Rouaud — *L'imitation du bonheur.*
4591. Pascale Roze — *L'eau rouge.*

4592. François Taillandier — *Option Paradis. La grande intrigue, I.*
4593. François Taillandier — *Telling. La grande intrigue, II.*
4594. Paula Fox — *La légende d'une servante.*
4595. Alessandro Baricco — *Homère, Iliade.*
4596. Michel Embareck — *Le temps des citrons.*
4597. David Shahar — *La moustache du pape* et autres nouvelles.
4598. Mark Twain — *Un majestueux fossile littéraire* et autres nouvelles.
4599. André Velter — *Zingaro suite équestre* (nouvelle édition)
4600. Tite-Live — *Les Origines de Rome.*
4601. Jerome Charyn — *C'était Broadway.*
4602. Raphaël Confiant — *La Vierge du Grand Retour.*
4603. Didier Daeninckx — *Itinéraire d'un salaud ordinaire.*
4604. Patrick Declerck — *Le sang nouveau est arrivé. L'horreur SDF.*
4605. Carlos Fuentes — *Le Siège de l'Aigle.*
4606. Pierre Guyotat — *Coma.*
4607. Kenzaburô Ôé — *Le faste des morts.*
4608. J.-B. Pontalis — *Frère du précédent.*
4609. Antonio Tabucchi — *Petites équivoques sans importance.*
4610. Gonzague Saint Bris — *La Fayette.*
4611. Alessandro Piperno — *Avec les pires intentions.*
4612. Philippe Labro — *Franz et Clara.*
4613. Antonio Tabucchi — *L'ange noir.*
4614. Jeanne Herry — *80 étés.*
4615. Philip Pullman — *Les Royaumes du Nord. À la croisée des mondes, I.*
4616. Philip Pullman — *La Tour des Anges . À la croisée des mondes, II.*
4617.Philip Pullman — *Le Miroir d'Ambre. À la croisée des mondes, III.*

4618. Stéphane Audeguy — *Petit éloge de la douceur.*
4619. Éric Fottorino — *Petit éloge de la bicyclette.*
4620. Valentine Goby — *Petit éloge des grandes villes.*
4621. Gaëlle Obiégly — *Petit éloge de la jalousie.*
4622. Pierre Pelot — *Petit éloge de l'enfance.*
4623. Henry Fielding — *Histoire de Tom Jones.*
4624. Samina Ali — *Jours de pluie à Madras.*
4625. Julian Barnes — *Un homme dans sa cuisine.*
4626. Franz Bartelt — *Le bar des habitudes.*
4627. René Belletto — *Sur la terre comme au ciel.*
4628. Thomas Bernhard — *Les mange-pas-cher.*
4629. Marie Ferranti — *Lucie de Syracuse.*
4630. David McNeil — *Tangage et roulis.*
4631. Gilbert Sinoué — *La reine crucifiée*
4632. Ted Stanger — *Sacrés Français ! Un Américain nous regarde.*
4633. Brina Svit — *Un cœur de trop.*
4634. Denis Tillinac — *Le venin de la mélancolie.*
4635. Urs Widmer — *Le livre de mon père.*
4636. Thomas Gunzig — *Kuru.*
4637. Philip Roth — *Le complot contre l'Amérique.*
4638. Bruno Tessarech — *La femme de l'analyste.*
4639. Benjamin Constant — *Le Cahier rouge.*
4640. Carlos Fuentes — *La Desdichada.*
4641. Richard Wright — *L'homme qui a vu l'inondation* suivi de *Là-bas, près de la rivière.*
4642. Saint-Simon — *La Mort de Louis XIV.*
4643. Yves Bichet — *La part animale.*
4644. Javier Marías — *Ce que dit le majordome.*
4645. Yves Pagès — *Petites natures mortes au travail.*
4646. Grisélidis Réal — *Le noir est une couleur.*
4647. Pierre Senges — *La réfutation majeure.*
4648. Gabrielle Wittkop — *Chaque jour est un arbre qui tombe.*
4649. Salim Bachi — *Tuez-les tous.*
4650. Michel Tournier — *Les vertes lectures.*
4651. Virginia Woolf — *Les Années.*
4652. Mircea Eliade — *Le temps d'un centenaire* suivi de *Dayan.*
4653. Anonyme — *Une femme à Berlin. Journal 20 avril-22 juin 1945.*

4654. Stéphane Audeguy — *Fils unique.*
4655. François Bizot — *Le saut du Varan.*
4656. Pierre Charras — *Bonne nuit, doux prince.*
4657. Paula Fox — *Personnages désespérés.*
4658. Angela Huth — *Un fils exemplaire.*
4659. Kazuo Ishiguro — *Auprès de moi toujours.*
4660. Luc Lang — *La fin des paysages.*
4661. Ian McEwan — *Samedi.*
4662. Olivier et Patrick Poivre d'Arvor — *Disparaître.*
4663. Michel Schneider — *Marilyn dernières séances.*
4664. Abbé Prévost — *Manon Lescaut.*
4665. Cicéron — *« Le bonheur dépend de l'âme seule ».* Tusculanes, *livre V.*
4666. Collectif — *Le pavillon des Parfums-Réunis.* et autres nouvelles chinoises des Ming.
4667. Thomas Day — *L'automate de Nuremberg.*
4668. Lafcadio Hearn — *Ma première journée en Orient* suivi de *Kizuki le sanctuaire le plus ancien du Japon.*
4669. Simone de Beauvoir — *La femme indépendante.*
4670. Rudyard Kipling — *Une vie gaspillée* et autres nouvelles.
4671. D. H. Lawrence — *L'épine dans la chair* et autres nouvelles.
4672. Luigi Pirandello — *Eau amère.* et autres nouvelles.
4673. Jules Verne — *Les révoltés de la Bounty* suivi de *maître Zacharius.*
4674. Anne Wiazemsky — *L'île.*
4675. Pierre Assouline — *Rosebud.*
4676. François-Marie Banier — *Les femmes du métro Pompe.*
4677. René Belletto — *Régis Mille l'éventreur.*
4678. Louis de Bernières — *Des oiseaux sans ailes.*
4679. Karen Blixen — *Le festin de Babette.*
4680. Jean Clair — *Journal atrabilaire.*
4681. Alain Finkielkraut — *Ce que peut la littérature.*
4682. Franz-Olivier Giesbert — *La souille.*
4683. Alain Jaubert — *Lumière de l'image.*
4684. Camille Laurens — *Ni toi ni moi.*

4685. Jonathan Littell	*Les Bienveillantes.*
4686. François Weyergans	*La démence du boxeur.* (à paraître)
4687. Frances Mayes	*Saveurs vagabondes.*
4688. Claude Arnaud	*Babel 1990.*
4689. Philippe Claudel	*Chronique monégasque* et autres textes.
4690. Alain Rey	*Les mots de saison.*
4691. Thierry Taittinger	*Un enfant du rock.*
4692. Anton Tchékhov	*Récit d'un inconnu* et autres nouvelles.
4693. Marc Dugain	*Une exécution ordinaire.*
4694. Antoine Audouard	*Un pont d'oiseaux.*
4695. Gérard de Cortanze	*Laura.*
4696. Philippe Delerm	*Dickens, barbe à papa.*
4697. Anonyme	*Le Coran.*
4698. Marguerite Duras	*Cahiers de la guerre* et autres textes.
4699. Nicole Krauss	*L'histoire de l'amour.*
4700. Richard Millet	*Dévorations.*
4701. Amos Oz	*Soudain dans la forêt profonde.*
4702. Boualem Sansal	*Poste restante : Alger.*
4703. Bernhard Schlink	*Le retour.*
4704. Christine Angot	*Rendez-vous.*
4705. Éric Faye	*Le syndicat des pauvres types.*
4706. Jérôme Garcin	*Les sœurs de Prague.*
4707. Denis Diderot	*Salons.*
4708. Isabelle de Charrière	*Sir Walter Finch et son fils William.*
4709. Madame d'Aulnoy	*La Princesse Belle Étoile et le prince Chéri.*
4710. Isabelle Eberhardt	*Amours nomades.*
4711. Flora Tristan	*Promenades dans Londres.* (extraits)
4712. Mario Vargas Llosa	*Tours et détours de la vilaine fille.*
4713. Camille Laurens	*Philippe.*
4714. John Cheever	*The Wapshot.*
4715. Paule Constant	*La bête à chagrin.*
4716. Erri De Luca	*Pas ici, pas maintenant.*
4717. Éric Fottorino	*Nordeste.*

4718. Pierre Guyotat	*Ashby* suivi de *Sur un cheval.*
4719. Régis Jauffret	*Microfictions.*
4720. Javier Marías	*Un cœur si blanc.*
4721. Irène Némirovsky	*Chaleur du sang.*
4722. Anne Wiazemsky	*Jeune fille.*
4723. Julie Wolkenstein	*Happy End.*
4724. Lian Hearn	*Le vol du héron. Le Clan des Otori, IV.*
4725. Madame d'Aulnoy	*Contes de fées.*
4726. Collectif	*Mai 68, Le Débat.*
4727. Antoine Bello	*Les falsificateurs.*
4728. Jeanne Benameur	*Présent?*
4729. Olivier Cadiot	*Retour définitif et durable de l'être aimé.*
4730. Arnaud Cathrine	*La disparition de Richard Taylor.*
4731. Maryse Condé	*Victoire, les saveurs et les mots.*
4732. Penelope Fitzgerald	*L'affaire Lolita.*
4733. Jean-Paul Kauffmann	*La maison du retour.*
4734. Dominique Mainard	*Le ciel des chevaux.*
4735. Marie Ndiaye	*Mon cœur à l'étroit.*
4736. Jean-Christophe Rufin	*Le parfum d'Adam.*
4737. Joseph Conrad	*Le retour.*
4738. Roald Dahl	*Le chien de Claude.*
4739. Fédor Dostoïevski	*La femme d'un autre et le mari sous le lit.*
4740. Ernest Hemingway	*La capitale du monde* suivi de *l'heure triomphale de François Macomber.*
4741. H.P Lovecraft	*Celui qui chuchotait dans les ténèbres.*
4742. Gérard de Nerval	*Pandora* et autres nouvelles.
4743. Juan Carlos Onetti	*À une tombe anonyme.*
4744. R.L. Stevenson	*La Chaussée des Merry Men.*
4745. H.D. Thoreau	*« Je vivais seul, dans les bois ».*
4746. Michel Tournier	*L'aire du Muguet,* suivi de *La jeune fille et la mort.*

Composition Graphic Hainaut
Impression Maury-Imprimeur
45330 Malesherbes
le 12 novembre 2008.
Dépôt légal : novembre 2008.
Numéro d'imprimeur : 141779.

ISBN 978-2-07-035954-7. / Imprimé en France.

161254